grafit

Chemnitzer Str. 31, D-44139 Dortmund
Internet: http://www.grafit.de
E-Mail: info@grafit.de

Umschlaggestaltung: Dorothea Posdiena
Druck und Bindearbeiten: CPI books, Leck
ISBN-13: 978-3-89425-602-9
ISBN-10: 3-89425-602-8
1. 2. 3. 4. 5. / 2008 2007 2006

Ingo Gach

Caligulas Rache

Historischer Kriminalroman

grafit

Ingo Gach, Jahrgang 1967, wurde in Brühl geboren und hat an der Universität Köln Germanistik, Anglistik und Philosophie studiert. Als Redakteur war er im Printbereich und für das Fernsehen tätig. Heute lebt und arbeitet er als freier Journalist und Autor in Köln.

Für Andrea

Prolog

An einem Frühlingsmorgen im sechsten Herrscherjahr des Kaisers Hadrian (123 n. Chr.)

Ein dürrer Ast knackte unter dem Fuß des vermummten Wanderers. Der kräftige, blonde Mann, der unter einer uralten Eiche gedöst hatte, fuhr erschrocken hoch. Reflexartig zuckte seine Faust zum Griff des Schwertes. Drohend blickte er dem Neuankömmling entgegen, der die Kapuze seines weiten Umhangs so tief ins Gesicht gezogen hatte, dass aus dem schwarzen Schatten nur eine lange, gebogene Nase herausragte.

Er stand am Rande der kleinen Lichtung, auf der Menhire aus grauer Vorzeit im Kreis aufgereiht waren. Selten kamen noch Menschen zu dieser vergessenen Kultstätte in den Tiefen des germanischen Waldes. Gewaltige Bäume und Sträucher hatten sich dicht um den Platz geschlossen, jenseits des Gebüschs wies nichts darauf hin, was es verbarg. Nur wenige Einheimische, die zufällig bei der Jagd an diesen Ort gelangt waren, kannten seine genaue Lage.

»Wer bist du?«, rief der Blonde in scharfem Ton zu dem Mann hinüber, der zwanzig Schritte entfernt verharrte.

»Der Freund, den du erwartet hast, Falgar.«

Grimmig stieß Falgar das Schwert wieder in die Scheide zurück. »Was schleichst du dich an wie ein feiger Mörder?«

»In den Wäldern Germaniens sollte man stets auf der Hut sein. Das gilt für mich noch mehr als für dich«, sagte der Neuankömmling.

Falgar brummte etwas Unverständliches.

»Bist du allein?«, fragte der Besucher.

»Ja, wie vereinbart. Aber was soll die Heimlichtuerei?«

Der Vermummte forderte den Germanen mit einer Geste auf, sich auf einen der umliegenden Felsblöcke zu setzen. Falgar ließ sich schwer auf einen abgeflachten Stein fallen und strich über seinen geflochtenen Zopf. Das war eine Bewegung, die ihm mittlerweile zur Gewohnheit geworden war. So sehr er sich auch als Krieger empfand, war er gleichzeitig doch sehr eitel. Ein nicht akkurat sitzender Zopf war ihm ein Gräuel, zumal diese Frisur bei seinem Volk als modisch galt.

Der Besucher setzte sich ebenfalls, dabei stieß eine mit Bronze beschlagene und aufwändig verzierte Schwertscheide, die der schwarze Umhang bislang verborgen hatte, klirrend gegen den Stein. Falgar wunderte sich nicht über die Waffe – er selbst würde nie ohne Schwert in den Wald gehen –, vielmehr erstaunte es ihn, dass der Mann allein gekommen war. Ein ziemliches Risiko, befand der Germane und bewunderte insgeheim den Mut des anderen. Dessen Weg hatte durch feindliches Gebiet geführt. Wie leicht hätte er enttarnt werden können. Das hätte seinen sofortigen Tod bedeutet. Und selbst bei ihm, Falgar, konnte sich der Mann nicht sicher sein, ob er ihm nicht eine Falle stellen und ihn kurzerhand erschlagen oder wenigstens ein Lösegeld erpressen würde.

Tatsächlich hatte der Vermummte sich heimlich nachts über den Rhenus setzen lassen. Am Ufer erwartete ihn ein einheimischer Führer, ein ausgemergelter, einfacher Bauer, der versuchte, mit einem kleinen Stück Acker seine Familie zu ernähren. Nach dem harten Winter war ihm das Angebot, jemanden unentdeckt zu dem alten Thingplatz zu bringen, gerade recht gekommen. Die einzige Bedingung war, dass er keine Fragen stellte. Dabei war es dem Bauern sowieso egal, wen er durch die Wälder führen sollte, solange die Bezahlung stimmte.

Nur eine Fackel in der Hand des Führers hatte den Weg spärlich erleuchtet. Ständig waren sie über Wurzeln und Steine gestolpert, aber sie hatten es tunlichst vermieden, auch nur in die Nähe von Siedlungen oder Gehöften zu kommen.

Erst als der Morgen dämmerte und die Kultstätte nicht mehr fern lag, hatte der Fremde seinem Führer befohlen, stehen zu bleiben und auf ihn zu warten. Der Bauer war froh, den Auftrag bis jetzt heil überlebt zu haben. Allerdings schärfte ihm der geheimnisvolle Mann, bevor sie sich trennten, erneut ein, nie über diese Angelegenheit zu reden, ansonsten sei sein Leben und das seiner Familie verwirkt. Das genügte, um dem schlotternden Bauern einen heiligen Eid zu entlocken, dass kein Wort je über seine Lippen kommen würde.

Falgar war bereits in aller Frühe von seinem Dorf aufgebrochen, um rechtzeitig zu der alten Kultstätte zu gelangen. Die anderen Bewohner hatten ihm abgeraten, allein dorthin zu gehen, schließlich war er ihr Stammesoberhaupt und eine Falle nicht ausgeschlossen. Doch er hatte alle Warnungen in den Wind geschlagen. Ein Krieger kannte keine Furcht. Außerdem hielt er es für unwahrscheinlich, in einen Hinterhalt zu geraten, denn er würde vorher das Terrain genau beobachten.

Über eine Stunde war er vorsichtig durch das Unterholz

gepirscht und hatte nach Feinden Ausschau gehalten, jedoch niemanden entdecken können. Dann hatte er sich auf die Lichtung der alten Kultstätte gesetzt und gewartet.

»Ein guter Platz für unser Gespräch«, nickte der Vermummte nun anerkennend und legte wieder den Umhang über sein Schwert. »Es war schon schwierig genug, Verbindung mit dir aufzunehmen, ohne dass es jemand mitbekommt«, fuhr er fort. »Deshalb habe ich auf so einen abgeschiedenen Ort bestanden, damit nicht im letzten Moment jemand von unserem Treffen erfährt.«

Der Germane grunzte eine undefinierbare Zustimmung, schien aber immer noch misstrauisch zu sein. Es waren die Augen des Fremden, die Falgar nervös machten. Jedes Mal wenn ihn der Blick des anderen traf, fröstelte es ihn. Etwas Böses ging von dem Mann aus.

»Ich habe einen Plan, der zwar gefährlich ist, aber der Gewinn ist es wert, ihn zu wagen. Es ist die Erfüllung deines Wunschtraumes und das Ziel aller Germanen diesseits des Rhenus«, erklärte der Vermummte.

Falgars Gesichtsausdruck war deutlich zu entnehmen, dass er nicht die leiseste Ahnung hatte, wovon sein Gegenüber sprach. »Was erzählst du da für einen Unsinn?«, fragte er ungehalten.

Die folgenden Erklärungen zogen sich eine ganze Weile hin, aber nach und nach hellte sich die Miene des germanischen Stammesoberhauptes auf, bis er schließlich begeistert aufsprang und die Faust ballte.

»Wir werden es ihnen zeigen! Mein Freund, du bist ein begnadeter Stratege. Dein Ruf hat sich wirklich bestätigt.«

Der Vermummte erhob sich ebenfalls. »Dann steht unser Abkommen?«

Falgar streckte ihm die Hand entgegen. Nicht weit entfernt ertönte der Schrei eines Habichts, der über der Lichtung kreiste.

»Ich stehe zu meinem Wort. Wir werden da sein.«

Der Mann ergriff die ausgestreckte Hand des Germanen und hielt sie für einen Moment fest. »Caligulas Rache wird so plötzlich über sie kommen wie der Raubvogel über seine Beute.«

Falgar nickte, um seine Zusage zu bekräftigen, dann kniff er die Augen etwas zusammen. »Woran werden meine Männer deinen Vertrauten erkennen?«

Der Fremde zog einen ledernen Beutel unter seinem Umhang hervor und hielt ihn hoch. Darauf war ein Adler gemalt, ähnlich dem der römischen Legion, doch hielt dieser hier in den Krallen einen germanischen Speer. Das leise Klimpern von Goldstücken war zu vernehmen.

»An diesem Zeichen«, erklärte er.

Falgar verstand und ließ den Beutel mit dem Gold sofort in der Tasche seines wollenen Umhangs verschwinden.

»Merk dir genau, was ich dir aufgetragen habe. Der Plan wird nur gelingen, wenn ihr euch exakt daran haltet«, ermahnte ihn der Mann.

»Keine Sorge«, entgegnete Falgar und sein blonder Schnurrbart kräuselte sich, als er die Mundwinkel hochzog, »du kannst dich auf die Tenkterer verlassen.«

Hochzufrieden trennten sich die beiden Männer. Falgar verließ den Platz in Richtung seines Dorfes, allerdings nicht ohne sich einige Male misstrauisch umzusehen. Auch wenn ihn der Plan begeisterte, sein Vertrauen hatte der Mann nicht gewonnen.

Der Fremde hingegen blickte nicht einmal über die Schulter. Er kehrte zu seinem wartenden Führer zurück, der etwa eine Viertelstunde Fußmarsch entfernt auf einem umgestürzten Baumstamm hockte. Der Bauer war sichtlich nervös und drängte sofort zum Aufbruch. Ständig sicherte er sich nach allen Seiten ab, horchte angespannt auf jedes Geräusch. Er wählte Umwege durch das größte Dickicht, um jegliche Begegnungen mit Einheimischen zu vermeiden. Einmal vernahmen sie leise die Stimmen von Männern, worauf sie sich blitzartig im Unterholz verkrochen. Doch die Stimmen verloren sich bald in der Ferne.

Der Weg zurück erschien dem wortkargen Mann mit dem schwarzen Umhang kürzer, was wohl in seiner Nachdenklichkeit begründet lag. Dennoch dauerte es den halben Tag, bis sie hinter einigen mächtigen Linden das Glitzern des Wassers erblickten.

Auch der Bauer atmete erleichtert auf, dass sie den Rückweg ohne Zwischenfälle geschafft hatten. Am kiesbedeckten Ufer drehte er sich zu dem Mann um und blickte ihn erwartungsvoll an.

»Nun, Herr, ich habe meinen Auftrag erfüllt. Darf ich jetzt um meinen Lohn bitten?«

Er hielt die Hand auf. Zehn Sesterzen hatte der Fremde ihm versprochen, das war mehr, als er sonst in einem halben Jahr verdiente. In Gedanken sah er sich bereits zu Hause seiner Frau und den drei Kindern stolz das viele Geld zeigen.

»Aber sicher«, sagte der Fremde freundlich.

Er zog aus seiner Tasche erneut einen kleinen Beutel, zählte zehn Sesterzen ab und gab sie seinem Führer. »Das hast du dir redlich verdient. Und noch mehr.«

Verständnislos grinsend schaute der Germane ihn an. Was sollte er denn noch erwarten?

Die Antwort ließ nicht lange auf sich warten: Der Mann riss sein Schwert hervor und stach dem Führer direkt in den Hals. Mit entsetzt geweiteten Augen erstarrte der Germane. Für einen Moment verharrten beide Männer regungslos, dann zog der Fremde die Klinge mit einem Ruck wieder heraus.

Röchelnd sackte der Bauer zusammen und hielt sich die Hände an die blutende Kehle, unfähig zu schreien. Der Fremde wischte die Klinge am Hemd seines noch lebenden Opfers sauber. Dann packte er den Germanen unter den Achseln und zog ihn in den Fluss. Es dauerte nur wenige Augenblicke, bis der Sterbende in der Strömung versank.

Der Mann in dem dunklen Umhang empfand kein Mitleid. Die Tat war notwendig gewesen. Er durfte nicht das Risiko eingehen, dass der Bauer später doch über den geheimen Auftrag geplaudert hätte. Zu viel stand auf dem Spiel.

I. Tag

Das Gepolter unten im Laden weckte Rainolf unsanft. Müde blinzelte er aus dem schmalen Fenster im ersten Stock des bescheidenen Hauses. Die Sonne schien bereits hell in die kleine Kammer, doch es dauerte einige Augenblicke, ehe ihm klar wurde, dass er verschlafen hatte. Das bedeutete Ärger mit seinem Alten Herrn. Der Gedanke riss ihn schlagartig aus dem Bett.

Schlaftrunken torkelte Rainolf durch das Zimmer und suchte seine Kleider zusammen. Am Abend zuvor hatte er sie achtlos irgendwo hingeworfen. Die Hose und den Ledergürtel mit der breiten Schnalle fand er schließlich unter seinem Lager. In kürzester Zeit schlüpfte er in seine Sachen. Unwillkürlich musste der junge Ubier dabei an die umständlichen Ankleidungszeremonien der Römer denken. Er wollte sich nicht vorstellen, wie lang er für die gleiche Übung mit einer Toga gebraucht hätte.

Auch wenn die Römer schon seit einhundertfünfzig Jahren mehr oder weniger friedlich mit den Ubiern in Colonia Claudia Ara Agrippinensium – von den Einheimischen nur kurz Colonia genannt – zusammenlebten, hatten sich die Südländer das Tragen von Tunika und Toga nicht abgewöhnen können. Dabei jammerten sie bei jeder Gelegenheit, dass es in Germanien so kalt sei. Aber wie die Einheimischen wärmende Hemden und Hosen zu tragen käme für sie als Eroberer nicht infrage. Also rannten sie weiterhin in ihren merkwürdigen Tüchern herum, was in den Augen der Ubier doch allzu peinlich aussah. Rainolf hegte sogar die Befürchtung, beim Tragen einer Toga über eine der unzähligen Falten stolpern und sich die Knochen brechen zu können.

Solche Gedanken gingen ihm durch den Kopf, während er die Treppe hinuntereilte und sich dabei das Hemd aus Leinen überstreifte. Bevor Rainolf den Laden betrat, strich er seine schulterlangen Haare glatt nach hinten und atmete tief durch.

In dem großen, weiß gekalkten Zimmer, das als Verkaufsraum diente, herrschte bereits munteres Treiben. Seine Familie handelte mit so ziemlich allem, was man in den Weiten des Römischen Reichs bekommen konnte, manches stammte sogar aus Orten, in die noch kein Römer je einen Fuß gesetzt hatte.

Albuin und Baldwin, die zwei kräftigen Sklaven seines Vaters, stapelten eine neu eingetroffene Fuhre Tongefäße zu einem Turm, wobei die beiden Brüder erschreckend sorglos mit der zerbrechlichen Ware umgingen. Normalerweise hätte Rainolf die zwei für ihr Verhalten gerügt, doch jetzt ließ sein Zuspätkommen es ihm geraten erscheinen, erst einmal die Lage zu sondieren.

Zwar konnte er wegen der aufgetürmten Waren die vordere Hälfte des Ladens nicht einsehen, doch hörte er Walraban mit einem Kunden reden. Der junge Ubier wunderte sich im ersten Moment, dass nicht sein Vater Sigolf das Verkaufsgespräch führte, bis ihm einfiel, dass das Familienoberhaupt heute bereits in aller Frühe zu einer der Villae rusticae vor den Toren der Stadt aufgebrochen war, um einige Bärenfelle aus dem Freien Germanien zu liefern.

Als Rainolf bemerkte, dass Walraban sich auf Latein unterhielt, spitzte er die Ohren. Der Kunde musste ein Römer sein. Es kam nur selten vor, dass einer der Besatzer den Laden aufsuchte. Bei Sigolf kauften hauptsächlich Germanen ihre Alltagsgegenstände, aber auch gelegentlich Luxusartikel, auf die der Ladeninhaber mächtig stolz war.

Rainolf postierte sich hinter einen Stapel Holztruhen und spähte um die Ecke. Zuerst erblickte er den hoch gewachsenen Walraban mit seinen grauen Haaren und dem Schnurrbart. Er stand vor der neuen Lieferung von Amphoren. Seine scharfen Gesichtszüge und die durchdringenden grauen Augen hinterließen einen nachhaltigen Eindruck, und wer nicht wusste, dass Walraban ein Freigelassener war, hätte ihn glatt für einen Adligen halten können. Er war auch nach seiner Freilassung im Hause Sigolfs geblieben und bewohnte eine kleine Kammer im Hof. Wenn der Hausherr auf Reisen war, führte er sogar dessen Geschäfte.

Walraban trug ein blaues Wollhemd, das bis über die Oberschenkel seiner braunen Hose aus Leinen fiel. Um die Hüfte wurde das Hemd von einem breiten Ledergürtel gehalten. Einen Schritt vor ihm stand tatsächlich ein feister Römer in einer sehr teuren Toga und redete mit weit ausholenden Gesten auf den Angestellten ein. Die Angewohnheit, ihre Worte stets mit den Händen zu unterstreichen, war ebenfalls eine römische Sitte, die die Ubier sicherlich nie übernehmen würden. Manchmal stellte sich Rainolf vor, wie die Römer schlagartig nicht mehr sprechen könnten, wenn man ihnen die Hände zusammenbinden würde.

Den Mann hatte er schon das ein oder andere Mal gesehen: Es war Aulus Gemellus, einer der Quaestoren der Stadt. Der Steuereintreiber bekleidete einen unteren, aber dennoch wichtigen Rang in der Beamtenhierarchie. Aulus Gemellus war dafür bekannt, dass er seine Stellung schamlos ausnutzte und andere gerne gängelte. In seinem Schlepptau befand sich ein kleiner blasser Beamter, den Rainolf nicht kannte, aber der durch seine Unterwürfigkeit eindeutig als Speichellecker des Dicken zu erkennen war.

In diesem Augenblick war Rainolf über ihre Anwesenheit allerdings froh, denn so würde der Tadel Walrabans über seine Verspätung nicht ganz so heftig ausfallen.

Ein römischer Beamter war, soviel Rainolf wusste, noch nie bei ihnen aufgetaucht. Normalerweise verkehrten sie bei den großen, prominenten Händlern wie Fridugar am Forum. Rainolfs Familie verfügte einfach nicht über das nötige Geld, um die Beamten des Römischen Imperiums zu schmieren, dass sie Waren für die Verwaltung oder den Statthalter bei ihnen orderten.

Aulus Gemellus fuchtelte mit seinem dicken Zeigefinger in der Luft herum. Der Quaestor schien über irgendetwas erbost zu sein.

Rainolf holte tief Luft und kam aus der Deckung hervor. Er begrüßte den Kunden ausgesucht höflich: »Sei gegrüßt, edler Aulus Gemellus. Was verschafft uns die Ehre, einen Quaestor der Stadt in unserem bescheidenen Laden begrüßen zu dürfen? Ich hoffe, wir …«

Der Anblick von Walraban ließ ihn innehalten. Der sonst stets freundliche, manchmal sogar etwas spöttische Gesichtsausdruck des Angestellten war ungewöhnlich starr und er hielt die Arme vor der Brust verschränkt.

In dem Moment drehte sich der dicke Römer Rainolf zu. »Bürschchen, misch dich nicht in Verhandlungen Erwachsener ein. Scher dich raus!«

»Das ist Rainolf, der Sohn des Besitzers Sigolf«, erklärte Walraban in unterkühltem Ton.

Rainolf starrte Aulus Gemellus völlig perplex an. Zwar waren die Römer nicht immer freundlich zu Ubiern, aber im eigenen Haus derartig beschimpft zu werden, war einfach ungeheuerlich.

Doch der Quaestor achtete nicht weiter auf ihn, sondern wandte sich wieder Walraban zu. »Was fällt einem räudigen Bastard wie dir ein, mir, einem römischen Quaestor, eine Bitte abzuschlagen? Willst du dir mein Wohlwollen verscherzen?«, fragte er drohend.

Rainolf bemerkte das Zucken in Walrabans Augenwinkeln, als die Beleidigung fiel, doch ansonsten blieb er äußerlich ungerührt. Mit ruhiger Stimme erklärte er Aulus Gemellus, dass es ihm freistünde, seine Ware von einem anderen Händler zu beziehen, worauf der dicke Römer einen Tobsuchtsanfall bekam.

Endlich begriff Rainolf: Aulus Gemellus hatte es auf ihren Wein abgesehen. Erst gestern war die Lieferung aus Latium eingetroffen. Unter den Römern in Colonia verbreiteten sich solche Nachrichten stets rasend schnell. Denn normalerweise gab es in der Stadt nur den billigen Wein aus dem Süden Galliens, aber die hier lebenden Römer bevorzugten den Wein aus Italia – meistens zu Recht. Überhaupt lobten sie alles, was aus ihrer Heimat stammte, auf das Höchste, dort sei angeblich alles besser. Rainolf hielt das für reine Angabe und eine Provokation, die den Germanen klar machen sollte, dass die Besatzer etwas Besseres seien.

Aulus Gemellus wollte sich nun diesen herrlichen schweren Wein sichern, und zwar nicht etwa für die Stadtverwaltung oder einen öffentlichen Anlass, sondern für seinen privaten Gebrauch. Doch die eigentliche Unverschämtheit war, dass der Quaestor nicht beabsichtigte, den Wein zu bezahlen. Er stellte bloß in Aussicht, möglicherweise zukünftig Waren für die Verwaltung bei Sigolf zu bestellen anstatt bei der Konkurrenz. So viel Frechheit war selbst für einen Römer ungewöhnlich. Aber Walraban war nicht so leicht zu beeindrucken.

Das begriff auch Aulus Gemellus langsam und wurde deutlicher. »Du kannst den Wein freiwillig rausrücken oder ich werde dich zwingen, ihn mir zu geben. Was würdest du dreckiges Schwein sagen, wenn ich mit der Stadtwache wiederkäme und mir den verdammten Wein einfach nähme?«

»Dann würde ich sagen, dass ich vielleicht ein dreckiges Schwein bin, aber wenigstens eines mit Ehre im Leib und kein hinterhältiger Dieb!«, antwortete Walraban mit ruhiger Stimme.

Das saß. Für einen Moment war sogar der Quaestor sprachlos.

Dann brach die geballte Wut aus ihm heraus. Mit einem Kreischen sprang Aulus Gemellus vor und schlug Walraban mitten ins Gesicht. Obwohl er fast einen Kopf kleiner war als der Germane, schien er sich völlig sicher zu sein, dass dieser es nicht wagen würde, sich gegen einen römischen Principal zu wehren.

Aus Walrabans Nase rann ein dünner Blutstrom und tropfte auf sein Hemd. Rainolf sah, wie Walraban langsam die Fäuste ballte und blanker Hass aus seinen Augen loderte.

Aulus Gemellus war offensichtlich verblüfft, dass der dreiste Germane unter seinem Schlag nicht zusammengebrochen war. Im Gegenteil: Der groß gewachsene Mann schien sich nun auf ihn stürzen zu wollen. Rainolf erkannte die Gefährlichkeit der Situation. Wenn im Imperium Romanum ein Germane einen Römer angriff, bedeutete das für den ›Barbaren‹, wie die Ubier hinter vorgehaltener Hand immer noch genannt wurden, viele Jahre im Kerker, vielleicht sogar Tod durch Hinrichtung. Die Besatzer waren nicht gerade für ihre Milde bekannt.

Rainolf trat zwischen die Kontrahenten und wandte sich mit der größtmöglichen Höflichkeit, zu der er unter den gegebenen Umständen fähig war, an Aulus Gemellus.

»Im Namen meines Vaters danke ich Euch für Euer äußerst großzügiges Angebot. Doch habt Verständnis dafür, dass eine derartige Entscheidung nur von meinem Vater Sigolf – als Besitzer des Weins – getroffen werden kann. Ich bin sicher, dass er zutiefst über Eure Absicht erfreut sein wird, uns fürderhin häufiger zu besuchen.«

In dem Dicken machte sich Unsicherheit breit. Walrabans Gestalt wirkte immer noch bedrohlich und der Römer zog sich einige Schritte zurück. Sein Kiefer bewegte sich, doch schien es ihm die Kehle zuzuschnüren.

Schließlich brachte er mühsam hervor: »Ihr werdet noch von mir hören«, und verließ dann fluchtartig den Laden, das kleine, hässliche Männlein folgte ihm dicht auf den Fersen.

Rainolf blickte Walraban an, der auf die Ausgangstür starrte, durch die die beiden Römer verschwunden waren. Der junge Ubier sagte kein Wort. Rein von der Hierarchie betrachtet, stand er als Sohn des Familienoberhaupts über einem Freigelassenen, der für sie arbeitete. Praktisch aber war Walraban so etwas wie ein Erzieher für ihn und besaß eine natürliche Autorität, die Rainolf nie gewagt hätte anzuzweifeln. Also wartete er, bis der Ältere anfing zu sprechen.

»Ich danke dir, Rainolf«, sagte der schließlich und wischte sich das Blut aus dem Gesicht. »Du hast mich vor einer großen Dummheit bewahrt. Auch wenn es mir nicht leidgetan hätte, dem Fettsack Anstand einzuprügeln, hätte es mich vielleicht meinen Kopf gekostet.«

Dann drehte er sich um und befahl Albuin und Baldwin, die im Hintergrund wie gebannt die Szene verfolgt hatten, sich sofort wieder an die Arbeit zu begeben. Walraban selbst widmete sich der Auflistung einiger Glasgefäße, die er am Vortag aus einer der Werkstätten vor den Toren Colonias geholt hatte.

Da Rainolf die drückende Atmosphäre im Laden nicht mehr ertragen konnte, gab er vor, noch Brot besorgen zu müssen. Walraban nickte nur und Rainolf verließ so rasch wie möglich das Haus.

Draußen atmete er erst einmal erleichtert auf. Rainolfs Schwester Farhild befand sich – wie jeden Morgen um diese Zeit – beim Wäschewaschen an einem der öffentlichen Brunnen. Dort stand sie in der Regel stundenlang mit ihren Freundinnen zusammen und tauschte den neuesten Tratsch aus. Es würde also noch eine Weile dauern, bis sie zurückkehrte und er mit ihr über den Vorfall sprechen konnte. Ein tiefblauer Himmel erstreckte sich über Colonia. Der Geruch des Rhenus, der kaum einen Steinwurf von der Stadtmauer entfernt floss, stieg Rainolf in die Nase. Durch die jetzt jeden Tag stärker werdende Sonneneinstrahlung erwärmte sich der Schlick am Ufer, was den Geruch verstärkte. Seit die Römer die Kloaken gebaut hatten, stank es in der Stadt zum

Glück nicht mehr so erbärmlich wie früher. Jedenfalls hatte ihm das sein Vater erzählt. In dessen Jugendzeit floss der Dreck noch einfach über die Straßen. Auf zwei Reisen durch Germanien hatte Rainolf, trotz seiner erst einundzwanzig Jahre, seinen Vater schon begleiten dürfen. In den Dörfern, durch die sie kamen, hatte er gesehen – und gerochen –, was Gestank bedeutete. Die Leute dort lebten tatsächlich mit ihrem Vieh zusammen in Langhäusern, nicht einmal durch Wände von den Tieren getrennt.

Rainolf ging sein Vorhaben, Brot zu kaufen, gemächlich an. Er wusste zwar, dass es noch reichlich im Laden zu tun gab, aber die Arbeit würde nicht weglaufen. Allein das Lager aufzuräumen und zu sortieren würde den ganzen Tag in Anspruch nehmen. Dort stapelten sich Kleider und Umhänge aus Schafswolle, Gürtel aus Rindsleder, Leinenhosen, Lederschuhe und Pelze aus Germania Inferior ebenso wie Mäntel aus friesischer Wolle, Daunenfedern, Harz, Seife und Haarbürsten aus Schweineborsten, die die Germanen erfunden hatten und zunächst nur zögerlich von den Römern benutzt wurden. Im Cella lagerten Amphoren mit Wein aus Latium und Gallien, aber auch aus Augusta Treverorum, das seit einigen Jahren den Weinanbau kultivierte. Außerdem verkaufte Sigolf Salz, Rasiermesser, Schmuck und Bronzebehälter aus heimischer Manufaktur, Metallgeschirr aus Hellas, Holzfiguren aller möglichen Gottheiten und blonde Perücken aus Haaren von Germaninnen – Letzteres ein Verkaufsrenner bei den Römerinnen.

In ihrem Laden bekam man sogar den seltenen und begehrten Bernstein. Vorsichtshalber versteckte Sigolf ihn unter ein paar Holzbohlen im Fußboden. Natürlich hatten sie auch Öllampen aus Ton und die berühmten Glasgefäße aus Colonia, die mit farbigen Fäden und Tropfen verziert waren. Selbst in Rom waren sie heiß begehrt.

Die Geschäfte liefen zurzeit recht gut. Colonias günstige Lage am Schnittpunkt mehrerer Fernhandelswege und natürlich am Rhenus, über den viele schwer beladene Boote den Hafen ansteuerten, hatten die Stadt wohlhabend gemacht.

Rainolf und seine Familie wohnten im Süden von Colonia, nicht weit vom Tor nach Bonna entfernt. Jetzt schlenderte er unter den schattigen Überdächern entlang, die eigentlich dafür gedacht waren, den Regen von Fußgängern abzuhalten. Sein Blick wanderte an den Insulae hoch, die in den letzten Jahrzehnten gebaut worden waren. Sie verfügten zum Teil über drei oder vier Stockwerke und konnten problemlos ein Dutzend Familien beherbergen. Sie waren getreu ihren Vorbildern aus Rom entstanden, da in Colonia mittlerweile arger Platzmangel herrschte. Über zwanzigtausend Menschen lebten bereits in der Stadt und ständig kamen neue aus dem Umland hinzu, die hier ihr Glück versuchen wollten.

Die Temperaturen an diesem Tag im Frühling waren durchaus angenehm – endlich, denn der Winter war sehr hart gewesen. Fröhlich pfeifend marschierte Rainolf weiter in Richtung Forum. Die Straßen waren mit großen Steinen gepflastert, sodass sie bei Regen nicht im Schlamm versanken. Die Römer hatten sie schnurgerade und im rechten Winkel zueinander angelegt. Das machte die Orientierung selbst für Ortsunkundige relativ einfach. Zwei Hauptstraßen – der Cardo Maximus in nordsüdlicher Richtung und der Decumanus Maximus in ostwestlicher Richtung – durchschnitten die Stadt. Der Cardo war Bestandteil der großen Heerstraße, die vom Oceanus germanicus über Colonia und

Mogontiacum entlang des Rhenus nach Süden führte. Der Decumanus stieß senkrecht auf den Cardo und war das Ende einer langen Handelsstraße, die bis ins tiefste Gallien reichte. Dort, wo sich beide Wege trafen, lag das Forum, das Zentrum Colonias. Von einem halbkreisförmigen Wandelgang umgeben, wurden hier regelmäßig Märkte abgehalten, öffentliche Versammlungen einberufen, und mitten auf dem gepflasterten Platz befand sich auch der Mundus. Diese runde Öffnung im Boden war den Römern heilig. Er stellte die Verbindung zur Unterwelt her. Zumindestens behaupteten das die Römer, die den Germanen nach der Eroberung ihren Glauben aufgezwungen hatten. Aber da die Ubier stets offen für neue Ideen waren, hatten sie die Vorstellung, man könne durch ein Loch im Boden mit den Göttern der Unterwelt Kontakt aufnehmen, sogar freudig übernommen. Geschadet hatte es ihnen bis jetzt jedenfalls nicht.

An der ersten Kreuzung hinter dem Tempel des Mars überlegte Rainolf, ob er einen kurzen Abstecher zum Rhenus unternehmen sollte. Er warf einen Blick nach rechts zu dem mächtigen Eingangstor, das zum Hafen führte. Die Stadtwache exerzierte gerade ihren Wachwechsel. Es handelte sich um Legionäre, die direkt dem Statthalter untergeben waren. Einige der Männer, darunter auch Ubier, die in römischem Sold standen, stiegen die steile Treppe zum Wachturm hoch. Rund um Colonia hatten die Römer eine gewaltige Mauer errichtet, gut fünfmal so hoch wie ein stehender Mann. Das mächtige Bollwerk verlief mehr oder weniger rechteckig um die Stadt, die durch neun Tore betreten werden konnte.

Jenseits des Rhenus siedelten weit verstreut die Tenkterer und Usipeten. Auch wenn seit einem halben Jahrhundert

Frieden zwischen dem freien und besetzten Germanien herrschte und sogar reger Handel getrieben wurde, hegten die Römer und Ubier gegenüber den Nachbarn ein gesundes Misstrauen. Besonders die Tenkterer hatten schon lange ein begehrliches Auge auf das reiche Colonia und die fruchtbaren Ackerböden im Hinterland geworfen.

Rainolf entschied sich, in der Stadt zu bleiben, und schlenderte gemächlich eine schmale Parallelstraße zum Cardo entlang. Hier boten Händler und Handwerker ihre Waren und Dienste feil und Rainolf liebte es, in den Läden zu stöbern und sich mit den Besitzern zu unterhalten.

Ausnahmsweise mied er heute das Forum, um dort nicht versehentlich Aulus Gemellus in die Arme zu laufen. Obwohl der Quaestor wahrscheinlich sofort wutschäumend in das Verwaltungsgebäude der römischen Beamten am Forum zurückgekehrt war und sich nun überlegte, wie er sich an Walraban rächen konnte, wollte Rainolf es nicht auf eine Begegnung ankommen lassen. Aulus Gemellus würde es wahrscheinlich nicht wagen, eine offizielle Anklage zu erheben. Schließlich war es den Beamten bei Strafe verboten, Schmiergelder oder Waren als Geschenk anzunehmen, auch wenn sich in der Praxis selten jemand darum kümmerte.

Viele Leute hetzten geschäftig an Rainolf vorbei. Er wich gerade einer Bäuerin mit einem Korb voller Birnen aus, als ihm plötzlich jemand ein Bein stellte. Er stolperte und schlug der Länge nach hin. Wütend wollte er aufspringen, als ein spöttisches Lachen hinter ihm ertönte. Verwirrt blickte er hoch in das von strohblonden Haaren umrahmte Gesicht von Agilad. Die hellblauen Augen des jungen Mannes blitzten vor Vergnügen und er schlug sich mit den Händen auf die Schenkel.

»Sehr witzig«, kommentierte Rainolf den derben Scherz.

»Was läufst du auch verträumt durch die Gegend, ohne zu gucken? Nicht mal deinen alten Freund siehst du.«

Er hielt Rainolf seine kräftige Hand hin und Rainolf zog sich daran hoch. Agilad war wohlgewachsen und sah, wie Rainolf neidlos anerkennen musste, mit seinen ebenmäßigen Gesichtszügen gut aus. Sie kannten sich schon ewig, bereits als Kinder hatten sie miteinander gespielt. Agilad war der Sohn von Udalas, einem Ubier, der es zum größten Geldverleiher in Colonia gebracht hatte. Udalas gehörte zu den einhundert Decurionen, die sich aus den reichsten Bürgern der Stadt zusammensetzten. Sie mussten mindestens einhunderttausend Sesterzen und Ländereien besitzen, um in das Gremium aufgenommen zu werden. Zurzeit war Udalas Magistrat und hatte angeblich sogar gute Chancen, im nächsten Jahr zu einem der beiden Duumviri gewählt zu werden. Es war das höchste politische Amt, das ein Ubier in Colonia bekleiden konnte.

Agilad merkte sehr wohl, dass sein Freund verärgert war, ging aber mit seiner typisch spöttischen Art darüber hinweg. Agilad konnte sehr geistvoll sein und er war großzügig, wenn es um das Bezahlen von Freirunden in der Taberna ging, andererseits legte er manchmal eine erschreckende Überheblichkeit an den Tag, dann ließ er keine andere Meinung neben seiner gelten. Was Rainolf jedoch überhaupt nicht leiden konnte, waren Späße, die Agilad auf seine Kosten trieb, so wie jetzt.

»Wohin so eilig?«, fragte Agilad, immer noch grinsend.

»Brot holen und dann direkt zurück in den Laden. Mein Vater ist heute nicht im Geschäft und ich muss mich um die Kunden kümmern.«

»Ach, ist dafür nicht der getreue Walraban zuständig? Oder hat dein Vater dir jetzt die Leitung des Geschäfts übertragen?«, stichelte Agilad.

Rainolf merkte deutlich, wie er rote Ohren bekam.

»Ich habe wichtige Aufgaben zu erledigen«, entgegnete Rainolf trotzig. »Offensichtlich im Gegensatz zu dir. Was hast du vor?«

»Ich will mich mit ein paar Römern treffen, die an einem hohen Kredit von meinem Vater interessiert sind«, gab Agilad nun seinerseits wichtigtuerisch zurück.

Beinahe hätte Rainolf laut gelacht. So ein Geschäft würde der alte Udalas seinem Sohn niemals überlassen. Er hielt von seinem Sprössling nicht allzu viel und strafte seinen einzigen Sohn deshalb meistens mit Missachtung. Als Rainolf Agilad kennen lernte, war Udalas noch ein normaler Geldverleiher gewesen, zwar nicht arm, aber doch in solchen finanziellen Verhältnissen angesiedelt, dass er in Sigolfs Geschäft regelmäßig einkaufte. Inzwischen verkehrte Udalas ausschließlich mit den wichtigsten und vor allem reichsten Männern der Stadt.

Vielleicht war das der Grund, weshalb Agilad so oft über die Stränge schlug. Es gab in Colonia keine Taberna, keine Spielhölle und kein Freudenhaus, in dem er nicht Stammgast war.

Dabei war Agilad durchaus gebildet. Udalas hatte Wert darauf gelegt, dass sein Sohn wie die vornehmen Römer lesen, schreiben und rechnen lernte. Agilad jedoch hatte den Unterricht gehasst und war froh gewesen, wenn er Rainolf, seinem wissbegierigen, armen Freund, die teuren Schriftrollen leihen konnte. Natürlich nur unter der Voraussetzung, dass Rainolf ihm später genau erklärte, was drinstand. So konnte er sich das mühsame Durchlesen ersparen, ohne dass es seinem Lehrer auffiel.

Rainolf witterte nun eine Chance, Agilad seinen derben Scherz heimzuzahlen. »Seit wann beauftragt dein Vater dich, mit Kunden zu verhandeln?«

»Ich soll sie lediglich unterhalten, bis mein Vater heute Nachmittag Zeit für sie hat. Mal sehen, vielleicht gehen wir in die Therme und dann ins Amphitheater. Wie wär's, kommst du mit? Es wird einige sehr interessante Kämpfe geben.«

Zu gerne hätte Rainolf das verlockende Angebot angenommen, Agilad in das Amphitheater zu begleiten. Für heute waren Spiele angekündigt, die von Kämpfern der Gladiatorenschule in Colonia ausgetragen werden sollten. Keine Amateure aus der Provinz, die in letzter Zeit die Zuschauer gelangweilt hatten, sondern austrainierte, harte Profis.

Rainolf wusste, dass Udalas eine Loge im Amphitheater besaß, ebenso wie Gladiatoren, die er von Aramalf, dem Leiter der Schule, höchstpersönlich unterrichten ließ. Auch einer Einladung in die Therme wäre Rainolf mit dem größten Vergnügen gefolgt, nur die Furcht, sein Vater könnte davon erfahren, hielt ihn zurück.

In dem Moment erblickte Rainolf Aulus Gemellus, der mit grimmiger Miene nur wenige Schritte entfernt vorbeilief. Ein heftiger Schreck durchfuhr den jungen Ubier und er machte einen Satz hinter Agilad.

Sein Freund sah ihn irritiert an. »Was treibst du da?«

»Bleib stehen und rühr dich nicht«, flüsterte Rainolf. Mit einem vorsichtigen Blick über Agilads Schulter stellte er fest, dass Aulus Gemellus ihn nicht gesehen hatte. Die kugelförmige Gestalt entfernte sich rasch.

»Kannst du mir mal erklären, wovor du dich versteckst?«, fragte Agilad genervt.

Rainolf berichtete ihm von dem Vorfall im Geschäft und dem widerlichen Verhalten des Quaestors.

»Walraban hat ihn nicht verprügelt?«, fragte Agilad erstaunt.

»Nein, weil ich ihn zurückgehalten habe. Sonst wäre Aulus Gemellus nur in vielen kleinen Stücken wieder aus dem Laden gekommen.«

Ein Grinsen erschien auf Agilads Gesicht. »Schade, dass er es nicht getan hat. Verdient hätte es der dicke Quaestor allemal.«

Rainolf fiel siedend heiß ein, dass Walraban im Laden auf ihn und das Brot wartete. Hastig verabschiedete er sich von Agilad. Der fragte noch, ob sie sich am nächsten Abend auf ein paar Becher Met in einer Taberna treffen sollten. Rainolf murmelte eine unverbindliche Zustimmung und trabte davon.

Zwei Blöcke entfernt erreichte er schließlich das Haus des alten Bäckers Hulfilas. Er belieferte Sigolfs Familie schon seit Rainolfs Kindheit mit Brot.

Hulfilas lächelte ihm aus seinen kleinen Schweinsäuglein entgegen. »Sei gegrüßt, Rainolf. Drückst du dich wieder vor der Arbeit?«

Er kannte den jungen Ubier wirklich gut, leugnen hatte für Rainolf keinen Zweck.

»Wie du siehst. Außerdem hätte ich gerne zwei Laibe Panis plebeius. Wenn es geht, ausnahmsweise mal nicht verkohlt«, neckte er zurück.

Rainolf sah zu, wie der Bäcker einige sündhaft teure Panis candidus aus dem Ofen zog. Zur Feier seines Geburtstags hatte Sigolf letztes Jahr gleich zehn Stück davon geordert.

Es hatte vorzüglich geschmeckt und Rainolf hatte sich so große Mengen davon hineingestopft, dass sein Vater ihn schließlich hatte zur Ordnung rufen müssen.

»Wann wird deine Schwester Farhild denn nun heiraten?«

Hulfilas würde für die Feier das Brot liefern, das war schon lange abgemacht.

»Das wüsste ich selbst gerne. Aber es steht immer noch kein Datum fest. Der Priester hat sich noch nicht entschieden.«

Es war höchste Zeit, dass Farhild eine Ehe einging, schließlich zählte sie schon siebzehn Jahre. Rainolfs verstorbene Mutter war bereits als Sechzehnjährige mit Rainolfs älterem Bruder Tyrgard schwanger gewesen. Sigolf hatte Farhild ständig gemahnt, sie müsse bald eine Familie gründen. An Verehrern hatte es ihr nicht gemangelt, denn sie sah sehr hübsch aus mit ihren großen, blauen Augen und den langen, blonden Haaren.

Sigolf konnte unglaublich hart bei Verhandlungen mit Käufern sein, aber er liebte seine Kinder über alles. Immer wieder hatte Farhild die Vorschläge ihres Vaters abgelehnt, keiner der Männer war ihr genehm. Sie konnte von Glück sagen, dass Sigolf so nachsichtig war, andere Töchter wurden einfach verheiratet, ohne gefragt zu werden. Da traf es sich günstig, als Farhild Markolf, den Sohn des Steinmetzmeisters Einher kennen lernte und sich Hals über Kopf in ihn verliebte. Sigolfs Erleichterung war groß gewesen.

Markolf war eine gute Partie, seine Familie war vor allem durch den Bau des Aquaeducts wohlhabend geworden. Die Wasserleitung, die aus der Eifel in die Stadt führte, war das größte Projekt, das die Römer je in Colonia in Angriff genommen hatten.

Rainolf mochte Markolf, er war ein netter Kerl, der oft

und gerne lachte, auch wenn er nicht der hellste Kopf war. Dafür absolut treu, was wiederum Farhild sehr wichtig war. Jetzt musste nur noch ein günstiger Termin für die Hochzeit gefunden werden. Das erwies sich aber als schwieriges Unterfangen. An unglaublich vielen Tagen des Jahres durfte man nach der Vorstellung der Römer nicht heiraten. Entweder weil es Unglück brachte oder weil es sich um einen Feiertag handelte. Es kam Rainolf schon fast erstaunlich vor, dass in Rom überhaupt Hochzeiten zu Stande kamen.

»Muss der alte Augur noch in irgendwelchen Eingeweiden lesen, ob die Götter gewogen sind?«, fragte Hulfilas spöttisch.

Rainolf wusste, dass der Bäcker die Priester im Tempel nicht sonderlich leiden konnte, seit sie letztes Jahr plötzlich entschieden hatten, ihr Brot bei einem Konkurrenten zu beziehen. Für Hulfilas hatte das einen herben finanziellen Verlust bedeutet.

Rainolf zuckte mit den Schultern. »Keine Ahnung, worauf die noch warten.«

»Im Zweifelsfall darauf, dass dein Vater noch mehr Geld an sie bezahlt«, gab der Bäcker in einem verächtlichen Tonfall zurück.

Nachdem Hulfilas den frisch gebackenen Laib aus dem Ofen gezogen hatte, machte der junge Ubier sich wieder auf den Heimweg und kaute vergnügt an dem Brot herum. Diesmal wählte er die Strecke über das Forum.

Es herrschte reger Betrieb, obwohl heute kein Markttag war. Unzählige Leute gingen, hetzten oder schlurften über den weitläufigen Platz. Fliegende Händler boten am Rande des Forums ihre Waren an. Ein paar Legionäre standen gelangweilt Wache vor dem Verwaltungsgebäude. Hinter diesen mit Fresken verzierten Mauern saßen die Beamten und achteten mit Argusaugen darauf, dass genügend Steuern eingenommen wurden.

Rainolf warf einen Blick auf die Sonnenuhr, die sich in der Mitte des Platzes befand, und stellte fest, dass er bereits seit fast zwei Stunden unterwegs war. Er musste sich sputen.

*

Die Stadt blieb ihnen fremd. Es war zwar nicht ihr erster Besuch in Colonia, aber ein Leben in großen Steinhäusern und mit tausenden von Menschen auf engem Raum schreckte sie zutiefst ab. Sie liebten die freien, weiten Landschaften und riesigen Wälder ihrer Heimat, jenseits des Rhenus.

Die beiden Tenkterer versuchten, sich möglichst unauffällig zu verhalten, wie es Falgar ihnen aufgetragen hatte. Natürlich erkannten die Bürger der Stadt, welchem Germanenstamm die zwei Fremden angehörten. Ihre geflochtenen Zöpfe und die grob genähte Kleidung sprachen Bände. Aber Besucher aus dem Freien Germanien waren keine Seltenheit in Colonia. Der Handel zwischen den Völkern führte viele Menschen her, die zum ersten Mal in ihrem Leben eine befestigte Stadt sahen.

Falgar hatte ihnen eingebläut, falls man sie fragte, was sie in Colonia vorhätten, so sollten sie sich als Händler ausgeben, die Waren für ihr Heimatdorf kaufen wollten. Doch niemand hatte sie bisher angesprochen. Nicht einmal die Wache am Tor, durch das sie am Morgen die Stadt betreten hatten. Der Legionär hatte sie nur mit einem kurzen Blick gestreift, ohne sich wirklich für sie zu interessieren. Der nächste Tag war ein Markttag und daher riss der Strom der Neuankömmlinge nicht ab.

Die zwei Männer sprachen kein Wort miteinander, tauschten nur rasche Blicke aus. Sie waren nervös, auch wenn man es ihnen kaum ansah. Als erfahrene Kämpfer hatten sie es gelernt, ihre Gefühle zu verbergen. Doch sie durften sich nicht als Krieger zu erkennen geben. Was bei ihrem Aussehen nicht ganz einfach war: Den einen zierte eine lange Narbe im Gesicht, die von einem Schwerthieb herrührte. Dem anderen standen lange, struppige Haare vom Kopf ab und sein Vollbart wirkte – anders als bei einem Händler – sehr ungepflegt.

Der Narbige nestelte erneut nach dem Lederbeutel unter seiner Jacke. Er durfte ihn auf keinen Fall verlieren. Das Bild auf dem Beutel war ihr Erkennungszeichen. Sie kannten nur den Treffpunkt vor dem Tempel des Jupiters und die Uhrzeit. Genau am Mittag, wenn die Sonne am höchsten stand, mussten sie dort sein, um einen Mann zu treffen. Sie kannten seinen Namen nicht, lediglich eine grobe Beschreibung seines Aussehens hatten sie erhalten. Aber da sie selbst als Tenkterer kaum zu übersehen waren, durften sie sicher sein, dass der Kontaktmann sie erkennen würde.

Den Weg bis zum Tempel zu finden erwies sich als simpel, zumal die Straßen exakt rechtwinklig angelegt waren – etwas, was sie aus ihrer Heimat nicht kannten. Der Narbige blickte zum Himmel, als sie den vereinbarten Ort erreichten. Die Sonne stand genau im Zenit. Forschend blickten sich beide um, als auch schon ein Mann auf sie zutrat und einen Lederbeutel zückte, auf dem sich das gleiche Bild wie auf dem ihrigen befand. Er tat, als suchte er darin nach ein paar Geldstücken.

»Verzeiht, Herr, könntet Ihr uns den Weg zum Forum zeigen?«, fragte der Narbige.

Das war der vereinbarte Satz, mit dem sie den Mann ansprechen sollten.

»Natürlich. Ihr seid wohl fremd hier. Ich kann Euch gerne führen.«

Er wies mit der Hand nach rechts und die beiden Tenkterer folgten ihm. Der Mann sah sich misstrauisch um, während sie die breite Straße entlanggingen. Doch niemand schien Notiz von ihnen zu nehmen.

»Gab es Schwierigkeiten beim Eintritt in die Stadt?«, fragte der Mann schließlich.

Der Bärtige schüttelte seine Mähne. »Nein, niemand hat uns aufgehalten. Wo bringst du uns hin?«

»Zunächst zu einem Ort, wo ihr euch versteckt halten könnt. Heute Abend müsst ihr dann einen besonderen Auftrag ausführen. Unser Plan hat sich geringfügig geändert.«

Die zwei Krieger tauschten erstaunte Blicke aus.

»Falgar hat uns gesagt, wir sollten als Botschafter dienen.«

»Keine Sorge«, winkte der Mann ab, »das werdet ihr auch. Aber was ihr heute zu erledigen habt, geht erst einmal vor.« Mit einem amüsierten Grinsen fügte er hinzu: »Ich bin sicher, der Auftrag wird euch gefallen. Auf das Töten versteht ihr euch doch.«

*

Als Rainolf den Laden betrat, erwarteten ihn die beiden Sklaven in heller Aufregung.

»Er ist einfach gegangen«, empörte sich Baldwin.

»Nein, ist er nicht, schließlich hat er was gesagt«, mischte sich Albuin ein.

»Von wem redet ihr?«, fragte Rainolf irritiert.

»Von Walraban«, sagten beide gleichzeitig.

»Wohin ist er gegangen?«

»Keine Ahnung«, erfolgte die Antwort wieder unisono.

Manchmal konnten die beiden Sklaven einen in den Wahnsinn treiben. Rainolf fragte sich nicht zum ersten Mal, ob sie das mit Absicht machten. Die zwei Sklaven waren seiner Familie treu ergeben und aufgrund ihrer Stärke und Größe – sie überragten Rainolf um Haupteslänge – auch sehr hilfreich im Laden, verfügten aber nicht gerade über sonderlich viel Intelligenz.

Die beiden Brüder stammten aus einem Dorf südwestlich von Colonia, in das Sigolf eine Handelsreise geführt hatte. Sie waren Waisen und ihre Verwandten hatten es sich nicht leisten können, sie durchzufüttern. So hatte man sie kurzerhand gegen den Preis von einer Axt, zwei Dolchen und vier Sack Getreide an den Händler verkauft. Seitdem lebten die beiden bei Sigolfs Familie in Colonia und besser hätten sie es nicht treffen können. Im Gegensatz zu vielen anderen Bürgern behandelte Sigolf seine Sklaven ausgesprochen gut. Körperliche Züchtigung lehnte er ab, auch wenn er das Recht dazu gehabt hätte, schließlich galten Sklaven als Besitz, mit dem man machen konnte, was man wollte.

Rainolf hob die Hand und wandte sich an Albuin. »Also, der Reihe nach: Was ist passiert?«

»Vor einer Stunde etwa hat Walraban das Geschäft verlassen. Er sagte nur, dass wir keinen Kunden hereinlassen sollen, solange du nicht da bist.« Der Sklave zuckte dabei demonstrativ mit den Schultern.

»Er schien ziemlich schlecht gelaunt zu sein«, fügte Baldwin hinzu.

Rainolf war völlig perplex. Walraban hatte den Laden

noch nie allein gelassen, wenn alle Familienmitglieder aushäusig waren. Das sah ihm überhaupt nicht ähnlich.

Doch bevor Rainolf sich weiter wundern konnte, betraten gleich mehrere Kunden den Laden. Die nächsten Stunden herrschte reger Betrieb und es bot sich keine Gelegenheit, den Verbleib von Walraban zu erforschen. Schließlich musste Rainolf sogar Farhild bitten, beim Verkauf zu helfen. Normalerweise kümmerte sie sich nur um die Küche und den Haushalt, da sich die Familie neben Albuin und Baldwin keine weiteren Sklaven leisten konnte. Farhild war eine hervorragende Köchin und Rainolf dachte mit Sorge an die Zukunft, wenn sie zu Markolf ziehen würde.

Glücklicherweise tauchte am Nachmittag Rainolfs älterer Bruder Tyrgard auf. Tyrgard sah aus wie der Inbegriff eines Germanen, zumindest wie die Römer sich einen vorstellten: hoch gewachsen, mit breiten Schultern, langen, blonden Haaren und wasserblauen Augen. Rainolf hingegen kam ganz nach seiner Mutter. Sein Haar war eher dunkel, sein Gesicht feiner geschnitten und seine Gestalt deutlich schmächtiger als die seines Bruders. Vom Wuchs war Rainolf kaum größer als ein Römer – was ihn unter Germanen des Öfteren zur Zielscheibe von Hohn und Spott machte. Tyrgard wohnte mit seiner Frau Amalas und seinen beiden kleinen Kindern zwei Häuserblöcke weiter. Er arbeitete nur noch selten im Laden, weil er hauptsächlich für die Beschaffung der Waren verantwortlich und entsprechend oft unterwegs war.

So würde er auch am nächsten Morgen mit zwei anderen Händlern den Weg zum Oceanus germanicus antreten, wo die Friesen und Chauken lebten. Es war nicht ungefährlich, sich dorthin zu begeben. Obwohl seit vielen Jahren Frieden in Germanien herrschte, konnte man nie vor Räubern sicher sein. Doch Tyrgard war schon immer sehr mutig gewesen und hatte sich außerdem mit einem anderen Händler aus Bonna zusammengetan, der zum ersten Mal nach Norden reiste. Tyrgard, der bereits einmal bis zum Meer gelangt war, sollte als Führer fungieren, während sein wohlhabender Geschäftspartner einen Begleitschutz von acht kräftigen Sklaven stellte. Sigolf hoffte, dass sein ältester Sohn vor allem die begehrten Robbenpelze und vielleicht sogar den seltenen Bernstein mitbrachte.

»Dich schickt Wodan«, begrüßte Rainolf seinen Bruder erleichtert. »Walraban ist nicht da und halb Colonia hat sich verabredet, heute in unseren Laden zu kommen.«

»Wo steckt Walraban denn?«, fragte der Bruder erstaunt.

Rainolf hatte weder Lust noch Zeit, ihm den Zwischenfall vom Vormittag zu schildern, und tat deshalb ahnungslos. »Ich glaube, er wollte irgendwas besorgen«, antwortete er vage.

Tyrgard runzelte nachdenklich die Stirn.

»Könntest du jetzt bitte helfen? Vor allem müssen Waren aus dem Lager geholt werden, hier vorne fehlt schon die Hälfte«, drängelte Rainolf mit gedämpfter Stimme, da schon wieder neue Kunden den Laden betraten.

Tyrgard zierte sich erwartungsgemäß. Er ließ sich gern von seinem kleinen Bruder bitten. »Ich müsste noch einige Vorbereitungen zu Hause treffen. Du weißt schon, die Reise ist äußerst wichtig für unser Geschäft.«

»Und wenn du jetzt nicht hier hilfst, kannst du die Reise morgen erst gar nicht antreten, weil dich Vater vorher erschlägt.« Rainolf hielt ihm eine Wachstafel hin. »Ich übernehme das Holen der Waren. Liste du dann bitte die hier aufgestapelten Sachen auf und rechne dann den Verkaufspreis anhand der Menge und des Einkaufspreises aus.«

Rainolf wusste ganz genau, dass sein Bruder kaum Schreiben konnte. Dass Rainolf des Lesens und Schreibens mächtig war – in Germanien alles andere als eine Selbstverständlichkeit –, verdankte er seinem Onkel Gyragil, der vor einem Jahr verstorben war. Dieser hatte seinen Bruder Sigolf überzeugt, dass es zum Wohle des Geschäfts war, wenn er Tyrgard und Rainolf Lesen, Schreiben und Rechnen beibrachte. Gyragil hatte sich diese Fähigkeiten mühsam auf sich allein gestellt angeeignet, während er bei einem römischen Geschäftsmann in die Lehre gegangen war.

Zur Verwunderung seines Vaters lernte Rainolf gerne, ja das Wissen faszinierte ihn geradezu. Ganz im Gegensatz zu Tyrgard, der sich schwer tat, allein das Alphabet zu beherrschen. Manchmal hatte sich Sigolf gefragt, ob es richtig gewesen war, Rainolf unterrichten zu lassen, wenn sein Sohn wieder bis spät in die Nacht über irgendwelchen Schriftrollen und Wachstafeln hockte. Aber solange die Arbeit im Geschäft nicht darunter litt, akzeptierte er die Leidenschaft seines jüngsten Sohnes.

Gyragil hatte es sehr gefreut, als Agilad Rainolf die Schriftrollen auslieh. Solchen Luxus hätte Sigolf sich nie leisten können. Rainolf verschlang alle Texte, die er in die Finger bekam, sogar die der großen Philosophen wie Aristoteles und Platon. Ganz besonders hatte ihn das Buch der Logik des Aristoteles beeindruckt. Die Lehre war von bestechender Klarheit: Aus bestimmten Voraussetzungen ließen sich zwingend nur eindeutige Schlüsse ziehen. Diese Erkenntnis faszinierte Rainolf: Wenn man gegebene Tatsachen kombinierte, kam man zu einem ganz bestimmten Ergebnis, das unwiderlegbar richtig sein musste.

Tyrgard reagierte nun auf die hingehaltene Wachstafel,

wie Rainolf es erwartet hatte. Er sah ihn finster an, während Rainolf mit völlig unschuldiger Miene dastand.

»Mach du den Schreibkram. Ich kann eh besser größere Lasten schleppen als du«, antwortete Tyrgard grummelig und stapfte an ihm vorbei.

Rainolf konnte sich ein Grinsen nicht verkneifen. Im Feilschen war Tyrgard wirklich gut, die Schreibarbeit mit Wachstafeln empfand er aber als mühsam und qualvoll. Dementsprechend oft machte er Fehler bei Auflistungen und Berechnungen. Wenigstens in dieser Hinsicht konnte Rainolf seinen älteren Bruder überflügeln.

Als Rainolf abends den Laden abschloss, war Walraban immer noch nicht aufgetaucht. Tyrgard hatte sich auf den Heimweg gemacht, nachdem er sich liebevoll von seiner kleinen Schwester Farhild verabschiedet hatte. Gegenüber Rainolf war er nicht ganz so herzlich gewesen. Trotzdem wünschte der jüngere Bruder ihm alles Gute und dass er heil und gesund zurückkommen möge. Zwei Monate würde Tyrgard mindestens unterwegs sein.

Langsam machte Rainolf sich ernsthafte Sorgen, wo Walraban stecken könnte. Er blickte ratlos zu Albuin und Baldwin hinüber.

Auch Farhild war sehr beunruhigt. Ihre Bewegungen waren fahrig. »Es passt so gar nicht zu Walraban, stundenlang wegzubleiben, wenn Vater abwesend ist«, sagte sie schließlich.

Rainolf brummte eine Zustimmung.

»Vielleicht ist ihm etwas passiert. Wir sollten Albuin und Baldwin ausschicken, um nach ihm zu suchen«, insistierte sie weiter.

Sorgenfalten hatten sich auf ihrem hübschen Gesicht gebildet, zwei steile Striche zwischen ihren Augenbrauen. Rainolf konnte es nicht ertragen, wenn seine kleine Schwester unglücklich war.

»Du hast Recht. Auch wenn ich sicher bin, dass er nur zu irgendwelchen Freunden gegangen ist, sollte er uns nicht so lange warten lassen.«

Dabei glaubte er selbst nicht, was er da zur Beruhigung Farhilds sagte. Rainolf befahl den beiden Sklaven, sich auf die Suche nach Walraban zu begeben, während er im Laden bleiben würde, für den Fall, dass der Gesuchte zurückkam.

Erleichtert, etwas unternehmen zu dürfen, zogen Albuin und Baldwin los. Doch nach einer Stunde kehrten die beiden erfolglos wieder zurück. Walraban war weder bei einem Freund noch in einem der Geschäfte, die er normalerweise frequentierte, zu finden gewesen. Und niemand hatte ihn in den letzten Stunden gesehen.

Glücklicherweise kehrte Sigolf wenig später zurück. Er war für seine sechsundvierzig Jahre noch sehr schlank und kräftig, wenn er auch nie ein Hüne gewesen war. Allerdings wurden seine Haare langsam grau. Er hatte an diesem Tag von einigen Villae rusticae lukrative Aufträge bekommen. Deshalb kehrte er auch erst jetzt heim, denn die Gutshofbesitzer waren zähe Verhandlungspartner.

Aufgeregt berichtete Rainolf ihm von dem Auftritt Aulus Gemellus' am Morgen und dem Verschwinden Walrabans. Die Miene seines Vaters verdüsterte sich schlagartig. Rainolf drängelte, dass sie erneut nach Walraban suchen sollten.

Doch Sigolf winkte ab. »Nein, Walraban ist ein freier Mann. Wenn er heute Abend nicht nach Hause kommt, ist das sein Recht. Er hat das Geschäft auch nicht allein gelassen, sondern Albuin und Baldwin beauftragt, niemanden hereinzulassen, solange du nicht da warst. Und offensichtlich habt Tyrgard und du auch ohne ihn gute Geschäfte gemacht.« Er ließ zufrieden seinen Blick über die geminderten Bestände im Laden schweifen.

Sigolf schickte die beiden Sklaven und Farhild schlafen und setzte sich im Geschäftsraum an den kleinen Tisch, der zum Abwiegen der Ware und Zählen des Geldes diente. Rainolf gesellte sich zu ihm. Doch statt über Walraban zu sprechen, berichtete Sigolf ausführlich von seinen erfolgreichen Verhandlungen mit den Gutsbesitzern. Rainolf konnte sich kaum darauf konzentrieren. Sein Blick wanderte immer wieder zur Tür.

Die Zeit schien sich endlos in die Länge zu ziehen. Schließlich übermannte Rainolf die Müdigkeit. Auch sein Vater wollte nicht mehr länger warten. Sie stiegen die Treppe zu ihren Kammern hinauf. Wenige Augenblicke später war Rainolf fest eingeschlafen.

*

Ein leichter Wind war aufgekommen. Der Quaestor zog seinen weiten Umhang fester um die dicken Hüften. Ihn fröstelte. Zwar wusste niemand von seinem Vorhaben, dennoch wurde er das Gefühl nicht los, dass ihn jemand verfolgte. Immer wieder blickte er sich misstrauisch um, während er durch die Gassen zum Fluss schritt, konnte jedoch niemanden entdecken.

Als er beim Tor zum Hafen anlangte, atmete er erleichtert auf. Fackeln warfen einen hellen Schein auf den Weg. Er nickte dem wachhabenden Legionär mit dem Milchgesicht zu. Der junge Soldat sah zwar, dass ein Römer an ihm vorbeilief, hatte aber keine Ahnung, um wen es sich handelte. Er war erst vor Kurzem nach Colonia versetzt worden.

Aulus Gemellus zog es vor, sich nicht mit dem Burschen zu unterhalten. Es war zwar nicht ungewöhnlich, dass ihn seine Schritte zum Rhenus führten, da er dort des Öfteren die Dienste der Huren, die am Ufer auf Kunden warteten, in Anspruch nahm. Doch heute hatte er ein anderes Ziel, und das brauchte niemand zu wissen.

Als er die billigen Freudenmädchen passierte, wallte das bekannte Gefühl in ihm hoch. Es erfüllte ihn mit tiefer Erregung, sich für wenig Geld eine der armseligen Frauen zu nehmen und sie zu erniedrigen. Es handelte sich ausnahmslos um Germaninnen, die meisten waren vom Land in die große Stadt gekommen, um der Armut zu entfliehen. Doch hier traf sie ein noch härteres Los. Aulus Gemellus war dies völlig egal. Seiner Weltanschauung nach gab es immer viele Verlierer und wenige Gewinner. Er wollte zu den Siegern gehören. Und sein Weg heute führte ihn zum großen Los. Bei dem Gedanken überzog ein Grinsen sein feistes Gesicht.

Es kam ihm vor, als sei ihm Fortuna persönlich erschienen. Nie hätte er zu hoffen gewagt, dass seine Träume derartig rasch in Erfüllung gehen könnten. Bald würde er ein reicher Mann sein und nach Rom zurückkehren können. Endlich käme er von diesem fürchterlich kalten und unzivilisierten Ort fort. Er hasste die Barbaren und sehnte sich nach seiner Heimatstadt. Aulus Gemellus malte sich in Gedanken aus, wie er dort seinen Reichtum und die Macht mehren würde.

Dabei war es so unglaublich einfach gewesen. Er hatte noch nicht einmal viel tun müssen, nur seinen wachen

Verstand walten lassen. Ihm machte so schnell keiner was vor.

Er lief bis zum Ende der Stadtmauer. Dann verlor sich seine breite Gestalt in der Dunkelheit.

II. Tag

Der Hahn des Nachbarn weckte Rainolf kurz nach Sonnenaufgang mit seinem penetranten Krähen. Rainolf überkamen wilde Fantasien von gebratenen Hühnern und er nahm sich zum hundertsten Mal vor, das verdammte Vieh heimlich einzufangen und ihm den Hals umzudrehen. Andererseits – wenn er schon mal wach war, konnte er seinen Vater auch gleich beeindrucken und vor ihm im Laden sein. Sigolf warf ihm häufig vor, viel zu faul für einen Händler zu sein.

Er lief die Treppe zum Verkaufsraum hinunter und musste zu seiner Verblüffung feststellen, dass er nicht der Erste war: In der Küche hörte er Farhild mit Töpfen klappern, Albuin und Baldwin stapelten fleißig die schweren Waren, während sein Vater einige billige Schmuckstücke auf der Statera auswog. Der scharfe Blick aus seinen blaugrauen Augen traf Rainolf.

»Ah, du bist schon auf! Sehr erfreulich, das erlebt man ja selten.« Seine Stimme triefte vor Sarkasmus. »Du kannst gleich mit anfassen, wir müssen die neu hereingekommenen Schuhe noch sortieren. Baldwin hat sie alle durcheinander geworfen.«

Sigolf wandte sich erneut dem Schmuck zu, als ihm scheinbar ein weiterer Gedanke kam. In Wahrheit hatte er sich den Satz bewusst bis zum Ende aufgespart. »Zu schade, dass du deinen Bruder nicht mehr verabschieden konntest.«

Deshalb waren alle schon vor Sonnenaufgang wach gewesen! Es war üblich, dass Tyrgard am Morgen, bevor er zu einer Reise aufbrach, noch einmal seinen Vater aufsuchte und dann hatten alle anwesend zu sein, um ihren Familiensinn zu bekräftigen.

Rainolf versuchte, sich nicht anmerken zu lassen, dass er die Abreise vergessen hatte, nickte nur bedauernd und machte ein möglichst zerknirschtes Gesicht. Um vom Thema abzulenken, fragte er, ob Walraban inzwischen nach Hause gekommen sei. Sein Vater blickte erneut vom Wiegen auf.

»Ja, ich habe vorhin einen Blick in sein Zimmer geworfen. Es scheint ihm jedoch nicht gut zu gehen und ich habe ihn deshalb noch etwas schlafen lassen. Lass ihn noch ein Weilchen liegen.«

Das war für Rainolf das Stichwort. Er verspürte keine Lust, den Tag damit zu beginnen, stundenlang Sachen aus dem Lager zu räumen und aufzulisten. »Wer holt denn dann heute Morgen das Brot?«, fragte er unschuldig.

Wenn Sigolf im Haus war, fiel das unter Walrabans Aufgaben. Sigolf blickte sichtlich genervt, weil er wieder beim Zählen unterbrochen worden war, und machte eine unwillige Handbewegung. »Hol du es, aber beeil dich«, sagte er und warf Rainolf zwei Asse zu.

Bevor sein Vater es sich anders überlegen konnte, war er schon durch die Tür. Er dachte gar nicht daran, den direkten Weg zu Hulfilas zu nehmen. Da es durchaus vorkam, dass der

Bäcker das bestellte Brot noch nicht fertig hatte, konnte er dies stets als Ausrede für verspätetes Heimkommen angeben.

Gemächlich spazierte Rainolf in Richtung Flussufer. Er wollte das Einlaufen der kleinen Fischerboote beobachten. Vielleicht würde er ja auch den alten Hadumar treffen, einen Freund seines verstorbenen Großvaters. Hadumar hatte ein vom Wetter gegerbtes Gesicht und Hände wie Leder. Er sprach nie viel, war aber einer der besten Fischer am gesamten Rhenus. Niemand kannte den Fluss so gut wie er. Rainolf mochte ihn sehr, der Alte hatte ihn schon oft in seinem Boot mitgenommen und ihm das Angeln und Knotenbinden beigebracht.

Der junge Ubier passierte das Stadttor. Das Ufer und eine schmale Insel vor Colonia begrenzten einen Seitenarm, der ein natürliches Hafenbecken bildete. Der Rhenus floss scheinbar träge dahin. Doch Rainolf wusste, welch mächtige Kraft sich in der Strömung verbarg. Wenn der Fluss wollte, konnte er auch den besten Schwimmer einfach verschlingen.

Durch das Schmelzwasser aus den Bergen war der Pegel in den letzten Tagen gestiegen, allerdings in einem noch nicht Besorgnis erregenden Maß. Eine alte, reichlich knarrende Holzbrücke führte über den Seitenarm.

Auf dem kaum mannshohen Hügel hatten die Fischer ihre Hütten erbaut. Sie bestanden aus Holz statt aus Stein und die Fenster waren einfach mit Fellen verhangen. Lediglich ein kleiner Altar, der der Schiffsgöttin Nehalennia geweiht war, hob sich von der Armseligkeit ab.

Der kurze Sandstrand der Insel war bereits übersät mit Booten, was Rainolf überraschte. Normalerweise kamen die letzten Fischer erst frühestens in einer Stunde wieder zurück. Noch mehr erstaunte es ihn, dass keiner der Männer zu sehen war, noch nicht einmal die üblichen Wäscherinnen arbeiteten am Ufer. Erst als er seinen Blick nach rechts schweifen ließ, entdeckte er den Grund.

In wenigen hundert Fuß Entfernung hatte sich eine Menschenmenge angesammelt. Die Leute bildeten einen Halbkreis und starrten auf etwas, was am Boden lag. Rainolf drängelte sich durch die Menge, um sehen zu können, was es da so Interessantes gab.

Gerade wollte er sich an einem breitschultrigen Mann vorbeischieben, als er in der Bewegung erstarrte. Der Anblick traf ihn wie ein Schlag.

Auf dem Kies, noch mit den Füßen im Wasser, lag ein Toter. Ein Messer steckte zwischen seinen Rippen. Er ruhte auf der Seite und sein Hals war merkwürdig verdreht, sodass das Gesicht im Sand verborgen war. Dafür sah Rainolf die Eingeweide. Dem Mann war brutal der Bauch aufgeschlitzt worden.

Die Germanen hatten zwar im Gegensatz zu den Römern keine ausgesprochene Scheu vor Toten, aber in diesem Fall traute sich keiner, der Leiche zu nahe zu kommen: Der Mann hatte schwarze Haare und trug eine Toga. Was nichts anderes hieß, als dass es sich um einen Römer handelte. Das bedeutete Ärger, viel Ärger.

Endlich stand Rainolf ganz vorn. Trotz des hässlichen Anblicks erfasste ihn eine eigenartige Faszination. Welchen Grund mochte es wohl für das Verbrechen geben?

Plötzlich durchzuckte Rainolf erneut ein eiskalter Schreck. Sein Blick war auf den Dolch gerichtet – er wusste, wem die Waffe gehörte!

Bevor er einen klaren Gedanken fassen konnte, vernahm er das typische Rasseln und Klirren marschierender Legionäre. Rainolf sah zum Hafentor. In voller Rüstung, die langen Speere und die großen, rechteckigen Schilder in den Händen, näherten sie sich im zügigen Gleichschritt. Ihnen voran lief der Aedil Lucius Curilius, Leiter der Praefectus urbani. Er war in Colonia für die Aufklärung von Verbrechen an Bürgern und die Festnahmen der Täter zuständig. Er hielt sich betont aufrecht und zeigte stets einen ernsten Gesichtsausdruck. Wahrscheinlich ein Tribut an sein Amt. Jedenfalls galt er als tüchtiger, aber auch gestrenger Aedil.

Schon teilte sich die Menge, um die Römer durchzulassen. Für einen Augenblick überkam Rainolf die verrückte Idee, zu der Leiche zu springen und den Dolch verschwinden zu lassen. Doch es war bereits zu spät, der Aedil trat vor den Toten.

Schweiß bildete sich auf Rainolfs Stirn und er konnte seinen Blick nicht von der Waffe wenden. Ein Pferd war in den hölzernen Griff geschnitzt und das Heft bestand aus Bronze. Die metallene Klinge war auffallend schmal und besaß Schneiden auf beiden Seiten. Ein außergewöhnliches Messer und Rainolf kannte es gut – es gehörte Walraban.

Der Aedil kniete nieder und nahm die Leiche genau in Augenschein. Dann drehte er vorsichtig ihren Kopf. Ein Aufschrei ging durch die Menge, als sie das sandbedeckte Gesicht von Aulus Gemellus erkannte. Seine Augen waren weit aufgerissen, die Haut kalkweiß. Sein Mund stand offen, als wollte er schreien. Getrocknetes Blut klebte auf seinem Doppelkinn und selbst die Zähne waren rot gefärbt.

Penibel suchte der Aedil den Toten nach verräterischen Spuren ab. Er schien sein Handwerk zu verstehen. Gespannt verfolgte Rainolf jede Bewegung. Dabei fiel ihm auf, dass im Haar der Leiche ein paar zerquetschte rosa-violette Blüten hingen: Lungenkraut. Es wirkte absurd, als hätte man den Toten bereits zur Bestattung hergerichtet.

Schließlich erhob sich Lucius Curilius und ließ seinen strengen Blick über die versammelte Menge schweifen. »Hat jemand etwas beobachtet? Hat mir jemand etwas über den heimtückischen Mord an einem römischen Beamten zu erzählen?«

Atemlose Stille herrschte. Rainolf hatte noch nie eine so große Ansammlung von Menschen schlagartig erstarren sehen.

Als der Aedil keine Antwort erhielt, bückte er sich erneut, packte das Messer und riss es mit einem Ruck aus dem Bauch des toten Aulus Gemellus heraus. Dann hielt er es hoch über seinen Kopf. »Weiß jemand, wem dieser Dolch gehört?«

Rainolf schien es, als würde in diesem Moment blankes Eis durch seine Adern fließen. Er hielt die Luft an, da hörte er aus den hinteren Reihen eine heisere Stimme krächzen: »Ja, ich weiß es.«

Eine dürre Gestalt drängte sich vor. Es war Hunfridu, ein alter Korbflechter, der manchmal auch für Rainolfs Vater Körbe anfertigte. Er hatte zahllose Falten im Gesicht und besaß noch genau vier Zähne. Rainolf war sich sicher, dass dem Alten nicht klar war, dass er jemanden mit seiner Aussage zum Tode verurteilen würde. Hunfridu war ein einfaches Gemüt und wollte den Aedilen wahrscheinlich bloß mit seinem Wissen beeindrucken.

»Das ist Walrabans Dolch. Er arbeitet beim Händler Sigolf.«

Rasch drückte sich Rainolf in die Menge zurück. Wenn Hunfridu ihn bemerken würde, hätte er bestimmt nichts

Eiligeres zu tun, als dem Aedilen zu erzählen, dass er der Sohn von Sigolf war. So schnell ihn seine Beine trugen, rannte Rainolf nach Hause. So weit wie heute war ihm der Weg noch nie vorgekommen.

Völlig außer Atem stürzte Rainolf zu dem kleinen, separaten Anbau im Hinterhof, in dem sich Walrabans Zimmer befand. Der junge Ubier schlug mit den Fäusten fast die Holztür ein, bis sie endlich geöffnet wurde. Walraban trug ein Hemd, das über die Oberschenkel reichte, und seine Haare waren zerzaust. Irritiert blinzelte er ihn aus zusammengekniffenen Augen an. Rainolf wusste die Zeichen aus eigener Erfahrung zu lesen: Walraban hatte einen ziemlichen Kater.

Rainolf schrie sofort los: »Was ist gestern Nacht passiert?«

Der heftige Ausbruch und die abgehetzte Erscheinung ließen Walraban noch verwirrter blicken. »Gestern Nacht? Wovon redest du?«, fragte er mit belegter Stimme.

»Wovon ich rede? Von Aulus Gemellus natürlich!«

Walraban winkte ab, drehte sich um und schlurfte gähnend in sein Zimmer zurück. Mit der Hand bedeutete er Rainolf zu folgen.

»Ach, der Idiot! Keine Angst, ich habe meine Wut überwunden. Gestern hätte ich ihm am liebsten den Schädel eingeschlagen, aber heute kann ich ihn eigentlich nur noch verachten. Warum fragst du? Du warst doch dabei.« Walraban setzte sich auf sein zerwühltes Lager.

Rainolf hatte die Tür hinter sich geschlossen, damit sie niemand hören konnte. Er war verunsichert, wie er die Worte deuten sollte. »Ich frage, weil Aulus Gemellus tot am Ufer des Rhenus liegt. Jemand hat ihm mit einem Messer den Bauch aufgeschlitzt«, sagte er.

Schlagartig war Walraban wach. Er starrte den Jüngeren entsetzt an. Natürlich begriff er sofort, was diese Nachricht für ihn bedeutete. »Weiß man, wer es getan hat?«

»Der Aedil Lucius Curilius war bei der Leiche und glaubt zu wissen, wer es getan hat.« Rainolf holte tief Luft: »Aulus Gemellus ist mit deinem Dolch erstochen worden. Ich habe ihn sofort erkannt. Wie auch der alte Hunfridu, und der konnte leider sein Maul nicht halten. Er hat dem Aedilen verraten, dass du der Besitzer des Dolches bist.«

Walrabans Hand zuckte unwillkürlich zu seiner Hüfte, wo er normalerweise den Dolch trug. Im nächsten Moment wurde ihm bewusst, dass er noch nicht angezogen war. Er sprang zu seinen Kleidern, die neben dem Bett lagen, und wühlte darin herum. Entsetzt rief er schließlich aus: »Er ist weg!«

Er starrte Rainolf an. Zum ersten Mal in seinem Leben sah der junge Ubier Furcht in Walrabans Augen.

»Er ist weg«, wiederholte der Freigelassene, als könne er es nicht fassen. Seine Beine schienen ihn plötzlich nicht mehr tragen zu wollen und er ließ sich auf das Bett fallen. »Sie müssen ihn mir gestohlen haben«, fuhr er tonlos fort.

»Wer hat ihn dir gestohlen?«

»Gestern Abend habe ich meine Wut über die Beleidigung des fetten Römers im Met ertränkt.« Er hielt kurz inne und blickte Rainolf beinahe verlegen an. »Ich weiß, ich habe dir oft genug gepredigt, dass man genau das nie tun soll, aber glaube mir, ich hatte mich trotzdem im Griff. Ich war in der Taberna *Schwarzer Stier* und hatte schon ein paar Becher getrunken, als mich zwei Fremde ansprachen. Tenkterer vom jenseitigen Ufer des Rhenus. Sie trugen Zöpfe und der eine hat eine Narbe, die quer über das Gesicht läuft. Sie luden mich zum Würfeln ein. Ich willigte ein, um die Demütigung zu vergessen. Ich kann nicht sagen, wie lange ich mit ihnen gewürfelt und wie viel Met ich getrunken habe, aber als ich merkte, dass ich genug hatte, verabschiedete ich mich und ging. Ich weiß zwar nicht mehr genau, welchen Weg ich nahm, aber irgendwie gelangte ich nach Hause. Das Nächste, was ich weiß, ist, dass du mich eben geweckt hast.« Walraban schüttelte fassungslos den Kopf. »Die beiden Tenkterer müssen mir während des Würfelspiels den Dolch gestohlen haben. Anders kann es nicht gewesen sein, denn ich bin mir sicher, ihn beim Eintreffen in der Taberna noch gehabt zu haben.«

»Du musst schnell fort, Walraban! Wenn die Römer dich erwischen, landest du im Kerker.«

Walrabans Körper schien sich plötzlich zu straffen, als würde er erst jetzt richtig zu sich kommen. »Und wo soll ich deiner Meinung nach hin?«, fragte er mit fester Stimme.

Rainolf überlegte fieberhaft. »Vielleicht auf die andere Seites des Rhenus, in die Sümpfe einen Tagesmarsch nördlich von Colonia, dort wo der Fluss einen Bogen macht. Gegenüber von Novaesium. Der Sumpf ist menschenleer. Dort werden dich die Römer nicht suchen.«

Walraban blickte ihn verächtlich an. »Niemand, der auch nur ansatzweise über Selbstachtung verfügt, wird sich freiwillig in dem Schlamm niederlassen. Wie lange, denkst du, soll ich dort bleiben? Eine Woche, einen Monat oder ein paar Jahre? Es gibt dort nichts zu essen und schon gar nichts Vernünftiges zu trinken und wird es auch nie geben.«

Rainolf wollte zu einer Antwort ansetzen, als laute Stimmen ertönten. Die Römer kamen!

Die beiden sprangen gleichzeitig auf. Rainolf blickte voller Panik auf die Tür. Es gab nur diesen Ausgang aus dem

Zimmer, an Flucht war nicht mehr zu denken. Zu seiner Überraschung zog sich Walraban in aller Ruhe seine Hose und Schuhe an und schritt voller Würde an ihm vorbei.

»Was hast du vor?«, fragte Rainolf erschrocken.

»Ich werde nicht vor den Römern weglaufen.«

Mit hocherhobenem Kopf öffnete er die Tür, just in dem Moment als die Legionäre der Stadtwache im Gleichschritt in den Hinterhof trabten. Ihre Rüstungen und Waffen rasselten, dass Rainolf eine Gänsehaut über den Rücken lief. Auch wenn er sie schon oft mit ihren blinkenden Helmen und Schilden hatte marschieren sehen, überkam ihn diesmal bei ihrem Anblick eine noch nie gekannte Furcht.

Als sie den stolz aufgerichteten Walraban sahen, blieben die römischen Soldaten verunsichert stehen.

»Ich nehme an, ihr sucht mich?«, fragte er in einem Tonfall, als würde er seine Diener empfangen.

Lucius Curilius drängte sich durch seine Legionäre nach vorn, mit Sigolf im Schlepptau, der permanent auf ihn einredete und dabei wild mit den Armen fuchtelte. Wenn die Lage nicht so ernst gewesen wäre, hätte Rainolf der Situation schon fast etwas Komisches abgewinnen können.

»Was soll das heißen, er hat jemanden ermordet? Das muss ein Irrtum sein! Er wäre dazu niemals fähig. So hört mich doch an!«, flehte Sigolf.

Doch der Aedil achtete nicht auf ihn, sondern ging auf Walraban zu. Drei Schritte vor ihm stoppte der Römer. »Bist du der Freigelassene Walraban, tätig für den Händler Sigolf?«

»Ja«, erfolgte die knappe Antwort. Walraban verzog dabei keine Miene. Er ließ sich nicht anmerken, irgendwie nervös zu sein, während sich Rainolf vor Aufregung fast der Magen umdrehte.

Der Aedil hielt mit seiner rechten Hand den Dolch in die Höhe. »Ist dies dein Dolch?«, fragte er mit lauter Stimme, damit es auch ja das gesamte neugierige Volk, das sich hinter den Legionären drängelte, hören konnte.

Walraban warf nur einen kurzen, gleichgültigen Blick darauf. »Ja, das ist er.«

Ein kurzer Aufschrei der Empörung ging durch die Menge.

»Im Namen des Senats und Volks von Rom nehme ich dich fest wegen Mordes an dem römischen Beamten Aulus Gemellus. Hast du noch irgendetwas zu sagen?«

»Ich habe ihn nicht umgebracht«, erwiderte Walraban, noch immer die Ruhe selbst.

Lucius Curilius zog skeptisch eine Augenbraue hoch. »Du leugnest die Tat?«

»Ich habe es nicht getan«, wiederholte Walraban. »Und bevor du mich fragst: Ich weiß auch nicht, wer es getan hat. Man hat mir gestern Abend den Dolch gestohlen.«

»Und wer soll ihn dir gestohlen haben?«, fragte der Aedil mit einem spöttischen Grinsen.

»Zwei Tenkterer.«

»Das ist die dümmste Ausrede, die ich seit Langem gehört habe.« Mit einer raschen Bewegung seines Armes deutete er auf Walraban und rief barsch: »Abführen!«

Zwei Legionäre trabten vor, nahmen rechts und links von Walraban ihre Position ein und banden ihm die Hände mit Lederriemen auf den Rücken. Obwohl es wehtun musste – Rainolf sah, wie die Fesseln in die Handgelenke schnitten –, blieb Walrabans Miene ausdruckslos.

Rainolf schluckte, seine Kehle war wie ausgetrocknet.

Sein Vater baute sich fassungslos vor dem Aedilen auf: »Das könnt Ihr nicht machen!«

»Willst du mich an der Ausübung meiner Pflicht hindern, Sigolf?«, fragte Lucius Curilius mit kalter, gefährlicher Stimme, ganz der römische Beamte.

»Nein, nein, aber …«, stotterte Sigolf verwirrt.

Ein kurzes Kopfnicken des Aedils genügte und die Legionäre setzten sich in Zweierreihen in Bewegung. Die beiden Römer, die Walraban flankierten, stießen ihn grob vorwärts, sodass er fast gestolpert wäre.

Farhild hatte kreidebleich in der Menge gestanden und machte nun einen Schritt auf Walraban zu. Tränenüberströmt streckte sie den Arm aus, um ihn zu berühren. Doch der Legionär neben ihm machte eine warnende Geste, dass sie den Gefangenen nicht anfassen sollte.

Rainolf war immer noch wie gelähmt. Er hörte die Menge draußen aufschreien, als der Tross das Geschäft verließ, konnte jedoch nicht einordnen, ob es Protest gegen die Festnahme war oder Zustimmung, einen Mörder gefasst zu haben. Vielleicht war es auch beides.

Als Rainolf sich endlich aus seiner Fassungslosigkeit löste, stand er allein auf dem Hof. Der Mob hatte sich auf der Straße verstreut. Er hörte seinen Vater im Laden lautstark Befehle an Albuin und Baldwin erteilen.

Langsam bewegte Rainolf sich auf das Haus zu. Inmitten des Ladens stand sein Vater, die Hände auf den alten Eschentisch gestützt, Tränen liefen ihm über die Wangen. Der junge Ubier war zutiefst bestürzt. Er hatte seinen Vater noch nie weinen sehen. Nicht einmal als seine Mutter vor acht Jahren nach einer langen Krankheit starb.

Rainolf ging zu seinem Vater und legte ihm die Hand auf die Schulter. Er schreckte hoch und sah seinen Sohn an. Der

Körperkontakt schien ihn etwas zu beruhigen. Er atmete tief durch und wischte sich verlegen die Tränen von den Wangen.

»Ich kann es auch nicht fassen, Vater. Walraban ist für mich so etwas wie ein Onkel, Lehrer und Freund in einer Person.« Rainolf musste nun selbst die Tränen niederkämpfen. Er fügte hinzu: »Und er ist stolz. Er würde nie jemanden töten und es dann leugnen. Er ist unschuldig.«

Sigolf nickte und fand endlich die Sprache wieder. »Komm mit, mein Sohn. Ich muss mit dir reden.«

Er ging die Treppe voran in das oberste Geschoss des dreistöckigen Gebäudes. Als sie an Farhilds Kammer vorbeikamen, hörte Rainolf sie hemmungslos weinen. Einen Moment zögerte er, doch sein Vater schüttelte den Kopf.

»Lass sie. Sie will jetzt allein sein.«

Sie traten in Sigolfs Zimmer und sein Vater verriegelte die Tür. Vor dem großen Bett – es war immer noch das, welches er mit Rainolfs Mutter geteilt hatte – standen ein einfacher kleiner Tisch mit einer Kerze und zwei Hocker.

»Setz dich«, forderte er Rainolf auf. »Rainolf, ich kenne Walraban schon länger als dich, weil er viele Jahre vor deiner Geburt zu uns kam. Auch wenn er dir schon seit deiner Kindheit vertraut ist, so weißt du doch nicht alles über ihn.«

Sigolf stockte und rang um Worte.

»Um dir die Geschichte erklären zu können, fange ich am besten mit meiner Jugend an. So wie ich mit dir bereits einige Reisen unternommen habe, besuchte ich als junger Mann mit deinem Großvater zusammen viele ferne Städte und Länder. Kurz nachdem mein Vater starb, unternahm ich eine Reise durch das Freie Germanien jenseits des Rhenus. Ich gelangte damals in ein Dorf der Usipeten, etwa drei Tagesreisen von hier Richtung Nordosten. Ich kannte es von früheren Reisen mit meinem Vater. Der wichtigste, da reichste Mann im Dorf hieß Molaswintha. Ein machtgieriger und brutaler Klotz, den ich vom ersten Anblick an nicht mochte. Er besaß eine Menge Sklaven – einer davon war Walraban. Doch Walrabans Vater war kein Usipete, wie du bisher geglaubt hast, sondern ein Bataver.«

Rainolf fuhr unwillkürlich hoch, doch sein Vater gebot ihm mit der Hand zu schweigen.

»Ich habe euch absichtlich über die Herkunft von Walraban belogen, um ihn zu schützen. Wenn sie bekannt geworden wäre, hätten die Römer ihn sonst möglicherweise getötet. Die Bataver waren als hervorragende Reiter bekannt, deshalb drängte die römische Armee schon zu Augustus' Zeiten darauf, dass sie als Auxiliares bei ihnen dienten. So lernten die Bataver die Kunst der taktischen Kriegsführung. Wie du weißt, erhoben sie sich vor einem halben Jahrhundert gegen die römischen Unterdrücker. Die Gelegenheit war günstig, denn der Tod Kaiser Neros hatte die in Germania Inferior stationierten Legionen verunsichert, weil sie nicht wussten, wer in Rom die Macht ergreifen würde. Das nützte Aulus Vitellius, der Oberbefehlshaber der in Germanien lagernden Truppen, aus und ernannte sich selbst zum Kaiser. Er marschierte mit dem Großteil seiner Legionäre nach Rom, was es den Batavern leicht machte, die zurückgebliebenen römischen Soldaten zu besiegen.«

Sigolf starrte einen Moment gedankenverloren auf die Tischplatte und wischte sich eine Haarsträhne aus der Stirn.

»Ich selbst war damals noch nicht geboren, aber mein Vater hat mir viel von der Zeit erzählt. Unsere Stadt hatte sich zunächst dem Aufstand angeschlossen, denn auch die Einwohner Colonias wollten lieber frei sein als von den Römern besetzt. Doch als die Bataver verlangten, dass unsere Leute die Stadttore für sie öffnen sollten, distanzierten sie sich von dem Aufstand. Sie befürchteten Plünderungen. Letztendlich blieb ihnen nichts anders übrig, als wieder die Römer zu unterstützen. Nach einigen Wirren um die Machtfolge wurde Vespasian Kaiser, der die Bataver dann ziemlich rasch besiegte.«

Er holte tief Luft, ehe er fortfuhr.

»Nachdem der Aufstand blutig niedergeschlagen worden war, gewährte Vespasian den einfachen Batavern Milde, gegen einen hohen Preis an Gold und einen Schwur zu absolutem Gehorsam. Den Adligen jedoch, die gegen Rom aufbegehrt hatten, drohte der Tod am Kreuz. Walrabans Vater war ein Stammesfürst der Bataver und außerdem römischer Offizier, der sogar in Rom ausgebildet worden war. Um nach der Niederlage nicht von den Römern getötet zu werden, floh er mit seiner Familie über den Rhenus zu den Usipeten. Dort erst wurde Walraban geboren und wuchs zusammen mit zwei Brüdern und einer Schwester auf. Zunächst ging es ihnen gar nicht schlecht, da sie über eine gewisse Menge an Gold verfügten. Walraban lernte von seinem Vater lesen, schreiben und rechnen – der hatte es als Offizier in Rom gelernt – und wurde im Umgang mit Waffen unterrichtet. Als jedoch das Gold zur Neige ging, musste sich die Familie bei Molaswintha verdingen. Wenig später starb Walrabans Vater an der Sumpfkrankheit und Molaswintha behandelte die Verbliebenen fortan wie Sklaven. Ein Bruder Walrabans verhungerte in einem harten Winter, der andere wurde an ein weit entferntes Dorf verkauft – Walraban hat ihn nie wiedergesehen. Seine Mutter starb an Erschöpfung. Als Molaswintha Walrabans Schwester vergewaltigte, griff der den Peiniger an und schlug ihn zu Boden. Daraufhin ordnete der wütende Molaswintha Walrabans Hinrichtung an. Sie sollte genau an dem Tag stattfinden, als ich zufällig in das Dorf kam. Ich erfuhr von Walrabans Geschichte und aus einem mir bis heute nicht erfindlichen Grund wollte ich den Mann kennen lernen.

Walraban lag abseits des Dorfes in Ketten, an eine Eiche gefesselt, sein Körper war von Peitschenhieben gezeichnet. Ich glaube, er hatte damals mit dem Leben abgeschlossen. Seine Schwester war in der Nacht zuvor an den Folgen der Vergewaltigung gestorben. Er hatte keine Verwandten mehr und der Tod wäre für ihn vielleicht eine Erlösung gewesen. Schon nach wenigen Worten begriff ich, wie nützlich mir Walraban sein konnte. Ich brauchte unbedingt jemanden, der schreiben und rechnen konnte. Sklaven, die über diese Fähigkeiten verfügten, waren für mich in Colonia unerschwinglich, aber hier war ein Sklave, den ich für wenig Geld bekommen konnte. Ich bot Molaswintha eine angemessene Summe und der gierige Usipete vergaß in Anbetracht des Geldes seine Wut. Ich nahm Walraban also mit. Wir freundeten uns schnell an und ich betrachtete ihn bald nicht mehr als Sklaven. Deshalb schenkte ich ihm nach wenigen Jahren die Freiheit. Und er dankte es mir, indem er bei uns blieb und weiter im Geschäft arbeitete.«

Sigolf legte den Kopf in den Nacken. Rainolf befürchtete, er würde gleich erneut in Tränen ausbrechen, aber sein Vater fing sich wieder.

»Jetzt kennst du die Geschichte von Walraban. Doch ich fürchte, auch die Römer werden sie bald kennen, denn es gibt ein Mal, das ihn verraten könnte.«

Rainolf sah ihn verwirrt an. »Was meinst du damit?«

»Wie in vielen Stämmen, pflegten auch die batavischen Adligen sich zu tätowieren, um sich als Angehörige der obersten Kaste kenntlich zu machen. Walraban trägt auf seiner linken Brust ein galoppierendes Pferd.«

Das war Rainolf nichts Neues, schon als Kind hatte er das Pferd auf Walrabans Körper gesehen und damals auch eine solche Zeichnung haben wollen. Walraban hatte jedoch lachend erklärt, dass Rainolf sich so eine Tätowierung erst als Erwachsener verdienen müsse.

»Wenn die Römer die Tätowierung sehen«, fuhr Sigolf düster fort, »werden sie ihn als batavischen Adligen erkennen. Und es gibt noch genügend Römer, die sich an den Aufstand erinnern. Sicher werden sie ihm vorwerfen, dass er aus Hass gegen sie einen römischen Beamten umgebracht habe.« In einer verzweifelten Geste hob er die Hände, als wolle er die Götter um Hilfe anflehen. »Die Furcht vor uns steckt immer noch tief in den Römern, selbst nach all den friedlichen Jahren. Die geballte Wut der Germanen ist das Schlimmste, was sich die Legionäre vorstellen können. Nirgendwo in ihrem Imperium gab es verlustreichere Schlachten als gegen germanische Stämme.« Sigolf schüttelte erneut voller Verzweiflung den Kopf. »Allein schon aus Angst vor weiteren Morden und zur Abschreckung werden sie Walraban hinrichten. Ich fürchte, der Tod ist ihm sicher.«

Er vergrub das Gesicht in den Händen.

Leise zog Rainolf die Tür hinter sich zu und blieb ratlos auf dem Gang stehen. Walraban sollte sterben? Nein! Das konnte und durfte nicht sein. Er war unschuldig – und Rainolf würde es beweisen.

Mit plötzlich aufkeimender Wut stürmte er die Treppe

hinunter und stapfte durch den Laden, vorbei an Albuin und Baldwin, die ihn verdutzt anstarrten. Auf einem Tisch lag noch ein Messer, das sein Vater benutzte, um Stoffe in die gewünschte Länge zu schneiden. Rainolf griff danach und warf es in einer wuchtigen Bewegung quer durch den Raum. Er legte seine ganze Aggression in den Wurf. Zitternd blieb die Waffe in der Holztür stecken. Auch wenn Rainolf sonst ein miserabler Waffenkämpfer war, hatte er es doch zu einem passablen Messerwerfer gebracht. Walraban hatte es ihm schon als Kind beigebracht.

Du musst raus hier!, schrie es in Rainolf. Er rannte auf die Straße und hoffte, dass irgendjemand eine abfällige Bemerkung über Walraban machen würde, damit er sich mit ihm prügeln konnte. Zu seinem Leidwesen sprach ihn aber niemand an. Der junge Ubier ballte die Fäuste.

»Denk nach!«, murmelte er halblaut. »Wie kannst du den Mörder finden?«

Die Taberna, schoss es ihm durch den Kopf. Natürlich, dort hatte man Walraban den Dolch gestohlen.

Entschlossen setzte Rainolf sich in Richtung Rhenus in Bewegung. Der *Schwarze Stier* lag nicht weit vom Tor zum Fluss entfernt und war ein beliebter Ort, wo abends heftig getrunken wurde. Auch Fremde suchten ihn auf. Die Taberna hatte sich einen gewissen Ruf zugelegt – nicht den besten, aber gerade das zog wohl viele an.

Selbst Rainolf war schon des Öfteren der Faszination der Verruchtheit erlegen: Met und Mulsum flossen dort jede Nacht in Strömen. Beim Würfeln auf den alten Holztischen hatte so mancher Betrunkene Haus und Hof verloren und etliche Huren versuchten, die Gäste von ihren körperlichen Vorzügen zu überzeugen.

Etwas abgehetzt erreichte Rainolf den *Schwarzen Stier*. Erst in dem Moment fiel ihm ein, dass die Taberna zu so früher Stunde noch gar nicht geöffnet hatte. Egal, dachte er, und hämmerte wie ein Wahnsinniger gegen den Eingang, in der Hoffnung, dass der dicke Wirt namens Elowar ihm trotzdem öffnen würde.

Es dauerte zwar einige Minuten, doch dann steckte Elowar tatsächlich seinen massigen, runden Schädel mit der ewig roten Nase durch die Tür. Er trug nur ein Hemd, das ihm um die Knie schlotterte, und war sichtlich ungehalten. Rainolf vermutete, dass der Wirt bestenfalls drei Stunden geschlafen hatte, denn die Taberna schloss meist erst im Morgengrauen.

»Was willst du, Idiot?«, blaffte der Wirt ihn an.

Seine Fahne hätte ausgereicht, um eine ganze Kohorte betrunken zu machen.

»Ich suche zwei Tenkterer, die gestern Nacht hier gewürfelt haben.«

Das war zu viel für den Wirt. Er brüllte mit unverhohlener Wut: »Hat dir Donar seinen Hammer auf den verdammten Schädel gehauen? Die sind längst nicht mehr hier, wie du dir denken kannst!«

Bevor er erneut Luft holen konnte, erklärte Rainolf flehend: »Es ist ungeheuer wichtig! Du bist der Einzige, der einen Unschuldigen vor dem Tod retten kann.«

Elowar wollte gerade wieder zu einer Schimpftirade ansetzen, als er den Sinn der Worte erfasste. »Hä?«, war alles, was er hervorbrachte.

»Heute Morgen ist ein römischer Steuereintreiber mit einem Messer im Bauch am Rhenus gefunden worden. Tot. Das Messer gehört meinem Freund Walraban, der gestern

Abend hier war. Er sagte, zwei Tenkterer hätten mit ihm gewürfelt, und die müssen ihm sein Messer gestohlen haben.«

Schlagartig hob sich die Laune des Wirts. »Ein toter Steuereintreiber? Ha, endlich mal eine gute Nachricht«, frohlockte er. »Das soll den Blutsaugern eine Lehre sein.«

»Was ist mit den Tenkterern?«, drängelte Rainolf.

»Ich habe jede Nacht über hundert Leute hier. Ubier, Römer, Kelten, Usipeten, Chatten, Cherusker, Friesen, Britannier und vielleicht auch Tenkterer. Ich kann mir die nicht alle einzeln angucken, ich habe zu viel zu tun. Und jetzt: Verschwinde, ich muss schlafen.«

Vor Rainolfs Nase fiel die Tür laut krachend ins Schloss. Die Enttäuschung raubte ihm alle Kräfte. Er ließ die Arme hängen, drehte sich langsam um und schlurfte davon. In dem Moment öffnete der dicke Wirt noch einmal die Tür.

»He, Junge!«, rief er ihm hinterher. »Zwei Tenkterer, hast du gesagt?«

Rainolf wirbelte herum. »Ja, genau. Einer hat eine lange Narbe im Gesicht.«

Elowar nickte nachdenklich. »Wenn ich mich recht entsinne, haben mich gestern zwei Kerle nach einer Unterkunft gefragt. Einer hatte eine Narbe quer über die Visage, sah nach einem Schwerthieb aus. Sie trugen beide einen Zopf hinten, wie es bei den Tenkterern üblich ist. Ja, ich glaube, es waren Tenkterer.«

Vor Aufregung hätte Rainolf fast einen Luftsprung gemacht. »Hast du ihnen eine Herberge empfohlen?«, fragte Rainolf, da er wusste, dass der *Schwarze Stier* über keine Zimmer zum Übernachten verfügte.

»Nein, sie wollten zu einer bestimmten und haben sich nach dem Weg erkundigt. Die Herberge von Uminger, dem

Hinkenden, am Ende des Decumanus, kurz vor dem Westtor. Es ist so ziemlich die einzige, die auch mitten in der Nacht noch Reisende aufnimmt. Die beiden haben tatsächlich gewürfelt. Ist mir nur aufgefallen, weil sie den ganzen Abend über jeder nur einen Krug Met getrunken haben. Das ist ungewöhnlich. Normalerweise saufen Würfelspieler wie verdurstende Gäule.«

Rainolf bedankte sich hastig und rannte los. Die Herberge des hinkenden Uminger kannte beinahe jeder in Colonia. Der Weg dorthin führte quer durch die Stadt. Die Straßen waren um diese Zeit dicht bevölkert. Im Slalom lief er um Passanten und den Inhalt einiger Nachttöpfe, die aus den oberen Stockwerken der Insulae gekippt worden waren.

Endlich erreichte er sein Ziel. Rainolf kannte Uminger vom Sehen. Der Mann nahm jeden Reisenden auf, ohne Ansehen der Person, solange dieser nur den verlangten Preis zahlte, und der war nicht sehr hoch. Dafür gab es auch nur dürftige Lager und allerlei Ungeziefer. Uminger mochte etwa vierzig Jahre alt sein und zog das rechte Bein nach. Er behauptete, es sei eine Kriegsverletzung, die er sich in einer Schlacht zugezogen habe. Manche glaubten ihm das, aber wer ein bisschen Verstand besaß, der musste sich fragen, welcher Krieg denn das gewesen sein sollte. Es herrschte schon seit fast fünf Jahrzehnten Frieden in Germania Inferior und in der Römischen Armee hatte er ganz bestimmt nicht gedient. In Wahrheit war Uminger als Kind vom Pferd gefallen und der Beinbruch war schlecht verheilt, wie Sigolf seinem Sohn einmal erzählt hatte.

Keuchend blieb Rainolf vor der Herberge stehen. Er blickte an dem Haus aus dunklem Stein empor. Die Fassade war sehr schlicht und eine Menge kleiner Fenster gingen zur

Straße heraus. Rainolf öffnete die vergammelte Holztür. Innen war es schummrig, obwohl draußen hell die Sonne schien. Hinter einem Tisch saß Uminger und kraulte eine Katze. Er war dürr, hatte struppige graue Haare und einen stechenden Blick – genauso wie sein schnurrendes Haustier.

»Was willst du?«, fragte er schroff. Es war offensichtlich, dass Rainolf kein Zimmer suchte.

»Ich möchte wissen, ob zwei Tenkterer hier übernachtet haben.«

»Was geht dich das an?«

»Sie schulden einem Freund von mir Geld«, log Rainolf. Er hoffte, dass der Herbergsvater Leute, die anderen Geld schuldig waren, aus eigener Erfahrung nicht leiden konnte.

Uminger blickte ihn weiter finster an und schien zu überlegen. »Hier sind keine Tenkterer«, antwortete er schließlich.

Rainolf konnte seine Enttäuschung nicht verbergen.

Uminger sah ihn listig an und fügte hinzu: »Aber gestern am späten Abend waren zwei von ihnen hier. Sie wollten ein Zimmer, nur habe ich zurzeit keines frei. Zu viele Leute sind in der Stadt, weil Markt ist. Deshalb habe ich sie weggeschickt.«

»Weißt du, wo sie hingegangen sind?«

Uminger ließ ein heiseres Lachen hören und entblößte seine schwarz verfärbten Zähne. »Was wäre dir die Information denn wert?«

Dummerweise trug Rainolf keine Münzen bei sich und überhaupt besaß er nur wenige Sesterzen. Doch so leicht gab er nicht auf. »Ich könnte dafür sorgen, dass auch nach dem Markt deine Herberge voll bleibt«, erklärte er geheimnisvoll.

Die Antwort schien Uminger zu überraschen, machte ihn aber auch misstrauisch. Er zog die Augenbrauen zusammen, dass sie einen einzigen, buschigen Strich bildeten. »Wie willst du das anstellen?«

Rainolf lachte kurz auf. »Das verrate ich dir erst, wenn du mir sagst, wo die Tenkterer sind.«

Uminger konnte seine Gier nicht bezwingen. »Gut, gut, ich sage es dir: Ich habe sie zur Herberge von Leugast geschickt. Der hat manchmal noch ein Lager frei. Ob sie dort wirklich hingegangen sind, weiß ich freilich nicht.«

Rainolf drehte auf dem Absatz um und stürmte zur Tür. Uminger sprang auf und die Katze jagte erschrocken davon.

»Halt, was kann ich tun, dass ich immer ein volles Haus habe?«, rief er ihm hinterher.

Grinsend gab Rainolf zurück: »Ganz einfach: Sag den Leuten, sie könnten bei dir für den halben Preis übernachten.«

Uminger sandte ihm einen Schwall lästerliche Flüche hinterher.

Rainolf beeilte sich, Abstand zu dem Haus zu gewinnen. Dann blieb er stehen und überlegte. Was sollte er tun? In der Herberge von Leugast war Rainolf noch nie gewesen, wusste aber, dass sie irgendwo beim Turm an der Nordwestecke der Stadtmauer lag, in der übelsten Gegend von ganz Colonia. Dort wohnten die Tagelöhner und alles mögliche Gesindel, von denen er gar nicht näher wissen wollte, wovon sie lebten. Diebe und Meuchelmörder sollten darunter sein.

Schließlich fasste Rainolf sich ein Herz und entschied, Leugasts Herberge aufzusuchen.

Es dauerte eine Weile, bis er sie endlich gefunden hatte. In der Straße stank es bestialisch. Ein paar kleine Kinder mit zerlöcherten Hemden spielten im Lehm. Rainolf fühlte sich äußerst unwohl, aber immerhin behelligte ihn niemand.

Die Tür der schäbigen Herberge stand offen, dennoch

musste er allen Mut zusammennehmen, um einzutreten. Auf dem Boden lag Stroh, das, dem Geruch nach zu urteilen, schon lange nicht mehr gewechselt worden war. Einige Gestalten saßen darauf, einige schliefen. Richtige Zimmer gab es in diesem Haus anscheinend nicht. Rainolf blickte sich nach Männern um, die wie Tenkterer aussahen, konnte jedoch keine entdecken.

Eine alte, hässliche Frau mit wirren, weißen Haaren, die an der Wand hockte, keifte plötzlich los. »Was hast du hier zu suchen, Bürschchen?«

Daraufhin trat ein dicker Mann mit einem dunklen Vollbart aus einem angrenzenden Raum herein und ging drohend auf Rainolf zu. Vermutlich Leugast, der Besitzer der Herberge.

»Ich suche zwei Tenkterer«, sagte Rainolf verunsichert.

»Wie heißt du?«, fragte der Bärtige misstrauisch.

»Rainolf«, gestand der junge Ubier nach kurzem Zögern.

Offensichtlich war das die falsche Antwort, denn der Mann wurde laut. »Verschwinde und lass dich hier nicht mehr blicken!«, brüllte er.

Weil der Bärtige offensichtlich nicht zu den Leuten gehörte, mit denen man diskutieren konnte, zog sich Rainolf umgehend zurück. Hinter sich vernahm er das Kreischen der alten Frau, während er fluchtartig aus der Tür stürmte.

*

Leugast blieb mit geballten Fäusten in der Tür stehen. Das hatte ihm gerade noch gefehlt, dachte er wütend. Ein neugieriger Bengel, der seine Nase zu weit vorwagte. Was wusste er über die Tenkterer?

Unschlüssig starrte er auf die Straße. Der Junge war längst nicht mehr zu sehen. Schließlich gab sich der Wirt einen Ruck und griff nach seinem Umhang.

»Ich bin für eine Stunde weg«, knurrte er die Alte an. »Lass in der Zeit keine neuen Gäste herein.«

Die Frau nickte unterwürfig und trollte sich in eine Ecke, von der aus sie die Tür im Auge behalten konnte.

Leugast ging schnellen Schrittes durch die Gassen zum Zentrum der Stadt. An jeder Ecke blickte er sich verstohlen um, ob ihm jemand folgte. Schließlich gelangte er in eines der besseren Viertel, nicht weit vom Forum entfernt. Er bog in eine der Straßen ein und zählte leise die Reihe der Insulae ab. Vor dem neunten Haus blieb er schließlich stehen und starrte auf das weiße Gebäude, aber es bestand kein Zweifel: Das war die Adresse, die der Mann ihm genannt hatte. Leugast schlüpfte schnell durch den Eingang, schloss die Tür und blieb dahinter stehen. Zum Glück waren die Eingangstüren der Mietskasernen wegen der vielen Leute, die darin wohnten, selten abgeschlossen.

Leugast ließ eine gute Minute verstreichen, dann war er davon überzeugt, dass ihm niemand gefolgt war. Andernfalls hätte sich die Tür längst bewegt.

Er stieg die erstaunlich saubere Steintreppe hinauf. So etwas war er von seiner Herberge nicht gewohnt. Kein Dreck und kein Abfall lagen auf den Stufen. Im ersten Stock klopfte er leise an eine Tür. Als sie einen Spalt aufgezogen wurde, zog der Wirt die Kapuze vom Kopf, um sich zu erkennen zu geben.

Sein Gegenüber blickte erst überrascht, dann erbost. »Was willst du hier? Ich habe dir gesagt, dass ich dich hier nicht sehen will, es sei denn, es ist ein Notfall.«

»Aber es handelt sich um einen Notfall«, beteuerte Leugast.

Der Mann starrte ihn einen Moment missbilligend an, dann gab er ihm mit einem Kopfnicken zu verstehen einzutreten. Schnell schloss er die Tür hinter Leugast, allerdings nicht ohne einen suchenden Blick ins Treppenhaus geworfen zu haben.

»Also, was ist passiert?«, wandte er sich an seinen Besucher.

»Herr, als Ihr mit den zwei Tenkterern bei mir auftauchtet, sagtet Ihr, wenn sich jemand nach den beiden erkundigt, soll ich Euch das sofort mitteilen.«

»Wer hat nach ihnen gefragt?«

»Ein junger Kerl kam vorhin zu mir und erkundigte sich, ob ich zwei Tenkterer beherberge. Ich habe ihn natürlich davongejagt.«

Das Gesicht des Mannes blieb ausdruckslos, während der dicke Herbergsbesitzer sichtlich schwitzte. Irgendwie hatte Leugast eine unterschwellige Furcht befallen. Vielleicht lag es an dem selbstsicheren Auftreten des Mannes, das keinen Widerspruch duldete.

»Weißt du, wie er heißt?«

»Ja, er sagte, er heiße Rainolf. Ich habe ihn schon einmal gesehen. Es ist der Sohn von Sigolf, dem Händler. Ich war ein- oder zweimal in seinem Laden.«

Immer noch wirkte die Miene des Mannes undurchdringlich. Schließlich nickte er kurz. »Gut gemacht.«

Er griff in eine Tasche und holte einen Sesterz heraus. »Hier, für die Information. Und jetzt geh zu deiner Herberge zurück. Wenn die beiden Tenkterer kommen, schick sie sofort zu mir. Aber sie sollen Acht geben, dass ihnen niemand folgt.«

Gierig griff Leugast nach der Münze, verbeugte sich unter

allerlei Ehrenbezeugungen und verließ die Wohnung. Draußen zog er sich wieder die Kapuze über den Kopf. Er spürte das Geldstück in seinem Beutel am Gürtel, seine Laune stieg erheblich.

Der Mann stand am Fenster und sah dem Herbergsbesitzer nach. Er hatte Leugast von Anfang an für ein Risiko gehalten. Für ihre Sache wäre er nicht zu begeistern gewesen, ihn interessierte nichts außer Geld. Daher wurde er in klingender Münze bezahlt und war nicht in den Plan eingeweiht worden.

Weil sich die Herberge von Uminger gestern als voll besetzt erwiesen hatte, waren die beiden Dummköpfe von Tenkterern tatsächlich zu ihm gekommen. Dabei sollten sie ausdrücklich keinen Kontakt mehr zu ihm aufnehmen. Er fand die Empfehlung, die Uminger den beiden Tenkterern gegeben hatte, sie sollten es bei Leugast versuchen, dann aber gar nicht so übel. Leugast war ein verruchter Halunke, der für Geld alles tat. Und in seiner Herberge würden die Fremden nicht auffallen.

Er hatte Leugast gestern zehn Sesterzen in die Hand gedrückt und ihm dafür das Versprechen abgenommen, dass er die zwei Tenkterer nie gesehen habe. Der dicke Wirt hielt die beiden für gesuchte Verbrecher, die sich der Justiz entziehen wollten. Die Nachricht, die Leugast nun gebracht hatte, war sehr beunruhigend. Es mussten umgehend Maßnahmen eingeleitet werden.

Der Mann griff zu einem Stift und nahm ein kleines Blatt Papyrus aus einem Schrank. Nachdem er die Nachricht verfasst hatte, rollte er das Schriftstück sorgfältig zusammen und umwickelte es mit einer kurzen Schnur. Dann steckte er es in einen Lederbeutel. Auf diesem prangte ein ungewöhnliches Bild: Es stellte einen Adler dar, der einen germanischen Speer in den Krallen hielt.

Der Mann eilte aus dem Haus. Er wusste, dass man ihn nicht mit dem Empfänger dieser Botschaft zusammen sehen durfte. Aber dessen treuen Sklaven konnte er unauffällig aufsuchen. Und dieser würde den Lederbeutel seinem Herrn, dem Magister, verlässlich übergeben.

Was der dann entscheiden würde, war nur zu erahnen. Der Mann hoffte, dass der Magister nicht wieder zu drastischen Maßnahmen greifen würde. Aber in Anbetracht der letzten Ereignisse war das eher unwahrscheinlich.

*

Rainolf war der Verzweiflung nahe. Er musste diese Tenkterer finden! Er beschloss, sich auf dem Forum umzuhören. Es gab keinen Ort in Colonia, wo Neuigkeiten, Gerüchte, böse Verleumdungen, Klatsch und Tratsch schneller verbreitet wurden als dort.

Er hatte den weitläufigen Platz kaum betreten, da traf er auf Garawan, den Sohn des Schmieds Sifnogur. Die Werkstatt lag außerhalb der Stadt, denn wegen der Brandgefahr durften innerhalb von Colonia keine Schmieden betrieben werden. Die Römer hatten eine panische Angst vor Feuersbrünsten. Entsprechend hatten sie auch in Colonia eine Feuerwehr gegründet, die bei Bränden mit Eimerketten versuchte, die Flammen zu löschen.

Da Garawan der vierte Sohn und jüngste Spross der Familie war und außerdem einen eher dürren Körperbau besaß, arbeitete er nicht als Schmied, sondern übernahm die Botengänge. Wenn es jedoch nicht viel zu tun gab, trieb er sich gerne in der Stadt herum. In der Hinsicht hatte er viel mit Rainolf gemein.

Als Garawan seinen Freund erblickte, grinste er breit und entblößte seine beiden grotesk großen Schneidezähne. Unter dem rötlichen Haar wucherten unzählige Sommersprossen. Bei ihm befand sich Handar, der Sohn eines Gerbers. Er überragte Garawan um einen Kopf und war deutlich kräftiger, aber von eher einfältigem Gemüt. In seiner linken Hand hielt Garawan zwei Würfel, die er unablässig drehte. Er war ein hervorragender Spieler, aber Rainolf wusste, dass er mindestens ebenso gut betrügen konnte. Genau deshalb ließ er sich so gut wie nie auf ein Spiel mit ihm ein. Wenn er jedoch nicht gerade würfelte, war der Sohn des Schmieds ein sehr verlässlicher Freund.

»Wie wäre es mit einem kleinen Spielchen? Wir könnten noch einen dritten Mann gebrauchen.«

Rainolf winkte ab und erklärte Garawan sein Problem.

Der Rothaarige blickte ihn ernst an. Auch er kannte Walraban gut und mochte den hoch gewachsenen, ruhigen Mann. »Was können wir tun?«

»Trommelt alle Freunde zusammen und zieht los, die beiden Tenkterer zu suchen. Wir müssen sie finden.«

»Glaubst du denn, dass sie noch in der Stadt sind?«, fragte Garawan zweifelnd. »Wer einen Mord begeht, wird doch wohl anschließend so schnell wie möglich verschwinden.«

»Das ist unsere einzige Chance. Wir müssen es wenigstens versuchen.«

Garawan nickte und machte sich gemeinsam mit Handar auf den Weg.

Rainolf lief weiter suchend über das Forum. Er traf noch einige Bekannte seines Vaters, doch keiner hatte in letzter

Zeit Tenkterer gesehen. Schließlich sprach Rainolf sogar wildfremde Menschen an. Dann dehnte er seine Befragung auf den Decumanus und den Cardo aus, suchte alle größeren Plätze und etliche Tabernae auf.

Irgendwann begann Rainolf, sich Narben auf den Gesichtern der Passanten einzubilden, und geriet in helle Aufregung, als er zwei Männer mit langen Haaren nebeneinander herlaufen sah. Doch stets musste er feststellen, dass er sich geirrt hatte. Der Erfolg seiner Suchaktion blieb gleich null. Von den Tenkterern war nirgendwo eine Spur zu entdecken.

Die Nacht war bereits über Colonia hereingebrochen und die Leute entzündeten Öllampen. Es herrschte immer noch reger Betrieb auf den Straßen und in den Läden. Viele kehrten nun in eine Taberna ein, um zu essen und, vor allem, um reichlich dem Met zuzusprechen. Rainolf fühlte sich elend.

*

Die Dunkelheit machte sie nervös. Auch wenn die beiden Tenkterer es nicht voreinander zugeben wollten, aber die Abwasserkanäle kamen ihnen vor wie das Totenreich. Finsternis, Gestank und Kälte regierten in den Kloaken und Tunneln, irgendwie erwarteten sie, jeden Moment einen Geist vor sich auftauchen zu sehen. Bis auf das Plätschern ihrer Schritte im knietiefen Wasser und manchmal das Quieken einer aufgescheuchten Ratte waren keine Geräusche zu vernehmen. Der Mann mit der Narbe umklammerte die Fackel noch fester. Endlich kam eine Abzweigung in Sicht, die leicht bergauf führte.

»Dort muss es sein«, sagte er erleichtert und deutete auf den Gang.

Der andere brummte eine Zustimmung. Sie gingen gebückt bis zum Ende der Röhre, wo sich eine kleine Holztür befand. Der Narbige drückte dagegen. Quietschend schwang sie auf.

Ein Raum, begrenzt von roh behauenen Quadern, erstreckte sich vor ihnen. Es gab kein Fenster, doch zwei Fackeln, die in Eisenringen an den Wänden steckten, verbreiteten ein wenig Licht. In der Mitte des Raums standen ein wurmstichiger Tisch und drei Hocker.

Die beiden Tenkterer traten ein und sahen sich etwas ratlos um. In der gegenüberliegenden Wand befand sich eine weitere Tür aus schweren Holzbohlen. Der Narbige rüttelte an dem Griff, doch sie ließ sich nicht öffnen.

»Was jetzt?«, fragte er.

»Keine Ahnung. Vielleicht sollten wir wieder abhauen, die Sache sieht mir nach einer Falle aus.«

»Aber es hieß, wir würden hier auf den Magister treffen.«

In dem Moment öffnete sich die Tür. Die beiden Krieger schraken zusammen. Ein Mann trat beinahe lautlos ein. Er trug einen weiten schwarzen Umhang, dessen Kapuze tief in sein Gesicht gezogen war. Nur die Nase ragte aus dem Schatten heraus. Durch die schummrige Beleuchtung war es unmöglich, die Gesichtszüge des Mannes zu erkennen. Er schloss die Tür hinter sich und blieb einige Schritte vor den Tenkterern stehen. Der Schein der Fackeln tanzte auf den Falten des Umhangs.

»Ihr habt den Weg zu mir gefunden. Das ist gut für euch.«

Er sprach germanisch, jedoch mit einem merkwürdig singenden Akzent. Die zwei Krieger wagten es kaum, sich zu rühren. Sie hatten schon viele Kämpfe ausgetragen und auch dem Tod auf dem Schlachtfeld ins Auge geblickt, aber diese

Erscheinung jagte ihnen eine nie gekannte Angst ein. Als ob ein Dämon aus der Unterwelt aufgetaucht wäre.

Endlich fand der Narbige seine Sprache wieder: »Wir sind den Anweisungen deines Dieners gefolgt, Magister«, sagte er merkwürdig heiser.

»Ihr habt euren Auftrag bislang gut erfüllt. Doch es versucht jemand, der Rache Caligulas zu widerstehen.«

Es entstand eine Pause, die für die Tenkterer zur endlos langen Folter wurde.

»Wer ist es?«, fragte der Narbige schließlich.

»Ein Ubier mit Namen Rainolf. Er ist der Sohn des Händlers Sigolf. Dieser Rainolf ist auf der Suche nach euch. Er will euch fangen und den Römern ausliefern, weil ihr den Dolch Walrabans gestohlen habt.«

»Er will uns fangen?«, fragte der andere Tenkterer ungläubig, fast schon erheitert. »Was ist das für ein Dummkopf? Wir werden ihn aufspießen wie ein Hühnchen, wenn er uns zu nahe kommt.«

»Das ist es, was ihr tun sollt. Aber ihr werdet nicht warten, bis er euch findet. Ihr werdet ihn aufsuchen und für immer zum Schweigen bringen.«

Zum ersten Mal seit sie den Raum betreten hatten, fühlten sich die Tenkterer wieder auf sicherem Terrain. Das Töten war ihr Handwerk.

»Er ist schon so gut wie tot«, meinte der Narbige.

Der Magister nickte zufrieden. »Gut, dann geht jetzt den gleichen Weg, den ihr gekommen seid.«

Die beiden grinsten grimmig und wollten sich zum Gehen wenden.

»Noch etwas: Er wird seiner Familie erzählt haben, was er herausgefunden hat. Es darf aber nichts davon weitergetragen werden. Ihr werdet auch seine Familie ins Reich der Toten schicken.«

*

Lange nach Sonnenuntergang kehrte Rainolf nach Hause zurück. Sein Vater empfing ihn mit einer Strafrede.

»Was fällt dir ein, den ganzen Tag wegzubleiben?«, herrschte er ihn an.

Rainolf erwiderte nichts, seinetwegen hätte sein Vater ihn auch auspeitschen können.

Als Sigolf die Niedergeschlagenheit seines Sohnes erkannte, milderte er seinen Tonfall etwas. »Mein Sohn, mir geht die Festnahme Walrabans genauso nah wie dir. Aber das ist kein Grund, einfach zu verschwinden, ohne ein Wort zu sagen. Ich habe mir Sorgen gemacht. Als wenn es nicht schon Strafe der Götter genug ist, dass ein Freund in den Kerker geworfen worden ist.«

Er musterte Rainolf. »Hast du etwas über den Mord an dem Quaestor herausgefunden?«

Sein Sohn schüttelte betrübt den Kopf. Nur zu gerne hätte er seinen Vater beeindruckt, indem er ihm den wahren Mörder präsentiert hätte, aber er musste ihn enttäuschen. Er berichtete, was er in Erfahrung gebracht hatte.

»Ich weiß nicht, was ich noch tun kann«, endete Rainolf schließlich resigniert.

»Du hast getan, was du konntest. Wir werden gemeinsam einen Weg finden, wie wir Walraban helfen können.«

Farhild hatte die ganze Zeit still im Hintergrund gestanden. Nun trat sie neben ihren Bruder und legte ihren Arm um seine Schulter. »Walraban wird freikommen. Ganz bestimmt. Er hat es nicht getan und nicht einmal die Römer werden einen Unschuldigen hinrichten.«

Farhild war von Grund auf gutherzig und wollte, dass alle anderen Menschen so glücklich waren wie sie. Manchmal beneidete Rainolf sie um diese Eigenschaft.

Sigolf stand auf: »Wir sollten jetzt schlafen gehen. Morgen werden wir weiter überlegen, was zu tun ist.«

Tatsächlich fühlte Rainolf eine bleierne Müdigkeit in den Knochen. Er erhob sich langsam und stieg zusammen mit seinem Vater und Farhild die Treppe hinauf. Albuin und Baldwin begaben sich in ihre Schlafkammer, die sich hinter dem Warenlager befand. Oben umarmte Farhild ihren Bruder und Vater noch einmal, ehe sie sich in ihr Zimmer begab.

Rainolf legte sich auf sein Bett und fand dennoch keinen Schlaf. Verzweifelt überlegte er, was er noch unternehmen könnte, um den wahren Mörder zu finden.

Plötzlich ließ ihn ein scharrendes Geräusch hochfahren. Zuerst dachte er, der Morgen sei bereits angebrochen, doch ein Blick aus dem Fenster belehrte ihn eines Besseren. Angespannt lauschte er in die Dunkelheit.

Die Zeit verstrich, doch es blieb still. Schon wollte sich Rainolf wieder hinlegen, als er erneut ein Geräusch vernahm. Seine Tür stand offen, aber er bemerkte kein Licht auf dem Gang. Wenn Farhild oder sein Vater die Verursacher gewesen wären, weil sie vielleicht ein dringendes Bedürfnis verspürten, hätten sie eine Kerze mit auf den Weg genommen.

Geräuschlos schlich Rainolf aus dem Zimmer. Den Atem anhaltend verharrte der junge Ubier auf dem Gang. Jemand war im Haus. Er hätte nicht sagen können, woher er die Gewissheit nahm, aber er spürte es. So leise wie möglich begab er sich zu Farhilds Kammer am anderen Ende des Flurs. Er wollte seine Schwester wecken und sie zu seinem Vater ins obere Stockwerk bringen.

Langsam drückte Rainolf Farhilds Tür auf. Sie knarrte. In dem Moment wurde ihm klar, dass es dieses Geräusch gewesen war, das ihn geweckt hatte. Als ihn die Erkenntnis traf, packte ihn auch schon jemand am Genick und warf ihn zu Boden. Er schlug bäuchlings auf. Ein heftiger Schmerz durchzuckte seinen Kopf, als er auf den Steinboden prallte. An seine Kehle drückte sich eine scharfe Klinge.

»Wenn du schreist, stirbst du«, vernahm er eine heisere Stimme. Der Kerl hatte hinter der Tür auf ihn gelauert, wurde ihm bewusst.

Der Angreifer sprach Germanisch mit einem Dialekt von jenseits des Rhenus. Im Mondlicht konnte Rainolf blonde, zu einem Zopf geflochtene Haare erkennen und dass das Gesicht seines Gegners durch eine Narbe verunziert war.

Ein unterdrückter Schrei von Farhild ließ Rainolf hochfahren, was sich als sehr schmerzhaft herausstellte, weil der Tenkterer mit dem Knie auf seinen Rücken drückte. Der Kumpan des Narbigen hielt Farhild von hinten umklammert und drückte auch ihr ein Messer an die Kehle.

»Wo sind die anderen von eurer Familie?«, flüsterte der Kerl über Rainolf.

Seine Gedanken überschlugen sich. Die Tenkterer wollten sie töten. Genauso wie sie Aulus Gemellus umgebracht hatten. Er musste Farhild retten. Ihr durfte nichts geschehen. Sie war seine kleine Schwester und das unschuldigste Geschöpf auf dieser Welt.

Albuin und Baldwin schnarchten mit Sicherheit tief und fest in ihrer Kammer hinter dem Lager im Erdgeschoss.

Wenn Rainolf jetzt schrie, würden die Sklaven ihn möglicherweise hören, aber dann würde ihm der Tenkterer im nächsten Augenblick die Kehle durchschneiden.

»Hast du nicht verstanden? Wo sind die anderen?«, wiederholte der Mann mit der Narbe seine Frage und drückte das Messer noch fester gegen Rainolfs Hals.

Ihm wurde klar, dass er nur eine Chance hatte, etwas unternehmen zu können, wenn er stand. Also musste er so tun, als ob er mitspielte.

»Im oberen Stock«, keuchte er. »Aber dort schlafen auch die Hunde. Sie hören nur auf mich. Wenn ihr versprecht, uns nichts zu tun, sperre ich die Hunde ein.«

Obwohl er es nicht sah, ahnte Rainolf, dass die beiden Tenkterer kurz fragende Blicke austauschten. Dann riss der Mann ihn an den Haaren hoch. Rainolf konnte einen Schmerzenslaut nicht unterdrücken.

»In Ordnung. Du gehst vor. Aber wenn du Dummheiten machst, muss das Mädchen als Erste dran glauben. Ist das klar?«

Die Tenkterer kamen zum Glück nicht auf die Idee, dass Sigolfs Familie gar keine Hunde besaß. Sie drängten die Geschwister aus dem Zimmer, die Messer weiterhin an ihren Kehlen. Erst jetzt bekam Rainolf die Eindringlinge vollständig zu Gesicht. Die beiden waren von kräftiger Gestalt und wirkten zu allem entschlossen.

»Was wollt ihr eigentlich von uns?«, fragte Rainolf.

»Halt den Mund!«, kam es zischend zurück.

»Warum habt ihr den Quaestor umgebracht?«

Statt einer Antwort erhöhte der Narbige den Druck auf Rainolfs Kehle. Rainolf verstummte. Wie konnte er nur seinen Vater warnen?

Während er sich das Hirn nach einem Ausweg zermarterte, ergriff seine Schwester die Initiative. Als sie die Hälfte der schmalen Treppe erklommen hatte, biss sie dem Tenkterer, der ihr folgte, blitzartig in die Hand und warf sich im gleichen Augenblick nach hinten. Der Mann schrie vor Schmerz auf und verlor das Gleichgewicht. Krachend schlug der schwere Mann auf die Holzbohlen und blieb benommen liegen. Im nächsten Moment landete Farhild auf ihm, doch wurde ihr Sturz durch seinen Körper abgefedert.

Rainolf wusste nicht, wer überraschter war: die Tenkterer oder er selbst. Seine harmlose kleine Schwester hatte soeben einen gestandenen Krieger überwältigt. Dann reagierte Rainolf endlich. Er umklammerte mit beiden Händen das Messer seines Angreifers und warf sich, dem Beispiel Farhilds folgend, mit seinem gesamten Körpergewicht auf seinen Gegner.

Doch der Narbige war nicht so leicht zu überrumpeln: Er taumelte zwar gegen die Wand, hatte sich aber im nächsten Moment wieder gefangen und versuchte nun mit aller Macht, Rainolf die Kehle durchzuschneiden. Verzweifelt drückte der junge Ubier das Messer von sich weg, doch die Klinge kam unaufhaltsam näher. Rainolf roch den fauligen Atem des Tenkterers.

Als das Messer nur noch einen Fingerbreit von seinem Gesicht entfernt war, ertönte ein lauter Ruf von oben: »Was geht hier vor?«

Am Treppenende erschien sein Vater mit gezücktem Schwert und einer brennenden Öllampe in der Hand. Der Tenkterer ließ für einen Moment von Rainolf ab und blickte gehetzt zu Sigolf, dann zu seinem Stammesbruder, der sich stöhnend vom Boden hochrappelte. Blut rann ihm aus Nase und Mund. Farhild hatte ihm beim Aufprall mit dem Hinterkopf noch zusätzlich einen heftigen Schlag ins Gesicht versetzt.

Sigolf begriff die Lage und stürmte, ohne zu zögern, nach unten. Dabei brüllte er nach Albuin und Baldwin. Das reichte, um den Narbigen zur Flucht zu bewegen. Er rannte die Treppe hinab und packte im Laufen seinen Gefährten. Sie flohen in den Laden. Sigolf wollte hinterhersetzen, als er plötzlich seiner Tochter gewahr wurde.

»Farhild! Ist dir etwas passiert?«

Sie lehnte an der Wand, etwas blass im Gesicht, aber sonst ganz munter. »Nein, Vater. Mit mir ist alles in Ordnung«, winkte sie ab.

Ein Krachen ertönte und die drei eilten in den Laden. Einige Amphoren waren zerbrochen und Warenstapel umgeworfen worden. Von den Tenkterern war nichts mehr zu sehen, dafür stand die Tür zum Hof auf. Rainolf griff sich eine Holzstange und folgte vorsichtig seinem Vater in den Innenhof. Auch dort war niemand mehr. Die Eindringlinge hatten die Flucht über die mannshohe Mauer ergriffen, hinter der eine schmale, kaum drei Fuß breite Gasse verlief.

Sigolf ließ erleichtert das Schwert sinken. »Sie sind geflohen, die feigen Bastarde.«

In dem Moment kamen Albuin und Baldwin schlaftrunken hinzu.

»Was ist denn los? Was war das für ein Krach?«

»Kommt ihr auch schon?«, fragte Sigolf vorwurfsvoll.

»Ihr habt den ganzen Spaß verpasst«, versuchte Rainolf, Eindruck zu schinden, obwohl seine Knie immer noch zitterten.

»Waren Einbrecher im Laden?«, rief Baldwin.

Sigolf forderte die drei durch einen Wink auf, ihm ins Haus zu folgen. Die Nachbarschaft musste ja nicht mithören. Er schloss die Tür hinter ihnen und nahm Farhild, die inmitten des Durcheinanders stand, in den Arm.

»Es ist vorbei, hab keine Angst mehr.«

»Angst?«, mischte Rainolf sich ein. »Wenn hier jemand Grund hatte, sich zu fürchten, dann waren das die Tenkterer«, klärte er seinen Vater auf. »Farhild hat ihren Angreifer allein außer Gefecht gesetzt.«

Die junge Frau konnte sogar wieder lächeln, als ihr Bruder von ihrer Tat erzählte.

»Das war kein Kunststück«, wehrte sie bescheiden ab. »Der Kerl war zwar groß, aber plump und dumm. Wenn man schnell genug angreift, haben solche Hohlköpfe keine Chance.«

Ein wenig erstaunt musterte Rainolf seine Schwester. Sie bemerkte den Blick und fing an zu lachen: »Wenn man zwei ältere Brüder hat, lernt man zwangsläufig zu kämpfen.«

Rainolf nahm sich vor, zukünftig keinen Streit mehr mit ihr anzufangen – das konnte lebensgefährlich werden.

Sigolf sah sich betrübt im Geschäft um und seufzte. »Das gibt morgen viel Arbeit.« Mit säuerlicher Miene hob er die Scherben einer Amphore auf. »Ich verstehe einfach nicht, was die Kerle von uns wollten.«

»Das ist doch ganz klar«, mischte sich Farhild mit einem Ton ein, als hätte sie es mit Kleinkindern zu tun. »Rainolf hat die Tenkterer zwar nicht gefunden, aber die Tenkterer haben Rainolf gefunden.«

Zerknirscht musste Rainolf ihr Recht geben. Er hatte seine Suche wohl zu auffällig gestaltet. Entschuldigend meinte er: »Ich fürchte, sie sind gewarnt worden, dass ich sie suche.«

Sigolf runzelte die Stirn. »Wer könnte sie gewarnt haben?«

»Wahrscheinlich Leugast. Für ein paar Asse würde der doch seine Seele verkaufen.«

III. Tag

In aller Frühe erhob sich Rainolf. Als er in den Laden hinuntergestiegen war, fand er Albuin und Baldwin auf einigen Stapeln Fellen friedlich schnarchend vor. Sein Vater hatte sie angewiesen, die beiden Türen, die ins Haus führten, den Rest der Nacht zu bewachen.

Er weckte die beiden unsanft mit einem Fußtritt gegen den Stapel. Albuin, der mit einem gewaltigen Hammer im Arm eingeschlafen war, ließ seine Waffe polternd zu Boden fallen.

»Was ist?«, rief er erschreckt.

»Du bist eingeschlafen, du Ochse. Sei froh, dass mein Vater euch nicht erwischt hat.«

Die beiden erhoben sich zerknirscht.

»Es tut uns leid, aber wer hart arbeitet, braucht auch Schlaf.«

Rainolf klatschte auffordernd in die Hände. »Dann macht euch mal an die Arbeit. Ich erwarte, dass hier aufgeräumt ist, bevor mein Vater herunterkommt.«

»Alleine?«, kam prompt die empörte Frage von Albuin und er deutete mit einer ausholenden Bewegung auf das Durcheinander um ihn herum.

»Du kannst ja gern die Tenkterer fragen, ob sie euch helfen«, knurrte Rainolf.

Murrend begannen die beiden, die zerstreut liegenden Waren aufzuheben. Rainolf konnte eine gewisse Genugtuung nicht leugnen: Nun konnte er sich vor der Arbeit drücken und die Brüder würden es seinem Vater nicht petzen können, ohne sich selbst bloßzustellen.

»Was ist das?«, riss ihn ein verwunderter Ausruf Baldwins aus seinen Gedanken.

Zwischen den Scherben einer zerbrochenen Amphore lag ein kleiner Lederbeutel. Es klimperte, als Baldwin ihn aufhob und schüttelte.

Rainolf nahm ihm den Beutel aus der Hand. Er war sehr primitiv angefertigt, so etwas würden sie ihrer Kundschaft nie anbieten, wie Rainolf auf den ersten Blick sah.

»Den haben sicherlich die Tenkterer bei ihrer Flucht verloren«, stellte er aufgeregt fest.

Als er den Beutel über dem Eschentisch öffnete, fielen Münzen heraus. Alle drei starrten verblüfft auf den unerwarteten Fund. Es waren zwanzig Denare.

Schon für Ubier in Colonia war das eine Menge Geld, aber für Tenkterer war es ein Vermögen. Sie lebten immer noch hauptsächlich vom Tauschhandel. Geldstücke benutzten sie so gut wie nie, und wenn, dann höchstens ein paar Asse.

In dem Moment kam Sigolf die Treppe herunter. Missmutig blickte er sich in dem verwüsteten Laden um, dann erst nahm er die ungewöhnliche Haltung der drei wahr.

»Wieso ist hier noch nicht aufgeräumt? Und was gibt es da zu gucken?«

Statt einer Antwort deutete sein Sohn auf den Tisch. Sigolf bekam große Augen, als er das Geld sah. Er nahm eine

Münze hoch, betrachtete sie eingehend und biss dann darauf. Als Händler misstraute er grundsätzlich Münzen mit hohem Wert und prüfte immer, ob es sich womöglich um Fälschungen handelte.

»Die ist echt«, stellte er nüchtern fest. »Raus mit der Sprache, woher stammt das viele Geld?«

Sein Sohn erklärte es ihm. Sigolf kratzte sich am ergrauten Hinterkopf. Ihm ging das Gleiche wie Rainolf durch den Sinn.

»Es gibt nur zwei Möglichkeiten, wie die Tenkterer an eine so hohe Summe kommen konnten«, begann er. »Entweder sie haben es gestohlen ...«

»Oder sie haben es als Lohn für den Mord an dem Quaestor erhalten«, führte Rainolf den Satz fort.

»Oder als Bezahlung, damit sie uns gestern Nacht töteten«, fügte sein Vater hinzu.

»Das würde bedeuten, dass die Tenkterer nicht von sich aus Aulus Gemellus ermordet haben. Sie sind beauftragt worden, und zwar von jemandem, der über viel Geld verfügt«, stellte Rainolf fest.

Nachdenklich starrten die vier auf das kleine Vermögen. Schließlich nahm Sigolf eine Holzkassette, in die er die Einnahmen des Tages zu legen pflegte, und schüttete die Denare hinein. Dann verschloss er das Kistchen sorgfältig und klemmte es sich unter den Arm.

»Ich werde die Kassette gut verstecken, für den Fall, dass die Tenkterer wiederkommen. Außerdem werden wir ab sofort jede Nacht Wache halten.«

»Sollten wir nicht der Stadtwache Bescheid sagen, dass wir überfallen worden sind? Das ist der Beweis für Walrabans Unschuld«, fragte Rainolf erstaunt.

Doch sein Vater schüttelte den Kopf. »Was meinst du,

was die Römer tun würden? Sie würden uns kein Wort glauben und auch keine Wachen vor unserer Tür postieren. Aber die zwanzig Denare würden sie beschlagnahmen. Du weißt, wie geldgierig sie sind.«

Er hat Recht, musste Rainolf einräumen. Sie hatten keine wirklichen Beweise. Der Aedil Lucius Curilius könnte auf die Idee kommen, der Überfall sei nur vorgetäuscht, um Walraban aus dem Kerker zu befreien.

»Begebt euch an die Arbeit«, befahl Sigolf den Sklaven. »Der Laden muss aufgeräumt sein, bevor die ersten Kunden kommen.«

Dann nahm er seinen Sohn beiseite. »Du wirst dich heute wieder überall nach den Tenkterern umhören. Aber sei vorsichtig. Auch wenn ich nicht glaube, dass die feigen Mörder am helllichten Tag einen Angriff wagen, solltest du kein Risiko eingehen.«

Rainolf war froh, dass sein Vater ihn ziehen ließ. Er hätte nicht zu Hause bleiben mögen. Immer noch galt es, Walrabans Leben zu retten.

*

»Ihr Versager! Ihr Feiglinge!«, herrschte der Magister die Tenkterer an.

Die beiden senkten stumm ihr Haupt, auch wenn die Wut über die Beleidigung in ihnen brodelte. Doch der Magister hatte Recht: Sie hatten versagt.

»Was für Idioten hat mir Falgar bloß geschickt?« Er trat vor und fixierte sie.

Sie konnten den stechenden Blick des Mannes kaum ertragen.

»Sich von zwei Kindern und einem alten Händler übertölpeln zu lassen. Ihr wollt Krieger sein? Memmen seid ihr!« Immer noch schrie er. Er konnte sich sicher sein, dass sie in der Tiefe des Kellers nicht gehört würden.

Den Raum hatte er mit Bedacht als Treffpunkt gewählt. Für den Fall, dass der Plan einen unerwarteten Rückschlag erleiden sollte, war der Keller sogar geeignet, den Tenkterern für kurze Zeit als Zuflucht zu dienen. Dass es jedoch schon so bald zu einer außerplanmäßigen Änderung kam und die zwei sich hier verstecken mussten, damit hatte er nicht gerechnet.

Er gab ein wutschnaubendes Geräusch von sich. Dann begann er, vor den beiden beschämt zu Boden schauenden Tenkterern auf und ab zu gehen, und dachte angestrengt nach. Noch ahnt der Feind nicht, aus welcher Richtung die wahre Bedrohung kommt, überlegte er. Doch das konnte sich schnell ändern, wenn dieser vorwitzige Junge weiter herumschnüffelte. Er musste unauffällig verschwinden.

Der Mann drehte sich abrupt um, sodass sein Mantel einen Halbkreis beschrieb.

»Ich gebe euch noch eine letzte Chance, euren Fehler wieder gutzumachen, bevor ich Falgar von eurem Versagen berichte. Ihr werdet diesen Rainolf eliminieren, und es muss unauffällig geschehen. Niemand darf Verdacht schöpfen, dass sein Tod mit euch in Zusammenhang steht.«

Die beiden Tenkterer warfen sich einen fragenden Blick zu. »Magister, wie sollen wir das anstellen? Wenn der Händler Sigolf der Wache den Überfall gemeldet hat, werden sie nach uns Ausschau halten.«

Mit einer herrischen Bewegung gebot der Mann ihnen zu schweigen. »Das überlasst nur mir. Ich habe einen Plan und ich weiß auch schon, wo ihr in Colonia bleiben könnt, ohne dass es auffällt.«

Diesmal sahen sie ihren Befehlshaber mit offenem Misstrauen an.

»Wir können in keine Herberge mehr. Dort sucht man uns als Erstes.«

»Wer redet von Herberge?«, erwiderte der Mann. Um seinen Mund spielte ein diabolisches Lächeln. »Ich hoffe, dass dieser allzu neugierige Bursche weiter nach euch suchen wird. Wenn er das tut, werde ich das bald erfahren. Und dann ist der Zeitpunkt zum Zuschlagen gekommen.«

*

Rainolf machte sich auf den Weg zum Forum. Im Gewühl dauerte es eine Weile, ehe er den roten Haarschopf von Garawan entdeckte. Doch der Gesichtsausdruck seines Freundes sagte ihm, bevor er fragen konnte, dass er nichts herausgefunden hatte.

»Tut mir leid«, begann Garawan, »aber die zwei Tenkterer scheinen die Stadt längst verlassen zu haben. Niemand hat sie gesehen.«

Rainolf lächelte bitter. »Doch, ich!«

»Du?«, rief Garawan verblüfft aus. »Wo denn?«

»Sie haben uns heute Nacht zu Hause besucht.«

Garawan klappte der Unterkiefer nach unten. Er starrte seinen Freund fassungslos an. »Und? Was ist passiert? Nun, pack schon aus!«

Unter anderen Umständen hätte Rainolf die Szene genossen und seinen Freund zappeln lassen. Aber der Ernst der Lage ließ ihn das Geschehene rasch berichten.

»Farhild hat den Kerl niedergeschlagen?«, fragte Garawan schließlich. Er konnte es kaum glauben.

»Ja, und ich versichere dir, dass der Tenkterer doppelt so schwer war wie sie.«

»Unglaublich«, murmelte der Rothaarige, bevor er erneut die Stimme hob: »Woher hatten die bloß so viel Geld?«

»Wenn wir das wüssten, wäre Walraban schon so gut wie in Freiheit.«

Garawan kam ein Gedanke. »Was ist, wenn die beiden Schweine immer noch hinter dir her sind?«

Rainolf schüttelte bestimmt den Kopf. »Das würden sie nicht wagen. Sie müssen doch annehmen, dass wir die Stadtwache alarmiert haben und überall nach ihnen gesucht wird.«

»Das ist aber nicht der Fall.« Garawan sah seinen Freund ernst an.

Für einen Moment war Rainolf verunsichert. Er war nicht auf die Idee gekommen, dass er immer noch in Gefahr schweben könnte. Doch dann fing er sich wieder. »Selbst wenn es so ist: Ich habe keine Angst vor den Kerlen. Und ich werde alles dransetzen, sie zu finden, um Walraban zu retten«, sagte er trotzig.

Garawan nickte und schlug Rainolf auf die Schulter. »Schon gut. Ich werde dir natürlich helfen, so gut ich kann.«

»Dann beweg dich und such nach ihnen!«

Erneut lief Rainolf Stunden durch die Stadt. Es gab kein Viertel und keinen Platz, an dem er nicht gewesen wäre. Selbst draußen am Rhenus hielt er Ausschau nach den Tenkterern. Doch wieder war die Suche erfolglos.

Es dämmerte schon, als Rainolf sich vor dem Praetorium wiederfand. Das war der eindrucksvollste Bau in ganz Colonia. Er dehnte sich über eine Strecke von hundertzwanzig

Schritten in alle Richtungen aus. Die roten Mauern erhoben sich über drei Stockwerke und die Rückseite verfügte über vier weitere Anbauten. Große, verglaste Fenster sorgten für viel Licht im Inneren. In der Mitte überragte ein achteckiger Turm den gesamten Bau.

Hier residierte Quintus Caius Justinus. Als Prokonsul führte er nicht nur die Regierungsgeschäfte, sondern war auch gleichzeitig oberster Feldherr von Germania Inferior. Schon oft hatte Rainolf vor dem gewaltigen Mauerwerk gestanden und bewundernd emporgeblickt. Zu gerne hätte er gewusst, wie das Praetorium innen aussah. Sagenhafte Reichtümer und ein gigantisches Atrium mit Springbrunnen sollten sich dort befinden. Das Gerücht, dass es auch halb nackte Sklavinnen aus Ägypten gab, hielt Rainolf allerdings für das Produkt übersprudelnder Fantasie einiger Germanen, die sich nach dem zehnten Becher Met solche Geschichten ausdachten.

Unmittelbar neben dem Praetorium befand sich der Kerker. Rainolfs Schritte hatten ihn unbewusst zu dem Ort geführt, an dem Walraban gefangen gehalten wurde. Massiv und abschreckend, mit nur wenigen vergitterten Fenstern, schmiegte sich der graue Bau düster an den Palast des Prokonsuls. Zahlreiche Wachen waren vor dem schweren Tor postiert. Niemand konnte sich ohne Erlaubnis Eintritt verschaffen, ohne selbst gefangen genommen zu werden. Rainolf fiel ein, dass auch das Praetorium einen Zugang zum Kerker besaß. Die Aufteilung der Gebäude stammte aus der Zeit, als Colonia noch keine Stadt, sondern ein Dorf und Militärlager namens Oppidum Ubiorum gewesen war, wie sein Vater ihm erzählt hatte.

Die obere Hälfte der roten Mauern glänzte hell in den

letzten Strahlen der untergehenden Sonne. Rainolf legte den Kopf in den Nacken und blickte hoch. Wahrlich ein gewaltiges Bauwerk, fuhr es ihm erneut durch den Kopf.

Der Gedanke kam ihm im nächsten Moment völlig absurd vor. Sein Freund Walraban saß im Kerker und er dachte über Architektur nach. Wenn er doch nur mit ihm sprechen könnte! Vielleicht hätte Walraban eine Idee, wo er Beweise für seine Unschuld finden könnte.

Langsam spazierte er um das riesige Gebäude herum, den Blick auf die Mauer gerichtet. Ein leichter Wind fing sich in Rainolfs Haaren. Jenseits der Mauer konnte er einige Baumspitzen erkennen. Dort musste sich ein Garten befinden. Bislang war Rainolf nicht auf die Idee gekommen, dass jemand im Praetorium Pflanzen anbauen könnte. Für ihn war es allein ein Ort der Macht gewesen.

Rainolf wollte schon umkehren, als er einen Ast gewahr wurde. Er war etwa so dick wie ein Oberschenkel, voller grüner Blätter – und ragte ein Stück über die Mauer! Aus dem Stand konnte Rainolf ihn nicht erreichen, doch wenn er Anlauf nehmen und sich mit einem Fuß an der Mauer nach oben abstoßen würde, könnte es funktionieren.

Verstohlen sah Rainolf sich um. Kein Mensch war auf der Straße. Die Wachen standen alle vor dem Praetorium, da es keiner für möglich hielt, dass jemand die hohen, glatten Mauern auf der Rückseite erklimmen konnte. Das war sicherlich auch immer zutreffend gewesen – bis dieser Ast über die Ummauerung gewachsen war.

Bevor Rainolf näher darüber nachdenken konnte, was er da eigentlich vorhatte, rannte er schon los. Kurz vor der Mauer sprang er hoch, rammte den linken Fuß etwa auf Höhe seines Bauchs in die Mauer und drückte sich ab. Mit der ausgestreckten rechten Hand erwischte er den Ast. Für einen Moment hing Rainolf wie eine faule Frucht an dem Baum. Dann griff er auch mit der anderen Hand zu und zog sich ächzend hoch.

Der Ast erwies sich als stark genug, um sein Gewicht zu tragen, auch wenn er sich weit nach unten bog. Rainolf kletterte weiter und überwand die Mauer. Die frischen Blätter standen bereits sehr dicht, sodass er gegen Blicke geschützt war.

Als er endlich den Stamm erreicht hatte, bekam er den Innenhof zu Gesicht: ein wunderschön angelegter Park. Zwischen zahlreichen kleinen Bäumen und farbenprächtigen Blumen verliefen schmale, gepflasterte Wege. Die meisten Pflanzen hatte Rainolf noch nie im Leben gesehen, sie mussten aus allen Winkeln der Welt zusammengetragen worden sein. Ein kleiner Springbrunnen plätscherte vor sich hin. Für einen Moment glaubte er zu träumen.

Doch es half nichts, er musste den zauberhaften Garten durchqueren und irgendwie versuchen, in das Praetorium zu gelangen. Wie er dann allerdings in den Kerker zu Walraban gelangen sollte, war ihm nach wie vor ein Rätsel. Nur der Gedanke, dass er für Walraben nichts unversucht lassen durfte, hielt ihn davon ab, gleich wieder über die Mauer zu verschwinden.

Rainolf lauschte angestrengt, doch außer dem Gezwitscher der Vögel war nichts zu hören. Vorsichtig begann er, den Baum hinabzuklettern. Unten angekommen, verharrte er einige Augenblicke bewegungslos. Noch immer gab es kein Anzeichen für die Anwesenheit eines anderen Menschen. Langsam ging er einen der schmalen Wege entlang. Von ein paar hohen gelben Blumen flatterten Schmetterlinge auf. Direkt daneben befanden sich einige bizarre Blüten. Neugierig verharrte er und starrte sie an.

»Hallo! Kann ich dir helfen?«

Rainolf hätte schwören können, dass sein Herzschlag kurz aussetzte, und ein siedend heißer Blitz fuhr durch sein Genick. Hinter einer Linde trat eine schlanke, junge Frau aus dem Halbdunkel. Die lockigen, schwarzen Haare fielen ihr bis über die Schultern und ihre dunklen Augen fixierten ihn mit einem leicht spöttischen Ausdruck. Ihren anmutigen, zierlichen Körper umschmeichelte eine goldene Tunika aus hauchdünnem Stoff. Die Frau erschien Rainolf überirdisch. Für ihn war klar, dass es sich um eine Nymphe handeln musste, die diesen Garten bewohnte. Sein Mund öffnete sich, doch er brachte kein Wort hervor.

Die göttliche Erscheinung begann zu lachen. Es klang hell und klar wie der Morgen. »Hat es dir die Sprache verschlagen oder sprichst du kein Latein?«

»Doch, doch«, stotterte er unbeholfen.

»Was führt dich in den Garten des Statthalters Quintus Caius Justinus?«

»Tja, ich … ich müsste mit jemandem sprechen.« Sein Gesicht hatte inzwischen eine feuerrote Färbung angenommen.

»So, so! Und mit wem?« Sie amüsierte sich ganz offensichtlich und kam neugierig einige Schritte näher.

»Mit … Walraban.« Beim Wodan, dachte Rainolf, musste das dämlich klingen, was er sagte.

Sie zog fragend die Augenbrauen hoch. »Mit wem?«

»Walraban«, wiederholte er und fügte dann leiser hinzu: »Ein Gefangener.«

»Oh, du willst einen Gefangenen im Kerker besuchen. Du scheinst dir das sehr einfach vorzustellen.«

Rainolf schüttelte bestimmt den Kopf. »Nein, sonst hätte ich direkt die Wachen gefragt.«

Sie lachte erneut. »Ja, es sah recht komisch aus, wie du über den Ast balanciert bist. Hast du eigentlich schon mal von der Erfindung der Tür gehört?«

Sie hatte ihn also schon eine ganze Weile beobachtet. Rainolf tat so, als würde ihr Spott ihn kalt lassen. Die junge Frau betrachtete ihn eingehend, als hätte sie noch nie einen Germanen gesehen. »Wie heißt du?«

»Rainolf.«

»Und was willst du von diesem Walraban?«

»Er ist mein Freund und er sitzt unschuldig im Kerker. Man wirft ihm vor, Aulus Gemellus umgebracht zu haben, aber er war es nicht. Ich muss mit ihm sprechen, weil ich die wahren Mörder suche und Walraban mir vielleicht helfen kann, sie zu finden.«

Die Worte sprudelten aus Rainolf heraus. Er verlor sich in den großen Augen der Frau.

Ihr Gesichtsausdruck wurde ernst. »Von dem Mord an Aulus Gemellus habe ich gehört.« Sie schien zu überlegen, ihr Blick ließ ihn dabei aber nicht los. »Nun gut, dann will ich dir deinen Wunsch erfüllen und dich zu Walraban bringen.«

Sie war tatsächlich eine Nymphe, die zaubern konnte. Anders konnte Rainolf es sich nicht erklären, wie sie es schaffen wollte, ihn an den Wachen vorbei in den Kerker zu schleusen.

Doch anstatt einen Zauberspruch zu murmeln, drehte die junge Frau sich um und winkte ihm, ihr zu folgen. Rainolf wagte kein Wort zu sagen, aus Angst, dass der Zauber dann verfliegen könnte. Als sie am Gebäude anlangten, stand vor einer mit Eisen beschlagenen Tür eine ältere, dicke Sklavin, vermutlich eine Italerin. Der junge Ubier blieb wie angewurzelt stehen. Auch die Sklavin stutzte bei seinem Anblick.

Doch die junge Frau nahm Rainolf lachend bei der Hand. »Keine Angst, niemand wird dir etwas tun«, beruhigte sie ihn. Zu der Sklavin gewandt sagte sie: »Ist schon in Ordnung. Lass uns allein.«

Zu seiner Verblüffung trat die ältere Frau gehorsam zur Seite. Sie betraten einen prächtig ausgestatteten Raum. Durch die großen Fenster schien das letzte Abendlicht herein. Statuen standen in Nischen. Der Boden war ein einziges, riesiges Mosaik und stellte Götter, Satyre, halb nackte Frauen und etliche Tiere dar. In einigen Leuchtern steckten brennende Kerzen. An einer Wand stand ein mit Gold verzierter Diwan. Das war der luxuriöseste Raum, den Rainolf je zu Gesicht bekommen hatte. Hier mussten sich hochrangige Römer aufhalten. Was, wenn sie ihn hier entdeckten? Wahrscheinlich würden sie ihn auf der Stelle erschlagen. Oder in den Kerker werfen. Das war zwar der Ort, zu dem er wollte, aber nicht als Gefangener.

Seine neue Bekannte schritt wie selbstverständlich durch das Zimmer. Als sie bemerkte, dass er ihr nicht mehr folgte, drehte sie sich um. »Was ist? Kommst du nun oder hast du Angst?«

Es gab für einen Germanen keine schlimmere Beleidigung, als ihm Feigheit vorzuwerfen. Noch ärger war es jedoch, wenn eine schöne Frau einen Mann verdächtigte, Angst zu haben. Selbst wenn es stimmte.

»Nein, ich habe nur den schönen Raum bewundert«, log er.

Sie sah sich um, als sei sie zum ersten Mal in dem Zimmer. »Ja, ganz nett. Der Prokonsul versucht, die Räumlichkeiten ganz wie seine Villa in Rom einzurichten.«

»Der Prokonsul?« Ihm quollen vor Entsetzen fast die Augen aus dem Kopf.

»Ja, natürlich. Das hier ist das private Quartier seiner Familie.«

Rainolf merkte deutlich, dass seine Knie nachgaben.

Die junge Frau wurde jedoch ungeduldig. »Keine Sorge, er ist zurzeit im Empfangsraum und redet mit irgendwelchen Decurionen. Komm jetzt endlich weiter.«

Wie in Trance folgte er ihr durch einige Flure und eine Halle, in der sich eine breite Treppe befand. Eine weitere Sklavin, die ein paar Handtücher trug, begegnete ihnen. Sie sagte aber kein Wort, sondern blickte Rainolf nur neugierig lächelnd an.

Schließlich gelangten sie auf einen großen Innenhof. Ein Teil der Garde des Statthalters exerzierte gerade unter den bellenden Befehlen eines Centurio. Rainolf wusste, dass sie aus vierhundertachtzig Legionären bestand. Doch schon einer der Soldaten hätte gereicht, um ihn gefangen zu nehmen.

Seine Führerin lief an den Legionären vorbei, ohne sie zu beachten. Erstaunlicherweise schien auch keiner der Männer Rainolfs Anwesenheit für ungewöhnlich zu halten. Auf der gegenüberliegenden Seite des Platzes befand sich die Unterkunft der Dienst habenden Garde und dahinter ein massives Holztor. Zwei Wachen standen vor dem Eingang. Mit erhobenem Haupt ging die junge Frau auf die beiden zu.

»Lasst uns passieren«, befahl sie in einem Ton, der keinen Widerspruch duldete.

Das ist das Ende, dachte Rainolf. Jetzt würden sich sofort sämtliche anwesenden Legionäre auf ihn stürzen.

Doch stattdessen machten die beiden Wachen artig Platz, auch wenn sie kurz einen Blick austauschten. Rainolf kam aus dem Staunen nicht heraus, er folgte der jungen Frau völlig willenlos. Die Soldaten öffneten das Tor, während seine Begleiterin hoheitsvoll an ihnen vorbeischritt. Sie gelangten in das Gebäude, das sich direkt an das Praetorium anschloss.

Rainolf brauchte einen Moment, ehe er begriff, dass es sich um den Kerker handelte. Er befand sich nun im gefürchtetsten Ort von ganz Colonia. Viele Verbrecher saßen hier jahrelang ein oder verschwanden für immer. Man munkelte, dass die Römer stets neue Sklaven für ihre Erzminen brauchten.

Innen war es finster, nur Fackeln, die in Eisenringen an den Wänden steckten, spendeten Licht. Es roch modrig. Rainolfs Führerin ging zielstrebig einen Gang entlang und stieg dann eine Treppe hinab. Unten angekommen stießen sie auf einen grobschlächtigen Kerl, der eine Peitsche im Gürtel trug.

Rainolf erschrak fürchterlich bei seinem Anblick und wäre am liebsten die Stufen wieder hinaufgestürmt. Aber seine Führerin behandelte den Mann wie einen Hausmeister.

»Wo finden wir den Gefangenen Walraban?«, fragte sie ohne Umschweife.

Der Mann sah sie zunächst misstrauisch an, dann verzog sich seine speckige Visage zu einem hässlichen Grinsen. »Was wollt ihr denn von ihm?«

»Das zu fragen, steht dir nicht zu, Kerkermeister«, wies die junge Frau ihn drohend zurecht. Ihre Augen blitzten.

Schlagartig verschwand das Grinsen aus dem Gesicht des Kerkermeisters und er hob entschuldigend die Hände. »Schon gut, ich führe euch zu ihm«, murmelte er beschwichtigend.

Er nahm eine Fackel von der Wand und schritt in einen der drei Gänge, die von der Treppe wegführten. Sie stiegen eine weitere Treppe hinab und bogen auf der unteren Ebene noch einmal ab. Endlich blieb der Dicke vor einer Tür stehen, drehte sich nach den beiden Besuchern um und hob die Fackel. »Hier ist er.«

Die junge Frau sah ihn majestätisch an. »Worauf wartest du? Öffne die Tür!«, befahl sie.

Brummend zog der Kerkermeister den massiven Riegel zur Seite und drückte die Tür auf. Hatte es vorher schon übel gerochen, schlug ihnen jetzt ein geradezu bestialischer Gestank entgegen. In dem finsteren Loch lag eine Gestalt zusammengerollt auf dem mit wenig Stroh bedeckten Boden. Es war feucht und kalt. Als sie eintraten, raschelte es, Rainolf vermutete, dass sich in den Ecken Ratten herumtrieben. Das Licht der Fackel ließ die zusammengerollte Gestalt hochfahren. Es war Walraban!

Auf seinem Gesicht befand sich eingetrocknetes Blut, das von einer Platzwunde an der Stirn herrührte, und seine Kleider waren vollkommen verdreckt. Rainolf war durch den Anblick erschüttert: Walraban war immer auf ein ordentliches und sauberes Erscheinungsbild bedacht gewesen, jetzt sah er aus wie ein Schatten seiner selbst. Der Gefangene kniff wegen der plötzlichen Helligkeit die Augen zusammen.

»Lass uns allein, bis wir dich rufen«, befahl die junge Frau dem Kerkermeister.

»Aber ...«, wollte der feiste Kerl einwenden, doch sie unterbrach ihn sofort.

»Hast du nicht gehört?«

Mit einem Knurren steckte er die Fackel in einen Eisenring an der Wand und schloss die Tür von außen.

Verzweifelt blinzelnd versuchte Walraban, etwas zu erkennen, doch das Licht war noch zu grell für ihn. Rainolf trat auf ihn zu. »Walraban«, stammelte er, noch immer fassungslos über die erbarmungswürdige Erscheinung.

»Rainolf! Du bist hier! O mächtiger Wodan, haben sie dich auch eingekerkert?«, rief er erschrocken.

»Nein, ich komme, um dir zu berichten, dass ich auf der Suche nach den zwei Tenkterern bin. Sie waren wahrscheinlich in der Herberge von Leugast, aber dort hat man mich rausgeworfen. Was kann ich noch tun, um deine Unschuld zu beweisen?«

Rainolf sah Tränen aus Walrabans Augenwinkeln laufen und wusste nicht, ob vor Rührung oder wegen des Lichts.

»Rainolf, mein lieber Junge!«

Walraban rappelte sich mit einem kurzen Ächzen hoch und umarmte ihn. Erst jetzt nahm er die junge Frau wahr. »Wer ist deine wunderschöne Begleiterin?«

Rainolf wandte sich um und stellte verlegen fest, dass er noch nicht einmal ihren Namen kannte.

»Ich heiße Julia«, beantwortete sie die Frage, bevor Rainolf etwas sagen konnte. »Als dein Freund erzählte, dass er einem Unschuldigen helfen wolle, habe ich ihn hierher geführt.«

Walraban nahm sie, immer noch blinzelnd, gründlicher in Augenschein. »Du verblüffst mich, Julia. Wie kann es sein, dass eine so schöne junge Dame Zutritt zum Kerker hat?«

Sie blickte ihn stolz an und antwortete voller Selbstbewusstsein: »Ich bin die Tochter von Quintus Caius Justinus, dem Statthalter von Colonia, Prokonsul und obersten Feldherrn von Germania Inferior. Niemand würde es wagen, einen Befehl von mir zu missachten.«

Rainolf hatte voller Erstaunen zugehört. Jedenfalls wusste er jetzt, dass sie keine Nymphe oder Zauberin war. Er war heilfroh, dass er keine peinliche Bemerkung in der Hinsicht gemacht hatte.

»Ich danke dir für dein Vertrauen und deine gute Tat, Julia.« Walraban verbeugte sich, zuckte dann aber vor Schmerz zusammen.

»Was ist mit dir?«, fragte Rainolf besorgt.

»Nichts«, winkte er ab und fasste sich gleichzeitig an den Rücken.

Wahrscheinlich hatte man ihn geschlagen, bevor er in den Kerker geworfen worden war.

»Hast du wirklich nichts mit dem Mord an Aulus Gemellus zu tun?«, fragte Julia unumwunden.

»Ich habe ihn nicht umgebracht, auch wenn er mich beleidigt hat.«

Rainolf schaltete sich ein und berichtete Julia, was vorgefallen war. Dann erzählte er den beiden von seinen Nachforschungen bei Leugast und dem nächtlichen Überfall. Sie hörten aufmerksam zu.

»Kommen viele Tenkterer nach Colonia?«, fragte Julia schließlich.

Rainolf schüttelte den Kopf. »Nein, eher nicht. Auch wenn offiziell Friede herrscht, überqueren die Tenkterer nicht gern den Rhenus, und wenn, dann um Handel zu treiben. Diese zwei führten aber keine Waren mit sich.«

»Dann dürfte es doch nicht schwierig sein, die beiden zu finden. Du wartest einfach so lange vor der Herberge von Leugast, bis sie herauskommen«, sagte Julia bestimmt.

Rainolf wollte erwidern, dass das die dümmste Idee sei, die er seit Langem gehört habe, aber Walraban kam ihm zuvor. »Ja, ich denke, das ist das Sinnvollste, was du tun kannst, Rainolf.«

Der junge Ubier blickte seinen Freund entgeistert an. »Aber es kann doch Ewigkeiten dauern, bis sie aus der Herberge kommen, wenn sie überhaupt noch da sind«, protestierte er.

»Hast du einen besseren Vorschlag?«, fragte Julia.

Rainolf öffnete den Mund, aber da ihm keine Alternative einfiel, schloss er ihn wieder.

»Dein Vater wird dir sicherlich erlauben, von der Arbeit fortzubleiben, solange es darum geht, die Mörder zu finden«, meinte Walraban zuversichtlich. Er legte Rainolf die Hand auf die Schulter. »Es ist das Einzige, was du für mich tun kannst, Rainolf. Auch wenn ich diesen Kerker vielleicht nicht mehr lebend verlassen werde, meine ewige Dankbarkeit sei dir gewiss.«

Er drückte Rainolf erneut an sich. »Sag deinem Vater, dass ich ihn stets als meinen besten Freund betrachtet habe. Ohne ihn wäre ich schon lange tot.«

Rainolf nickte mit einem Kloß im Hals.

Julia hatte sich währenddessen würdevoll zurückgehalten. Nun rief sie nach dem Kerkermeister, der sofort aufschloss.

Rainolf brachte zum Abschied keinen Ton heraus. Er befürchtete, dass seine Stimme versagen würde. Es wäre ihm zu peinlich gewesen, wenn Julia gemerkt hätte, dass er kurz davor stand, in Tränen auszubrechen.

Schweigend stiegen sie die Treppen hinauf. Vor der Ausgangstür blieb der dicke Kerkermeister stehen und sah ihnen finster nach. Mittlerweile war es völlig dunkel geworden und im gesamten Innenhof brannten Fackeln. Rainolf atmete tief durch. Frische Luft durchströmte seine Lungen und auch seine Gedanken wurden wieder klarer. Er wandte sich an seine wunderschöne Begleiterin.

»Ich danke dir für alles, was du für mich und Walraban getan hast. Aber jetzt muss ich gehen. Ich werde mich auf die Suche nach den Mördern machen.«

Er hoffte, dass seine Worte dramatisch genug klangen und sie ihn voller Bewunderung anhimmeln würde.

Doch Julia schüttelte energisch den Kopf. »Noch nicht«, entschied sie. »Ich werde dich meinem Vater vorstellen. Du musst ihm die ganze Geschichte erzählen. Nur er kann etwas für Walraban tun. Selbst wenn du die Tenkterer findest, heißt das noch nicht, dass damit Walrabans Unschuld bewiesen ist.«

Wie vom Donner gerührt, blieb Rainolf stehen. Er sollte Quintus Caius Justinus kennen lernen!

Heute Morgen war er noch ein unbedeutender Bürger gewesen, der jüngste Sohn eines einfachen Händlers, der nur seiner Arbeit nachging. Und jetzt war er dabei, einen Mord aufzuklären und sollte mal so nebenbei den Statthalter der Provinz Germania Inferior treffen. Noch dazu galt Quintus Caius Justinus als enger Vertrauter von Kaiser Hadrian.

»Das geht nicht«, antwortete er fassungslos.

Sie baute sich vor ihm auf, stemmte die Hände in die Hüften und fragte mit hochgezogenen Augenbrauen: »Du hast doch Angst, nicht wahr?«

Rainolf räusperte sich und versuchte, Würde zu zeigen: »Ein Germane hat niemals Angst.«

»Natürlich«, entgegnete sie spöttisch. »Genauso wie ein Germane auch nie Met trinkt und sich täglich wäscht.«

»Was?«, fragte er empört. »Also, hör mal, ich ...«

Julia schnitt ihm das Wort ab. »Los, komm schon! Das ist

jetzt nicht der richtige Zeitpunkt für falsche Bescheidenheit.«

Sie griff seine Hand und er spürte eine angenehme Erregung bei ihrer Berührung. In diesem Moment hätte sich Rainolf auch in die Tiefen des Hades von ihr bringen lassen.

Wieder liefen sie durch zahllose Gänge, bis sie vor einer bronzebeschlagenen Tür Halt machten.

»Das ist sein Arbeitszimmer. Hier zieht er sich zurück, wenn er ungestört sein will.«

Eigentlich wollte Rainolf entgegnen, dass sie ihn dann besser nicht stören sollten, doch seine Kehle war erneut wie ausgetrocknet. Bevor er irgendetwas tun konnte, klopfte sie auch schon an.

»Herein!«, erklang eine sonore Stimme.

Ohne zu zögern, trat Julia ein. Im Schein einiger Öllampen saß ein silberhaariger Mann an einem Tisch aus weißem Marmor. Er schrieb mit einem Griffel aus Elfenbein auf eine Wachstafel. Ohne Zweifel war das ein römischer Patrizier: Quintus Caius Justinus hielt den Kopf sehr aufrecht und in seinen Bewegungen lag etwas Herrisches.

Als der Prokonsul seine Tochter erkannte, glitt ein Lächeln über sein Gesicht. Auch Rainolf sah er freundlich an. Er wirkte nicht sonderlich überrascht. »Julia, welch freudiger Besuch. Wen hast du denn da mitgebracht?«

Er fragte nach ihm! Rainolf konnte es nicht fassen. Der Statthalter von Colonia wollte wissen, wer er war! Na ja, dachte der junge Ubier im nächsten Moment, eigentlich war es logisch, dass der Prokonsul wissen wollte, wer da sein Privatgemach betrat.

»Vater, das ist Rainolf, der Sohn eines Händlers aus unserer Stadt.«

Quintus Caius Justinus musterte Rainolf vom Scheitel bis zur Sohle. Julia nahm die Hand ihres Vaters und legte sie an ihre Wange. Ein cleverer Trick, wenn Töchter etwas von ihren Vätern wollten, wie Rainolf nur zu genau wusste. Seine Schwester Farhild konnte auch zärtlich werden, wenn sie unbedingt etwas erreichen wollte.

»Du musst ihm helfen. Sein Freund Walraban sitzt unschuldig im Kerker. Man wirft ihm vor, Aulus Gemellus umgebracht zu haben, aber er war es nicht. Die wahren Mörder sind zwei Tenkterer, die Walrabans Dolch gestohlen haben, um die Tat zu begehen und ihm anschließend den Mord in die Schuhe zu schieben. Rainolf weiß, wo sich die Männer aufhalten, kann sie jedoch nicht einfach festnehmen.«

Quintus Caius Justinus' Gesicht war ernst geworden. Er blickte Rainolf einmal mehr prüfend an.

»Der Mord an Aulus Gemellus ist ein sehr schweres Verbrechen. Als Statthalter und Prokonsul muss ich mit aller Härte gegen den feigen Mörder vorgehen. Es war ein Glücksfall, dass der Dolch sofort identifiziert werden konnte. Auch hat der Beamte Orvidus Nuntianus bezeugt, dass der Freigelassene Walraban gestern Morgen einen heftigen Streit mit dem Quaestor hatte. Es bestehen also kaum Zweifel an der Identität des Mörders. In sieben Tagen soll Walraban der Prozess gemacht werden. Ihm steht der Tod durch das Schwert bevor.«

Er machte eine kurze Pause und wandte sich an Rainolf. »Und jetzt überraschst du mich mit der Behauptung, dass es nicht Walraban, sondern zwei Tenkterer waren? Das musst du mir näher erklären.«

Rainolf war bei den letzten Worten schon wieder die Röte ins Gesicht gestiegen.

»Walraban ist ein Mann von Ehre. Er hat mir gesagt, dass er es nicht war, und er würde niemals lügen«, begann er.

»Das reicht mir nicht als Beweis«, entgegnete Quintus Caius Justinus sofort.

»Aulus Gemellus hat ihn fürchterlich beleidigt und sogar geschlagen. Doch Walraban blieb ruhig und hat ihn nicht angerührt. Daraufhin verließ der Quaestor unser Geschäft und tauchte nicht mehr auf. Walraban ging danach in den *Schwarzen Stier,* um seine Wut im Met zu ertränken. Dort lernte er zwei Tenkterer kennen, einer hat eine Narbe im Gesicht. Während des Würfelspiels müssen sie ihm dann den Dolch gestohlen haben. Warum sie Aulus Gemellus ermordeten, weiß ich nicht. Jedenfalls kehrte Walraban spät in der Nacht heim, ohne dass ihm der Verlust des Dolchs aufgefallen wäre. Erst am nächsten Morgen, als Lucius Curilius kam, um ihn zu verhaften, bemerkte Walraban den Diebstahl.«

Quintus Caius Justinus wirkte weiterhin skeptisch.

»Der Wirt des *Schwarzen Stiers* kann bestätigen, dass zwei Tenkterer bei ihm gewürfelt haben«, ergänzte Rainolf verzweifelt. »Und ich weiß, dass sie jetzt wahrscheinlich in der Herberge von Leugast abgestiegen sind.«

Der Prokonsul lehnte sich in seinem Stuhl zurück und legte die Spitzen seiner schlanken Finger aneinander. Seine kostbar bestickte Toga raschelte leise. »Zwei Tenkterer, die anscheinend völlig fremd in der Stadt sind, sollen einem Mann, den sie noch nie vorher gesehen haben, einen Dolch stehlen, um damit einen römischen Beamten zu erstechen, der zuvor mit dem Besitzer des Dolches einen heftigen Streit hatte?«

Als der Statthalter die Frage stellte, wurde Rainolf erst bewusst, wie unwahrscheinlich die Geschichte klingen musste.

»Es ist die Wahrheit«, beharrte er trotzig.

»Mein lieber junger Freund, ich würde dir gerne Glauben schenken, aber du sagtest, dass dein Freund Walraban in die Taberna gegangen ist, um seine Wut über die Beleidigung im Met zu ertränken.«

Rainolf nickte vorsichtig und ahnte, worauf der Prokonsul hinauswollte.

»Das heißt, er hat dort sehr viel getrunken und war sicherlich nicht mehr Herr seiner Sinne. Kann er sich denn noch genau an jede Einzelheit des Abends erinnern?«

Betreten blickte Rainolf zu Boden. »Nein, nicht an alles. Walraban sagt, als er genug hatte, sei er nach Hause gegangen. Allerdings wusste er nicht mehr genau, welchen Weg er gewählt hatte.«

Mit einem Ruck beugte sich Quintus Caius Justinus nach vorn über den Tisch und legte seine sehnigen Unterarme auf die Marmorplatte. Julia stand wie gebannt neben ihrem Vater und lauschte aufmerksam.

»Könnte ihn da sein Weg nicht in die Nähe des Rhenus geführt haben, wo er zufällig auf Aulus Gemellus stieß, der sich, wie ich mir habe sagen lassen, dort gerne ...«, der Prokonsul warf einen kurzen Blick auf seine Tochter, »mit gewissen Frauen vergnügte, die dort jede Nacht stehen?«

Rainolf schluckte trocken, schaffte es jedoch, dem bohrenden Blick standzuhalten. »Schon möglich.«

»Und könnte es nicht weiterhin sein, dass Walraban betrunken und wütend seinen Dolch zückte und den Quaestor erstach, um ihn nach der Tat in den Fluss zu werfen, in der Hoffnung, dass die Leiche abtreiben würde?«

Als er keine Antwort bekam, fuhr Quintus Caius Justinus fort: »Betrunkene erinnern sich nicht immer an alles, was sie getan haben. Vielleicht hat der Met die Erinnerung an die Tat aus seinem Gedächtnis gelöscht.«

Verzweifelt schüttelte Rainolf den Kopf. »Walraban hat Aulus Gemellus nicht umgebracht. Wenn er es getan hätte, würde er dazu stehen.«

Der Prokonsul stand auf. Er war gar nicht so groß, wie Rainolf geglaubt hatte, aber sein Körper war trotz seines Alters in sehr guter Kondition und er bewegte sich geschmeidig. Rainolf fiel ein, dass Quintus Caius Justinus viele Jahre auf Kriegszügen überall im Imperium unterwegs gewesen war. Der harte Alltag eines Soldaten prägte für das ganze Leben.

Der Statthalter machte ein paar Schritte durch das Zimmer und schien angestrengt nachzudenken. Plötzlich drehte er sich um. »Gut, Rainolf. Ich werde dir einige Legionäre meiner Garde mitgeben. Wenn ihr zwei Tenkterer in der Herberge des Leugast findet, werden sie hierher gebracht und verhört. Ich denke, das sind wir der Wahrheitsfindung schuldig.«

Der junge Ubier bekam seinen Mund nicht mehr zu. Niemals hätte er mit so einem großzügigen Angebot gerechnet. Julia strahlte Rainolf an.

»Danke«, konnte er schließlich mühsam hervorbringen. »Das ist sehr freundlich.«

»Aber denk daran: In sieben Tagen ist das Gerichtsverfahren. Wenn du bis dahin keinen anderen Mörder präsentieren kannst, wird Walraban hingerichtet, denn aufgrund der Beweislage wird kein Iudex Zweifel an seiner Schuld haben.«

Ein Klopfen an der Tür ließ den Prokonsul innehalten. Als er antwortete, trat ein Mann ein, der Mitte vierzig sein mochte. Seine angegrauten Haare waren an der Stirn bereits deutlich zurückgewichen. Die Toga wies üppige goldene

Streifen und Muster auf und die Nase des Mannes war gebogen wie die eines Adlers. Er blickte Rainolf überrascht, aber freundlich aus blauen Augen an, die so gar nicht zu einem Römer passten.

»Sei gegrüßt, Prokonsul. Wer besucht dich denn da noch zu so später Stunde?«

»Mein lieber Silvius Claustrus, dies ist Rainolf, der Sohn eines ubischen Händlers unserer Stadt. Er bringt eine interessante Kunde. Angeblich hat nicht dieser Walraban, der ein Angestellter seines Vaters Sigolf ist, den Quaestor Aulus Gemellus ermordet. Vielmehr sollen zwei Tenkterer für die Tat verantwortlich sein.«

Verblüfft zog Silvius Claustrus die Augenbrauen hoch. Rainolf hatte natürlich schon von Silvius Claustrus, dem Stellvertreter des Prokonsuls gehört, war ihm aber noch nie begegnet. Er galt als gewandter Redner und hatte einige Erfolge bei Verhandlungen mit Stämmen jenseits des Rhenus vorzuweisen. Es hieß, Quintus Caius Justinus schätze ihn sehr als Ratgeber.

»Das erstaunt mich. Ich hörte, dass der Aedil Lucius Curilius keinerlei Zweifel an der Schuldfrage hegt. Schließlich steckte der Dolch des Festgenommenen in der Leiche«, stellte Silvius Claustrus fest.

»Zwei Tenkterer haben ihn in der Nacht vor dem Mord gestohlen«, erklärte Rainolf.

»Was hätten sie für einen Grund, den Quaestor umzubringen?«, fragte der Vize-Prokonsul.

Rainolf schwieg verlegen. Die Frage hatte er soeben schon nicht beantworten können.

Der Prokonsul schaltete sich wieder ein. »Das weiß unser junger Freund leider auch nicht. Aber seine Theorie scheint mir nicht ganz abwegig zu sein. Deshalb habe ich beschlossen, einen Trupp unserer Wache zur Herberge von Leugast zu schicken, wo sich die zwei Tenkterer angeblich aufhalten sollen.«

Silvius Claustrus sah seinen Vorgesetzten überrascht an. »Du glaubst, unser erfahrener Aedil könnte sich irren, trotz der schlüssigen Beweislage?«

Quintus Caius Justinus wirkte amüsiert. »Ich finde, wir sollten Rainolf diesen Gefallen tun. Allein schon, um einen Justizirrtum auszuschließen. Findest du nicht auch, Silvius?«

Der Angesprochene beugte leicht sein Haupt. »Wie immer hast du eine weise Entscheidung gefällt.« Dann wandte sich Silvius Claustrus an Rainolf: »Es ehrt dich, deinen Landsmann Walraban vor einer irrtümlichen Verurteilung zum Tode bewahren zu wollen. Wenn du Hilfe benötigst, zögere nicht, zu mir zu kommen.«

Rainolf dankte ihm stotternd, überwältigt von so viel Freundlichkeit. Dann forderte Quintus Caius Justinus alle auf, ihm zur Wache zu folgen. Unterwegs erkundigte sich Silvius Claustrus mit freundlichem Interesse nach Rainolfs Arbeit und dem Laden seines Vaters. Der junge Ubier berichtete ihm eifrig und sparte nicht an weiteren Dankesbezeigungen gegenüber den beiden Römern.

Der Prokonsul winkte ab und erklärte, er würde morgen den Aedilen Lucius Curilius über die neuen Erkenntnisse informieren. Auch er sollte nach den zwei Tenkterern Ausschau halten.

Nun verabschiedete sich Silvius Claustrus, da er sich zu Bett begeben wollte. Er wünschte Rainolf viel Glück.

Im Hof rief der Prokonsul den wachhabenden Centurio zu sich. Der war ein sehniger Mann, nur wenig älter als Rainolf. Quintus Caius Justinus gab ihm den Befehl, sich unter der Führung des jungen Ubiers in die Herberge zu begeben und, falls sich dort zwei Tenkterer aufhielten, sie unverzüglich ins Praetorium zu bringen.

Daraufhin drehte sich der Statthalter mit einem kurzen Gruß an Rainolf um und schritt majestätisch davon. Der junge Ubier blickte ihm bewundernd nach.

»Habe ich dir nicht gesagt, dass nur mein Vater dir helfen kann?« Julia zeigte wieder diesen etwas spöttischen Gesichtsausdruck.

Rainolf wusste – zum wievielten Mal an diesem Abend eigentlich? – wieder nicht, was er sagen sollte. Stattdessen ergriff er ihre Hände und hielt sie fest. »Ich danke dir. Das werde ich dir nie vergessen.«

Einige Sekunden standen sie sich stumm gegenüber und blickten sich in die Augen. Ihm kam es wie eine Ewigkeit vor. Er wusste, er würde sie wiedersehen. Dann räusperte Julia sich und wies mit dem Kinn über seine Schulter.

Der Centurio stand wenige Schritte hinter ihm und wirkte ziemlich ungeduldig. Verlegen ließ Rainolf Julia los.

»Äh, gut, gehen wir«, sagte er, um die peinliche Situation zu überspielen.

»Viel Glück!«, flüsterte sie ihm so leise hinterher, dass der Centurio sie nicht hören konnte.

Das Klirren der Metallrüstungen hallte unheimlich durch die nächtlichen Straßen. Patrouillen waren zwar nichts Ungewöhnliches in Colonia, aber die Leute machten lieber einen Bogen um die Soldaten. Rainolf kam sich völlig deplatziert vor, an der Spitze der Römer zu marschieren, direkt neben dem wortkargen Centurio.

Als sie endlich die finstere Gasse erreichten, in der sich die Herberge befand, ließ der Centurio die Legionäre halten und wandte sich an Rainolf. »Wenn du die zwei Tenkterer in der Herberge siehst, zeigst du sie uns. Falls sie Widerstand leisten, werden wir ihnen die Kampfkraft der römischen Legion demonstrieren. Halt du dich dann besser im Hintergrund.«

Rainolf hatte nicht die Absicht, sich vorzudrängeln. Auch wenn er den Umgang mit dem Schwert erlernt hatte, war er nicht erpicht darauf, seine eher bescheidenen Kampfkünste unter Beweis zu stellen. Nicht dass er feige gewesen wäre, aber man konnte auch wegen Dummheit sterben.

Ohne anzuklopfen, riss der Centurio die Tür zur Herberge auf. »Im Namen des Volkes und Senats von Rom müssen wir das Haus durchsuchen!«, rief er den erschreckten Gästen zu.

Selbst die Alte, die Rainolf am Tag zuvor noch angekeift hatte, starrte leichenblass die Legionäre an. Einige zerlumpte Gestalten wollten in Panik aufspringen und wegrennen, wurden jedoch von den drohenden Lanzen der Römer zurückgehalten. Viele drückten ihre wenigen Habseligkeiten an sich, aus Angst, man könnte sie ihnen wegnehmen. Den dicken Mann mit dem struppigen Bart konnte Rainolf im ersten Moment nicht entdecken, doch dann kam er aus dem Nebenzimmer gepoltert. Als er die Soldaten erblickte, blieb er abrupt stehen.

»Was soll das?«, fuhr er den Centurio unfreundlich an.

»Bist du Leugast, der Besitzer dieser Herberge?«

Der Dicke nickte verunsichert.

»Wir sind auf der Suche nach zwei Tenkterern, die sich bei dir aufhalten sollen. Wo sind sie?«

Leugast schien erleichtert, dass die Suche nicht ihm selbst galt, gab sich aber dennoch trotzig. »Hier sind keine Tenkterer«, behauptete er.

Währenddessen hatte Rainolf sich eine Fackel von der Wand genommen und schritt nun die Reihen der auf den Boden liegenden oder sitzenden Gäste ab. Ängstliche Gesichter harmloser Bauern blickten ihn an.

In diesem Raum befand sich tatsächlich niemand, der auch nur annähernd einem Tenkterer ähnlich sah. Nicht von allen Anwesenden ließ sich zwar eindeutig die Herkunft bestimmen, aber keiner trug einen Zopf oder eines der typischen Tierfelle als Jacke. Rainolf sah zu dem Centurio und schüttelte den Kopf. Der deutete mit dem Finger auf den Nebenraum.

Dort stank es erbärmlich, aber auch hier wurde Rainolf nicht fündig, ebenso wenig wie im oberen Stockwerk. Die Soldaten durchkämmten die Herberge nach möglichen versteckten Räumen, doch ohne Erfolg.

Der Centurio knöpfte sich schließlich erneut Leugast vor. »Waren gestern Nacht oder heute früh zwei Tenkterer hier?«

»Nein«, wiederholte der Dicke seine Aussage.

»Wenn das eine Lüge ist, kommen wir wieder und werden dich festnehmen!«, drohte der Centurio.

Leugast antwortete nicht, sondern beschränkte sich darauf, möglichst unschuldig zu gucken. Auf ein Zeichen ihres Anführers zogen sich die Legionäre zurück.

»Keine Tenkterer«, stellte der Centurio lapidar fest, als sie sich außer Sichtweite der Herberge befanden. »Ich weiß nicht, warum du sie suchst, aber ich glaube dem Dicken nicht. Vielleicht nützt es ja, wenn du die Herberge weiter beobachtest.«

Schon wieder riet ihm ein Römer, einfach nur zu beobachten. Hatten sie etwa ihr Imperium durch Beobachtungen aufgebaut? Rainolf wollte handeln, wollte die Tenkterer endlich packen. Mit dem Gedanken, stundenlang auf der Lauer zu liegen, noch dazu mit ungewissem Ausgang, konnte er sich nur schwer anfreunden.

Andererseits hatte der Centurio Recht. Leugast machte keinen sehr vertrauenswürdigen Eindruck. Also nickte Rainolf nur und verabschiedete sich.

*

Der Mann stieß keuchend die Tür auf. Er verabscheute den geheimen Raum in den Tiefen unter der Stadt. Der Zugang durch die Kloake ekelte ihn an und der modrige Geruch nahm ihm den Atem. Erst als er die alte Holztür wieder schloss, wurde er der Gestalt gewahr, die im Halbdunkeln stand.

»Du kommst spät«, rügte ihn der Magister.

»Es war nicht einfach, ungesehen in die Kloake einzusteigen. Ich musste eine Weile warten, bis niemand mehr auf der Straße war.«

Der Magister ignorierte die Entschuldigung. Ohne Umschweife kam er zu dem Grund, warum er den Mann herbestellt hatte. »Caligula wird seine Rache nehmen. Aber es gibt Kräfte in Colonia, die dies verhindern wollen.« Er trat näher zu dem Mann, um ihn mit seinem kalten Blick einzuschüchtern. »Sie sind Elemente, die wir ausmerzen müssen. Dieser Leugast ist schwach, er würde uns verraten, wenn die Römer ihn verhören sollten. Du weißt, was du zu tun hast!«

Der Mann schluckte trocken. Er hatte so etwas noch nie gemacht. Doch er wusste, dass der Magister absoluten Gehorsam erwartete, sonst würde auch ihm der Tod drohen. Deshalb nickte er nur wortlos.

»Dann mach dich auf den Weg!«, befahl der Magister und wandte sich zum Gehen.

Doch der Mann wagte noch eine Frage zu stellen: »Was ist mit Rainolf?«

Der Magister hielt in der Bewegung inne und antwortete, ohne sich umzudrehen: »Du hast Mitleid mit ihm? Mit einem Widersacher von Caligulas Rache?«

Der Ton verriet keinerlei Emotion, doch genau deshalb erschienen die Worte dem Mann als gefährlich. Der Magister war gnadenlos.

»Nein«, beeilte er sich zu versichern. »Es ist nur, dass ich wissen möchte, was mit ihm geschehen soll.«

»Das lass meine Sorge sein«, antwortete der Magister kurz angebunden und verließ den Raum.

Der Mann fühlte für einen Moment Panik in sich aufsteigen. Doch er musste stark bleiben. Gefühlsregungen konnte er sich nicht leisten. Nicht, wenn er dem Magister folgen wollte. Wenn sie erst gesiegt hatten, und daran bestand für ihn kein Zweifel, würde alles besser werden. Der Magister hatte es prophezeit.

Unwillkürlich tastete der Mann nach dem Gladius, das an seinem Gürtel hing. Die Kälte des Stahls auf seiner Haut beruhigte ihn ein wenig. Entschlossen riss er die Tür wieder auf und betrat die Kloake. Nun nahm er den Gestank nicht mehr wahr, er hatte eine Aufgabe zu erledigen. Und er war fest entschlossen, sie zur Zufriedenheit des Magisters zu bewältigen.

*

Rainolf bezog Posten in einer kleinen, dunklen Nische schräg gegenüber der Herberge. In dem Viertel trieben sich viele Bettler herum, die sich nachts einfach in einen Winkel zum Schlafen zurückzogen. Selbst wenn ihn jemand bemerken würde, würde er glauben, dass Rainolf auch ein Bettler war. Tatsächlich schien aber keiner der wenigen Passanten von ihm Notiz zu nehmen.

Es war nicht gerade angenehm, an der harten Mauer zu hocken, noch dazu lag ein strenger Geruch in der Luft. In diesem Viertel verrichteten offensichtlich immer noch viele ihre Notdurft auf der Straße.

Außerdem wurde es langsam kühl. Rainolf trug nur eine dünne Leinenjacke, da es angenehm warm gewesen war, als er das Haus am Morgen verlassen hatte. Er verschränkte die Arme eng vor seinem Körper, doch es half nichts, die Kälte kroch unaufhaltsam in seine Knochen.

Rainolfs Gedanken wanderten zu seinem Vater. Er machte sich bestimmt schreckliche Sorgen. Nicht nur, dass Walraban im Kerker saß, nun war auch noch sein jüngster Sohn abends nicht nach Hause gekommen. Aber wenn er jetzt sein Versteck verließ, um seinen Vater zu benachrichtigen, riskierte er, die Tenkterer zu verpassen. Also nahm er lieber einen Tobsuchtsanfall seines Vaters in Kauf.

Die Zeit verging quälend langsam. Zwar betrat oder verließ hin und wieder jemand die Herberge, aber eindeutig waren keine Tenkterer darunter. Rainolfs Beine wurden allmählich taub und er wusste kaum noch, wie er sitzen sollte.

Erneut öffnete sich mit einem leisen Quietschen die Tür der Herberge und diesmal wäre Rainolf beinahe senkrecht hochgefahren. Bei der massigen Gestalt handelte es sich ohne Zweifel um Leugast. Er steckte in einem Umhang mit

Kapuze und blickte verstohlen die Straße entlang. Dann setzte er sich zügig in Bewegung.

Rainolf wartete einen Moment und schlich ihm dann leise hinterher. Das konspirative Verhalten von Leugast erschien ihm mehr als verdächtig und er war gespannt, wo der dicke Herbergsbesitzer hinwollte.

Es erwies sich als gar nicht einfach, Leugast in der Dunkelheit zu folgen. Wenn Rainolf zu dicht aufschloss, konnte ihn der Verfolgte bemerken. Blieb er aber zu weit zurück, konnte er ihm entwischen. Leugast lief quer durch die Stadt, bis er das Tor zum Hafen erreichte. Das hatte Rainolf befürchtet: Leugast wollte Colonia verlassen.

Das Hafentor war das einzige Tor, durch das die Bürger auch nachts ein und aus gehen konnten, denn die Fischer brachten ihren Fang oft erst nach Sonnenuntergang oder früh bei Tagesanbruch in die Stadt. Außerdem wollten sich manche Männer im Schutze der Dunkelheit mit den Huren am Fluss vergnügen, wie es Aulus Gemellus offensichtlich auch getan hatte. Natürlich war der Zutritt zur Stadt nur Bürgern gewährt, Fremde mussten schon einen triftigen Grund vorweisen, um nachts von den Wachen hereingelassen zu werden. Wer jedoch aus der Stadt hinauswollte, wurde nur selten kontrolliert.

Auch Leugast durchschritt das Tor, ohne aufgehalten zu werden. Rainolf war unschlüssig, was er tun sollte. Wenn er Colonia verließ, war er völlig ohne Schutz. Nicht einmal ein Messer trug er bei sich. Doch wenn er Leugast jetzt ziehen ließ, würde er die Tenkterer möglicherweise nie finden. Und sein Gefühl sagte ihm, dass der dicke Kerl sich mit den beiden Mördern treffen wollte. Was sonst sollte er mitten in der Nacht außerhalb der Stadt zu suchen haben? Die Zeit drängte, Leugast war in der Dunkelheit kaum noch zu erkennen, Rainolf musste eine Entscheidung treffen.

Er gab sich einen Ruck und ging auf das Tor zu. Er versuchte, möglichst gleichgültig zu wirken, dabei schlug ihm das Herz bis zum Hals. Die Wache bedachte ihn mit einem kritischen Blick – und ließ ihn passieren. Erleichtert atmete Rainolf auf. Er hielt nach Leugast Ausschau und sah ihn im letzten Moment, kurz bevor ihn die Schwärze der Nacht verschluckte. Zu Rainolfs Verwunderung wählte der Dicke den Weg entlang der Mauer. Er wollte nicht zum Rhenus, sondern irgendwohin ins Landesinnere.

Rainolf sputete sich und rannte zum Ende der Stadtmauer. Vorsichtig spähte er um die Ecke. Die breite Gestalt lief immer noch parallel zur Mauer. Solange Leugast auf dem Pfad blieb, dürfte es nicht allzu schwierig sein, ihm zu folgen, frohlockte Rainolf.

Doch kaum war der Herbergsbesitzer am westlichen Ende der Stadt angelangt, marschierte er geradeaus in Richtung der Wälder, quer über die Äcker, die sich um Colonia herum erstreckten.

Na prima, dachte Rainolf, wie sollte er ihm jetzt folgen, ohne bemerkt zu werden?

Der dicke Herbergsbesitzer bewegte sich zielstrebig auf die ersten Bäume zu. Dabei zog er eine Schneise durch die Gerste, deren zarte Halme auf dem Acker standen. Das war Rainolfs Glück, die Spur war selbst in der Dunkelheit nicht zu übersehen. Aber als der junge Ubier schließlich den Wald erreichte, half es nichts, er musste näher an Leugast heran, sonst würde er ihn verlieren. So leise wie möglich verringerte Rainolf die Distanz, jeden Baum nutzte er als Schutz.

Es war stockfinster im Wald und in Rainolf kroch Furcht

hoch. Die Blätter der mächtigen Bäume rauschten leise. In der Ferne erklang der Ruf einer Eule. Wo wollte Leugast nur hin? Hier gab es weit und breit keine Ansiedlung. Ein Ast knackte unter Rainolfs Fuß und Leugast blieb sofort stehen.

Rainolf hielt den Atem an und verharrte regungslos hinter einem breiten Baumstamm. Leugast blickte sich misstrauisch nach allen Seiten um und lauschte auf ein weiteres verdächtiges Geräusch.

Nach einer schier endlos langen Zeit setzte sich der Dicke wieder in Bewegung. Rainolf vernahm die Schritte des schwergewichtigen Mannes und wagte sich hinter dem Baum hervor. Im nächsten Augenblick durchzuckte ein furchtbarer Schmerz Rainolfs Kopf. Im ersten Moment war er fassungslos, dann wurde es schwarz um ihn.

*

Sigolf lief wie ein Wolf im Käfig auf und ab. Seine beiden Sklaven wagten nicht, ihn anzusprechen. In einer solchen Stimmung hatten sie ihren Herrn noch nie erlebt.

Rainolf war nicht nach Hause gekommen, obwohl es bereits dunkel war. Sein Vater raufte sich die Haare. Er befürchtete, dass die Tenkterer seinem Sohn doch am helllichten Tag aufgelauert und ihn getötet hatten.

Endlich fasste Farhild sich ein Herz. »Vater, so erreichen wir nichts. Wir müssen Rainolf suchen. Wir ...«

Sie hielt inne, weil es plötzlich an der verriegelten Tür klopfte. Alle vier sprangen gleichzeitig zum Eingang, um sie aufzureißen. Doch es war nicht Rainolf, der sie ein wenig verblüfft anstarrte.

»Garawan«, entfuhr es Sigolf enttäuscht.

Hinter dem späten Besucher standen der hoch aufgeschossene Handar und Pradir.

»Wen habt ihr denn erwartet?«, fragte Garawan.

»Rainolf ist verschwunden. Seit er heute Morgen das Haus verlassen hat, um die Tenkterer zu suchen, hat ihn niemand mehr gesehen.«

»Doch«, entgegnete der Rothaarige.

»Hast du ihn gesehen?«, rief Sigolf aufgeregt.

»Wir haben Rainolf am Vormittag getroffen. Er hat uns gebeten, ihm bei der Suche zu helfen. Entdeckt haben wir die Tenkterer zwar noch nicht, aber Handar hat heute Abend zufällig Rainolf beobachtet, wie er in Begleitung einer römischen Patrouille zur Herberge von Leugast marschierte. Sie haben dort alles durchsucht. Keine Ahnung, wie Rainolf sie dazu überreden konnte.«

»Und was geschah dann? Wo ist Rainolf jetzt?«, fragte Sigolf atemlos.

»Das weiß ich auch nicht. Handar ist sofort zu mir gekommen, um mir davon zu berichten. Daraufhin habe ich Pradir zum Praetorium geschickt, um das Eingangstor im Auge zu behalten. Ich selbst bin mit Handar zur Herberge gelaufen. Als wir dort eintrafen, waren die Römer und Rainolf schon wieder fort. Wir sind in die Herberge gegangen und haben so getan, als ob wir eine Bleibe für die Nacht suchen würden. Doch ein altes Weib hat uns rausgeschmissen. Leugast schien nicht da zu sein, was uns sehr gewundert hat.«

»Beim Wodan, die Römer haben Rainolf mitgenommen!«, rief Sigolf.

»Nein«, widersprach Pradir sofort. »Als die Patrouille zum Praetorium zurückkehrte, war Rainolf nicht mehr bei ihnen.«

Sigolf hieb mit der Faust gegen die Tür. »Dann werden wir ihn suchen. Wir alle zusammen«, er sah sich in der Runde um. »Und wir fangen in der Herberge von Leugast an. Sollten sie es wagen, sich uns in den Weg zu stellen, werden sie es bereuen!«

»Das sollten wir tun. Handar, geh los und hole Verstärkung. Unsere Freunde helfen uns sicher«, sagte Garawan.

Handar nickte und machte sich, ohne zu zögern, auf in die Nacht.

*

Rainolf hatte keine Ahnung, wie lange er auf dem Waldboden gelegen hatte. Nur langsam kam er wieder zu sich. Bei der kleinsten Bewegung durchfuhr seinen Schädel ein glühender Blitz. Als er sich an die Stirn fasste, fühlte er etwas Warmes herabrinnen. Es dauerte einige Sekunden, ehe er begriff, dass es Blut war.

Es war immer noch stockfinstere Nacht. Weit und breit war niemand zu sehen oder auch nur zu hören. Leugast war über alle Berge.

Mühsam rappelte sich Rainolf hoch. Seine Beine schienen ihn im ersten Augenblick nicht tragen zu wollen. Er stützte sich am nächsten Baum ab, bis der Schwindelanfall nachließ. Rainolf wartete einige Atemzüge, ehe er sich sicher war, dass er laufen konnte.

Irgendjemand hatte es geschafft, sich an ihn heranzuschleichen, ohne dass er es bemerkt hatte, ärgerte sich Rainolf. Nur wer? Leugast konnte es nicht gewesen sein, denn der dicke Wirt war zu weit weg gewesen. Er hätte die Distanz unmöglich in der kurzen Zeit bewältigen und hinter ihm auftauchen können. Doch wem war er dann in die Quere gekommen?

Er hatte sich wie ein Anfänger überwältigen lassen, warf Rainolf sich selbst vor. Wütend und mit brummendem Schädel trat er den Rückweg nach Colonia an. Zu seiner Schande musste er sich eingestehen, dass er auch noch die Orientierung verloren hatte, und es dauerte eine ganze Weile, ehe er aus dem Wald herausfand.

Die Wache zu überreden, ihn in die Stadt zu lassen, kostete Rainolf ebenfalls viel Zeit und Überzeugungskraft. Er konnte es dem Legionär nicht verdenken: Da kam mitten in der Nacht ein blutverschmierter junger Bursche und behauptete, ein Bürger von Colonia zu sein. Rainolf erzählte ihm eine rührselige Geschichte, dass er sich im Wald verirrt habe und unglücklich in der Dunkelheit gestürzt sei. Endlich lenkte die Wache ein.

Mitternacht war längst vorüber, als Rainolf das Haus seines Vaters erreichte.

Als er durch die Tür trat, bot sich ihm ein völlig unerwarteter Anblick: Sein Vater, Albuin und Baldwin sowie Garawan und vier weitere seiner Freunde hatten sich mit Schwertern und Lanzen bewaffnet und wollten gerade das Haus verlassen.

Die Erste, die reagierte, war Farhild. Sie stürzte auf Rainolf zu und umarmte ihn heftig. »Wodan sei Dank, du lebst.«

Rainolf zuckte vor Schmerz zusammen. »Ja, natürlich, lebe ich. Aber was habt ihr vor?«

Anstatt zu antworten, bemerkte Farhild mit einem Blick auf das Blut in Rainolfs Gesicht: »Du siehst furchtbar aus!«

»Ich bin mir auch schon mal schöner vorgekommen. Es sieht aber schlimmer aus, als es ist.«

Nun trat auch Sigolf zu seinem Sohn. »Was ist passiert?«, fragte er besorgt.

Rainolf schämte sich, er fühlte sich wie ein Versager. Doch es half nichts, er musste erzählen, was passiert war. Zu seiner Überraschung schimpfte sein Vater nicht, es lachte auch niemand über ihn. Genau genommen, sagte Sigolf gar nichts, sondern starrte seinen Sohn gedankenverloren an. Die Stille zerrte an Rainolfs Nerven.

Endlich begann Sigolf zu reden. Bedächtig und jedes Wort überlegend. »Ich weiß, du hast es für Walraban getan. Aber es war falsch, mich nicht über deine Absichten zu informieren. Du hättest jetzt tot sein können. Hingegen freut es mich zu hören, dass der Prokonsul persönlich versichert hat, Walraban freizulassen, wenn wir ihm die Tenkterer bringen.« Er schlug mit der flachen Hand auf den alten Eschentisch. »Wenn Leugast weiß, wo die Tenkterer sind, wird er es uns sagen.« Er sah auf den blutigen Lappen, mit dem Farhild vorsichtig den Hinterkopf ihres Bruders abtupfte. »Heute Nacht ist er nicht in seiner Herberge, wie wir dank Rainolf wissen. Aber morgen werde ich mit Albuin und Baldwin zu ihm gehen. Ich werde ihm Geld bieten, dass er uns verrät, wo die Tenkterer sich aufhalten. Falls das nicht funktioniert, werden wir sein Wissen aus ihm herausprügeln.«

Rainolf hatte seinen Vater noch nie so grimmig entschlossen gesehen. »Was ist mit mir? Ich will auch mitkommen«, begehrte er.

»Du? Sieh dich doch mal an. Du kannst ja kaum noch stehen. Außerdem wäre es taktisch von Nachteil, wenn uns derjenige, der die Römer in die Herberge gebracht hat, begleitet. Nein, Rainolf, du wirst schön hier bleiben. Das ist eine Aufgabe für Männer.«

Der letzte Satz traf Rainolf tief. Wortlos erhob er sich und verließ den Raum.

IV. Tag

Am nächsten Morgen verspürte Rainolf immer noch Kopfschmerzen. Er hörte, wie sein Vater und die beiden Sklaven sich zum Aufbruch fertig machten. In Gedanken malte er sich aus, wie sie Leugast die Klingen ihrer Schwerter an die Kehle setzten und ihn zum Reden bringen würden – und er durfte nicht mit. Er fühlte Wut in sich hochsteigen.

Erst als Rainolf die Haustür ins Schloss fallen hörte, erhob er sich und ging in den Laden hinunter. Durch die offene Tür zur Culina sah er Farhild am Tisch sitzen und nach draußen starren. Als sie das Knarren der Treppenstufen vernahm, zuckte sie zusammen und blickte ihrem Bruder entgegen. Sie war immer noch völlig aufgelöst wegen der Vorfälle der letzten Tage.

»Wer kann nur so etwas tun?«, fragte sie vorwurfsvoll. »Einem völlig Unschuldigen einen Mord anzuhängen.«

Farhild konnte verstehen, dass jemand einen widerlichen Quaestor umbrachte. Aber dass jemand eine Tat leugnet und sogar einen anderen bezichtigt, wollte sie einfach nicht begreifen.

Rainolf versuchte, sie zu beruhigen, fand aber kaum tröstende Worte. Farhild fing leise an zu weinen, was Rainolf noch mehr wehtat. Sie war sonst eine ausgesprochene Frohnatur und es tat ihm unendlich leid, sie so verzweifelt zu sehen.

»Wenn doch nur Tyrgard hier wäre«, schluchzte sie schließlich.

Das gab Rainolf einen Stich. Sein älterer Bruder war zwar sicherlich mutig und stark, aber was hätte er denn schon ausrichten können? Der Hitzkopf hätte vermutlich die Römer mit dem Schwert angegriffen, um die Festnahme Walrabans zu verhindern. In der Hinsicht entsprach sein Bruder ganz dem Bild des unzivilisierten germanischen Barbaren, wie es in Rom immer noch kursierte. Aber mit so einer unbedachten Aktion hätte Tyrgard nur seinen eigenen Tod heraufbeschworen. Walraban konnte man nicht mit Gewalt, sondern nur mit Verstand helfen, und da haperte es bei Tyrgard ein wenig.

Dennoch traute Farhild ihm offensichtlich mehr zu als Rainolf. Ein wenig schmollend stand der auf und ließ seine Schwester ohne ein Wort in der Culina zurück.

Zu allem Überfluss musste sich Rainolf nun auch noch allein um den Laden kümmern. Frustriert begann er, Waren zu stapeln. Wie sollte er Walrabans Unschuld beweisen, wenn er das Haus nicht verlassen durfte?

Rainolf stand gerade mit dem Rücken zum Eingang, als er bemerkte, dass es im Raum dunkler wurde. Jemand musste in der Tür stehen. Ein kalter Schauer jagte ihm den Rücken hinunter. Rainolf wirbelte herum und erblickte eine schlanke, fast zierliche Frau. Sie trug eine weiße Tunika und hatte das obere Ende ihrer dunkelblauen Palla so kunstvoll um ihren Kopf geschlungen, dass nur ihre Augen frei blieben.

Eine vornehme Römerin! Das hatte Seltenheitswert in Sigolfs Laden.

Rainolf streckte sich sofort und ging auf die Frau zu. Sie schien sich nicht für die Waren zu interessieren, sondern starrte allein ihn an.

»Wie kann ich Ihnen helfen?«, fragte Rainolf freundlich, wenn auch ein wenig irritiert.

»Indem du mir etwas erzählst.«

Der junge Ubier stutzte und wusste nichts mit der Antwort anzufangen. Dann zog die Frau das Tuch von ihrem Kopf.

»Julia!«, rief Rainolf freudig überrascht aus. »Was machst du denn hier?«

»Ich möchte mit dir sprechen.«

»Setz dich doch. Willst du etwas trinken?«

Er überschlug sich geradezu vor Höflichkeit und kam sich gleichzeitig fürchterlich linkisch vor. Sie lehnte lächelnd ab.

In dem Moment trat Farhild aus der Culina in den Laden. Sie sah die Besucherin und blieb verblüfft stehen. Auch Julia musterte die junge, hübsche Germanin irritiert.

»Das ist meine Schwester Farhild«, sagte Rainolf rasch. »Und das ist Julia, die Tochter des Prokonsuls.«

Julias Miene hellte sich schlagartig auf. Selbstbewusst ging die Römerin auf Farhild zu.

»Es freut mich sehr, die Schwester eines so tapferen jungen Ubiers kennen zu lernen«, sagte Julia freundlich lächelnd. Ihr Blick wanderte zu Rainolf. »Nicht viele hätten es gewagt, allein in das Praetorium einzudringen, um einen Freund im Kerker zu besuchen.«

Rainolf war sich nicht sicher, ob sie es spöttisch meinte, aber er fühlte, wie sein Gesicht heiß wurde.

Farhild war die Aufregung deutlich anzusehen. »Ich danke dir. Und es ist eine Ehre für uns, dass du in unser Haus kommst«, sagte sie und nestelte dabei nervös an ihrem Rock herum. »Möchtest du etwas kaufen? Kann ich dir etwas zu trinken bringen?«

Julia wehrte lachend ab. »Nein danke, das Gleiche hat dein Bruder mich schon gefragt.« Sie wandte sich wieder Rainolf zu. »Aber du könntest mir einen Gefallen tun.«

»Sicher«, nickte er eifrig. »Was immer du wünschst.«

»Ich möchte, dass du mir die Stelle am Rhenus zeigst, wo Aulus Gemellus getötet wurde.«

Rainolf war völlig perplex. Er hatte mit allem Möglichen gerechnet, aber nicht, dass eine vornehme junge Römerin den Schauplatz eines Verbrechens sehen wollte.

»Ich weiß nicht, ob ich ...«, er sah verzweifelt zu Farhild hinüber, die das Dilemma ihres Bruders sofort verstand.

»Oh, mach dir keine Sorgen, ich werde solange im Laden bleiben und die Kunden bedienen.«

Obwohl Rainolf eben noch über seine Schwester erzürnt gewesen war, verspürte er nun eine unendliche Dankbarkeit ihr gegenüber. Auch wenn er genau wusste, dass sein Vater es nicht gutheißen würde, wenn er den Laden verließ. Schon weil Farhild noch nie allein im Geschäft geblieben war. Doch er konnte der hübschen Römerin die Bitte einfach nicht abschlagen.

»Nun geht schon«, drängte Farhild lachend, hielt dann aber ihren Bruder kurz am Ärmel fest. »Aber sieh zu, dass du vor Vater wieder zurück bist.«

Rainolf war zunächst etwas verlegen, als er mit Julia durch die Straßen ging. Er war zwar schon dem einen oder anderen germanischen Mädchen sehr zugetan gewesen, aber noch nie war er mit einer so wunderschönen Frau spazieren gegangen. So war es unvermeidlich, dass einige neugierige Blicke sie trafen. Erst tauschten die beiden noch etwas gehemmt Phrasen aus, dann aber gerieten sie immer mehr ins Erzählen.

Irgendwann vergaß Rainolf die Welt um sich herum und genoss die Situation in vollen Zügen. Nach der Zeit der Niedergeschlagenheit über Walrabans Schicksal kam ihm auf einmal alles leicht und unbeschwert vor. Das Licht schien heller und die Luft frischer zu sein als sonst.

Julia erzählte von sich und dem »Dahinvegetieren« – wie sie es nannte – im Praetorium. Ihre Mutter war vor fünf Jahren an einer Lungenentzündung gestorben und Geschwister hatte sie keine. Sie vermisste ihre Heimat Rom sehr, auch wenn sie bereits seit zwei Jahren in Colonia lebte. Julia besaß zwar eine umfangreiche Bildung – sie bekam täglich Unterricht –, wusste aber nur wenig über das Leben außerhalb der Mauern. Sicher war sie schon oft auf dem Forum gewesen und hatte mit ihrem Vater Ausritte in die Umgebung unternommen, aber immer nur in Begleitung der Wachen. Der Hofstaat aus Beamten, Legionären und Sklaven langweilte sie. Kontakt zu einfachen Menschen hatte sie so gut wie nie.

»Und das ist für eine Achtzehnjährige nicht normal«, beendete sie ihr Plädoyer.

Rainolf wusste nicht, was er darauf erwidern sollte. Sein Leben war so völlig anders verlaufen. Er war der Sohn eines einfachen Händlers und trieb sich seit seiner frühesten Kindheit in den Straßen Colonias herum. Rainolf hatte das Glück, manchmal seinen Vater auf Reisen begleiten zu dürfen, und war durchaus schon in Germanien herumgekommen. Sie hingegen war eine Patrizierin, noch dazu die Tochter eines Prokonsuls. Im Grunde war sie so weit von ihm entfernt wie der Mond und dennoch fühlte er sich ihr sehr nah. Ein merkwürdiges Gefühl, wie Rainolf es noch nie erlebt hatte, nahm ihn in Beschlag.

Zum Glück erlaube es ihr Vater wenigstens, dass sie das Praetorium in Begleitung einer Sklavin verlassen dürfe, erklärte Julia.

Unwillkürlich blickte Rainolf sich um, konnte jedoch keine Sklavin entdecken, die ihnen vielleicht in gebührender Entfernung folgte.

»Wo ist sie denn?«

»Im Praetorium natürlich«, antwortete Julia gelassen.

»Was?«, fragte er entsetzt und blieb abrupt stehen.

Das hieß, sie war ausgebüxt und trieb sich ohne die Erlaubnis ihres Vaters mit ihm herum. Was wiederum eine Menge Ärger für sie beide, insbesondere aber für ihn bedeuten konnte.

Julia lachte über seinen erschrockenen Gesichtsausdruck. »Beruhige dich wieder. Es ist nicht das erste Mal, dass ich heimlich das Praetorium verlasse. Meine getreue Sklavin Lucilia ist in meinem privaten Badegemach und tut so, als würde ich dort ein Bad nehmen. Nicht einmal mein Vater wird es wagen, dort hineinzugehen.«

Trotzdem war Rainolf mulmig zu Mute. Er hatte zwar keine Ahnung, welche Strafe darauf stand, zusammen mit der ausgerissenen Tochter des Statthalters erwischt zu werden, aber es würde bestimmt nicht lustig werden.

Sie durchquerten Colonia, passierten das Tor zum Fluss und erreichten schließlich den Rhenus. Während sie am Ufer entlanggingen, schilderte Rainolf mit knappen Worten, was sich gestern Abend noch zugetragen hatte. Dass er sich hatte übertölpeln lassen und niedergeschlagen worden war, gestand er nur ungern.

»Leugast hatte dich also bemerkt und außer Gefecht gesetzt.«

»Nein«, widersprach Rainolf. »Leugast war gut zwanzig Schritte von mir entfernt. Er hätte die Distanz unmöglich so schnell überbrücken können, nicht einmal wenn er hätte fliegen können. Jemand anders muss mir den Schlag verpasst haben.«

Wie zur Bestätigung rieb er sich vorsichtig über die Beule an seinem Hinterkopf, die immer noch dumpf pochte.

Julia redete nun aufgeregt auf ihn ein, sodass er kaum zu Wort kam. Sie schien die Suche nach den Tenkterern ungeheuer zu interessieren. Die einzige Erklärung, die Rainolf für ihr Verhalten fand, war, dass sie sich im Praetorium fürchterlich langweilte. Der Mord und die Verhaftung eines Unschuldigen betrachtete sie als willkommene Abwechslung. Sie hungerte nach einem Ausbruch aus ihrem Leben.

»Wo hat man denn nun Aulus Gemellus gefunden?«, wollte sie wissen.

Sie waren fast an der betreffenden Stelle am Ufer angelangt. Man konnte noch die vielen Fußabdrücke der Menschenmenge im Sand erkennen.

»Genau hier hat er gelegen. Auf der Seite liegend, mit den Füßen im Wasser.«

Sie runzelte die Stirn. »Aber dann wäre er ja im Fluss stehend erstochen worden.«

Der Gedanke war Rainolf auch schon gekommen, allerdings hatte er ihn nicht weiter verfolgt. »Vielleicht sind die Tenkterer hinter ihm hergelaufen und haben ihn erst hier am

Ufer gestellt. Dann ist Aulus Gemellus bis in den Fluss zurückgewichen«, schlug er vor.

Julia wiegte nachdenklich ihren Kopf. Der Anblick faszinierte Rainolf. Ihm kam alles, was sie tat, majestätisch vor.

»Das wäre natürlich eine Erklärung«, gab sie schließlich zu. »Aber warum waren sie hinter Aulus Gemellus her? Es gab zwar viele, die ihn nicht gemocht haben, aber ihn deshalb gleich erstechen?«

Rainolf dachte an die schrecklichen Wunden im Bauch des Toten. Julia hatte Recht: Da musste jemand einen unglaublichen Hass auf den Quaestor gehabt haben.

»Vielleicht konnten sie irgendeine Steuer nicht bezahlen, die er von ihnen verlangt hat?«, überlegte er.

Doch sie schüttelte bestimmt den Kopf. »Was für eine Steuer sollte das denn sein? Fremde müssen in Colonia nur eine Steuer entrichten, wenn sie Waren auf dem Forum verkaufen. Das haben die Tenkterer aber nicht getan. Außerdem würde es ihnen nichts nützen, deshalb Aulus Gemellus zu töten. Es wird ein neuer Quaestor kommen, um die Steuern einzutreiben. Nein, es muss einen anderen Grund geben.«

Während sie das sagte, fiel Rainolf plötzlich wieder etwas ein. »Er hatte Lungenkraut in den Haaren.«

»Was?«, fragte sie verständnislos und ihr Blick ließ vermuten, dass sie Rainolf für geistig verwirrt hielt.

»In Aulus Gemellus' Haaren habe ich zerquetschte Lungenkrautblüten gesehen. Ich habe zunächst nicht weiter darüber nachgedacht, aber jetzt ist es mir klar geworden!«, erklärte er aufgeregt.

»Was ist dir klar geworden? Rainolf, Sohn des Sigolfs, sprich nicht in Rätseln zu mir, ich hasse so etwas! Und was ist Lungenkraut?«

Germanen pflegten, auch wenn sie in der Stadt wohnten, ein inniges Verhältnis zur Natur. Als Rainolf noch ein Junge gewesen war, hatte ihm seine Mutter viel über Bäume, Blumen und Pilze beigebracht. Obwohl er kein Schamane war, wusste er von vielen Pflanzen, ob sie heilende Wirkung besaßen oder giftig waren.

»Lungenkraut ist eine Blume mit purpurnen Blüten«, erklärte Rainolf.

»Ja, und?«

»Sieh dich um«, forderte er sie auf und machte mit dem Arm eine ausholende Bewegung.

Sie blickte irritiert nach allen Seiten, zuckte dann aber nur die Achseln. »Was soll mir auffallen?«

»Hier wächst weit und breit kein Lungenkraut.«

Jetzt begriff Julia. »Das heißt, Aulus Gemellus ist gar nicht hier umgebracht worden.«

Rainolf nickte eifrig. »Wenn Aulus Gemellus noch gelebt hätte, als er die Blüten in sein Haar bekam, hätte er sie sofort entfernt. Römer sind …«, er stockte, als ihm bewusst wurde, dass er mit einer Römerin sprach. »Ich meine, ihr Römer seid ein bisschen eitel und würdet nie ohne perfekt sitzende Frisur aus dem Haus gehen.«

Julia verschränkte die Arme, ließ ihm aber die Bemerkung durchgehen.

»Also muss er die Blüten im Todeskampf in die Haare bekommen haben«, fuhr Rainolf fort. »Wahrscheinlich ist er gestürzt oder hat sich mit den Angreifern in den Blumen gewälzt. Da es aber hier am Ufer kein Lungenkraut gibt, muss er woanders getötet worden sein. Was wiederum die Frage aufwirft, warum sich die Tenkterer die Mühe gemacht haben, die Leiche bis hierher zu schleppen. Noch dazu war

Aulus Gemellus ziemlich schwer, selbst für zwei Männer wäre es sehr anstrengend gewesen.«

»Also? Was folgerst du daraus?«, fragte Julia gespannt.

Rainolf musste gestehen, dass er keine Erklärung parat hatte. Es war zum Verzweifeln: Er war im ersten Moment so stolz auf sich gewesen, aus der Beobachtung einen logischen Schluss gezogen zu haben – so wie er es in den Schriften des Aristoteles über die Logik gelesen hatte –, um dann festzustellen, dass die Antwort eine weitere Frage nach sich zog. Und vor der musste er passen.

»Gibt es in Colonia einen Platz, wo Lungenkraut wächst?«, fragte Julia.

»Der einzige Ort, den ich kenne, liegt am Bogen des Rhenus im Süden, in der Nähe des Lagers der Classis Germanica«, antwortete er nach kurzem Nachdenken. »Meine Mutter hat es dort früher gepflückt. Ein Aufguss aus den Blüten hilft gegen Husten«, fügte er erklärend hinzu.

»Dann sollten wir uns dort umsehen«, forderte sie ihn auf.

Es war ein wunderschöner Spaziergang am Fluss entlang. Die Bäume standen endlich wieder in voller Pracht, überall summten Bienen durch die üppigen Wiesen und Schmetterlinge flatterten vorbei. Hohes Gras kitzelte sie an den Waden.

Sie gelangten an den Rand eines Wäldchens. Dahinter befand sich das befestigte Lager der Classis Germanica. Die römische Flotte war jederzeit bereit einzugreifen, wenn Germanenstämme es wagten, irgendwo auf Beutezügen den Fluss zu überqueren.

»Wie sieht nun dieses Lungenkraut aus?«, fragte Julia.

Rainolf zeigte ihr eine purpurne Blüte mit faserigem Stängel. Sie blühte jetzt im Frühling. Die beiden suchten die Wiese ab, bis Julia Rainolf aufgeregt zu sich rief. Sie deutete auf eine Stelle, wo das Gras deutlich niedergedrückt und viel Lungenkraut zerquetscht worden war. Die beiden knieten sich nieder und untersuchten den Boden. Ihre Köpfe berührten sich fast und Rainolf konnte den süßlichen Duft ihrer Haare deutlich riechen. Tatsächlich klebte an einigen Grashalmen eingetrocknetes Blut.

»Hier muss es gewesen sein«, meinte Julia aufgeregt. »Die Mörder haben Aulus Gemellus an dieser Stelle aufgelauert, ihn überfallen und brutal erstochen.«

In dem Moment stürzte sich eine dunkle Gestalt auf Rainolf. Das schwarze Gesicht war zu einer fürchterlichen Grimasse verzerrt. In seiner Faust hielt sie ein langes, gebogenes Schwert, wie Rainolf es noch nie gesehen hatte. Er war felsenfest davon überzeugt, dass ihn der Totengott persönlich heimsuchte.

Voller Panik riss der junge Ubier die Arme schützend vor den Kopf und erwartete den Todesstoß. Doch zu seiner Verblüffung warf sich Julia zwischen ihn und den Angreifer und hob die Hand. »Nicht, Siazes!«

Der schwarze Riese stoppte in der Bewegung – und ließ das Schwert sinken. Ein überwältigendes Gefühl der Erleichterung überkam Rainolf. Der Koloss war durchaus aus Fleisch und Blut. Er atmete schwer durch seine breite Nase, schien sich aber etwas zu beruhigen.

»Julia! Du hast deinem Vater große Sorgen bereitet. Die Wache sucht dich überall«, sagte der Dunkelhäutige vorwurfsvoll zu ihr. Seine tiefe Stimme klang überraschend sanft und sein Latein war ziemlich gut.

Julia verdrehte ihre Augen. »Typisch! Vater behandelt mich immer noch wie ein Kind. Nichts darf ich machen, ohne dass er mich kontrolliert.«

»Der Prokonsul befürchtete, dass man dich entführt hätte.« Mit einem abschätzigen Blick auf Rainolf fügte er hinzu: »Das soll bei Germanen ja nichts Ungewöhnliches sein.«

Wut über die Beleidigung keimte in Rainolf auf. »Wer ist der unförmige Klotz?«, fragte er aufgebracht.

»Das ist Siazes, der persönliche Leibwächter meines Vaters. Er stammt, wie du unschwer erkennen kannst, aus Nubia. Dort dürfen Frauen wahrscheinlich noch weniger als in Germanien. Sicherlich glaubte er, du würdest mir gerade etwas antun wollen.« Sie sagte das betont verächtlich.

Erst jetzt erinnerte sich Rainolf, schon von einem hünenhaften schwarzen Mann gehört zu haben, der im Praetorium leben sollte, aber die Öffentlichkeit scheute, weil sein Anblick jedes Mal Menschenaufläufe auslöste.

»In der Tat sah es so aus. Was treibt ihr hier überhaupt?«, fragte Siazes.

»Das geht dich gar nichts an«, schnappte Julia zurück.

Der Nubier schnaufte und stieß das Schwert zurück in die lederne Scheide an seinem Gürtel. »Mag sein, aber ich habe den Befehl, dich umgehend ins Praetorium zurückzubringen. Also komm bitte freiwillig mit, sonst muss ich dich tragen.«

Anscheinend kannte Julia den Leibwächter gut genug, um zu wissen, dass er es ernst meinte. Ohne Siazes eines Blickes zu würdigen, schritt sie stolz an ihm vorbei. Dann blieb sie doch noch einmal stehen und drehte sich zu Rainolf um.

»Versuch rauszubekommen, was passiert ist. Du hörst von mir.«

In Rainolfs Kopf schwirrte es gehörig. Der Schreck über den Angriff ließ seine Hände immer noch zittern. Er sah den beiden nach, wie sie über die Wiese davonzogen: die zierliche Julia in ihrem betörend schönen Kleid und der riesige Nubier, der über seiner blauen Tunika einen breiten Ledergürtel und einen schwarzen Umhang trug. Sie gaben ein seltsames Paar ab.

Erst als sie aus seinem Blickfeld entschwunden waren, kehrten Rainolfs Gedanken zu dem Mord an Aulus Gemellus zurück.

Konzentrier dich, schalt er sich. Denk an Walraban und hör auf, über eine hübsche Römerin nachzusinnen. Rainolf blickte suchend auf der Wiese umher. Warum hatte der Mord ausgerechnet hier stattgefunden? Der Ort war für die Tat nicht frei von Risiken, denn es hätte eine Patrouille aus dem nahe gelegenen Lager vorbeikommen können. Und was hatte der dicke Quaestor überhaupt mitten in der Nacht auf dieser Wiese zu suchen?

Es gab für Rainolf nur eine zwingende Schlussfolgerung, so merkwürdig sie auch klang: Aulus Gemellus war hier mit seinen Mördern verabredet gewesen. Also musste er die Tenkterer gekannt haben.

Aber warum hatten sie sich an so einem abgelegenen Ort getroffen, überlegte er weiter. Es wäre doch viel einfacher gewesen, sich irgendwo in der Stadt …

Dann durchzuckte ihn ein Geistesblitz. Er hätte sich ohrfeigen können, dass er nicht früher darauf gekommen war: Aulus Gemellus wollte nicht zusammen mit den Tenkterern gesehen werden. Irgendein Geheimnis bestand zwischen ihnen, das niemand entdecken sollte.

Aber was half ihm diese Erkenntnis? Gedankenverloren ging er in Richtung des Rhenus, der rasch und mächtig dahinfloss. Sonnenstrahlen wurden von der tanzenden Wasseroberfläche reflektiert.

Was könnten Tenkterer für einen Grund haben, einen römischen Quaestor umzubringen, zermarterte er sein Gehirn. Und die Leiche dann auch noch über eine nicht unbeträchtliche Strecke bis vor die Tore Colonias zu schleppen?

Rainolf ließ sich am sandigen Ufer nieder und warf Steine in die Fluten. Seine Gedanken schweiften wieder ab. Zu seiner Linken lag die Stadt. Die Mauern und Wachtürme hoben sich eindrucksvoll empor und machten jedem Feind klar, dass ein Angriff zwecklos war. Auf dem Fluss schaukelten in einiger Entfernung die Fischerboote als kleine Pünktchen.

Ein Oneraria hielt Kurs auf die Stadt. Vielleicht hat es auch Ladung für unser Geschäft dabei, überlegte Rainolf. Sein Vater erwartete seit Tagen eine Warenladung, die über den Fluss kommen sollte. Das Oneraria war gut dreißig Schritt lang und sein mächtiger Bauch wölbte sich knapp über der Wasserlinie. In einem solch großen Schiff fanden problemlos viertausend Amphoren Platz. Auf dem hohen Achterschiff befand sich eine Art Terrasse. Sie war zum Teil mit einer Zeltplane bedeckt und diente dem Steuermann als Schutz gegen Regen und sengende Sonne. Am Mast blähte sich ein großes, rechteckiges Segel. Die Ruder waren alle eingezogen, da die Strömung und der Wind stark genug waren, um das Schiff rasch voranzubringen. Doch nun mussten alle Ruderer an ihre Plätze, um das Anlegemanöver vorzubereiten.

Während Rainolf interessiert zusah, vernahm er auf einmal stromaufwärts entfernte Stimmen. Ein römisches Boot glitt um die Flussbiegung. Das mächtige blau-weiße Segel stand im Wind. Es gehörte zur Classis Germanica. Sie verfügten über etwa zwanzig Schiffe, die regelmäßig den Rhenus auf und ab patrouillierten. Außerdem transportierten sie Baumaterial für die befestigten Lager und Städte entlang des Flusses. Im Kriegsfall konnten die Legionäre mit den Schiffen auch schnell große Distanzen überwinden. Manchmal erfolgte sogar der Truppennachschub über den Oceanus germanicus und den Rhenus.

Als das Boot auf seiner Höhe war, sah Rainolf die Helme der Legionäre in der Sonne blitzen. Auch wenn sein Verhältnis zu den Römern stets ein gespaltenes war, so beeindruckte ihn der Anblick der metallenen Rüstungen und Waffen immer wieder. Sie strahlten eine große Macht aus.

Plötzlich kam Rainolf ein Gedanke. Aufgeregt sprang er hoch und rannte zurück in die Stadt.

Sein Vater erwartete ihn bereits. Sigolfs Gesichtsausdruck ließ keinen Zweifel darüber aufkommen, dass er über die Abwesenheit seines Sohnes sehr ungehalten war.

Rainolf beschloss, ihm von der Unterhaltung mit Julia zu erzählen und dann den reumütigen Sohn zu spielen. »Es tut mir leid, Vater. Ich weiß, mein Weggang ist unverzeihlich«, stieß er keuchend hervor. »Ich verspreche, dass ich bis spät in die Nacht das Lager aufräumen werde, um es wieder gutzumachen.«

Aber Sigolf kannte seinen Sohn. »Du willst doch irgendetwas. Raus mit der Sprache: Was ist es?«

Rainolf tat entrüstet. »Aber nein, Vater. Du verkennst mich«, widersprach er. »Was habt ihr aus Leugast herausholen können?«, lenkte er dann ab.

Sigolf machte eine wegwerfende Handbewegung. »Er war nicht da«, sagte er mürrisch. »Seit gestern Abend hat ihn keiner mehr gesehen. Vielleicht treibt er sich immer noch im Wald herum.«

Rainolf zog die Augenbrauen zusammen. Das waren schlechte Nachrichten. War auch dem dicken Wirt etwas zugestoßen? Besser er redete nicht über seinen Verdacht, sonst würde ihm sein Vater endgültig verbieten, das Haus zu verlassen. Mit einem Brummen wollte sich Sigolf wieder an die Arbeit begeben, als Rainolf ihn zurückhielt. »Sag mir, Vater: Wer wird eigentlich die Nachfolge von Aulus Gemellus antreten?«

Etwas verblüfft antwortete er: »Sein Stellvertreter, Orvidus Nuntianus, nehme ich an.«

»Dieser kleine, hinterhältige Schleimbeutel?«

»Genau der«, bestätigte Sigolf.

Darauf hätte er auch selbst kommen und sich sein Versprechen, das Lager aufzuräumen, ersparen können, ärgerte sich Rainolf. Immerhin war er einen Schritt weiter. Der blasse Beamte, der vor drei Tagen gemeinsam mit Aulus Gemellus im Laden gewesen war, würde also der neue Quaestor werden und hatte somit einen Vorteil vom Tod seines Vorgesetzten. Die Erkenntnis habe ich mir teuer erkauft, dachte Rainolf mit Blick auf die durcheinander stehenden Waren. Grübelnd packte er sich einen Ballen Biberfelle und begann, ihn ins Lager zu schleppen.

Rainolf geriet bald ins Schwitzen und verfluchte sein Schicksal, als einer der Hafenarbeiter in den Laden stürmte. Das Schiff mit den von Sigolf lang erwarteten Gewürzen und dem Sesamöl sei endlich angekommen.

Rainolf blickte kurz auf, verschwieg aber, dass er das Schiff schon gesehen hatte. Sigolf schärfte seinem Sohn ein, während er, Albuin und Baldwin fort seien, auf den Laden aufzupassen. Rainolf murmelte eine gequälte Zustimmung.

Kaum war Sigolf fort, kam Farhild mit vor Aufregung gerötetem Gesicht aus der Küche und bestürmte Rainolf mit Fragen. Sie wollte alles über Julia wissen. Wie war sie, was für Kleider trug sie, wie lebte sie im Praetorium?

Rainolf hob abwehrend die Arme. »So gut kenne ich sie doch gar nicht.«

Farhild stemmte die Hände in die Hüfte und bedachte ihn mit einem spöttischen Blick. »Brüderchen, man kann dir vieles nachsagen, aber nicht, dass du dumm wärst. Und schon gar nicht, dass du kein aufmerksamer Beobachter wärst. Los, erzähl schon.«

Er blies die Wangen auf und machte ein angestrengt nachdenkliches Gesicht. »Also, ich glaube, im Praetorium trug sie einen Sack aus Leinen und Stroh in den Haaren.«

Der Scherz trug ihm einen Fausthieb in die Rippen ein.

»Ist ja schon gut, war nur ein Witz. Nein, im Ernst: Sie ist wunderschön, sie hatte ein goldenes Kleid aus ganz dünnem Stoff an. Und sie duftet nach Pfirsichen.«

Farhild hing wie gebannt an seinen Lippen. »Pfirsiche«, wiederholte sie ehrfurchtsvoll. »Weißt du, wie teuer Duftöl aus Pfirsichen ist?«

Rainolf wusste es nicht. »Jedenfalls ist sie sehr nett und auch sehr klug«, fügte er hinzu.

Farhild bettelte ihn an, dass sie Julia unbedingt näher kennen lernen wollte. Rainolf brachte es nicht fertig, ihr zu gestehen, dass er keine Ahnung hatte, ob er die Tochter des Prokonsuls je wiedersehen würde. Er redete sich schließlich damit hinaus, dass er noch viel zu tun hätte, um das Gespräch beenden zu können.

Als Rainolf einige Zeit später zum wiederholten Male aus dem Lager in den Verkaufsraum zurückkehrte, trat Agilad zur Tür herein. In den letzten Jahren war es nicht mehr oft vorgekommen, dass er Rainolf besucht hatte. Meistens trafen sie sich in Wirtshäusern oder am Fluss. Deshalb blickte Rainolf ihn überrascht an.

»Sei gegrüßt, Agilad. Was treibt dich denn hierher?«

»Der Zufall. Ich war gerade in der Gegend, da dachte ich mir: Schau doch mal, was Rainolf so treibt.« Sein Gesicht zierte ein unverbindliches Grinsen, was von Freundlichkeit bis Zynismus alles bedeuten konnte.

»Du scheinst wenig zu tun zu haben«, stellte Rainolf feixend fest.

»Da will man sich nach deinem Befinden erkundigen und wird beschimpft«, antwortete er in gespielter Gekränktheit.

»Ehrlich gesagt, momentan geht's mir nicht sonderlich gut«, gestand Rainolf.

Agilad ging auf die Antwort nicht ein. Stattdessen blickte er sich suchend um. »Du bist ja allein. Ist denn Walraban nicht da?«

Rainolf stellte langsam die Holzschüsseln, die er die ganze Zeit in den Händen gehalten hatte, auf den Boden. Er zog die Stirn kraus. »Hast du es etwa noch nicht gehört?«

»Was denn?«

Rainolf holte tief Luft. »Walraban ist vorgestern verhaftet worden. Er wird des Mordes an Aulus Gemellus angeklagt.«

Agilad wirkte überrascht. »Er hat sich an Aulus Gemellus also gerächt?«, fragte er, als würde er sich nach dem Wetter erkundigen.

»Er hat ihn nicht umgebracht!«, regte Rainolf sich auf. »Irgendjemand hat seinen Dolch gestohlen und den dicken Quaestor damit erstochen. Aber es war nicht Walraban!«

»Woher willst du das wissen?«

»Weil Walraban es mir gesagt hat.«

»Das würde doch jeder behaupten, um sich rauszureden.«

Rainolf konnte kaum glauben, was er hörte. Wie konnte Agilad an den Worten Walrabans zweifeln, ja ihn sogar als Lügner verdächtigen? Agilad kannte den Angestellten seines Vaters schon seit er ein kleines Kind war. Die beiden Jungen hatten früher oft mit Walraban zusammen ausgelassen getobt.

»Bist du verrückt?«, brüllte Rainolf, außer sich vor Wut. »Walraban würde niemals lügen, er ist ein Mann von Ehre!«

Immer noch wirkte Agilad unbeeindruckt. Rainolf hasste es, wenn sein Freund sich so überlegen und eingebildet aufführte.

»Wie soll man ihm denn den Dolch gestohlen haben? So was merkt man doch.«

»Zwei Tenkterer haben ihn im *Schwarzen Stier* bestohlen, als er schon betrunken war«, ereiferte sich Rainolf.

»Und wo sind diese Tenkterer jetzt?«

»Sie waren in der Herberge von Leugast, aber nun sind sie verschwunden. Ich bin sicher, dass Leugast in die Sache verwickelt ist.«

Agilad setzte erneut sein spöttisches Grinsen auf. »Was hätten denn zwei Tenkterer und ein Herbergsbesitzer davon, einen Quaestor umzubringen?«

Rainolf wusste nicht, was er antworten sollte. »Ich habe keine Ahnung«, gab er schließlich kleinlaut zu. »Aber Walraban ist unschuldig. Ich werde ihn aus dem Kerker herausholen.«

»Natürlich«, antwortete Agilad, doch sein Gesichtsausdruck ließ erkennen, dass er Rainolf für schwachsinnig hielt. »Wenn du mehr über die Mörder des Aulus Gemellus herausgefunden hast, kannst du es mich ja wissen lassen. Ich bin heute Abend im *Goldenen Hufeisen*. Wenn du willst, komm doch einfach vorbei und trink einen mit.«

Er hob lässig eine Hand zum Gruß und verließ den Laden. Rainolf blickte ihm wütend nach: Manchmal war Agilad einfach unerträglich.

Zur Mittagsstunde kam Sigolf vom Rhenus zurück, Albuin und Baldwin folgten ihm voll bepackt. Die beiden Sklaven ächzten unter den schweren Lasten, die sie auf ihren Schultern trugen. Zum ersten Mal seit der Verhaftung Walrabans sah Rainolf seinen Vater wieder lächeln.

»Sämtliche Waren sind heil angekommen und dabei von allerbester Qualität«, frohlockte er. »Setzt mir die Sachen ja vorsichtig ab«, mahnte er die beiden Sklaven. »Es fehlte noch, dass ihr mir hier etwas kaputtmacht.«

»Es ist nun einmal nicht so einfach für einen Menschen, eine ganze Schiffsladung zu tragen«, grummelte Albuin.

Rainolf schlug sich mit der flachen Hand vor den Kopf. Das war es! Dass er die Hilfe eines Sklaven gebraucht hatte, um darauf zu kommen! Sigolf musterte seinen Sohn, doch bevor er ihm eine Frage stellen konnte, war Rainolf schon durch die Tür und rief seinem Vater über die Schulter zu, dass er bald wieder da wäre.

»Rainolf! Du sollst hier bleiben, es ist zu gefährlich für dich dort draußen!«, rief Sigolf ihm vergeblich hinterher.

Rainolf nahm einmal mehr den Weg zum Fluss. Er hoffte, dass der alte Hadumar zu Hause sei. Er war nicht nur einer der besten Fischer am gesamten Rhenus, sondern hatte auch seine Augen und Ohren überall.

Schlagartig war Rainolf eben klar geworden, dass die Mörder den schweren Aulus Gemellus nicht vom Tatort zum Fundort der Leiche getragen haben konnten. Die Strecke war viel zu lang. Stattdessen mussten sie ihn von der Wiese die wenigen Schritte bis zum Fluss geschleift und ihn dort in ein Boot gelegt haben. Damit konnten sie schnell und unerkannt bis vor die Tore der Stadt gelangen. Als sie den Sandstrand erreicht hatten, warfen sie den Toten wahrscheinlich einfach über Bord. Sie konnten sicher sein, dass Aulus Gemellus bald gefunden werden würde. Warum sie aber so viel Wert auf eine schnelle Entdeckung des Mordes gelegt hatten, war Rainolf schleierhaft.

Als er über den schmalen Steg zur Insel hetzte, sah er Hadumars Kahn am Ufer liegen. Die Netze hingen bereits zum Trocknen vor der Hütte. Wenige Augenblicke später stand Rainolf vor dem kleinen, runzeligen Mann. Er flickte die Maschen eines Netzes, indem er Hanf kunstvoll verknüpfte.

»Sei gegrüßt, Hadumar.«

Der Fischer hob seinen Blick, lächelte freundlich und nickte. Er sprach nie ein Wort zu viel, doch war er ein aufmerksamer Zuhörer. Der alte Mann wurde von den anderen Fischern und Bootsführern hoch geachtet, weil er Visionen hatte. Viele bewahrheiteten sich, andere allerdings nicht. So sah Hadumar im Traum immer wieder einen riesigen schwarzen Tempel mit zwei identischen spitzen Türmen, die bis in den Himmel ragten und von zwei Kreuzen gekrönt wurden. Die Einwohner Colonias würden ihn erbauen und er sollte größer und prächtiger werden als alle anderen Tempel.

Bei solchen Erzählungen war auch Rainolf davon überzeugt, dass Hadumars Weissagungen manchmal einfach nur Hirngespinste waren. Alte Leute wurden eben manchmal seltsam. Es wusste doch schließlich jeder, dass man kein Gebäude höher bauen konnte als das Pantheon in Rom.

Dennoch war Hadumar wahrlich kein Spinner, sondern einer der scharfsinnigsten Menschen, die Rainolf kannte. Er wusste mehr über die Tiere, die Pflanzen, das Wetter und natürlich über den altehrwürdigen Rhenus als irgendjemand sonst in Colonia. Und er war stets auf dem Laufenden über die neuesten Entwicklungen in der Stadt, soweit es die Schifferei anging.

»Hast du von dem Mord an dem Quaestor gehört?«

Wieder nickte der Alte nur, doch das Lächeln war aus seinem Gesicht verschwunden.

»Man hat ihn nicht weit von hier gefunden. Gleich dort drüben«, erklärte Rainolf und zeigte auf das gegenüberliegende Ufer.

Hadumar knüpfte ungerührt sein Netz weiter. Rainolf senkte die Stimme, um sicherzugehen, dass niemand zuhören konnte. »Gibt es jemanden, der bereit wäre, heimlich eine Leiche in seinem Boot zu transportieren, um sie dort abzulegen? Vielleicht irgendein Magister Navis, der sonst Waren befördert?«

Hadumar hielt in der Bewegung inne und hob den Kopf. Seine durchdringenden, hellblauen Augen fixierten Rainolf. »Ein großes Boot würde an der Stelle sofort auf Grund laufen. Wenn es so gewesen ist, wie du sagst, muss es ein kleiner Kahn gewesen sein«, antwortete er mit seiner weichen, melodischen Stimme, die so gar nicht zu seinem Aussehen passte.

Rainolf murmelte eine Zustimmung und wartete. Hadumar pflegte alles gründlich zu durchdenken. »Ich wüsste niemanden, der das Risiko auf sich nehmen würde, einen ermordeten Römer in seinem Boot zu transportieren. Es müsste schon sehr viel Geld geboten worden sein. Und wenn jemand hier am Fluss plötzlich reich geworden wäre, hätte ich davon gehört.«

Für Hadumar war das eine ungewöhnlich lange Rede gewesen.

»Vielleicht war es jemand, der nicht von hier stammt«, fügte der alte Fischer schließlich noch hinzu.

Dann versank er wieder in Schweigen. Rainolf dankte ihm überschwänglich für die wertvolle Information und lief den kurzen Weg von der Insel zum Hafen hinüber. Betont unauffällig schlenderte er auf den Anlegern herum, in der Hoffnung, ein kleines Boot zu finden, das nicht aus Colonia stammte. Doch es waren nur große, schwere Lastkähne vertäut.

Es herrschte emsiges Treiben. Gleich mehrere Kähne wurden be- oder entladen, Stimmen schwirrten durch die Luft und so manche Ladung krachte unsanft auf die Deckplanken. Der Geruch war heute wieder unangenehm, da es sehr warm war und in der Nähe die Abwasserleitungen der Stadt in den Rhenus mündeten.

Plötzlich entdeckte Rainolf im Gewühl den Magister Navis des Schiffs, das seinen Vater beliefert hatte. Er kannte den Mann vom Sehen, auch wenn er seinen Namen vergessen hatte. Der Mann war kräftig, allerdings nicht sehr groß, mit deutlichem Bauchansatz und dunklen, fast schwarzen Haaren, obwohl er Germane war.

Die Römer, die zum ersten Mal nach Colonia kamen, waren zumeist überrascht, dass die Germanen nicht alle blond und blauäugig waren. Dieses Klischee war in Rom offensichtlich nicht auszumerzen. Rainolfs Haarfarbe ging eher ins Bräunliche denn ins Blonde. Wenn ihn die Römer daraufhin ansprachen – und das taten sie öfter, als ihm lieb war –, machte er sich einen Spaß daraus, ihnen zu erzählen, dass er selbstverständlich auch blond sei, aber weil die Germanen sich so selten wuschen, würde der Schmutz schließlich ihre Haare braun färben. Erstaunlicherweise glaubten die Römer den Unsinn.

Kurz entschlossen ging Rainolf auf den Magister Navis zu und stellte sich vor. Der Mann kniff die Augen zusammen und musterte ihn. »Ich kann mich erinnern. Ist dein Vater mit seiner Ware nicht zufrieden?«

»Doch, doch«, versicherte Rainolf eilig. »Ich hätte nur eine Frage an einen erfahrenen Magister Navis.«

Er hoffte, den Mann durch eine Schmeichelei für sich einnehmen zu können, doch der wirkte unberührt.

»Du kennst doch bestimmt so ziemlich alle Schiffe auf dem Rhenus. Hast du hier im Hafen ein kleines Boot gesehen, deutlich kleiner als deines, das erst vor Kurzem nach Colonia gekommen ist?«

Der Mann schüttelte den Kopf. »Nein, Junge, mir ist keines aufgefallen. Aber warum sollte auch jemand auf die blöde Idee kommen, in einer Nussschale den Rhenus hinunterzufahren? Das ist schließlich nicht ungefährlich, schon gar nicht zu dieser Jahreszeit, wenn das Schmelzwasser den Fluss anschwellen lässt.«

Enttäuscht hob Rainolf beide Arme. »Gibt es denn außer den Fischerbooten überhaupt keine kleinen Kähne?«, rief er.

Die Frage war eigentlich rein rhetorisch. Doch überraschenderweise nickte der Magister Navis diesmal. »Sicher. Zwar nicht hier am Hafen, aber in dem Lager stromaufwärts hat die Classis Germanica ein paar kleine Nachen. Ich glaube, die Legionäre benutzen sie, wenn sie ihre Kriegsschiffe überholen.«

Wie vom Donner gerührt, starrte Rainolf den Mann an. Natürlich war ihm klar, dass die Römer etliche Schiffe am befestigten Lager liegen hatten, aber er wäre nicht im Traum darauf gekommen, eine Verbindung zwischen dem Mord und der Classis Germanica herzustellen. Tenkterer hüteten sich im Normalfall, auch nur in die Nähe eines Legionärs zu kommen.

Aber wenn Hadumar Recht hatte und kein Fischer sein Boot für den Transport der Leiche zu Verfügung gestellt hatte, war die einzige Möglichkeit, dass der Kahn aus dem Römerlager stammte.

Rainolf murmelte einen Abschied an den Magister Navis, der ihm, erstaunt über die plötzliche Einsilbigkeit, kopfschüttelnd nachblickte.

In das streng bewachte Lager der Classis Germanica würde er nicht gelangen, da gab sich Rainolf keiner Illusion hin. Nach wie vor galt: Wenn er Walrabans Unschuld beweisen wollte, musste er die beiden Tenkterer finden. Rainolf entschloss sich, Garawan zu befragen, ob seine Bande inzwischen einen Hinweis gefunden hatte.

Der junge Ubier suchte das Forum ab. Doch er konnte seinen Freund nirgends entdecken. Erst als er zufällig mithörte, wie zwei Obsthändler sich über das heutige Wagenrennen unterhielten, wurde ihm klar, wo sein Freund steckte.

Rainolf eilte über den Decumanus in östliche Richtung. Nahe der Stadtmauer befand sich das Amphitheater, der ganze Stolz Colonias. Es verfügte sicherlich nicht über die Ausmaße seiner Vorbilder in Rom, aber es war das erste seiner Art in Germanien. Aus der ganzen Provinz reisten die Leute an, wenn hier Spiele stattfanden.

Die Römer hatten fern der Heimat auf ihre geliebten Gladiatorenkämpfe und Wagenrennen nicht verzichten wollen und auch die Ubier konnten sich der Faszination dieser Spektakel nicht entziehen. Der gnadenlose Kampf Mann gegen Mann entsprach ganz dem Naturell der Germanen.

Seit einigen Jahren verfügte Colonia sogar über eine eigene Gladiatorenschule. Deren Kämpfer genossen nicht nur in Germanien hohes Ansehen, auch im restlichen Imperium Romanum hatte sich die Schule rasch einen guten Ruf erworben.

Im Eiltempo näherte Rainolf sich nun dem Amphitheater. Es bestand aus drei Stockwerken, die im Kreis um die eigentliche Arena errichtet worden war. Heute fand ein bedeutendes Wagenrennen statt. Die besten Pferde aus Germania Inferior und die geschicktesten Lenker würden gegeneinander antreten. Besonderer Beliebtheit erfreute sich das Abschließen von Wetten auf das siegreiche Gespann. Schon so mancher hatte sein ganzes Vermögen bei Rennen verloren, andere hingegen waren reich geworden.

Vor dem riesigen Eingangstor stand ein breitschultriger Kerl, der mit bösen Blicken von jedem den Eintritt kassierte. Glücklicherweise fand Rainolf noch ein As in seiner Tasche und erhielt Zugang.

Garawan und seine Freunde saßen wie immer in der Südkurve auf den billigen Rängen ganz oben. Rainolf kämpfte sich durch die Reihen. Das Rennen war bereits im Gange. Tausende von Menschen feuerten ihre Favoriten an. Die Strecke verfügte über zwei Kurven und zwei Geraden und war mit Sand bestreut, damit die Hufe der Pferde Halt fanden. Ein Gespann aus der Nähe von Colonia lief mit. Die herrlichen schwarzen Hengste aus italischer Zucht wurden von Mikal gesteuert, dem Schwarm aller jungen Frauen. Rainolf konnte nicht nachvollziehen, warum sie beim Anblick des Jungen fast in Ohnmacht fielen, denn sein Kinn war zu lang und der Mund zu klein geraten. Aber Mikals Jugend, die schlanke Figur und vor allem seine bereits beachtlichen Erfolge schienen das wieder auszugleichen. Und Rainolf musste nun zugeben: In seiner roten Tunika mit den weißen Streifen sah Mikal aus wie ein Halbgott. Lässig hielt er die Zügel in der Hand und lieferte sich dennoch ein hartes Duell an der Spitze des Feldes.

Das Kunststück beim Pferderennen bestand darin, die Kurven möglichst eng zu nehmen und dabei den Schwung nicht zu verlieren. Außerdem musste man permanent auf die Konkurrenten achten, die schon mal mit einer harten Attacke für den Umsturz eines Wagens sorgen konnten.

Rainolf kam den obersten Rängen langsam näher. Garawan, Handar, Skjorn, Pradir und Gronagir schrien und tobten völlig außer sich, als Mikal in der Kurve die Führung übernahm. Auch Rainolf war einen Augenblick von dem tollkühnen Manöver gefangen und starrte wie gebannt auf die vier schwarzen Pferde, die im gestreckten Galopp die Gerade entlangrasten.

Einen Moment später ging Mikal überlegen als Sieger durchs Ziel. Das Publikum geriet in einen kollektiven Freudentaumel.

»Hast du das Rennen gesehen?«, fragte ihn Garawan noch ganz atemlos, als er Rainolf erblickte. »Unglaublich, wie der Kerl fährt.«

»Habt ihr auf ihn gesetzt?«

»Was denkst du? Wir haben eine ordentliche Summe gewonnen. Komm, ich gebe in der Taberna einen aus.«

»Willst du nicht noch die Gladiatoren sehen?«, fragte Handar enttäuscht.

Die Kämpfe sollten im Anschluss an das Rennen stattfinden.

»Ach, das sind doch nur die Anfänger«, entgegnete Garawan abschätzig. »Aramalf, der Gladiatorenlehrer, will, dass seine neuen Jungs bekannt werden. Aber das wird ein gähnend langweiliger Kampf.«

»Hast du sie denn schon kämpfen sehen?«, fragte Rainolf.

»Nein, natürlich nicht. Du weißt doch, dass sie in die Schule der Gladiatoren niemanden reinlassen.«

Nur zu gern hätten Garawan und seine Freunde einmal die Schule von innen gesehen. Dort trainierten und lebten ihre Idole. Damit die Gladiatoren ihre Ruhe hatten, wurde den fanatischen Anhängern konsequent der Zugang verweigert.

Garawan hieb Rainolf freudig auf die Schulter. Doch der hatte ein ganz anderes Anliegen. »Hast du etwas über die Tenkterer erfahren?«

»Nein, leider gar nichts. Die haben sicherlich schon die Stadt verlassen.«

Garawan sah die Enttäuschung im Gesicht seines Freundes und war fest entschlossen, ihn aufzuheitern: »Los, lass uns in die Taberna gehen.«

Als sie das *Galoppierende Pferd* betraten, herrschte bereits drangvolle Enge. Die Luft war drückend heiß und Rainolf trat sofort der Schweiß auf die Stirn. Die meisten Besuche des Amphitheaters endeten hier: entweder um einen Sieg zu feiern oder um die Enttäuschung über die Niederlage im Met zu ertränken.

Während die anderen lachten und scherzten, blieb Rainolf auffallend still. Ihm ging etwas im Kopf herum, was Garawan gesagt hatte, aber er konnte den Gedanken einfach nicht greifen. Erst als nach einer Stunde zwei Männer die Taberna betraten und sich neben ihm lautstark über den eben beendeten Kampf der Gladiatoren unterhielten, hatte Rainolf endlich eine Eingebung. Er packte den überraschten Garawan am Arm und zerrte ihn fast über den Tisch.

»Wie kommt man in die Schule der Gladiatoren?«, rief Rainolf aufgeregt.

Die anderen sahen ihn an, als hätte er den Verstand verloren.

»Gar nicht, es sei denn, du bist selbst Gladiator.«

»Es muss doch einen Weg geben«, beharrte er.

»Kannst du mir mal verraten, was mit dir los ist?«, fragte Garawan ungehalten.

»Ich glaube, ich weiß, wo die Tenkterer sind!«

»Wo?«, fragten ihn fünf verblüffte Gesichter gleichzeitig.

»Am einzigen Ort in ganz Colonia, wo Fremde sich aufhalten, aber keine Einheimischen Zutritt haben.«

»Die Schule der Gladiatoren«, begriff Garawan.

»Aber wie sollen die Tenkterer da reingekommen sein?«, wandte Skjorn ein.

Rainolf setzte ein überlegenes Grinsen auf. »Ganz einfach: Indem sie sich als Gladiatoren ausgegeben haben.«

Nachdenkliches Schweigen folgte seiner Feststellung.

»Aber selbst wenn es so wäre, könnten sie doch nicht kommen und gehen, wie es ihnen passt«, entgegnete Garawan schließlich.

Gladiatoren wurden zwar begeistert gefeiert, waren aber dennoch zumeist nur Sklaven, die ihre Herren für viel Geld in der Schule zu Kämpfern ausbilden ließen. Besitzer von siegreichen Gladiatoren verdienten ein Vermögen mit den

Antrittsgeldern, die die Veranstalter der Spiele ihnen bezahlten. Doch die Gladiatoren durften die Schule nur selten verlassen, weniger aus Angst, sie könnten fliehen, sondern weil es früher öfter vorgekommen war, dass sie sich betranken und Prügeleien anfingen.

Rainolf trommelte mit den Fingern auf dem Tisch.

»Vielleicht«, sagte er zögerlich, »haben sie jemanden in der Schule bestochen, der sie heimlich rein- und rauslässt.«

»Wenn sie dort sind, gibt es nur diese Möglichkeit. Aber wenn sie erwischt würden, könnten sie sich darauf verlassen, dass Aramalf sie beim nächsten Kampf gegen seine besten Leute antreten ließe – und das würden sie kaum überleben. Aramalf hat einen ganz eigenen Sinn für Humor und bei Gladiatoren, die seine Anweisungen missachten, versteht er gar keinen Spaß.«

»Dein Vater kennt doch Aramalf«, fiel Rainolf ein.

Garawans Vater Sifnogur schmiedete auch Waffen für die Gladiatoren.

»Sicher«, bestätigte Garawan stolz. Dann begriff er, worauf Rainolf hinauswollte. »Augenblick! Du willst doch wohl nicht, dass ich zu Aramalf gehe und ihn bitte, mich in die Schule zu lassen?« Er war ein wenig blass geworden und schluckte trocken. Offensichtlich fürchtete er sich vor dem Lehrer der Gladiatoren.

»Nein, ich will nicht, dass du allein dort hingehst.«

Garawans Miene entspannte sich ein wenig.

»Ich will, dass wir zusammen dort hingehen und er uns beide einlässt«, fügte Rainolf grinsend hinzu.

»Das kann ich nicht tun«, widersprach Garawan. »Ich selbst kenne Aramalf kaum. Was ist, wenn er mir meine Frage übel nimmt?«

Seine Proteste halfen ihm nichts. Rainolf nahm ihn am Arm und zog den Widerstrebenden aus der Taberna.

Die Schule der Gladiatoren befand sich nur wenige Schritte entfernt. Eine hohe Mauer schirmte das Gebäude gegen neugierige Blicke ab.

Eine Respekt einflößende Gestalt stand vor dem Eingang: ein hoch gewachsener Germane, dessen Nacken so breit war wie der eines Stieres. Er trug ein ärmelloses Hemd und seine muskelbepackten Arme zierten lange Narben, ebenso wie sein Gesicht. Seine Nase schien mehr als einmal gebrochen worden zu sein. Schon allein sein finsteres Aussehen genügte, um aufdringliche Verehrer von den Gladiatoren fern zu halten.

Auch Rainolf befiel nun ein Gefühl der Angst, aber es gab kein Zurück mehr, sonst hätten sie als Feiglinge gegolten, denn der Rest von Garawans Bande beobachtete sie aus sicherer Entfernung.

»Denk daran: Wir tun es für Walraban«, munterte Rainolf seinen Freund und sich selbst auf.

»Für Walraban«, murmelte Garawan, während sie sich in Bewegung setzten.

Sie hatten sich bis auf fünf Schritte genähert, als der Wächter auch schon losblökte: »Was wollt ihr?«

Die beiden zuckten zusammen, doch fasste sich Garawan rasch ein Herz. »Wir wollen zu Aramalf, dem Lehrer der Gladiatoren.«

»Er hat zu tun. Verschwindet!«

»Ich komme im Auftrag meines Vater, dem Schmied Sifnogur«, behauptete Garawan in arrogantem Tonfall.

Offensichtlich machte der Name Eindruck auf den Wächter. Er runzelte die Stirn, dann kratzte er sich am Hinterkopf.

»Was wollt ihr von Aramalf?«

»Das soll ich ihm persönlich sagen.«

Rainolf war erstaunt, wie selbstsicher Garawan auf einmal auftrat.

»Wartet hier, ich werde Aramalf fragen, ob er mit euch reden will«, entschied sich der Torwächter schließlich.

Mit lautem Krachen knallte die Tür hinter ihm zu. Es dauerte einige Minuten, ehe der Stiernacken in Begleitung eines Mannes um die vierzig wiederkehrte. Aramalf war hoch gewachsen, durchtrainiert und hatte bereits angegraute Haare. Seine Körperhaltung war ungewöhnlich aufrecht und er schien ständig zum Sprung bereit. Als Gladiator hatte er eine makellose Siegesliste vorzuweisen und nun war er der oberste Ausbilder in der Schule. Rainolf war mächtig beeindruckt.

Aramalfs Augen verengten sich zu schmalen Schlitzen. »Ihr kommt von Sifnogur?«

»Ja, mein Vater möchte gerne wissen, ob die letzte Waffenlieferung in Ordnung war. Er befürchtet, dass eines der Schwerter möglicherweise durch einen Lufteinschluss brechen könnte. Ich soll die Klingen prüfen.«

Wieder verblüffte Garawan seinen Freund. Die Ausrede war bemerkenswert überzeugend.

»Das wäre das erste Mal. Bis jetzt hat dein Vater immer hervorragende Arbeiten abgeliefert.« Aramalf zögerte und schien zu überlegen. »Nun gut, kommt mit«, entschied er schließlich.

Es kam Rainolf vor wie ein Wunder: Sie durften das Allerheiligste, die Gladiatorenschule, betreten!

Innen war das Gebäude geräumiger, als es von außen vermuten ließ. Sie durchschritten einen Raum, der vermutlich als Esssaal diente, denn es standen lange Tische mit vielen Hockern dort.

Im dahinter liegenden Hof aus festgestampftem Lehm übten ein Dutzend Gladiatoren paarweise den Schwertkampf. Sie trugen halb offene Helme und schlugen mit Holzschwertern aufeinander ein. Die Hiebe blockten sie mit kleinen Rundschilden aus Metall ab. Kampfschreie begleiteten die Aktionen, einige Kämpfer keuchten vor Anstrengung. Es roch nach Schweiß und Erde.

Rainolf spähte nach den Gesichtern, doch die Tenkterer waren nicht darunter. Fieberhaft überlegte er, wie sie herausfinden konnten, ob sich die beiden Attentäter tatsächlich in der Schule befanden.

»Du hast viel versprechende Nachwuchskämpfer«, begann er vorsichtig ein Gespräch.

»Kaum. Die jungen Leute halten einfach nichts mehr aus. Viel zu verweichlicht«, gab Aramalf abfällig zurück.

»Aber der Kampf eben im Amphitheater war doch sehr eindrucksvoll«, erwiderte Rainolf, obwohl er die Gladiatoren dort gar nicht gesehen hatte.

Aramalf blieb stehen und musterte ihn von oben bis unten. »Junge, du hast keine Ahnung, wovon du sprichst.«

Rainolf fühlte sich ertappt.

»Der Nachwuchs hat komplett gegen die alten Kämpfer verloren. Nicht weil sie nicht vorbereitet waren, sondern weil sie Angst hatten. Es fehlt ihnen einfach an Siegeswillen. Sie können von Glück reden, dass die erfahrenen Gladiatoren ihre Leben verschont haben.«

Rainolf schluckte trocken.

In dem Moment ertönte ein markerschütternder Schmerzensschrei. Garawan und er zuckten zusammen. Aramalf wies nur lässig in Richtung der Gladiatorenunterkünfte am hinteren Ende des Hofs.

»Der Wundarzt ist gerade bei den verletzten Kämpfern. Einem müssen sie den kleinen Finger abnehmen. Er hing nur noch an einem Faden. Zum Glück ist es nur die linke Hand …«

Erneut erscholl ein kurzes Gebrüll, das in einem Gurgeln ausklang.

»Die Amputation scheint erfolgreich verlaufen zu sein«, erklärte Aramalf lapidar.

Rainolf beschlich ein mulmiges Gefühl in der Magengegend. Unwillkürlich sah er auf seinen eigenen kleinen Finger.

Aramalf führte sie weiter zu einem soliden Holztor, das von einem kleinen, aber ungemein bulligen Mann mit Glatze bewacht wurde.

»Krallas, lass uns durch«, befahl Aramalf.

»Ja, Herr«, antwortete der Mann mit merkwürdig hoher Stimme.

Aramalf zog einen Schlüssel aus einem kleinen Lederbeutel, den er am Gürtel trug, und öffnete damit die Tür. Nachdem er sie aufgestoßen hatte, blickten die Besucher auf ein eindrucksvolles Waffenarsenal. Schwerter in allen möglichen Größen und Formen lagen ordentlich aufgereiht nebeneinander. Speere und Dreizacke lehnten an den Wänden. Wurfnetze und Helme wurden hier ebenso verwahrt wie Schilde und Schutzpanzer.

Der Gladiatorenausbilder ging zielstrebig auf einige Langschwerter zu. Die Waffen waren auffallend schmal und filigran gearbeitet, eine wahre Meisterleistung. Wenn in der Klinge versehentlich Luft während der Bearbeitung eingeschlossen worden wäre, drohte sie bei den ersten heftigen Schlägen zu brechen. Für einen Gladiator ein Todesurteil. Aramalf sah Garawan auffordernd an.

»Nun, Waffenprüfer, komm deiner Pflicht nach.«

Es lag ein gewisser Spott in seiner Stimme. Garawan hatte einiges von seiner Selbstsicherheit verloren. Etwas blass um die Nase nahm er eines der Schwerter in die Hand und tat so, als ob er die Klinge eingehend betrachtete. Er klopfte damit zaghaft gegen den Steinboden und horchte angestrengt auf den Klang. Dann nahm er sich das nächste vor und vollführte die gleiche Prozedur.

»Und? Hast du etwas feststellen können?«, fragte Aramalf.

Garawan räusperte sich verlegen. »Nein, sie scheinen alle in Ordnung zu sein.«

Der Gladiatorenausbilder lachte leise auf. »Das will ich meinen. Mit ihnen ist heute bereits in der Arena gekämpft worden. Wenn sie fehlerhaft gewesen wären, hätten sie den Kampf nicht heil überstanden.«

Er baute sich breitbeinig vor den beiden auf und stemmte die Hände in die Hüften. Auf einmal kam er Rainolf doppelt so groß wie bisher vor.

»Sifnogur hat euch nicht geschickt. In einem solchen Fall wäre er sicher selbst gekommen. Raus mit der Sprache: Was wollt ihr wirklich hier?«

Die beiden jungen Männer blickten furchtsam zu dem berühmten Gladiator hoch. Sie hätten ihn nicht unterschätzen sollen. Nur weil er als harter Kämpfer galt, musste er ja noch lange nicht dumm sein. Im Gegenteil, er hatte sie beide rasch durchschaut und seinen Spaß daran gehabt, sie an der Nase herumzuführen.

Rainolf entschloss sich, ihm die Wahrheit zu sagen. Er

entschuldigte sich mit zerknirschtem Gesicht und erklärte den Grund für ihren Besuch.

Aramalf lauschte aufmerksam, ohne ihn zu unterbrechen. Dann nickte er bedächtig und strich sich über sein ausgeprägtes Kinn.

»Ich habe von Walrabans Festnahme gehört und war darüber sehr besorgt. Ich kenne ihn recht gut.«

Rainolf und Garawan blieb vor Verblüffung der Mund offen stehen. Aramalf blickte sie durchdringend an. Dabei zogen sich seine Augenbrauen eng zusammen. Rainolf lief ein Schauer über den Rücken, als er daran dachte, dass dies für viele Gladiatoren das Letzte gewesen war, was sie von dieser Welt gesehen hatten.

»Ich bin zwar hier in Colonia geboren und meine Mutter ist Ubierin, aber mein Vater war Bataver. Ich weiß als einer der wenigen, woher Walraban stammt. Unsere Väter sind im gleichen Dorf aufgewachsen. Walraban erfuhr vor einigen Jahren von meiner Herkunft und sprach mich in einer Taberna an. Dabei stellten wir fest, dass unsere Väter sich gekannt haben. Walraban erzählte mir von seinem Schicksal. Seitdem haben wir uns einige Male getroffen. Ich schätze ihn als aufrichtigen und scharfsinnigen Menschen.«

Walraban war in Bezug auf seine Vergangenheit immer sehr vorsichtig gewesen, doch wie sehr, verstand Rainolf erst jetzt. Sein älterer Freund hatte nicht einmal mit der Bekanntschaft des berühmten Gladiators geprahlt, um sich nicht zu verraten.

»Ihr hättet mir ruhig gleich sagen können, dass es um Walraban geht.«

»Wir konnten doch nicht ahnen, dass du mit ihm befreundet bist«, wandte Rainolf sich gegen den Tadel.

»Schon gut.« Aramalf nahm eines der Langschwerter und wirbelte es herum, als wäre es schwerelos. »Ihr vermutet also, dass die beiden Tenkterer sich hier versteckt halten?«

Rainolfs Ohren wurden rot vor Verlegenheit und er kam sich auf einmal wie ein Trottel vor. »Es erschien mir zumindest eine Möglichkeit. Aber es war wohl ziemlich töricht, anzunehmen ...«

»Die zwei Tenkterer sind hier«, unterbrach Aramalf ihn.

Die Köpfe der beiden Freunde fuhren ruckartig hoch.

»Was? Bist du sicher?«, fragte Rainolf aufgeregt.

»Ja, sie kamen gestern Morgen und fragten, ob sie in der Schule zu Gladiatoren ausgebildet werden könnten. Das ist nichts Ungewöhnliches, viele Germanen bewerben sich, um zu Geld und Ruhm in der Arena zu kommen. Es sind schließlich nicht nur Sklaven, die hier das Kämpfen erlernen, wie ihr sicherlich wisst. Da die beiden Tenkterer kampferprobt sind, wie sie mir bei einem Übungsgefecht demonstrierten, habe ich eingewilligt. Wie üblich erst einmal auf Probe. Wenn ich mit ihnen nicht zufrieden bin, kann ich sie rauswerfen. Umgekehrt können auch sie die Schule wieder verlassen, wenn sie es wünschen, aber die Bezahlung von fünf Denaren pro Kopf behalte ich dann trotzdem ein. Das ist ihr Risiko.«

»Sie haben zehn Denare bezahlt?«, fragte Garawan erstaunt.

»Das heißt, sie haben trotz der bei uns verlorenen Münzen noch genug gehabt, um die Schule zu bezahlen«, stellte Rainolf fest. »So viel Geld haben sie gewiss nicht aus ihrer Heimat mitgebracht. Irgendjemand hat es ihnen hier gegeben. Wo sind die beiden jetzt?«

»Sie sagten, sie wollten sich die Kämpfe in der Arena ansehen. Aber jetzt, da ihr es sagt, fällt mir auf, dass sie noch nicht wieder zurückgekehrt sind. Allein das wäre schon ein Grund, sie der Schule zu verweisen.«

»Sie werden bestimmt wieder herkommen, es ist das einzige sichere Versteck in ganz Colonia. Vielleicht treffen sie sich gerade mit ihrem Auftraggeber.«

»Dann werden wir ihnen hier einen heißen Empfang bereiten«, grinste Aramalf und ließ erneut kurz das Schwert kreisen, bevor er es zurückstellte.

Er winkte den beiden, ihm zu folgen. Die Galdiatoren auf dem Hof hatten ihre Übungen nicht unterbrochen. Aramalf lief weiter zurück zum Tor, wo die vierschrötige Wache stand. Auf der Straße herrschte dichtes Gewühl, viele Menschen drängten in die Taberna oder befanden sich auf dem Weg nach Hause. Es war bereits spät geworden und die Sonne stand tief.

Der blonde Hüne vor dem Tor sah den Ausbilder fragend an. »Tinglit, du kennst doch die beiden Tenkterer, die seit gestern hier sind?«, fragte Aramalf.

»Ja, Herr. Sie haben kurz vor dem Wagenrennen die Schule verlassen und sind seitdem nicht zurückgekehrt.«

»Gut, wenn sie wiederkommen, lässt du sie herein und tust so, als sei alles in Ordnung. Aber sobald sie eingetreten sind, verriegelst du die Tür. Sie dürfen die Schule nicht mehr verlassen.«

»Ja, Herr«, erwiderte Tinglit, ohne nach dem Grund für die Anweisung zu fragen.

Der Ausbilder wollte sich gerade wieder in das Gebäude begeben, als Garawan die zwei Tenkterer entdeckte. Sie gingen am Amphitheater vorbei auf die Schule zu. Die Sonne schien ihnen direkt ins Gesicht, sodass sie die Gruppe vor dem Eingangstor nicht erkennen konnten.

»Da sind sie«, rief Garawan aufgeregt und stieß Aramalf seinen Ellbogen in die Seite. Der erfahrene Gladiator zögerte keine Sekunde und stürmte auf die beiden Tenkterer zu. Tinglit, Garawan und Rainolf blieben ihm dicht auf den Fersen. Die zwei Tenkterer ergriffen sofort die Flucht. Ohne Rücksicht stießen sie jeden, der ihnen im Weg stand, zur Seite.

Sie rannten in eine enge Seitengasse, wo das Gedränge noch dichter war. An der nächsten Kreuzung rief der Narbige seinem Kumpan etwas zu, worauf sich die beiden trennten. Aramalf reagierte sofort und befahl Tinglit, dem einen Fliehenden nach rechts zu folgen, während er die linke Gasse nahm.

»Garawan, lauf du auch nach rechts, ich bleibe an dem Narbigen dran«, brüllte auch Rainolf.

Aramalf und Rainolf rannten, was sie konnten, doch der Abstand wollte nicht schrumpfen. Der Narbige verfügte über eine gute Kondition.

Die Jagd ging weiter durch das Häusergewirr und die engen Seitenstraßen. Kurz vor dem Tempel des Mars beging der Tenkterer jedoch einen entscheidenen Fehler. Ein Bauer zog einen kleinen, mit Äpfeln gefüllten Karren hinter sich her und kreuzte den Weg des Narbigen. Er hätte um den Bauern herumlaufen können, doch um Zeit zu sparen, setzte er zum Sprung an und blieb mit dem Fuß an dem Karren hängen. Im nächsten Moment war Aramalf hinterhergesprungen und stand neben ihm.

Der Tenkterer rappelte sich schnell hoch und riss, ohne zu zögern, sein Schwert aus der Scheide. Die Menschenmenge, die sich inzwischen um sie versammelt hatte, stob schreiend auseinander. Mit einer Drehung um die eigene

Achse schwang der Narbige die Waffe waagerecht nach dem Bauch des Angreifers. Doch Aramalf hatte in der Arena schon tausendmal ähnliche Situationen erlebt. Geschickt machte er einen Satz rückwärts und der Hieb ging ins Leere. Noch in der Bewegung zückte Aramalf einen Dolch, den er im Gürtel getragen hatte. Es war die einzige Waffe, die er mit sich führte. Im Vergleich zu dem Schwert des Tenkterers wirkte sie fast lächerlich. Erneut drang der Narbige auf Aramalf ein, wieder wich der geschickt aus. Nach drei weiteren vergeblichen Attacken hielt der Tenkterer keuchend inne. Lauernd standen sich die beiden gegenüber. Aramalf warf den Dolch spielerisch zwischen seiner rechten und linken Hand hin und her, damit sein Gegner sich nicht auf eine Seite einstellen konnte.

Rainolf suchte verzweifelt nach einer Möglichkeit, wie er Aramalf helfen konnte. Atemlos beobachtete er die Szene. Plötzlich stürzte sich wie aus dem Nichts der zweite Tenkterer durch die gaffenden Leute auf Aramalf. Dem Bärtigen war es anscheinend gelungen, Tinglit und Garawan abzuschütteln, und der Menschenauflauf hatte ihn ahnen lassen, dass sein Gefährte Hilfe benötigte. Aramalf befand sich nun in einer aussichtslosen Lage: Der Bärtige machte einen Satz nach vorn und ließ dabei sein Schwert von oben auf den Gegner sausen. Ein solcher Hieb war mit absoluter Sicherheit tödlich, wenn er den Kopf traf.

Aramalf drehte sich jedoch blitzschnell in den Schlagarm des Angreifers hinein, wodurch er den Schwung des Schwerthiebs von seinem Körper wegleitete. Dabei verlor der Gladiatorenausbilder zwar seine Waffe, doch er packte den Bärtigen nun von hinten mit einem eisenharten Griff und hob ihn hoch.

Rainolf hörte das trockene Knacken von Knochen. Aramalf hatte dem Tenkterer ein paar Rippen gebrochen. Vor Schmerz aufschreiend ließ der sein Schwert fallen. Der Gladiator benutzte den Mann nun wie einen Schild gegenüber dem Narbigen. Trotzdem erwischte ihn ein Schwertstreich am Oberschenkel. Blut schoss aus der Wunde. Es schien nur noch eine Frage von Augenblicken, bis der Narbige einen entscheidenen, tödlichen Hieb landen würde.

In dem Moment kam Rainolf eine Idee. »Die Wachen kommen!«, rief er aus vollem Hals.

Panisch blickte sich der Tenkterer um. Die dichte Menschenmenge versperrte ihm die Sicht. Aramalf reagierte sofort und warf den Bärtigen wie ein Spielzeug nach dem Narbigen. Beide Tenkterer stürzten zu Boden und der Geworfene fiel genau in das Schwert seines Gefährten. Ein fürchterlicher Schrei ertönte, der alle Umstehenden für einen Moment erstarren ließ. Nur der Narbige verlor seine Geistesgegenwart nicht. Er zog das Schwert aus dem Bauch seines Gefährten und stürmte durch die Menge, die sofort auseinander wich.

Aramalf fehlte die Kraft, ihm zu folgen. Rainolf kniete bereits neben dem schwerverletzten Tenkterer. Der krümmte sich und hielt die Hände vor den Bauch, als könnte er so den Blutstrom stoppen.

»Warum habt ihr den Quaestor umgebracht?« Beinahe verzweifelt schrie Rainolf den Liegenden an.

Dem Tenkterer lief das Blut aus dem Mund durch den struppigen Bart, während er versuchte, etwas zu sagen. Er brachte jedoch nur ein Röcheln zu Stande. Eine Hand senkte sich auf Rainolfs Schulter.

»Es ist zwecklos, er wird sterben«, erklärte Aramalf.

In diesem Moment bäumte sich der Todgeweihte noch einmal auf und packte Rainolf mit einer Faust am Hemd. Mit letzter Kraft hielt er sich fest und sah zu ihm hoch.

»Caligulas Rache wird euch vernichten!«, kamen die Worte deutlich aus seinem Mund.

Rainolf sah entsetzt auf den Mann hinab. Der Bärtige ließ ihn wieder los, hustete und spuckte Blut.

»Der Magister ...«, röchelte er. »Der Magister kennt keine Gnade.«

Dann brach sein Augenlicht. Der Mann war tot.

Entsetzt und verwirrt starrte Rainolf auf den Leichnam. Caligula! Was hatte der geisteskranke Kaiser, der als Schlächter berüchtigt gewesen war, mit dem Tenkterer zu tun? Und wer war der Magister?

Auch Aramalf blickte erstaunt, schüttelte dann aber den Kopf. »Der Kerl wusste nicht mehr, was er sagte. Caligulas Rache! Das ergibt doch keinen Sinn«, meinte er bestimmt.

In Rainolfs Gehirn ordneten sich die Gedanken nur langsam. »Woher kennt ein ungebildeter Krieger der Tenkterer den Namen Caligula? Ein Kaiser, der schon seit vielen Jahrzehnten tot ist? Nein, Aramalf, er wusste genau, was er sagte. Und er hat es ernst gemeint, wenn er uns noch im Sterben damit drohen wollte.«

Die Menschenmenge um sie herum redete lautstark und gestikulierte heftig.

»Wir sollten besser verschwinden«, drängte Aramalf, »bevor die Wache wirklich eintrifft. Im Zweifelsfalle sperren sie uns ein. Also, los!«

Niemand versuchte, die beiden aufzuhalten. Beinahe furchtsam machten die Leute Platz. Sie trafen kurz nach Garawan und Tinglit in der Gladiatorenschule ein. Die beiden hatten den Tenkterer verloren, als er durch einen überfüllten Laden gestürmt und durch eine Hintertür verschwunden war. Sie hatten noch eine Weile nach ihm gesucht, sich dann aber entschieden umzukehren.

Glücklicherweise hatte der Wundarzt seine Arbeit noch nicht beendet. Er legte Armalf einen Verband aus schmerzstillenden Kräutern an. Sie diskutierten während der Behandlung, wohin der Tenkterer geflohen sein könnte. Aramalf war davon überzeugt, dass der sich bereits über den Rhenus abgesetzt hatte. Rainolf hingegen vermutete, dass der Tenkterer noch einen Auftrag zu erfüllen hatte, sonst wäre er schon nach dem Mord an Aulus Gemellus zu seinem Volk zurückgekehrt.

Schließlich verabschiedeten sie sich von Aramalf. Für Rainolf war es höchste Zeit, sich zu Hause blicken zu lassen, sein Vater würde außer sich vor Sorge sein. Der Gladiatorenausbilder versprach ihm seine Hilfe, wenn er sie nochmal benötigen sollte.

Es dämmerte, als Rainolf den Laden erreichte. Er war erschöpft und niedergeschlagen. Er war Walrabans Freilassung keinen Schritt näher gekommen.

Sigolf sah das genauso wie sein Sohn: »Auch wenn ich für die beiden Tenkterer kein Mitleid empfinde, ist es doch für Walraban von Nachteil, dass einer der beiden gestorben ist. Nur lebend sind sie von Nutzen. Wir müssen den anderen Tenkterer finden. Ohne sein Geständnis ist Walraban dem Tod geweiht.«

Albträume quälten Rainolf in der Nacht. Er sah Walraban an ein Kreuz genagelt. Feuer umloderte ihn und Rainolf stand davor und schrie, dass Walraban unschuldig sei, doch niemand hörte ihm zu.

V. Tag

Schweißgebadet wachte Rainolf am nächsten Morgen auf. Das Pochen von Albuin an der Tür hatte ihn aus dem Schlaf gerissen.

»Dein Vater sagt, du sollst sofort runterkommen!«

Rainolf fühlte sich hundeelend, doch er zwang sich aufzustehen.

Wie üblich waren sein Vater und die beiden Sklaven schon bei der Arbeit. Rainolf begrüßte sie mit kraftloser Stimme. Sigolf erwiderte den Gruß nicht. Stattdessen deutete er mit dem Daumen hinter seinen Rücken. »Da wartet jemand auf dich.«

Auf einem etwas klapprigen Holzschemel saß ein Mann. Trotz seiner bereits schneeweißen Haare machte er einen vitalen Eindruck und strahlte eine eigenartige Ruhe aus. Sein Bart war sorgfältig gestutzt und seine teure Tunika ließ erkennen, dass er bei Sigolf keine Waren kaufen wollte. Jemand wie er bevorzugte exklusivere Geschäfte.

»Ich bin Trianides«, stellte er sich vor. »Julia, die Tochter meines Herrn Quintus Caius Justinus, schickt mich.«

Rainolfs Herz machte einen Freudensprung. Julia! Sie ließ schneller von sich hören, als er gehofft hatte.

»Bist du Rainolf?«

»Bis eben wäre ich es am liebsten nicht mehr gewesen, aber doch, genau der bin ich.«

Offensichtlich konnte Trianides der merkwürdigen Antwort nicht ganz folgen, deshalb fügte Rainolf rasch hinzu: »Was sollst du mir ausrichten?«

»Ich bringe keine Botschaft, sondern soll dich zum Praetorium begleiten.«

Rainolf zog verblüfft die Augenbrauen hoch. Was für eine Frau! Gerade erst hatte ihr Vater sie wieder eingefangen, schon setzte sie erneut ihren hübschen Dickkopf durch. Wenn sie nicht mehr draußen suchen durfte, holte sie sich einfach die Leute ins Praetorium.

»Was soll ich denn da?«

»Das entzieht sich meiner Kenntnis. Gehen wir?«

Trianides schien ungeduldig zu sein, wahrscheinlich spielte er nicht gern den Boten.

Sigolf hatte etwas abseits gestanden und so getan, als würde er die Bestände an Glasgefäßen kontrollieren, aber Rainolf war sich sicher, dass er jedes Wort mitbekommen hatte. Als Rainolf ihn nun fragend anblickte, nickte Sigolf. »Geh nur. Eine Einladung aus dem Praetorium sollte man nicht ausschlagen.«

Beim Verlassen des Ladens bemerkte er Farhild, die mit strahlendem Gesicht in der Küchentür erschienen war. Sie freute sich für ihren Bruder, dass er Julia wiedersehen würde, und hoffte natürlich auf Neuigkeiten über die Tochter des Prokonsuls.

Der Sklave legte ein strammes Tempo vor. Rainolf hatte Mühe, ihm zu folgen. Um Konversation zu machen, erkundigte sich Rainolf, woher er stamme.

»Aus Athena in Hellas.«

»Und was machst du im Praetorium?«

»Ich bin Julias Lehrer. Ich unterrichte sie in Philosophie, Rhetorik, Griechisch, Mathematik und Politik.«

»Politik?«, wiederholte Rainolf verblüfft. Das war höchst ungewöhnlich, da Frauen keine politischen Ämter bekleiden durften. Genau genommen war es schon ungewöhnlich, dass eine Frau überhaupt unterrichtet wurde.

»Natürlich, schließlich ist sie die Tochter des Prokonsuls.«

Als sie das Praetorium erreicht hatten, führte Trianides Rainolf zu seiner Überraschung nicht in den Trakt, der die Privatgemächer des Prokonsuls beherbergte, sondern bog nach rechts ab. Sie betraten eine sehr aufwändig gestaltete Halle. Statuen aus weißem Marmor standen in Nischen an den Wänden Spalier und der Boden bestand wie in dem Raum, den Rainolf schon kannte, komplett aus Mosaiken. Trianides durcheilte in seinem Stechschritt den Saal und öffnete eine hohe Doppeltür. Dahinter gelangten sie in einen langen Gang, dessen linke Seite den Blick auf ein Peristylium freigab. Mit Tierornamenten geschmückte Säulen stützten die Decke über ihnen.

Am Ende des Ganges blieb Trianides endlich stehen und klopfte an eine mit Bronze beschlagene Tür. Eine weibliche Stimme antwortete und der Grieche öffnete. In dem Zimmer befand sich nicht nur Julia, wie Rainolf erwartet hatte, sondern auch Silvius Claustrus.

Die Tochter des Prokonsuls lächelte den jungen Ubier an. Heute trug sie eine eng geschnittene Tunika. Der blaue Stoff bildete einen deutlichen Kontrast zu dem goldenen Gürtel, der ihre schlanke Figur betonte. Es fiel Rainolf schwer, nicht allzu auffällig auf ihre wohlgeformten Proportionen zu starren. Ihr Haar war am Hinterkopf hochgesteckt, nur einzelne Locken fielen seitlich des Gesichts herunter. Sie hatte ihre Lippen, Lider und Wimpern angemalt, eine Sitte, der auch zunehmend germanische Frauen verfielen. Farhild konnte sich stundenlang damit beschäftigen, sich mit irgendwelchen Farben zu schminken.

»Sei gegrüßt, Rainolf! Schön, dass du gekommen bist«, sagte sie und strahlte.

»Sei ebenfalls gegrüßt«, brachte Rainolf nur dümmlich vor, seine Stimme war belegt. Er räusperte sich verlegen.

»Ich habe Silvius Claustrus heute Morgen von deinen Nachforschungen erzählt, um ihm zu beweisen, dass du Recht hast und Walraban unschuldig im Kerker sitzt«, berichtete Julia. »Er möchte uns gern helfen.«

»Natürlich nur, soweit es in meiner Macht steht«, erkärte Silvius Claustrus. »Gibt es denn Neuigkeiten in dem Fall?«

Der Vize-Prokonsul reichte ihm die Hand und Rainolf beeilte sich, sie zu ergreifen. Sein Händedruck war so sanft wie sein Gesichtsausdruck. Der Römer deutete mit einer Hand auf einen Stuhl, der mit purpurnem Tuch bespannt war. »Setz dich, mein Freund. Möchtest du einen Becher Mulsum?«

Rainolf lehnte höflich ab.

»Du bist also immer noch davon überzeugt, dass dein Freund Walraban unschuldig im Kerker sitzt. Du und Julia«, Silvius Claustrus blickte lächelnd zu ihr wie ein gütiger Großvater, »seid sicher, dass zwei Tenkterer Aulus Gemellus umgebracht haben.«

Rainolf nickte heftig. »Ja, genau so ist es.«

»Und wir haben sogar die Stelle entdeckt, wo Aulus Gemellus getötet wurde«, mischte sich Julia ein.

»Du berichtetest mir bereits, dass das Verbrechen nicht am Ufer des Rhenus, sondern auf den Wiesen südlich der Stadt, wo dich Siazes fand, stattgefunden hat«, nickte Silvius Claustrus.

Bei der Erwähnung des riesigen Nubiers musste Rainolf kurz schlucken und hoffte, dass er ihn nicht nochmal treffen würde. Er hatte kein gutes Gefühl bei dem dunkelhäutigen Mann. »Genau. Dann schleppten sie die Leiche zum Rhenus und brachten sie mit einem Boot bis vor die Mauern der Stadt, wo sie dann am nächsten Morgen entdeckt wurde«, erklärte er.

Silvius Claustrus zog angesichts der neuen Information die Augenbrauen hoch. Auch Julia blickte Rainolf überrascht an.

»Aber warum haben diese Tenkterer Aulus Gemellus dorthin gebracht? Wäre es nicht viel eher in ihrem Interesse gewesen, wenn der Mord nicht so schnell entdeckt worden wäre?«, fragte der Römer.

»Das ist richtig und ich gebe zu, dass ich dafür noch keine Erklärung habe.«

Silvius Claustrus wirkte nachdenklich. »Du scheinst ja ein recht kluger junger Mann zu sein. Und du hast offensichtlich eine gewisse Bildung genossen.«

»Mein Vater legte Wert darauf, dass ich lesen und schreiben lerne. Außerdem hatte ich das Glück, das eine oder andere Pergament mit den Schriften von Philosophen und berühmten Rednern in Händen halten zu dürfen.«

»Ein belesener Germane!«, rief Silvius Claustrus aus, als hätte er ein exotisches Tier vor sich. »Ich finde deine Theorie sehr interessant. Hast du noch weitere Erkenntnisse über den Tod von Aulus Gemellus?«

Rainolf fühlte sich durch das Lob geschmeichelt, dennoch zögerte er, ihnen zu erzählen, dass er die Tenkterer gefunden und der eine kurz vor seinem Tod merkwürdigerweise von Caligula und einem Magister gesprochen hatte. Rainolf hätte dann erklären müssen, warum Aramalf ihnen geholfen hatte, und damit Walrabans brisante Herkunft verraten.

»Nur heraus damit, Rainolf, ich will dir gerne helfen, deinen Freund Walraban aus dem Kerker zu holen. Aber dafür musst du mir schon ein paar Beweise liefern.«

»Du kannst ihm vertrauen«, drängte Julia. »Wenn du ihm alles erzählst, kann er dem Aedilen Lucius Curilius Anweisungen geben, wie er weiter vorzugehen hat.«

Rainolf holte tief Luft und erzählte dann lediglich, dass er vom Tod eines der Tenkterer erfahren habe. Der Mann sei gestern bei einer Schlägerei umgekommen, über den Verbleib seines Gefährten nichts bekannt.

»Dann waren sie tatsächlich noch in der Stadt«, rief Julia aufgeregt aus.

»Ja, aber leider hilft uns die Leiche nicht weiter«, sagte Rainolf.

Silvius Claustrus nickte bedächtig. »Das hast du klug erkannt. Dass ein Tenkterer sich hier in Colonia aufgehalten hat, beweist gar nichts. Er könnte schließlich auch ein harmloser Händler gewesen sein. Der Iudex wird sich dadurch kaum von Walrabans Unschuld überzeugen lassen.«

»Ich habe aber noch etwas Interessantes entdeckt«, erklärte Rainolf und berichtete von seinem Verdacht, dass Aulus Gemellus mit einem kleinen Ruderboot aus dem Lager der Classis Germanica transportiert worden war. Seine Zuhörer schwiegen für ein paar Momente. Zu ungeheuerlich war die Anschuldigung, die er gerade ausgesprochen hatte.

»Weißt du, was du da sagst, junger Mann?«, fragte Silvius Claustrus in ernstem Ton.

»Ja. Aber ich sehe keine andere Möglichkeit. Aristoteles sagt, dass, wenn alle anderen Möglichkeiten ausgeschlossen werden können, zwingend die übrig gebliebene die richtige ist – auch wenn sie noch so unwahrscheinlich klingt.«

Rainolf konnte sich zwar nicht mehr erinnern, ob Aristoteles das in seiner Schrift über die Logik so gesagt hatte, aber er war sich sicher, dass er damit mächtig Eindruck schinden würde.

»Die Classis Germanica soll in den Mord verwickelt sein?«, wiederholte Julia ungläubig.

Rainolf hob abwehrend die Hände. »Ich habe nicht gesagt, dass die Classis Germanica darin verwickelt ist. Es sieht nur so aus, als ob eines ihrer Boote benutzt worden wäre.«

»Nur die Legionäre haben Zugang zu den Booten. Wenn ein Zivilist auch nur versuchen würde, eines zu stehlen, käme er nicht lebend aus dem Lager heraus«, erklärte Silvius Claustrus.

Julia stand ruckartig auf. Mit einer Miene, die keinen Widerspruch duldete, verkündete sie: »Trotzdem! Wir müssen Rainolfs Verdacht nachgehen. Silvius, stell Rainolf einen Passierschein aus, dass er sich noch heute im Lager der Classis Germanica umsehen darf! Ein Offizier soll ihm dort die Boote zeigen und er soll klären, ob eines in der Mordnacht benutzt worden ist.«

Rainolf wurde siedend heiß: Er sollte im Lager der römischen Armee herrumschnüffeln. Normalerweise kam kein Germane in das Lager hinein.

Auch Silvius Claustrus blickte Julia ein wenig überrascht an. Doch dann nickte er wieder mit seinem gütigen Lächeln.

»Ja, das ist eine ausgezeichnete Idee. Ich werde meinen Schreiber gleich veranlassen, ein entsprechendes Dokument anzufertigen.«

»Vielleicht kann Lucius Curilius mit in das Lager gehen«, überlegte Julia laut, doch der Vize-Prokonsul winkte sofort ab. »Nein, ich denke, unserer tüchtiger Aedil hat auch so genug zu tun. Wenn Rainolf etwas Wichtiges herausfindet, werden wir Lucius Curilius natürlich sofort darüber unterrichten.«

Rainolf beschlich das Gefühl, Silvius Claustrus wollte ihn, vor allem aber auch Julia abwiegeln. Als würde er der ganzen Geschichte in Wirklichkeit keinen Glauben schenken, der Tochter des Prokonsuls gegenüber jedoch nicht unhöflich sein wollen. Andererseits konnte Rainolf es ihm noch nicht einmal übel nehmen. Zu fantastisch und abwegig musste sein Bericht klingen, als dass ein erfahrener Beamter ihn ernst nehmen konnte.

Dennoch war die versprochene Unterstützung mehr, als Rainolf es sich hätte erträumen lassen. Er durfte frei und ungehindert im Lager weiterforschen.

Drohend ragte das befestigte Lager der Classis Germanica am Ufer des Rhenus empor. Julia hatte darauf bestanden, dass Rainolf sich umgehend auf den Weg machte. Also war er, nur mit der Vollmacht bewaffnet, losmarschiert und eine halbe Stunde später an seinem Ziel eingetroffen.

Das Römerlager umgaben eine hohe, mit Lehm verputzte Steinmauer und ein tiefer Graben. An jeder Ecke stand ein Wachturm. Auf der Rückseite befanden sich fünf lange Stege, an denen die Kriegsschiffe der Classis Germanica lagen.

Rund eintausend Marineinfanteristen waren normalerweise im Lager stationiert. Der Legatus Legionis der Classis Germanica, Marcus Dulcius Tivonius, befand sich allerdings seit zwei Wochen mit einigen Kohorten in Mogontiacum, wie Rainolf bekannt war. Dort gab es mal wieder Ärger mit den Markomannen. Sie hatten im Süden den Rhenus überschritten und in Germania Superior einige Dörfer überfallen. Der Winter war hart gewesen und die Vorräte der Markomannen waren aufgebraucht. Also holten sie sich bei ihren Nachbarn, was sie brauchten, um nicht zu verhungern. Die IX. Legion in Mogontiacum hatte die Classis Germanica zu Hilfe gerufen, weil sie befürchtete, dass die Markomannen noch weitere Beutezüge unternehmen würden.

Unschlüssig verharrte Rainolf in einigem Abstand vor dem geöffneten Doppeltor des Kastells. Dann fasste er sich ein Herz und ging auf die beiden Wachen zu. Sie versperrten ihm sofort mit gekreuzten Lanzen den Weg und fragten nach seinem Begehr. Rainolf zeigte ihnen die Vollmacht, die er von Silvius Claustrus bekommen hatte. Es war ihm klar, dass die zwei Legionäre nicht lesen konnten, aber das Siegel auf dem Pergament war klar und eindeutig.

Dennoch war ihnen die Sache nicht geheuer. Ein Germane, der mit einer Vollmacht des Vize-Prokonsuls herumlief! Die eine Wache rannte los, um kurze Zeit später mit einem breitschultrigen Centurio, der einen ausgeprägt kantigen Unterkiefer besaß, zurückzukehren. Der Offizier griff nach dem Pergament, während er Rainolf mit einem finsteren Blick musterte. »Wer bist du?«

»Ich heiße Rainolf und bin Sonderbeauftrager des Vize-Prokonsuls Silvius Claustrus.«

Ungläubig starrte der Centurio den Ubier an. Schließlich sagte er: »Folge mir.«

Im Lager standen lang gestreckte, steinerne Unterkünfte ordentlich nebeneinander aufgereiht. Rainolf war überrascht, wie sauber es hier war. Die Marineinfanteristen schienen im Vergleich zu den Legionären der regulären Armee sehr komfortabel untergebracht zu sein. Offene Türen erlaubten einen Blick auf die Inneneinrichtung, die Wände zierten sogar farbenprächtige Gemälde.

Die Soldaten, an denen sie vorbeiliefen, sahen ihm neugierig bis misstrauisch nach. Einige exerzierten auf dem staubigen Platz, andere übten sich im Kampf mit Trainingswaffen. Wieder andere bearbeiteten mannshohe Pfähle mit Hieben. Viele Legionäre waren jedoch mit alltäglichen Arbeiten beschäftigt: fegen, Kleider oder Geschirr waschen und Rüstungen ausbessern. Auf einem kleinen Platz mitten im Lager brodelte ein mächtiger Kessel, in dem ein schwitzender Legionär mit fettigen, pechschwarzen Haaren rührte. Offensichtlich handelte es sich um den Lagerkoch. Sogar zwei große Webstühle entdeckte Rainolf, an denen Soldaten Segel anfertigten.

Vor einem weiß gestrichenen Gebäude, das zusätzlich von einem Palisadenzaun umgeben war, blieb der Centurio stehen. Die Standarte der Classis Germanica war direkt vor dem Eingang in den Boden gerammt. Der vergoldete Adler blickte grimmig auf sie herab, darunter befand sich ein Abbild des Kopfes von Kaiser Hadrian. Sein Haupt krönte der obligatorische Lorbeerkranz.

Der Centurio befahl Rainolf, stehen zu bleiben und sich ja nicht vom Fleck zu rühren. Dann verschwand er im Gebäude. Es dauerte keine fünf Atemzüge, bis die Tür wieder aufflog und ein sehniger, hagerer Mann heraustrat. Für einen Römer war er ungewöhnlich groß. Auch wenn er nur die übliche Tunika der Soldaten ohne Rangabzeichen trug, stand außer Frage, dass es sich um den befehlshabenden Offizier des Lagers handelte. Sein Gesicht war sonnengebräunt und von zahllosen Falten durchzogen. Offensichtlich hatte er an Feldzügen in den südlichen Provinzen des römischen Imperiums teilgenommen. Rainolf fiel auf, dass der Mann über den gleichen bösen Blick wie der Adler auf der Standarte verfügte. Er fragte sich, ob der Offizier ihn eingeübt hatte, um seine Soldaten einzuschüchtern.

»Ich bin Gaius Pondus, der Praefectus Castrorum der Classis Germanica. Wie kommst du an diese Vollmacht?« Er wedelte mit dem Pergament vor Rainolfs Nase herum.

Der Ubier versuchte, einen möglichst selbstsicheren Eindruck zu machen. »Silvius Claustrus gab sie mir, um Nachforschungen hier im Lager anstellen zu können.«

»Du?«, fragte der Praefectus Castrorum völlig verdattert.

»Wenn du mir nicht traust, kannst du gerne jemanden ins Praetorium schicken, um nachzufragen. Allerdings glaube ich nicht, dass der Vize-Prokonsul allzu begeistert sein wird, wenn man seine schriftlichen Anweisungen in Zweifel zieht.«

Gaius Pondus sah mehrmals ungläubig zwischen dem Pergament und Rainolf hin und her. Schließlich ließ er die Schriftrolle sinken und fragte Rainolf nach seinem Namen. Bereitwillig antwortete der junge Ubier.

»Und in welcher Funktion bist du hier?«

»Als Sonderbeauftragter in einem Mordfall«, sagte er schnell und die Antwort kam ihm gar nicht mal gelogen vor.

»Dafür ist der Aedil Lucius Curilius zuständig.«

»Richtig, aber der ist zurzeit sehr beschäftigt. Deshalb hat man mich geschickt.«

Gaius Pondus gab sich einen Ruck. »Also gut, was willst du wissen?«

»Zunächst einmal möchte ich gerne eure Schiffe sehen.«

Der Lagerpraefect glaubte, sich verhört zu haben. »Die Schiffe?«

»Genau die, und zwar alle, die ihr habt.«

Kopfschüttelnd winkte er den Centurio heran. »Centurio Aurelius Dulcius, führe diesen Sonderbeauftragten zu den Schiffen und zeige ihm alles, was er sehen möchte.«

Er sprach das Wort ›Sonderbeauftragten‹ aus, als wäre es etwas Unanständiges. Der kräftige Centurio salutierte stramm und stapfte dann an Rainolf vorbei. Der junge Ubier folgte ihm eilig, während Gaius Pondus sich grußlos umdrehte und wieder sein Quartier betrat.

Der Weg führte sie quer durch das Lager und Rainolf versuchte, sich alles genau einzuprägen. Vielleicht war es irgendwann wichtig zu wissen, wie man hier schnellstmöglich wieder herauskam. Sie gelangten ohne Zwischenfälle bis zu den Stegen. Aurelius Dulcius machte eine ausladende Armbewegung. »Das sind alle unsere Schiffe, bis auf die, die zur Zeit in Mogontiacum liegen.«

Acht große Boote schaukelten mit gerafften Segeln vor sich hin. An dreien wurde gerade gearbeitet. Schreiner und Segelmacher turnten über die Planken und hingen in der Takelage, um das Material zu überholen. Die Rümpfe waren voluminös genug, um jeweils über einhundert Marineinfanteristen und die Schiffsbesatzung aufzunehmen.

Auf der südlichen Seite des kleinen Hafens war ein Steindamm aufgeschüttet, der die Strömung abhalten sollte. Am anderen Ende des Lagers war an einem kurzen Steg ein Ruderboot vertäut, das nur etwa vier oder fünf Leuten Platz bot.

Zur Verwunderung des Centurio steuerte Rainolf direkt auf das aus Buchenholz gefertigte Ruderboot zu, statt sich für die großen Schiffe zu interessieren.

»Wozu braucht ihr das Ruderboot?«, fragte Rainolf.

»Um die Planken der Schiffe von außen ausbessern zu können. Manchmal auch, um Fische für den Koch zu fangen.«

»Und wer benutzt es?«

Das war zu viel für Aurelius Dulcius. »Willst du mich zum Narren halten?«, herrschte er ihn an.

»Durchaus nicht. Mich interessiert, wer Zugang zu dem Ruderboot hat.«

Der Centurio schüttelte über so eine dämliche Frage den Kopf, drehte sich dann aber um und rief: »Laurentius!«

Rainolf folgte seinem Blick und nahm jetzt erst ein Bündel wahr, das sich nach dem Ruf plötzlich bewegte. Es handelte sich um einen Legionär, der, an ein Holzfass gelehnt, geschlafen hatte. Er erhob sich ächzend und versuchte zu salutieren, doch der Gruß fiel eher ungeschickt aus.

»Ave, Centurio!«

»Legionär Laurentius, erkläre dem Sonderbeauftragten Rainolf, wer das Ruderboot benutzt.«

Laurentius blickte Rainolf ungläubig an. Er war klein und für einen Legionär trug er etliche Pfunde zu viel am Körper. Seine gerötete Nase und Wangen ließen auf Trinkfreudigkeit schließen und seine Bewegungen waren eher plump. Aber in den kleinen Schweinsäuglein blitzte eine gewisse Listigkeit auf. Irgendwie war er Rainolf sofort sympathisch: Er schien sich um Vorschriften nicht zu scheren, sonst hätte er wohl kaum geschlafen.

»Das Ruderboot?«, fragte Laurentius, als hätte er die Frage nicht verstanden.

Rainolf nickte ihm aufmunternd zu.

Der Legionär kratzte sich am strubbeligen Kopf. »Ja, also den Kahn benutzen eigentlich nur ich und ein paar Kameraden, wenn wir die Schiffe von außen säubern müssen.«

Aurelius Dulcius grinste Laurentius bösartig an und baute sich vor ihm auf. »Das heißt, meistens ist es Legionär Laurentius, dem diese Strafarbeit auferlegt wird, weil er mal wieder im Dienst getrunken hat oder eingeschlafen ist.«

Der Angeschuldigte wiegte verlegen seinen rundlichen Schädel hin und her. »Och, das war doch nur ein Versehen, weil …«

»Du redest nur, wenn du gefragt wirst!«, blaffte der Centurio.

Laurentius versuchte, wieder Haltung anzunehmen, was ihm schwer fiel, weil eine Sandale nur lose am Fuß saß und er deshalb keinen festen Stand hatte.

»Ist das Boot vor vier Tagen nachts benutzt worden?«, wollte Rainolf wissen.

»Nachts? Nee, da darf hier keiner aus dem Lager raus«, erklärte Laurentius. Er warf einen kurzen Seitenblick auf den Centurio. »Außerdem ist es gefährlich, in der Dunkelheit auf dem Rhenus zu rudern. Es gibt dort Strömungen und Strudel.«

»So ist es«, bestätigte sein Vorgesetzter und wandte sich wieder dem Besucher zu. »Hast du sonst noch irgendwelche Fragen?«

»Nur noch eine: Haben Zivilisten zum Lager Zutritt?«

»Du meinst, außer den Sonderbeauftragten?«, fragte der Centurio spöttisch. »Nein, niemand.«

Rainolf hatte genug gesehen und zog es vor, möglichst rasch aus dem Lager zu verschwinden. Wortlos geleitete

Aurelius Dulcius ihn bis ans Tor. Auch er verzichtete, wie schon Gaius Pondus, auf einen Abschiedsgruß, vergewisserte sich aber, dass Rainolf auch wirklich das Lager verließ.

Ein wenig ratlos begab Rainolf sich auf den Weg zurück nach Colonia. Wenn Laurentius die Wahrheit sagte, war Rainolfs ganzes schönes Theoriegebäude krachend in sich zusammengefallen. Der Tenkterer blieb verschwunden und weit und breit ließ sich niemand finden, der in der betreffenden Nacht ein Ruderboot gefahren haben könnte.

Als Rainolf den Laden betrat, stürzte sich Sigolf sofort auf ihn und wollte wissen, was passiert war. Rainolf berichtete von der Audienz bei Silvius Claustrus und dem Besuch im Lager. Albuin und Baldwin sperrten Mund und Augen auf, während sie ihm lauschten.

Dass die Suche ergebnislos verlaufen war, stürzte auch Sigolf in deutliche Niedergeschlagenheit. Seine Schultern fielen nach vorn und sein Blick wurde düster.

»Sie wollen uns nicht helfen«, murmelte er.

»Wie meinst du das?«

»Die Römer fürchten uns Germanen, auch wenn sie unser Land besetzt haben und schon lange mit uns zusammenleben. Sie haben nie vergessen, wie fürchterlich die Wut der Germanen sein kann. Deshalb werden sie uns nichts sagen. Du warst der Feind, der sich in ihre Reihen geschlichen hat und sie plötzlich angreifen und erschlagen könnte. Und genau wegen dieser Furcht wollen sie auch Walraban hinrichten. Sie fürchten uns.«

Dann fuhr ein Ruck durch seinen Körper. Er befahl den beiden Sklaven, wieder an die Arbeit zu gehen, und auch Rainolf wurde angewiesen, zu helfen. Es war ein Tick Sigolfs, dass er ständig seine Waren neu ordnen und stapeln ließ. Diesmal diente es ihm jedoch mehr zur Ablenkung von den Sorgen um Walraban.

Zu allem Überfluss beehrte sie wenig später Rainolfs Großonkel Ansgisl mit seiner Anwesenheit. Er war der Bruder von Sigolfs verstorbenem Vater Halgard und konnte eine echte Nervensäge sein. Von Beruf war er Schuhmacher. In letzter Zeit lief die Werkstatt schlecht, was Ansgisl aber nie zugeben würde. Deshalb kaufte Sigolf ihm seine Lederschuhe ab, so konnte er ihm etwas Geld zukommen lassen, ohne dass es nach einem Almosen aussah. Der Alte wäre tödlich beleidigt gewesen, wenn man ihm ohne Gegenleistung Geld geschenkt hätte. Ansgisl fühlte sich als stolzer Ubier, ganz im Sinne seiner Vorväter.

Genau das war auch das Problem mit dem sonst eigentlich ganz umgänglichen Mann: Ansgisls Lieblingsthema war der Verfall der germanischen Sitten und der schädliche Einfluss der Römer. Alles, was auch nur ansatzweise nach römischer Erfindung roch, war ihm ein Gräuel. So hatte er ständig etwas an Sigolfs Waren zu kritisieren. Diesmal nahm Ansgisl, kaum dass er seinen Fuß über die Schwelle gesetzt hatte, eine römische Öllampe ins Visier, die verschämt an der Rückwand im obersten Fach eines Regals vor sich hin staubte.

»Dieses moderne Zeug benutzen die Römer nur, um uns noch abhängiger von ihnen zu machen«, grollte er los.

»Aber es ist doch sehr praktisch, denn eine Öllampe rußt nicht so stark wie eine Fackel«, wagte Sigolf einzuwenden.

Doch sein Onkel ließ sich nicht beirren. »Ah, da haben wir es doch schon! Sie zwingen uns damit, ihr verdammtes Öl zu kaufen. Sie nehmen uns nicht nur viel zu hohe Steuern ab, nein, sie pressen auch noch das letzte Geld aus uns heraus, um ihre dekadenten Villen und gotteslästerlichen Orgien in Rom zu finanzieren.«

Sigolf verdrehte die Augen. Zu seinem Glück betrat ein Kunde das Geschäft und er wandte sich ihm dankbar zu. Um den Gesprächspartner gebracht, kam Ansgisl auf Rainolf zu. Der tat fürchterlich beschäftigt und senkte seine Nase über eine Wachstafel, doch es half ihm nichts.

»Rainolf, du benutzt doch auch dauernd diesen Kram der Römer, nicht wahr?«

»Nur wenn ich unbedingt muss, Onkel Ansgisl«, redete er sich raus.

Rainolf hatte es schon lange aufgegeben, dem Alten zu widersprechen. Vor einiger Zeit hatte er ihm vorgeschlagen, wenn er sowieso alles Römische ablehne und in bester germanischer Tradition leben wollte, sollte er doch in ein Dorf in die Provinz ziehen, wo sie garantiert noch so hausten wie ihre Vorfahren. Zuerst war Ansgisl die Kinnlade heruntergeklappt, doch dann wetterte er los. So eine Frechheit hätte er sich in Rainolfs Alter niemals erlaubt, es zeuge vom Sittenverfall der Jugend, wie ihn die Römer ihnen vorlebten.

Es hatte Rainolf viel Mühe gekostet, ihn wieder zu beruhigen. Seitdem hütete er sich, mit Ansgisl zu diskutieren.

»Was sind das nur für Zeiten, in denen wir leben? Wo ein Germane sich nicht einmal mehr für eine erlittene Beleidigung rächen kann. Walraban hat völlig richtig gehandelt, den Quaestor zu töten«, schimpfte Ansgisl.

Rainolf fühlte einen kalten Schauer sein Genick herablaufen. Selbst sein Großonkel glaubte, dass Walraban den Mord begangen hatte. Wie sollte er da einem römischen Gericht klar machen, dass Walraban unschuldig war?

»Walraban hat ihn nicht umgebracht«, entgegnete Rainolf.

Zwar war Ansgisl schon ein wenig schwerhörig, doch er hatte ihn genau verstanden. Trotzdem tat er so, als habe er Rainolfs Einwand nicht vernommen. »Ich wünschte, wir könnten Walraban aus dem Kerker herausholen und dabei gleich die ganze Römerbrut in Stücke hauen. Dann wären wir sie endlich los und könnten wieder frei leben.«

Der Alte fuchtelte mit seinen ausgemergelten Armen in der Luft herum und redete sich immer mehr in Rage. Rainolf wusste, dass man ihn jetzt einfach toben lassen musste, dann würde er sich bald von allein wieder beruhigen. Der junge Ubier beschränkte sich darauf, gelegentlich zu nicken, während seine Gedanken ganz woandershin wanderten.

Warum hatte man ausgerechnet Tenkterer mit dem Mord beauftragt, überlegte Rainolf. In Colonia lief genügend Mordgesindel herum, sogar ubischer Herkunft. Für die gewaltige Summe von zwanzig Denaren hätten die sogar ganze Großfamilien komplett ausgelöscht. Warum also hatte jemand Tenkterer vom anderen Flussufer geholt?

Ansgisl war immer noch in Fahrt: »Was für Anführer haben die Römer denn schon vorzuweisen? Etwa den größenwahnsinnigen Nero, der sogar seine Mutter hat töten lassen? Oder den verrückten Caligula, den Schlächter?«

Rainolf erstarrte in der Bewegung. Mit einem Schlag konzentrierte sich seine gesamte Aufmerksamkeit wieder auf seinen Onkel. »Was hast du eben gesagt?«

Ansgisl sah seinen Großneffen wegen des plötzlichen Interesses etwas überrascht an. »Ich habe von Caligula gesprochen. Er ist das beste Beispiel, wie schlecht der Einfluss des dekadenten Roms auf einen Menschen ist. Caligula – das Stiefelchen – ist sein Spitzname, den ihm die Soldaten schon als Kind im Heerlager gegeben haben. In Wirklichkeit lautete sein Name Gaius Iulius Caesar Germanicus. Er war der Sohn des Germanicus, des Mannes, dem wir unsere Eroberung durch die Römer zu verdanken haben. Caligula wurde in Colonia geboren und wuchs hier auch auf. Bevor er nach Rom ging, war er ein anständiger, verantwortungsvoller Junge. Er sprach sogar fließend Germanisch. Doch dort, in ihrer sittenlosen Hauptstadt, verkam er zu dem Monster, als das er bis heute bekannt ist.«

»Caligula wurde hier geboren?«, fragte Rainolf erstaunt. »Das habe ich gar nicht gewusst!«

»Er kam in Colonia zur Welt. Aber dann ist die ganze dekadente Bande zum Glück wieder nach Rom abgezogen. Seine Schwester Aggripina haben sie schon mit dreizehn Jahren verheiratet. Sie hat nicht weniger als drei Ehen geführt und ...«, Ansgisl senkte die Stimme und reckte verschwörerisch den Hals vor, »... keiner ihrer Ehemänner starb eines natürlichen Todes. Der letzte war kein geringerer als Kaiser Claudius. Verrucht genug, denn er war ihr eigener Onkel.« Ansgisl verzog angewidert das Gesicht. »Alles Inzucht, sage ich dir. Sie hat Claudius überredet, ihren Sohn aus zweiter Ehe, Nero, als seinen Nachfolger anzuerkennen. Kaum war das geschehen, hat sie Claudius heimtückisch vergiftet.« Ansgisl fuchtelte wild mit dem Zeigefinger herum, als könne er Aggripina damit nachträglich noch anklagen. »Den eigenen Ehemann ermordet! Nur um ihren Sohn Nero zum Kaiser zu machen, den sie damals noch bevormundete, weil er minderjährig war. Sie war durchtrieben, sage ich dir. Sie sicherte sich die Macht im Imperium. Aber Aggripina hatte nicht bedacht, dass die Geisteskrankheit in ihrer Familie lag. Nero selbst hat sie schließlich umbringen lassen, weil er genauso machtbesessen und verrückt war wie seine Verwandten.« Er machte eine kurze Pause, ehe er schimpfend hinzufügte: »Und diesem tückischen Weib haben wir unsere Stadtrechte zu verdanken, auf die die Herren Decurionen heute so stolz sind.«

»Und Caligula?«, fragte Rainolf atemlos.

Ansgisl warf theatralisch die Arme hoch. »Caligula! Er war vielleicht der Schlimmste von allen. Kaum in Rom, wurde er der Günstling von Kaiser Tiberius. Nach dessen Tod hievte ihn der Praetorianerpraefect auf den Thron. Man sagt, dass er zunächst ein umsichtiger Herrscher gewesen sein soll. Aber dann schlug das unselige Erbe seiner Familie durch. Auch er war größenwahnsinnig. Willkürlich und heimtückisch. Er ließ unzählige Menschen töten, einfach weil es ihm Spaß machte. Er hielt sich selbst schließlich sogar für Jupiter.« Der alte Mann verdrehte die Augen, als könne er so viel Wahnsinn nicht fassen. »Dann hat ihn seine eigene Praetorianergarde ermordet. Aber ich sage dir, dahinter steckte niemand anderes als seine Schwester. Aggripina hatte früher schon einmal einen Anschlag auf ihn angezettelt. Caligula konnte es ihr jedoch nicht nachweisen, also hat er sie ins Exil geschickt. Aber ihr hinterhältiger Arm reichte weit. Bestimmt hat sie die Praetorianer bestochen, damit sie ihren Bruder umbrachten.« Ansgisl lachte plötzlich albern auf. »Man weiß gar nicht, wer von der Familie der Bösartigste war. Erst nach dem Selbstmord Kaiser Neros war auch der Letzte von der Brut tot. Seitdem herrscht Ruhe im Römischen Reich.«

»Es gab keine weiteren Nachfahren?«, vergewisserte sich Rainolf.

Sein Onkel zuckte abfällig mit den Schultern. »Wer weiß das schon? Jedenfalls ist mir niemand mehr zu Ohren gekommen, der das Erbe der Familie des Germanicus beansprucht hätte. Auch wäre so einer in Rom sowieso unerwünscht, aus Angst, eine neue Katastrophe könnte heraufbeschworen werden.«

Rainolf dachte angestrengt nach. Es gab also niemanden, der als Nachfahre Caligulas bekannt war. Trotzdem hatte der Tenkterer von der Rache Caligulas gesprochen. Wie könnte sich Caligula heute noch rächen? Und warum ausgerechnet an ihnen, den Germanen?

Eine Stunde vor Einbruch der Dunkelheit sperrte Sigolf das Geschäft zu. Rainolf verzog sich in seine Kammer und legte sich auf das Bett, um seine Gedanken zu sammeln. Was konnte er noch tun, um Walraban zu helfen? Eine Bittstellung beim Prokonsul um Begnadigung? Doch Quintus Caius Justinus hatte ihm unmissverständlich klar gemacht, dass er ihm den wahren Täter heranschaffen müsste, sonst würde Walraban als Mörder hingerichtet. Er konnte es sich nicht leisten, Walraban freizusprechen, selbst wenn an seiner Schuld Zweifel bestünden. Der Mord an einem römischen Beamten musste gesühnt werden, und zwar so schnell wie möglich. Nicht nur um den Germanen zu zeigen, dass Rom schnell und hart durchgriff, sondern auch weil die Römer in Colonia dem Prokonsul sonst Unfähigkeit vorgeworfen hätten. Das Gerichtsverfahren war eine politische Angelegenheit.

Julia tauchte wieder vor Rainolfs geistigem Auge auf. Wenigstens glaubte auch sie an Walrabans Unschuld. Aber letztendlich würde sie ihn auch nicht retten können. Rainolf fühlte sich ohnmächtig.

Plötzlich klopfte es an seiner Tür. Er sprang auf und öffnete. Albuin stand mit einer Öllampe in der Hand vor ihm.

»Da will dich jemand sprechen. Er wartet unten im Laden.«

Erstaunt folgte Rainolf dem Sklaven. »Allmählich nehmen die merkwürdigen Besuche für dich überhand«, brummte Albuin schlecht gelaunt.

Im Laden stand Baldwin mit einem Schwert und ließ den späten Besucher keinen Moment aus den Augen. Neben dem hünenhaften Sklaven wirkte der Mann geradezu wie ein Kind. Er trug einen schmutzig grauen Umhang über seiner rötlichen Tunika, doch Rainolf erkannte ihn sofort.

»Laurentius!«, rief er erstaunt aus.

Das rundliche Gesicht des Legionärs verzog sich zu einem breiten Grinsen. »Sei gegrüßt, Bevollmächtigter! Es hat mich eine ganze Weile gekostet, ehe ich in einer Taberna jemanden fand, der dich kannte und mir sagen konnte, wo du wohnst.«

»Was kann ich für dich tun?«, wollte Rainolf wissen.

»Ich wollte dir noch etwas mitteilen, was aber Centurio Aurelius Dulcius nicht hören durfte.«

»Und zwar?«

Statt einer Antwort schaute Laurentius sich interessiert im Laden um. Seine schwarzen Knopfaugen wanderten begehrlich über die Regale und Warenstapel. »Ihr habt wohl nicht etwas Wein hier?«

»Nein, leider nicht.«

Den teuren Wein aus Latium konnte Rainolf ihm nicht anbieten, sein Vater hätte ihm sonst die Ohren abgerissen. Doch ohne eine Gegenleistung würde der Römer seine Informationen nicht preisgeben, das war klar.

»Wie wäre es, wenn wir unser Gespräch in einer Taberna fortsetzen? Ganz hier in der Nähe ist der *Krähende Hahn*, dort gibt es hervorragenden Met aus einer eigenen Brauerei.«

Laurentius' Augen leuchteten. »Das ist eine gute Idee.«

»Nein, ist es nicht«, wandte Albuin ein. »Du weißt, dass dein Vater nicht will, dass du nachts allein das Haus verlässt.«

»Aber ich bin nicht allein«, widersprach Rainolf. »Ich habe einen Legionär als Schutz dabei.«

Albuin blickte ihn dümmlich an und wusste nicht, was er erwidern sollte. Bevor der Sklave auf die Idee kam, seinen Herrn zu wecken, schob Rainolf schnell Laurentius auf die Straße und versicherte dem Sklaven, bald zurück zu sein.

Die Taberna *Zum krähenden Hahn* war recht eng und meistens gut besucht, so auch in dieser Nacht. Es gab reichlich bemessene Portionen an Haferbrei, Brot, Fisch oder Schweineschnitzeln und der Met wurde ständig nachgeschenkt. Der Wirt Omertswin war auf die geniale Idee verfallen, die Getränke in schlanken Bechern, die genau in eine Hand passten, auszuschenken. Sie hatten die Form von Stangen und waren äußerst beliebt in den Tabernae in Colonia geworden. Kürzlich hatten es die berühmten und geschickten Glasbläser der Stadt sogar geschafft, diese Trinkgefäße aus Glas herzustellen.

Rainolf und Laurentius waren kaum eingetreten, als einer der Sklaven des Wirts ihnen ungefragt je einen Becher mit Met in die Hand drückte. Laurentius schnalzte anerkennend mit der Zunge. »Die Sitte gefällt mir.«

Er trank den Becher in einem Zug aus und wischte sich mit dem Handrücken über den Mund. »Ich muss schon sagen: Ihr in Colonia wisst zu leben. Ich bin in meinen neunzehn Jahren als Legionär weit herumgekommen, aber hier ist es fast so schön wie bei mir zu Hause. Die Menschen sind fröhlich und können feiern. Und eure Spiele im Amphitheater«, er stupste mit seinem dicken Zeigefinger gegen Rainolfs Brust, »sind beinahe so gut wie die im Colosseum in Rom.« Er winkte einem der Sklaven, um noch einen Becher zu bekommen. »Außerdem schmeckt der Met ganz ausgezeichnet und ...«, er kniff kumpelhaft ein Auge zu, »es gibt hier wunderschöne Weiber.« Er formte mit den Händen einen weiblichen Körper nach und lachte herzlich.

Eine Wolke von Metdunst schlug Rainolf entgegen. Er zog den Legionär in eine Ecke, wo sie auf zwei Holzschemeln Platz nahmen.

»Was willst du mir denn so Wichtiges mitteilen?«, fragte Rainolf erneut.

»Nicht so schnell, junger Freund. Da, wo ich herkomme, drunten in Latium, ist es Sitte, dass man für ein Geschenk ein Gegengeschenk erhält.«

Rainolf begriff, worauf Laurentius hinauswollte. Doch der junge Ubier verfügte kaum über Geld. Außerdem – vielleicht war die Information des Legionärs ja nichts wert.

»Hast du mir etwas über das Boot zu erzählen?«

Der alte Legionär lächelte nur viel sagend.

»Hör zu, Laurentius: Es geht um einen hinterhältigen Mord. Wenn du etwas Wichtiges zu sagen hast, dann sag es mir bitte jetzt.«

Wieder erntete Rainolf diesen spitzbübischen Blick.

»Weißt du, wovon ich träume?«, fragte Laurentius dann unvermittelt.

Der junge Ubier schüttelte den Kopf.

»Von einem kleinen Gehöft in der Nähe des Dorfes, aus dem ich stamme. Es ist wunderschön dort. Sanfte, grüne Hügel und ewig blauer Himmel. Die Winter sind mild, nicht so kalt wie hier. Und ein Wein wächst dort, ein Wein, sag ich dir ...« Er sah verträumt an die Decke. »Wir Legionäre bekommen dreihundert Denare Sold im Jahr. Seit neunzehn Jahren spare ich für dieses kleine Gehöft. Ich habe alle Meere befahren und fürchterliche Stürme erlebt, ich war in der Hitze von Numidia und im Regen von Britannia stationiert, habe Verwundungen und Krankheiten erlitten, aber ich habe alles überlebt. Es dauert nur noch ein Jahr, dann ist mein Wehrdienst vorbei. Sicher weißt du, dass die Legionäre als Abschiedsgeschenk oft ein Stück Land bekommen. Meistens in der Gegend, wo sie zuletzt stationiert waren. Nichts gegen Colonia, wie gesagt«, er blickte sich um und beugte sich dann zu Rainolf vor, »aber ich will dahin zurück, wo meine Vorfahren lebten. Ich möchte mir dort eine Frau nehmen und endlich eine Familie gründen. Dann werde ich Wein anbauen. Und mir fehlt nur noch wenig Geld, um mir das Gehöft leisten zu können.«

Laurentius hatte offensichtlich Heimweh. Fast empfand Rainolf Mitleid mit dem Mann, der so fröhlich lachen konnte.

»Ich würde dir deine Information bestimmt belohnen, aber ich habe selbst kein Geld. Ich versuche, meinen Freund Walraban vor dem sicheren Tod zu bewahren. Ihm wird vorgeworfen, Aulus Gemellus umgebracht zu haben, aber er war es nicht. Ich glaube, dass ich seine Unschuld beweisen kann, doch dafür muss ich wissen, ob jemand in jener Nacht das Ruderboot aus eurem Lager benutzt hat.«

Laurentius schaute den Ubier lange und prüfend an. Er hatte bereits drei Becher Met geleert, aber als ein Sklave ihm nun den nächsten brachte, griff er nicht gleich danach. Der dickliche Legionär hatte die Stirn kraus gezogen und überlegte. Schließlich seufzte er laut und setzte den Becher an.

Anschließend stellte er ihn so vorsichtig zurück, als sei er leicht zerbrechlich.

»Du bist ein guter Mensch«, sagte er, »so etwas ist heutzutage selten geworden. Du würdest alles geben, um deinem Freund zu helfen.«

Das war keine Frage an Rainolf, sondern eine Feststellung. Laurentius beugte sich über den Tisch und kam ganz nah an das Ohr seines Gegenübers.

»Das Ruderboot ist in der betreffenden Nacht heimlich benutzt worden.«

Rainolf wäre am liebsten jubelnd aufgesprungen. Stattdessen fragte er ebenfalls im Flüsterton: »Woher weißt du das?«

Laurentius zeigte wieder sein ansteckendes Grinsen. »In unserem Lager gibt es selten Wein. Also muss man ihn sich beschaffen. Durch die Tore kommt keiner ungesehen. Aber am Wasser passt nie jemand auf. Die Lagermauer reicht gerade bis an den Rhenus heran. Wenn man direkt am Steg, wo das Ruderboot liegt, in den Fluss watet, steht man nur bis zur Hüfte im Wasser und kann am Turm vorbeischleichen, ohne dass die Wachen einen sehen. Noch sicherer wäre es zwar, im tiefen Wasser vom Ende des Stegs aus das Lager zu verlassen, aber leider habe ich nie schwimmen gelernt. Und wenn es eine andere Möglichkeit gäbe, würde ich nie freiwillig ins Wasser gehen, dafür habe ich viel zu viel Angst vor dem Ertrinken. Der Rhenus kann sehr gefährlich sein.«

»Du bist bei der Classis Germanica und kannst nicht schwimmen?«, brach es spontan aus Rainolf heraus.

»Meinst du, ich habe es mir aussuchen können, wo ich in der Armee hinkomme?«, grollte Laurentius.

Rainolf bedauerte seinen Ausbruch sofort und hoffte, dass er den Legionär nicht zu sehr verärgert hatte. Ein weiterer Becher Met landete vor Laurentius auf dem Tisch. Er nahm erneut einen tiefen Schluck, ehe er weitersprach. »In jener Nacht kehrte ich gerade wieder durch den Fluss mit einer Amphore guten gallischen Weins ins Lager zurück, als ich plötzlich merkwürdige Geräusche hörte. Ich duckte mich unter den Steg und vernahm gleich darauf Schritte über mir. Es waren vier Männer und sie trugen eine schwere Last. Sie stiegen in das Ruderboot und hievten etwas an Bord. Ich konnte zunächst wegen der Dunkelheit nicht genau erkennen, was es war, aber dann kam der Mond für einen Moment hinter den Wolken hervor. Junge, ich habe schon eine Menge Tote auf dem Schlachtfeld gesehen, aber so wie der Dicke zugerichtet war ...« Er schüttelte fassungslos den Kopf. »Dem haben sie glatt die Eingeweide herausgerissen.«

Rainolf erinnerte sich mit Schaudern an den Anblick der Leiche. »Wer war es?«, fragte er atemlos. »Wer hat Aulus Gemellus ins Boot geschleppt?«

Laurentius zuckte bedauernd mit den Achseln. »Ich habe die Männer leider nicht richtig sehen können.«

Ein leiser Fluch entfuhr Rainolf und er warf enttäuscht den Kopf in den Nacken.

»Bis auf einen«, fügte Laurentius hinzu.

Rainolf saß wieder kerzengerade und starrte den Legionär an.

»Einer ist mir nur zu vertraut, als dass ich ihn nicht selbst mitten in der Nacht erkennen würde.«

Er legte eine Kunstpause ein. Rainolf wippte mit dem Schemel nervös vor und zurück.

»Gaius Pondus«, hauchte Laurentius.

Rainolf fiel bei der Erwähnung des Namens rückwärts mit dem Schemel um. Die Gäste in der Nähe sahen sich nach ihm um, einige lachten schallend über sein Missgeschick. Rainolf rappelte sich so schnell wie möglich wieder auf. Atemlos beugte er sich über den Tisch.

»Bist du dir absolut sicher?«, flüsterte er.

»Natürlich!« Laurentius klang fast beleidigt, dass Rainolf an seinen Worten zweifelte. »Ich hatte zu dem Zeitpunkt ja noch gar keine die Gelegenheit gehabt, von dem köstlichen Wein zu probieren, und war völlig nüchtern. Gaius Pondus hat mir für einen Augenblick sein Gesicht zugewandt und ich dachte schon, er hätte mich entdeckt. Es war unser verdammter Lagerpraefect, da schwöre ich jeden Eid drauf. Das ist ein Menschenschinder, sage ich dir. Sicherlich behandelt kein römischer Offizier seine Legionäre sonderlich gut – damit die Truppe nicht verweichlicht –, aber Gaius Pondus kennt absolut keine Gnade. Oft übernimmt er selber die Bestrafung mit der Vitis, und zwar so lange, bis sie entzweibricht. Die Kameraden sind danach mehr tot als lebendig. Auch ich habe schon seine Wutausbüche zu spüren bekommen.« Er zog einen Ärmel hoch und deutete auf ein paar schlecht verheilte Narben, die seine Arme verunzierten.

»So viel Schufterei und Bestrafungen wie bei ihm habe ich noch nicht einmal in der afrikanischen Wüste erlebt. Soll ich dir mal die Geschichte erzählen, als ich mit meinen Kameraden in Nubia bei sengender Sonne fünf Tage lang durch den Sand ...«

»Wann kamen sie zurück?«, unterbrach Rainolf den redseligen Legionär.

Der geriet aus dem Konzept und blickte den Ubier einen Moment irritiert an.

»Weiß nicht genau«, meinte er schließlich und kratzte sich am Kopf. »Ich habe hinter den Wasserfässern in der Nähe des Stegs gelegen und gewartet, ob noch etwas passiert. Erst als ich die Amphore fast leer hatte, kam Gaius Pondus wieder angerudert. Allein.«

»Allein?«, wiederholte Rainolf verwundert.

»Ja. Muss ganz schön mühsam gewesen sein, alleine gegen den Strom zu rudern. Dass sich der alte Menschenquäler selber so was antut. Und danach hat er auch noch das ganze Blut aus dem Boot gewaschen, aber da habe ich mich dann unauffällig in den Schlafsaal verdrückt.«

Das hieß, die drei Helfer von Gaius Pondus waren vor den Toren der Stadt von Bord gegangen, überlegte Rainolf. Bei zwei der vier Männer handelte es sich höchstwahrscheinlich um die Tenkterer, einer war der Lagerpraefect, doch wer war der vierte? Und was hatte Gaius Pondus, einer der höchsten Offiziere in Colonia, für einen Grund, sich an dem Mord an einem Quaestor zu beteiligen?

Plötzlich wurde Rainolf klar: Ab jetzt drohte ihm auch tödliche Gefahr durch Gaius Pondus. Er hatte dem Offizier höchstpersönlich mitgeteilt, dass er versuchte, einen Mord aufzuklären. Dass es dabei um Aulus Gemellus ging, konnte sich der Lagerpraefect an den Fingern einer Hand abzählen. Und wie wenig ihm ein Menschenleben wert war, hatte er gerade von Laurentius erfahren. Rainolf fühlte, wie sich der Met aus den Tiefen seines Magens nach oben kämpfen wollte.

»Was ist los, Jungchen? Du siehst so blass aus«, erkundigte sich Laurentius besorgt. Sein Blick fiel auf den noch fast vollen Becher Met vor Rainolf. »Ah, verstehe, du bist das Trinken nicht gewohnt. Keine Sorge, ich helfe dir.«

Ehe Rainolf etwas erwidern konnte, hatte sich der Legionär den Becher geschnappt und ausgetrunken. Es war Rainolf egal. In dem Moment hätte er sowieso keinen Tropfen mehr hinunterbekommen. Schweiß stand ihm auf der Stirn.

»Warum lässt sich Gaius Pondus in den Mord an Aulus Gemellus verwickeln?«, fragte Rainolf, ohne eine Antwort zu erwarten.

Der Legionär zuckte die Schultern. »Keine Ahnung. Vielleicht hatten sie Streit gehabt und unser Lagerpraefect hat den Quaestor aus Wut erschlagen.«

Das war eine sehr unwahrscheinliche Erklärung, denn dazu hätte Gaius Pondus wohl kaum den Dolch von Walraban gebraucht. Aber Rainolf wollte Laurentius gegenüber keine Einzelheiten ausplaudern. Je weniger der Legionär weiß, desto besser für ihn, dachte Rainolf. Er erhob sich schwerfällig und reichte dem Römer die Hand. »Eine Frage noch: Hast du sonst noch jemandem davon erzählt?«

»Bist du verrückt? Ich bin doch nicht lebensmüde. Wenn ich im Lager behaupten würde, dass Gaius Pondus einen Mord begangen hat, wäre ich am nächsten Tag tot. Dir habe ich nur davon berichtet, weil niemand wissen kann, dass du es von mir gehört hast.«

»Ich bin dir sehr dankbar für die wertvolle Information. Leider muss ich jetzt gehen. Wenn ich dir irgendwie danken kann, dann lass es mich wissen.«

»Keine Ursache. Ich komme mal vorbei. Vielleicht habt ihr ja eine gute Amphore Wein in eurem Laden für mich übrig.«

Rainolf versprach, den besten für ihn zurückstellen zu lassen, und eilte in die Nacht hinaus.

Endlich kam etwas Licht ins Dunkle. Allerdings konnte Rainolf es kaum glauben: Ein römischer Offizier hatte sich mit tenkterischen Handlangern verschworen. Und er wusste immer noch nicht, warum der Quaestor hatte sterben müssen. Morgen würde er Julia und Silvius Claustrus aufsuchen, um ihnen von den umwerfenden Neuigkeiten zu berichten. Dann würden sie Gaius Pondus zum Praetorium zitieren und der widerliche Lagerpraefect würde alles gestehen müssen, frohlockte Rainolf. Er sah Walraban bereits in Freiheit.

Ohne Zwischenfälle gelangte er nach Hause, niemand hatte ihn verfolgt. Sigolf war wohl übervorsichtig, um nicht zu sagen hysterisch, wegen möglicher Angreifer, fand sein Sohn.

Albuin schob Wache und blickte Rainolf erleichtert entgegen. »Was wollte der kleine Legionär?«, fragte er neugierig.

Rainolf grinste den Sklaven an. »Ich denke, wir können bald auf Walrabans Freilassung trinken.«

Er ließ den verdutzten Sklaven stehen und begab sich in sein Bett. Das erste Mal seit Langem schlief er mit einem ruhigen Gefühl ein.

VI. Tag

Wieder weckte der vermaledeite Hahn Rainolf am nächsten Morgen. Doch ausnahmsweise hegte er keine Rachegelüste gegen das krähende Federvieh, sondern er sprang munter aus dem Bett. Rainolf vergaß beinahe, seine Hose anzuziehen, stürmte in den Laden, wo er schon seinen Vater vorfand, und erzählte ihm voller Stolz von den Ereignissen der gestrigen Nacht. Als er geendet hatte, blickte sein Vater entgegen Rainolfs Erwartungen nicht freudig erregt, sondern sehr ernst.

»Das ist eine schwerwiegende Anschuldigung, Rainolf. Wenn wir wenigstens den Tenkterer zu fassen bekämen, wäre der Prokonsul bestimmt dazu bereit, ihn anstatt Walraban vor Gericht zu stellen. Doch einen Römer, noch dazu den Lagerpraefecten anzuklagen, ist eine ganz andere Sache. Dass Gaius Pondus die Tat leugnen wird, steht wohl außer Frage. Und was für Beweise hast du? Die Aussage eines trunksüchtigen Legionärs. Wem wird das Gericht wohl eher glauben: ihm oder Gaius Pondus?«

Sigolf hatte Recht, Rainolf war auf den Boden der Tatsachen zurückgeholt worden. Er nickte zerknirscht, gleichzeitig arbeitete sein Gehirn unermüdlich.

»Vor Gericht mag uns Laurentius momentan wenig helfen. Aber vielleicht nützt es, wenn ich die Informationen Julia und Silvius Claustrus mitteile. So könnten wir doch noch etwas erreichen.«

Sigolf dachte nach. »Das solltest du in der Tat tun«, bestätigte er schließlich. »Es bestünde die Möglichkeit, dass Silvius Claustrus dir Glauben schenkt und den Aedilen Lucius Curilius zur Befragung von Gaius Pondus schickt. Es wäre interessant zu sehen, wie er auf die Anschuldigungen reagiert.« Er holte tief Luft und fuhr sich mit den Händen durch die Haare. »Aber erst werden wir zusammen frühstücken. Farhild hat schon Brot und Ziegenmilch aufgetischt.«

Nachdem Rainolf sich gestärkt hatte, machte er sich mit Baldwin als Begleitschutz auf zum Praetorium. Sigolf hatte seinen Sohn vorher noch heftig gerügt, weil er allein zum *Krähenden Hahn* gegangen war, und nun ließ ihn seine Sorge über die Sicherheit seiner Familie sogar die Arbeitskraft von Baldwin für ein paar Stunden entbehren. Rainolf wagte nicht zu widersprechen.

In der Nacht hatte es geregnet. Der Geruch nach feuchter Erde lag in der Luft. Als sie den Decumanus erreichten, kam ihnen Agilad entgegen. Für ihn war es eine ungewöhnlich frühe Stunde, schon unterwegs zu sein.

»Sei gegrüßt, alter Freund«, schallte es Rainolf entgegen. Den neben ihm stehenden Baldwin würdigte Agilad allerdings keines Blickes. Aus dem Haus seines Vaters war er es gewohnt, Sklaven zu behandeln, als seien sie nicht anwesend.

»Ich wollte gerade zu dir. Wohin führt dich so früh dein Weg?« Das ebenmäßige Gesicht Agilads strahlte, als könnte er kein Wässerchen trüben, und seine blauen Augen sprühten geradezu vor Freude.

»Ich habe was zu erledigen«, brummte Rainolf kühl. Er war immer noch verärgert wegen Agilads gleichgültiger Reaktion auf Walrabans Verhaftung.

»Lass uns ein paar Schritte zusammen gehen.« Agilad legte ihm den Arm um die Schulter und zog ihn mit sich. »Der Grund meines Besuchs ist, dass ich dich gerne heute Abend auf eine Feier in unser Haus einladen möchte. Es kommen ein paar gute Freunde. Außerdem«, er zwinkerte Rainolf verschwörerisch zu, »werden reichlich wunderschöne Mädchen anwesend sein.« Wieder ließ er sein fröhliches Lachen ertönen, wegen dem viele der eben erwähnten Mädchen ins Schwärmen gerieten.

Es war sicherlich eine nette Geste, ihn einzuladen, aber da Agilad solche Feiern beinahe monatlich abhielt, wunderte es Rainolf, dass er sich die Mühe machte, ihn noch so kurzfristig aufzusuchen. Vielleicht hatte Agilad ja doch ein schlechtes Gewissen, weil er sich neulich so unhöflich gegenüber den Sorgen seines Freundes benommen hatte?

Dennoch war Rainolf zu stolz, sofort zuzusagen. Er zierte sich, gab dann aber doch nach und sagte sein Erscheinen zu. Agilad schlug ihm mit der flachen Hand freudig auf die Schulter und verabschiedete sich.

Rainolf blickte ihm stirnrunzelnd nach: Welch merkwürdige Stimmungsschwankungen Agilad manchmal überfielen.

Rainolf ließ Baldwin auf der gegenüberliegenden Seite des Praetoriums zurück. Er beauftragte den Sklaven, die Gegend auf mögliche Verfolger zu beobachten. In Wirklichkeit wollte er ihn nicht bei einem Treffen mit Julia dabeihaben. Baldwin würde sonst alle Einzelheiten und ein paar eigene Fantasien in der Familie weitertratschen, und das konnte Rainolf überhaupt nicht leiden.

Die Wache vor dem Praetorium sah Rainolf an, als wolle sie ihn gleich in Stücke hauen. Der Legionär – ein junger Kerl – glaubte dem Ubier offensichtlich nicht, dass Silvius Claustrus ihn kannte. Erst jetzt fiel Rainolf ein, dass er die Vollmacht des Vize-Prokonsuls zu Hause hatte liegen lassen. Als er daraufhin noch Julia, die Tochter des Prokonsuls, erwähnte, erschien der Ubier dem Legionär endgültig verrückt. Doch die Hartnäckigkeit des Besuchers bewegte die Wache schließlich, wenigstens nach Trianides zu schicken.

Julias giechischer Lehrer erschien nach einer schier endlos langen Zeit. Er sah Rainolf ein wenig erstaunt an. »Sei gegrüßt, Rainolf. Welches Begehr hast du?«

»Ich muss unbedingt mit Silvius Claustrus sprechen.«

»Mein junger Freund, der Vize-Prokonsul ist ein viel beschäftigter Mann. Wenn du keinen Termin mit ihm ausgemacht hast, ist es kaum möglich, mit ihm zu reden.«

»Was ist mit Julia? Hat sie Zeit für mich? Es ist wirklich sehr wichtig.«

Trianides weißer Bart kräuselte sich amüsiert. »Nun, wenn es so dringend ist, dann wollen wir sehen, was sich machen lässt.«

Er gab dem wachhabenden Legionär einen Wink. Der junge Soldat trat zur Seite, jedoch nicht ohne Rainolf noch einmal skeptisch zu mustern. Rainolf konnte sich ein Grinsen nicht verkneifen.

Sie trafen Julia im Atrium neben einem kleinen Teich mit goldfarbenen Fischen, wie Rainolf sie noch nie gesehen hatte. Ein Springbrunnen in der Gestalt von Neptun sorgte für die Wasserzufuhr. Mosaike von Meerestieren und Schiffen zierten den Boden. Auf beiden Seiten standen Säulen und an den Wänden leuchteten farbenfrohe Malereien.

Julia schenkte Rainolf ein bezauberndes Lächeln. »Sei gegrüßt! Welch freudige Überraschung.« Sie bedeutete Rainolf, sich auf eine der Steinbänke zu setzen. »Du kommst genau im richtigen Augenblick, Trianides war gerade dabei, mich mit unglaublich langweiligen Texten von Platon zu quälen.«

»Diese Texte gehören zu den wichtigsten Grundlagen der Philosophie, junge Dame«, ermahnte der Lehrer seine Schülerin streng. »Und lesen wirst du sie trotzdem müssen.«

Sie winkte ab. »Schon gut, aber nicht mehr heute. Lass uns lieber anhören, was Rainolf zu berichten hat.«

Der junge Ubier rutschte verlegen auf der Bank herum. Eigentlich war seine Botschaft nicht für die Ohren von Trianides bestimmt, schließlich war sie sehr brisant.

Julia verstand seine nervösen Blicke in Richtung ihres Lehrers sofort. »Keine Sorge, Trianides ist in alles eingeweiht. Ich habe keine Geheimnisse vor ihm, ich kenne ihn schließlich schon seit meiner Kindheit.«

»Gut, denn was ich zu sagen habe, ist nicht sehr erfreulich. Ich habe einen Zeugen gefunden, der beobachtet hat, wie die Leiche von Aulus Gemellus vom Lager der Classis Germanica in einem Boot weggeschafft worden ist. Einen Legionär namens Laurentius.«

Zwei Augenpaare starrten Rainolf gebannt an. Er holte tief Luft. »Es waren vier Männer. Drei konnte der Legionär nicht erkennen, aber er schwört, dass es sich bei dem vierten um Gaius Pondus, den Lagerpraefecten, gehandelt hat.«

Julia sprang von ihrem Stuhl auf. »Das kann nicht sein«, rief sie aufgebracht. »Ein römischer Offizier begeht keinen heimtückischen Mord!«

Trianides blieb erstaunlich ruhig. Er sah seine Schülerin beinahe mitleidig an. »Verzeih, wenn ich dir widerspreche, Julia«, entgegnete er in leicht spöttischem Ton, »aber in Rom ist es leider an der Tagesordnung, dass sich Mitglieder der besten Gesellschaft gegenseitig heimtückisch umbringen. Sei es mit der Waffe oder durch Gift. Und viele dieser Morde werden nie aufgeklärt, weil mächtige Männer sie vertuschen. Auch wenn wir nicht mehr in den wirren Zeiten eines Kaisers Nero leben, so ist man nie vor Anschlägen sicher, weder in Rom noch hier.«

Rainolf hatte davon gehört, dass sich gebildete Sklaven – gerade die aus Griechenland – gegenüber ihren Besitzern viel herausnahmen. Es gab Gegenden auf der Welt, da wären solche Bemerkungen einem Todesurteil gleichgekommen, auch wenn sie der Wahrheit entsprachen.

Julias Gesicht war rot angelaufen vor Aufregung. »Aber Trianides, bedenke, was es bedeuten würde, wenn es wahr wäre: Der Praefectus Castrorum der Classis Germanica der feige Mörder eines Quaestors! Und sein Vorgesetzter, Marcus Dulcius Tivonius, befindet sich mit der Hälfte der Truppe zurzeit in Mogontiacum. Ich kenne Marcus gut, er ist ein Freund meines Vaters. Er würde Gaius Pondus in Stücke reißen.«

Rainolf fand es an der Zeit, seine eigenen Bedenken vorzutragen. »Bislang haben wir nur die Aussage eines Legionärs. Ich fürchte, die wird nicht reichen, weil Gaius Pondus die Tat sicherlich leugnen wird.«

Julia beruhigte sich ein wenig und überlegte. Dann sagte sie: »Mein Vater ist heute Morgen nach Novaesium aufgebrochen und wird erst in drei Tagen zurückerwartet. Vorher kann ich ihm nicht von deinen Neuigkeiten erzählen.«

Die Nachricht traf Rainolf wie ein Schlag. Quintus Caius Justinus war für ihn so etwas wie ein Garant für Walrabans Unversehrtheit, so absurd das auch klang. Aber immerhin stand der Prokonsul seinen Bemühungen wohlgesonnen gegenüber. Wenn er nicht in Colonia weilte, konnte das für Walraban eine Katastrophe bedeuten.

»Warum ist er weg?«, fragte Rainolf.

Julia zögerte und suchte den Blickkontakt zu Trianides, ehe sie antwortete. »Es gibt Gerüchte, dass auf der anderen Seite des Rhenus Truppenbewegungen im Gange sind. Anscheinend versammeln sich die Tenkterer in großen Gruppen. Niemand weiß zwar, was sie vorhaben, aber mein Vater nimmt es sehr ernst. Deshalb will er die Legion in Novaesium in Alarmbereitschaft versetzen.«

»Solange der Prokonsul nicht zurückgekehrt ist, sollte der ungeheuerliche Verdacht gegen den Lagerpraefecten besser nicht ausgesprochen werden«, riet Trianides und sah Rainolf dabei durchdringend an. »Du würdest deine eigene Sicherheit auf das Spiel setzen, weil keiner da ist, der seine schützende Hand über dich hält«, warnte er.

Julia stimmte zu: »Trianides hat Recht: Es wäre klüger, zu warten. Das Einzige, was du tun kannst, ist weiter nach dem Tenkterer zu suchen.«

»Was ist mit Silvius Claustrus? Er wollte doch über alle Neuigkeiten informiert werden«, wandte Rainolf verzweifelt ein.

Julia schüttelte den Kopf. »Nein, es ist sicherer, wenn wir die Beobachtung des Legionärs Laurentius bis zur Rückkehr meines Vaters für uns behalten. Ich weiß nicht, wie Silvius Claustrus auf eine solche Anschuldigung reagieren würde«, meinte Julia bestimmt.

Rainolfs Gesichtsausdruck sprach Bände.

»Du würdest Walraban nicht helfen, wenn dir selbst etwas zustoßen würde«, fügte Julia sanft hinzu.

Er las in ihren Augen, dass sie weniger in Sorge um Walraban als um ihn war. Neben der Verzweiflung nahm ein warmes Gefühl von Rainolf Besitz.

Er fügte sich dem Vorschlag. Trianides verabschiedete sich lächelnd, er habe noch einiges zu tun. Das war Rainolf mehr als recht. So hatte er Gelegenheit, mit Julia einen Moment allein zu sein.

Sie verließen das Atrium und gelangten auf den großen Innenhof, auf dem sich wie üblich etliche Legionäre befanden. Diesmal exerzierten sie jedoch nicht, sondern standen, ihrer Aufgabe gemäß, vor den Eingängen Wache.

Hitzig diskutierten die beiden jungen Leute immer noch über die unerwartete Entwicklung der Nachforschungen. So bemerkte Rainolf nicht, dass Lucius Curilius auf dem Hof stand und sich mit dem Centurio unterhielt, der Rainolf zur Herberge von Leugast begleitet hatte.

Als der Aedil den Ubier erblickte, brach er das Gespräch ab und näherte sich Rainolf im Eilschritt. Sein Gesicht verhieß nichts Gutes: zwei senkrechte Falten zwischen den Augenbrauen und sein Mund ein gerader Strich. Erst im letzten Moment bohrte er seine Hacken in den festgestampften Sand, sonst hätte er Rainolf umgerannt.

»Rainolf, Sohn des Sigolf«, begann der Römer und spuckte den Namen regelrecht aus. »Für wen hältst du dich, dass du es wagst, dich in die Arbeit des Aedils einzumischen?«

Rainolf war völlig perplex über den Vorwurf. »Ich habe mich nicht eingemischt. Ich will nur die Unschuld Walrabans beweisen.«

»Und deshalb erzählst du dem Prokonsul, dass nur du den Mord aufklären kannst, und stellst mich als unfähigen Idioten hin?«

»Das habe ich nie gesagt!«

»Er spricht die Wahrheit, Aedil«, mischte sich jetzt Julia ein. »Er hat deine Leistungen nie geschmälert, im Gegenteil, er hoffte, dir wertvolle Informationen liefern zu können, damit die wahren Täter gefunden werden.«

»Ach ja? Indem er diesen Blödsinn von den zwei Tenkterern verbreitet, die den Dolch gestohlen haben sollen. Der Centurio hat mir bereits berichtet, dass er in der Herberge von Leugast keine Tenkterer gefunden hat.«

»Aber sie haben den Mord an Aulus Gemellus begangen. Sie hatten …«, setzte Rainolf an.

»Schwachsinn!«, schnitt ihm Lucius Curilius das Wort ab. »Es sind keine Tenkterer an dem Mord beteiligt. Das Ganze ist nur eine lächerliche Geschichte, weil du deinen Freund vor dem sicheren Tod retten willst. Du kannst keinen einzigen Beweis oder Zeugen vorweisen. Es reicht mir jetzt. Wenn ich dich noch einmal erwische, dass du dich in meine Ermittlungen einmischst oder Gerüchte verbreitest, werde ich dich bis zur Gerichtsverhandlung einsperren.« Mit diesen Worten drehte er sich um und ließ die beiden stehen.

»So wütend kenne ich unseren Aedilen gar nicht«, sagte Julia irritiert.

Rainolf wollte Lucius Curilius nacheilen, ihm von der Beobachtung Laurentius' berichten, dass sogar Gaius Pondus an dem Mord beteiligt war, doch Julia hielt ihn am Arm fest.

»Nein! Sag ihm nichts«, warnte sie. »In deinem eigenen Interesse. Er würde dir nicht glauben, sondern dich wahrscheinlich auf der Stelle festnehmen.«

»Aber er muss doch die Wahrheit erfahren«, protestierte Rainolf.

»Die Wahrheit? Bis jetzt wissen wir nicht, was die Wahrheit ist. Wir haben noch keine Ahnung, warum Aulus Gemellus ermordet worden ist.«

Langsam kam Rainolf wieder zur Besinnung. Er versuchte, ruhig zu atmen und seine Gedanken zu ordnen. »Gut, ich werde mich wieder auf die Suche nach dem Tenkterer begeben – ohne dass Lucius Curilius etwas davon mitbekommt. Es ist nur schade, dass ich keine Möglichkeit habe, mehr über Gaius Pondus herauszufinden.«

»Da verlass dich mal ganz auf mich«, lachte Julia. »Hier im Praetorium haben sogar die Wände Ohren. Bis morgen werde ich alles über den Lagerpraefecten erfahren haben, was es zu wissen gibt. Ich kenne da die richtigen Quellen.«

Sie nahm Rainolf plötzlich bei der Hand und zog ihn hinter eine der Säulen, so waren sie den Blicken der Menschen auf dem Hof entzogen.

»Pass auf dich auf, Rainolf!«, mahnte sie und gab ihm einen Kuss.

Rainolf war derartig perplex, dass er nicht wusste, was er sagen sollte. Im nächsten Moment ließ sie ihn los und lief davon. Er starrte ihr nach, selbst noch als sie schon längst außer Sicht war.

Rainolf schickte den protestierenden Baldwin allein nach Hause zurück und brach umgehend zum Forum auf, das nicht weit entfernt lag. Nach Garawan brauchte er nicht lange Ausschau zu halten. Der Rothaarige sah ihn schon von Weitem und stürmte auf seinen Freund zu.

»Ich habe dich schon überall gesucht«, keuchte Garawan.

So aufgeregt hatte Rainolf ihn selten erlebt.

»Wir haben den Tenkterer gefunden.«

Es traf ihn wie ein Schlag. Endlich! »Wo?«

»Freu dich nicht zu früh. Ich habe nämlich auch eine schlechte Nachricht für dich: Er ist tot.«

Rainolf fühlte sich, als hätte man ihm die Luft aus den Lungen gedrückt. Das durfte nicht sein! Der Einzige, der Walrabans Unschuld hätte beweisen können, lebte nicht mehr.

»Wir haben ihn vor einer Stunde bei den großen Eichen vor der Stadt entdeckt. Er ist mit dem Schwert erschlagen worden.«

Rainolf bekam immer noch kein Wort heraus.

»Soll ich dich hinführen?«, fragte Garawan zögerlich.

Sein Freund nickte nur und sie eilten aus der Stadt. Sie liefen über die Felder und erreichten schließlich einen Platz, der von uralten Eichen umgeben war. Einige Bauern in armseliger Kleidung drückten sich furchtsam am Rande der Lichtung herum.

Ein Bild des Grauens eröffnete sich den beiden Neuankömmlingen. Der Tenkterer lag zu Füßen der größten Eiche in einer Blutlache. Dem Mann mit der Narbe war fast der Kopf abgetrennt worden.

Rainolf musste ein Würgen unterdrücken. Eine alte Bäuerin neben ihm murmelte etwas von Geistern, die nachts aus dem Wald kämen, um Menschen zu töten.

Eines war Rainolf sofort klar: Hier war jemand am Werk gewesen, der das Kriegshandwerk verstand. Der Schwertstreich war mit großer Kraft und sehr präzise geführt worden. Der Angriff musste den Tenkterer völlig überrascht haben. Er hatte noch nicht einmal die Zeit gehabt, sein Schwert aus der Scheide zu ziehen.

Garawan stieß ihm in die Seite. Rainolf blickte auf und in die Richtung, in die der Arm seines Freundes wies. Von der Stadt her näherten sich im Gleichschritt einige Legionäre. Auch wenn Rainolf den Mann an der Spitze noch nicht erkennen konnte, zweifelte er nicht daran, dass es sich um Lucius Curilius handelte. Rainolf zog es vor, ihm nicht schon wieder über den Weg zu laufen.

Er klärte Garawan eilig über den Ärger mit dem Aedilen auf und die beiden Freunde schlugen einen großen Bogen um die Patrouille, bevor sie nach Colonia zurückkehrten.

»Der Mörder muss verdammt hart zuschlagen können«, stellte Rainolf fest, als sie ausreichend Abstand zu dem Schauplatz des Verbrechens gewonnen hatten.

Garawan schüttelte sich. »Ganz ehrlich, mir wird die Sache langsam unheimlich. Hier läuft jemand durch die Gegend und schlachtet bestialisch Menschen ab.«

»Du glaubst doch wohl nicht den Quatsch mit den Geistern aus dem Wald, den die alte Bäuerin eben erzählt hat?«, fragte Rainolf vorwurfsvoll.

Der Rothaarige räusperte sich verlegen. »Eigentlich nicht. Aber wer sollte sonst so etwas tun?«

»Das ist die eine Frage. Und die andere lautet: Warum war der Tenkterer immer noch hier? Er hatte Colonia zwar verlassen, aber anstatt sich auf die andere Seite des Rhenus in Sicherheit zu bringen, verkriecht er sich in Sichtweite der Stadt im Wald und riskiert es, gefunden zu werden.«

Garawan warf einen Blick zurück. »Nur war jemand schneller als wir.«

Eine Weile liefen sie schweigend nebeneinander her. Dann brach es wütend aus Garawan hervor: »Verdammt, er war der Letzte, der Walrabans Unschuld hätte beweisen können.«

Rainolf schüttelte bedächtig den Kopf. »Nein, es gibt noch einen. Das ist mir eben klar geworden.«

Verblüfft blieb sein Freund stehen. »Wen?«

»Derjenige, der ihn umgebracht hat.«

Garawan blickte ihn verständnislos an.

»Verstehst du denn nicht? Der Tenkterer musste sterben, damit er nichts ausplaudern kann.«

»Leuchtet ein«, murmelte Garawan nach ein paar Sekunden des Nachdenkens.

Sie näherten sich der Stadt von Süden. Das Tor nach Bonna war nur noch einen Steinwurf entfernt.

»Wer kann das nur getan haben?«, fragte Garawan schließlich.

Rainolf hüllte sich in Schweigen.

Kaum hatte Rainolf den Laden betreten, ließ sein Vater seiner Verärgerung freien Lauf. »Ich hatte dir doch verboten, allein durch Colonia zu laufen!«

Rainolf hob entschuldigend die Hände. »Die Tenkterer werden uns nicht mehr nach dem Leben trachten.«

Sigolf zog fragend die Augenbrauen zusammen.

»Der zweite Tenkterer liegt erschlagen draußen vor der Stadt. Sein Kopf ist fast vom Hals abgetrennt.«

Für einen Moment herrschte Totenstille. Auch die beiden Sklaven waren wie erstarrt. Schließlich räusperte sich sein Vater. »Das ist eine schlechte Nachricht für Walraban. Weiß man, wer den Tenkterer getötet hat?«

»Nein.«

Sigolf schloss die Augen und stieß einen gequälten Seufzer aus.

»Vater, Walraban hat möglicherweise noch eine Chance.«

Der Kopfer des Händlers ruckte hoch. »Wie meinst du das?«

»Heute Abend gibt Agilad ein Fest im Haus seines Vaters. Udalas hat großen Einfluss in Colonia. Ich könnte mit ihm reden. Vielleicht erklärt er sich bereit, sich bei den Römern für Walraban einzusetzen.«

»Da wäre es sogar erfolgversprechender, zu einem Schamanen zu gehen, damit er die Götter beschwört«, entgegnete Sigolf sarkastisch. »Udalas tut nichts ohne Gegenleistung, und die heißt bei ihm immer Geld. Und ich fürchte, ich verfüge nicht über genügend davon.«

»Aber Udalas kennt uns und auch Walraban doch schon seit Langem.«

Sigolf blickte seinen Sohn beinahe mitleidig an. »Glaubst du, das beeindruckt den alten Halsabschneider? Die einzigen Menschen, die ihn interessieren, sind die Reichen und Mächtigen. Walrabans Verhaftung wird er höchstens mit einem Bedauern zur Kenntnis genommen haben. Er wird sich hüten, sich an so einem Fall die Finger zu verbrennen. Du weißt, dass er fast nur noch mit Römern Geschäfte macht.«

Rainolf wollte nicht aufgeben. »Ich muss es wenigstens versuchen«, sagte er bestimmt und blickte seinem Vater fest in die Augen.

Seine Entschlossenheit beeindruckte Sigolf. Er überlegte kurz und kam zu dem Ergebnis, dass es Walraban zumindest nicht schaden konnte.

»In Ordnung«, gab Sigolf schließlich seine Erlaubnis. »Aber Albuin wird dich begleiten.«

*

Mit einem Knurren schmiss Gaius Pondus einen Becher mit Mulsum an die Wand. Die Nachricht hatte ihm gerade noch gefehlt: Es gab einen Zeugen, der alles auffliegen lassen konnte. Er wäre am liebsten sofort losgestürmt und hätte die Sache auf seine Weise geklärt – mit dem Gladius. Doch der Magister hatte ihn eindringlich vor solch unbedachten Handlungen gewarnt. Es stand zu viel auf dem Spiel, als dass man den Plan leichtfertig gefährden durfte.

Grimmig strich Gaius Pondus die Wachstafel glatt. Die Botschaft, die ihn so in Rage versetzt hatte, war nun nicht mehr zu lesen. Dabei war alles wunderbar gelaufen, bis dieser neugierige Rotzjunge aufgetaucht war.

In was für einer Zeit leben wir?, fragte sich Gaius Pondus bitter, in der sogar Barbaren in einem Lager der römischen Armee rumschnüffeln durften. Noch dazu mit der Erlaubnis des Vize-Prokonsuls!

Er hatte schon in der halben Welt Schlachten geschlagen und zahlreiche Feinde getötet. Auf seinen Aufstieg vom Centurio über den Primus pilus zum Lagerpraefect der Classis Germanica konnte er mit Fug und Recht stolz sein. Nur die Härtesten konnten eine solche Karriere vorweisen. Und jetzt war er kurz davor, einen Sprung zu machen, der so gut wie keinem je gelungen war.

Ruhig bleiben, ermahnte Gaius Pondus sich selbst. Nicht mehr lange, dann war er am Ziel. Wenn es ihm danach gelüstete, konnte er dem dreisten Jungen später immer noch die Kehle durchschneiden. Jetzt musste er sich erst einmal um den unliebsamen Zeugen kümmern. Es war reines Glück, dass sie von ihm erfahren hatten. Der Mann war gefährlich, sein Wissen konnte sie unter Umständen den Kopf kosten.

Als Gaius Pondus eben in der Botschaft den Namen gelesen hatte, hatte er seinen Augen nicht getraut. Den Mann kannte er schon seit Langem, und er hatte nichts als Verachtung für ihn übrig. Wer hätte gedacht, dass er in der Lage war, so ein hinterlistiges Spiel zu treiben? Andererseits hatte sich der Lagerpraefect in Aulus Gemellus auch schon getäuscht. Die Quittung dafür hatte der feiste Quaestor bereits erhalten.

Gaius Pondus lief nachdenklich durch sein Quartier. Man erwartete von ihm, dass er eine Lösung für das Problem fand, und zwar rasch, die Zeit drängte. Er zermarterte sich das Gehirn, wie er den Verräter am besten loswerden konnte, ohne dass es auffiel. Andererseits wollte er ihm auch keinen zu leichten Tod gönnen. Niemand fiel einem Gaius Pondus ungestraft in den Rücken.

Als er wieder nach einer Amphore mit Mulsum griff, hatte er den passenden Einfall. Natürlich, der Verlockung hatte der Kerl noch nie widerstehen können. Sie würde ihn direkt in seine Arme treiben. Und dann würde er seine Rache an ihm stillen können.

Ein Lächeln umspielte seine Lippen. Eine Regung, die man bei Gaius Pondus höchst selten sah.

*

Als es dämmerte, machten sich Rainolf und Albuin auf den Weg. Das Haus von Udalas lag nicht weit vom Forum entfernt und gehörte zu den größten und pompösesten der Stadt. Es war im Stile einer römischen Villa gehalten und verfügte sogar über einen kleinen Park an der Rückseite, komplett mit Säulengang und Springbrunnen. Fehlen nur noch die Waldnymphen, dachte Rainolf.

Mal wieder hatte Agilad keinen Aufwand gescheut. In dem prunkvollen Vestibulum empfing eine nur mit hauchdünnen Tüchern und goldenen Ketten behangene, dunkeläugige Sklavin die Gäste. Die atemberaubende Schönheit stammte aus Parthien, wie Rainolf später erfuhr. Erstaunlicherweise sprach sie akzentfrei Latein. Rainolf schickte Albuin in einen kleinen Nebenraum, in dem sich bereits andere Sklaven versammelt hatten, die ihre Herren nach Hause begleiten sollten. Wobei es in den meisten Fällen wegen des exzessiven Alkoholkonsums der Besitzer eher ein Tragen als ein Begleiten sein würde.

Die schöne Sklavin führte Rainolf in das Atrium, wo schon gut hundert Menschen anwesend waren. Der junge Ubier spürte gleich die Wärme unter seinen Füßen aufsteigen. Das war typisch für Udalas: Obwohl die Außentemperaturen angenehm waren, musste der Hausherr demonstrieren, dass er sich eine teure Fußbodenheizung leisten konnte. Sie funktionierte nach dem gleichen Prinzip wie die in den Thermen: Wasser, das über einem Feuer erhitzt wurde, floss unter den Steinplatten entlang und erwärmte diese.

Prächtige Gemälde an den Wänden stellten römische Götter und Landschaften dar. Nirgends gab es einen Hinweis, dass man sich in Germanien befand. Eine Gruppe Sklaven aus Ägypten sorgte auf merkwürdigen Instrumenten für Musik. Die entsprach überhaupt nicht Rainolfs Geschmack, hingegen gefielen ihm die hispanischen Tänzerinnen in ihren knappen Kleidern umso besser. Die Frauen wirbelten rasend schnell um ihre eigene Achse, wobei ihre schwarzen Mähnen nur so flogen. Rainolf hatte Mühe, sich von ihrem Anblick loszureißen.

Die Völlerei war bereits im Gange. Nicht nur im Atrium, sondern auch im Triclinium drängelten sich Gäste, Sklaven, die Getränken reichten, sowie Schauspieler, die in skurrilen Verkleidungen irgendwelche mythische Figuren darstellen sollten. Natürlich waren überall Diwane aufgestellt – in Rom pflegte man schließlich im Liegen zu speisen. Auf den Tischen fanden sich die ausgesuchtesten Köstlichkeiten aus dem gesamten Imperium, viele Speisen waren Rainolf unbekannt. Es herrschte ein unbeschreiblicher Lärmpegel wie überall, wo Mulsum in Strömen floss. Wenigstens in dieser Hinsicht unterschied sich die Feier nicht von einem Besäufnis in einer ordinären Taberna.

Etliche der anwesenden Gäste waren schon reichlich angetrunken. Rainolf vermutete, dass sie bereits in diesem Zustand eingetroffen waren. Es handelte sich in erster Linie um reiche Ubier, aber auch um Römer – und fast alle waren Rainolf fürchterlich unsympathisch. Sie legten eine geradezu unerträgliche Arroganz an den Tag. Dabei vergnügten sie sich ganz ungeniert mit den anwesenden Huren, die Agilad aus den Freudenhäusern der Stadt hatte kommen lassen. Nur einige wenige der weiblichen Gäste waren ehrbare Damen der Gesellschaft. Ganz offensichtlich fanden diese aber Gefallen an verruchten Feierlichkeiten. Die Germanen lernten, sobald sie zu Geld gekommen waren, die Dekadenz der römischen Aristokratie zu schätzen.

Rainolf fühlte sich völlig fehl am Platz. Schon allein seine Kleidung stempelte ihn unverkennbar zum Außenseiter, der weder über Geld noch über Ansehen verfügte. Einige der Anwesenden ließen ihn durch abfällige Blicke spüren, dass sie ihn für unerwünscht hielten.

Rainolf griff sich eines der gefüllten Weingläser, die von Sklaven unermüdlich angeschleppt wurden. Während er sich nach Udalas umsah, entdeckte ihn Agilad, der ein wunderschönes Mädchen mit langen, schwarzen Haaren und wenig Kleidung im Arm hielt. Er kam mit einem Ausruf der Freude auf ihn zu und umarmte Rainolf überschwänglich. Es war nicht zu übersehen, dass Agilad dem Mulsum bereits reichlich zugesprochen hatte.

»Sei willkommen, mein Freund. Mein Haus ist dein Haus, nimm dir was oder wen du willst.«

Rainolf lag die bissige Bemerkung auf der Zunge, ob Agilad vorzeitig geerbt hätte oder wieso er sonst das Haus seines Vaters schon als das seinige bezeichnete. Doch er schluckte sie hinunter.

»Ich danke dir für deine Einladung. Du lässt es wie üblich an nichts fehlen«, stellte Rainolf höflich fest.

»Ich möchte nur, dass es meinen Gästen gut geht«, gab Agilad sich ungewohnt bescheiden. »Also biete ich ihnen das Beste, was in Colonia zu bekommen ist.« Das klang schon eher nach ihm.

»Sag mal, ist dein Vater anwesend? Ich würde gern den Hausherrn persönlich begrüßen.«

»Nein, er ist auf irgendeiner Versammlung. Keine Ahnung, wo.«

Rainolf versuchte, seine Enttäuschung zu verbergen. »Schade, aber richte ihm meine Grüße aus.«

»Das kannst du selbst machen, wenn du nur lange genug bleibst. Ich denke, dass er noch vor Mitternacht heimkehrt.«

Ein Lichtblick, dachte Rainolf und seine Laune besserte sich wieder. Ein älterer Mann, der kaum noch Herr seiner Sinne war, stolperte auf Agilad zu und wurde von diesem im letzten Moment aufgefangen. Der Alte lallte etwas Unverständliches und Agilad drückte ihn kurzerhand in die Arme der langhaarigen Schönheit. Der Betrunkene betatschte sie an allen erreichbaren Stellen und verzog sich sabbernd mit ihr. Agilad blickte ihm hinterher.

»Das ist Normir Dekurius. Er besitzt die größte Töpferei in Colonia«, erklärte er mit Verachtung in der Stimme. »Er hat sich den lateinischen Beinamen ›Dekurius‹ gegeben, weil er glaubt, das würde bei den Römern Eindruck schinden.« Agilad schüttelte missbilligend den Kopf.

In dem Moment kam Lucius Curilius auf sie zu. Ein gehöriger Schreck durchfuhr Rainolf, doch der Aedil grüßte höflich, wenn auch nicht wirklich freundlich.

»So schnell sieht man sich wieder«, begann er.

Rainolf räusperte sich verlegen. »Ja, welch ein Zufall«, erklärte er, »Agilad war so freundlich, mich einzuladen. Ich bin wirklich nicht hier, um …«

Doch Lucius Curilius winkte ab. »Das hatte ich auch nicht angenommen. In diesem Haus nach Meuchelmördern zu suchen, wäre doch wenig aussichtsreich.«

Rainolf lächelte, wenn auch etwas gezwungen.

»Der Aedil besuchte neulich meinen Vater in einer dienstlichen Angelegenheit«, erklärte Agilad, »und ich war so frei, ihn für den heutigen Abend einzuladen. Auch ein Aedil möchte schließlich mal ausspannen.«

»Es ist mir eine Ehre, anwesend sein zu dürfen«, gab er die übliche Höflichkeitsfloskel zurück. »Und in der Tat ist es eine nette Abwechslung. Solche prunkvollen Feste sind selten außerhalb Roms.«

Die guten Beziehungen zu den Römern wollen schließlich gepflegt werden, dachte Rainolf.

Die drei Männer tauschten noch einige Belanglosigkeiten aus, bis der Aedil einen anderen hochrangigen Römer entdeckte und sich zu ihm begab. Agilad grinste Rainolf breit an. In dem Moment kam eine nicht mehr ganz junge Römerin vorbei und säuselte dem Gastgeber etwas ins Ohr. Rainolf hatte noch nie so viel Schminke in einem Gesicht gesehen. Die Frau hatte die gesamte Farbpalette des Regenbogens benutzt. Sie musste die Ehegattin eines einflussreichen Römers sein, denn Agilad ließ sich widerstandslos von ihr fortziehen. Das war Rainolf ganz recht, denn mittlerweile hatte er Hunger bekommen und machte sich nun über das Buffet her. Als er sich gerade eine Scheibe von dem Kalbsfilet in Honig in den Mund stopfte, trat ein Mann neben ihn. Rainolf fiel fast das Fleisch wieder aus dem Mund. Der Mann war Gaius Pondus.

Schon der zweite Schreck an diesem Abend: zuerst Lucius Curilius, nun der Lagerpraefect.

»Sieh da, mein junger Freund, der Bevollmächtigte des Vize-Prokonsuls. Und – hast du etwas Neues über den Mörder des Aulus Gemellus herausgefunden?«

Rainolf verschluckte sich und hustete heftig. Ein fieses Grinsen erschien auf dem ledrigen Gesicht des Lagerpraefecten. Er trug keine Uniform, sondern eine strahlend weiße Toga. Nur seine abgehackten Bewegungen verrieten ihn als Militär.

»Ich fürchte, ich bin leider immer noch nicht weitergekommen«, gab Rainolf mit leicht heiserer Stimme zu.

Der Mann war an dem Mord beteiligt und besaß die Frechheit, nach seinen Ermittlungen zu fragen, empörte sich Rainolf innerlich.

»Das ist aber sehr bedauerlich. Ich habe gehört, dass ein gewisser Walraban im Kerker einsitzt und beschuldigt wird, den fetten Quaestor umgebracht zu haben.« Gaius Pondus hatte scheinbar gelangweilt mit ein paar Weintrauben auf dem Tisch herumgespielt, jetzt blickte er auf und sah ihn scharf an.

Rainolf spürte den Blick wie einen Messerstich.

»Er soll ein Freund von dir sein. Anscheinend tust du alles, um ihn vor der Hinrichtung zu retten.« Gaius Pondus änderte plötzlich wieder seine Tonlage und hörte sich beinahe schon freundlich an. »Ich fürchte, du verschwendest nur deine Zeit. Auch wenn dir dein Freund viel bedeutet, so weißt du offensichtlich nicht, zu was betrunkene Menschen fähig sind. Der Stolz dieses Walrabans ist zutiefst von Aulus Gemellus verletzt worden, und als er ihm in der Nacht über den Weg lief, hat er in seiner Wut einfach zugestochen.« Der Lagerpraefect näherte sich Rainolfs Gesicht. »Also, versuch nicht, einem Mörder zu helfen. Walraban hat Aulus Gemellus umgebracht, egal was er versucht, dir einzureden.« Gaius Pondus deutete mit dem Zeigefinger über Rainolfs Schulter. »Siehst du diese Frauen?«

Rainolf drehte den Kopf und erblickte die hispanischen Tänzerinnen. Er nickte vorsichtig.

»Das sind die besten Tänzerinnen, die man bekommen kann. Man muss nur über genügend Geld verfügen.«

Rainolf runzelte die Stirn. Worauf wollte der Lagerpraefect hinaus?

»Geld zu haben ist vielleicht nicht das Wichtigste im Leben. Freiheit, Familie oder Gesundheit sind bestimmt das höchste Gut eines jeden Mannes. Aber mit Geld ist alles leichter erreichbar. Nur wer genügend Sesterzen besitzt, kann sich Freiheiten erkaufen. Und auch eine schöne Frau lässt sich mit Geld beeindrucken.«

Er wollte ihn bestechen! Rainolf konnte es nicht fassen. Dieser widerliche Mörder wollte sein Schweigen erkaufen.

Er hätte ihm am liebsten seine Abscheu entgegengeschleudert, hätte ihn als feiges und ekelhaftes Schwein diffamiert, doch die Vernunft hielt ihn zurück. Gaius Pondus war gefährlich.

»Da habt Ihr sicherlich Recht«, sagte Rainolf, um ihn nicht zu reizen.

»Geh dich einfach amüsieren. Nimm dir ein paar Frauen und betrink dich. Glaub mir, das ist der beste Weg, um zu vergessen. Wie viel braucht ein junger Germane, um sich in Colonia zu vergnügen?« Er stellte die Frage, als sei es ein schwieriges philosophisches Problem. »Ich denke, mit einhundert Sesterzen könntest du schon viel anfangen.«

Der Lagerpraefect zog aus seiner weiten Toga ein kleines Ledersäckchen hervor und steckte es Rainolf in den Hemdausschnitt.

»Es gibt aber auch undankbare Menschen, die die Großzügigkeit Wohlgesinnter nicht zu schätzen wissen. Aber das sind Menschen, die nicht alt werden«, raunte der Römer noch warnend.

Dann drehte sich Gaius Pondus mit dem bösartigen Lächeln einer Viper um und schritt davon.

Es dauerte einen Augenblick, ehe Rainolf seine Fassung wiedererlangte. Er zog den Geldbeutel aus seinem Hemd und schleuderte ihn von sich wie eine heiße Marone. In hilfloser Wut ballte er die Fäuste. Ihm schoss ein Gedanke durch den Kopf. Er blickte sich suchend nach Agilad um, konnte ihn jedoch nirgends entdecken. Auch im Atrium fand sich keine Spur von ihm, aber als Rainolf vor Agilads Zimmer anlangte, vernahm er eindeutige Geräusche. Rainolf stürmte hinein, ohne Rücksicht darauf zu nehmen, dass Agilad gerade mit der dunkelhaarigen Schönheit im Bett lag.

»Hast du Gaius Pondus eingeladen?«, fragte Rainolf ohne Umschweife.

Jeder andere hätte ihn sofort aus seinem Schlafgemach geworfen, doch Rainolf wusste, dass Agilad sich nicht um Intimität scherte, solange es eine unbedeutende Frau war, mit der er sich vergnügte. Sie stieß einen spitzen Schrei aus und versuchte, ihre Blöße zu bedecken. Da jedoch kein Laken vorhanden war, blieb es bei dem Versuch.

»Der Lagerpraefect? Nein, der muss mit irgendjemand zusammen hergekommen sein«, erklärte Agilad, nicht im Mindesten erstaunt über die Störung.

»Mit wem?«, fragte Rainolf beschwörend.

»Keine Ahnung, er war plötzlich da. Von mir aus kann er gerne bleiben«, gab er unbeindruckt von sich. »Ist schließlich ein wichtiger Mann in Colonia und man weiß nie, ob man solche Kontakte nicht einmal brauchen kann.«

Rainolf hob die Hände, um sich für sein Eindringen zu entschuldigen, doch Agilad wandte sich bereits wieder der Frau zu, als wäre nichts geschehen. Rainolf schloss die Tür und ging gedankenverloren in den Garten, wo er sich auf eine kleine Steinbank setzte und grübelte.

Jemand wie Gaius Pondus besuchte nicht zufällig und ohne Einladung die Feier eines Ubiers, selbst wenn der Gastgeber der Sohn einer der reichsten Männer der Stadt war. Der Lagerpraefect hatte einen ganz bestimmten Grund gehabt herzukommen – und dieser Grund war niemand anderer als er selbst, überlegte Rainolf. Gaius Pondus wusste, dass er hinter ihm her war. Warum aber brachte der Lagerpraefect ihn dann nicht auch einfach um wie Aulus Gemellus, sondern bot ihm Schweigegeld an?

Wieder durchzuckte Rainolf eine Idee und er sprang auf.

Am Eingang stand immer noch die junge Sklavin und wartete darauf, weitere Gäste in Empfang nehmen zu dürfen. Im Schein der Fackeln glänzte ihr eingeölter Körper verführerisch. Als sie Rainolf sah, stieß sie sich von der Wand ab, an der sie gelehnt hatte, und lächelte, wie man es von ihr erwartete.

Ohne Umschweife fragte Rainolf: »Weißt du, wer Gaius Pondus ist?«

»Natürlich«, antwortete sie mit einer Stimme, die sogar einen Eisblock sofort zum Schmelzen gebracht hätte.

»Ist er heute Abend allein eingetroffen?«

»Nein, er kam in Begleitung«, schüttelte sie den Kopf.

»Mit wem?«

»Dem Aedilen Lucius Curilius.«

Rainolf blieb für einen Moment die Luft weg.

»Geht es dir nicht gut?«, fragte sie besorgt.

Seine Gesichtsfarbe hatte schlagartig gewechselt. Er fühlte, dass sein Mageninhalt nach oben drückte. Doch gequält lächelnd winkte er ab. »Nein, nein. Alles in Ordnung«, log er.

Er zerrte den verdatterten Albuin aus dem Zimmer nebenan und verließ fluchtartig die Villa. Die hübsche Partherin blickte Rainolf irritiert nach.

War auch der Aedil in das Mordkomplott verwickelt? Er konnte kaum noch einen klaren Gedanken fassen. Was, um Wodans willen, ging hier vor? Warum waren hohe römische Beamte und Offiziere an dem Mord an einem Quaestor beteiligt?

Wem konnte er noch vertrauen? Julia, natürlich. Aber im nächsten Moment fuhr es ihm siedend heiß durch den Sinn, dass er inzwischen auch sie in Gefahr gebracht hatte. Wenigstens Lucius Curilius konnte ungehindert im Praetorium ein und aus gehen. Würden die Mörder davor zurückscheuen, die Tochter des Prokonsuls umzubringen? Nicht, wenn sie es wie einen Unfall aussehen ließen. Rainolfs Kehle fühlte sich wie zugeschnürt an. Er musste Julia warnen!

Wie von Sinnen rannte er zum Praetorium, Albuin im Schlepptau, der ihm verdutzt hinterherrief, was denn los sei. Doch Rainolf antwortete nicht, sondern lief weiter. Die beiden Wächter vor dem Eingang des Praetoriums legten misstrauisch ihre Lanzen an, als sie die zwei auf sich zustürmen sahen. Rainolf verlangsamte das Tempo und im gleichen Moment verlangte der eine Legionär auch schon, er solle stehen bleiben. Etwas außer Atem versuchte Rainolf, den beiden zu erklären, dass er unbedingt mit Julia, der Tochter des Prokonsuls, reden musste. Es war ihnen deutlich anzusehen, dass sie dem jungen Ubier kein Wort glaubten, und er konnte es ihnen noch nicht einmal verdenken. All sein Bitten und Flehen, zu Julia vorgelassen zu werden, wurde rigoros abgelehnt.

»Die Tochter des Prokonsuls ist mitten in der Nacht nicht zu sprechen, und schon gar nicht für jemanden wie dich«, schleuderte der ältere der beiden Wachen ihm entgegen. »Und jetzt verschwinde, du Idiot!«

So sehr Rainolf sich auch den Kopf zerbrach, es wollte ihm kein überzeugendes Argument einfallen, das sie hätte umstimmen können. Er musste wohl oder übel bis morgen warten, um zu Julia zu gelangen. Nochmal den Weg über die Mauer an der Rückseite des Praetoriums zu nehmen, wagte er nicht. Allein schon, weil Albuin ihn mit Sicherheit von dieser Torheit abgehalten hätte.

Als sie das dunkle Forum überquerten, sprang plötzlich eine Gestalt von der Statue der römischen Wölfin herab und versperrte ihnen den Weg. Rainolf schrak fürchterlich zusammen und machte einen Satz rückwärts. Albuins Hand zuckte unter seinen Mantel, wo seine Axt im Gürtel steckte.

»Du solltest dein Gesicht sehen«, sagte die dunkle Gestalt lachend. Es war Garawan. »Ich habe gehofft, dich bei Agilad anzutreffen, doch dort warst du nicht mehr.«

Plötzlich tauchten hinter dem Rothaarigen wie Schatten seine vier Freunde auf. Auch sie musterten Rainolf belustigt. Albuin ließ ein Knurren hören und steckte die Axt wieder zurück.

»Was gibt es denn?«, fragte Rainolf schnell.

»Wir haben gute Neuigkeiten.«

Rainolf zog fragend die Augenbrauen hoch. »Mach es nicht so spannend.«

»Nun, man hat uns geflüstert, dass jemand ein ziemliches Ding gedreht hat und der dicke Quaestor davon wusste.«

Rainolf packte ihn am Hemd. »Wer?«

»Lass locker.« Der Rothaarige schob Rainolf auf Distanz. »Du kennst doch Owar, den Barbier?«

Rainolf stöhnte auf und fasste sich an den Kopf. »Von dem Spinner habt ihr euch bequatschen lassen? Es weiß doch jeder, dass er eine alte Klatschtante ist und besser als Frau auf die Welt gekommen wäre«, regte er sich auf.

»Jetzt hör doch erst mal zu! Handar und ich trafen Owar im *Springenden Lachs* und er hatte schon tüchtig gesoffen. Du magst ihn zwar für verrückt halten, aber als Barbier ist er wirklich gut und hört bei seiner Arbeit sehr viel.«

Tatsächlich gab es kaum eine Möglichkeit, Neuigkeiten schneller zu verbreiten, als bei einem Barbierbesuch. Barbiere hatten stets die neuesten Gerüchte auf Lager und gaben sie direkt an den nächsten Kunden weiter.

»Jedenfalls erzählte er uns, nachdem wir ihm einen Becher Met spendiert hatten, dass einer seiner Kunden ihm anvertraut habe, der dicke Aulus Gemellus sei an seiner eigenen Gier verreckt. Er habe sich mit zu mächtigen Gegnern angelegt.«

»Wer hat Owar das erzählt?«

Ein Grinsen, das von einem Ohr zum anderen reichte, erschien auf Garawans Gesicht. »Jemand, der es wissen muss: Orvidus Nuntianus, die ehemals rechte Hand von Aulus Gemellus und jetziger neuer Quaestor.«

Rainolf hätte sich ohrfeigen können. Er hatte doch gewusst, dass Orvidus Nuntianus den Posten von Aulus Gemellus übernommen hatte. Warum hatte er ihn nicht längst aufgesucht? Er hatte das blasse Männchen schlicht vergessen.

»Hat er gesagt, mit wem sich der Quaestor angelegt hat?«

»Leider nein.«

Rainolf stieß einen Fluch aus. Garawan versuchte, seinen Freund aufzuheitern: »Lass uns in den *Springenden Lachs* zurückgehen, um die Neuigkeiten zu begießen.«

Einen Grund zum Trinken finden die Kerle immer, dachte Rainolf. Aber andererseits stand auch ihm jetzt der Sinn nach einem bis mehreren Bechern Met. Also ließ er sich widerstandslos mitführen. Albuin trottete hinter der Gruppe her und musterte misstrauisch die Umgebung.

In der nahe gelegenen Taberna eroberten sie sich einen freien Tisch, indem sie einen völlig betrunkenen Mann, der seinen Rausch auf der Tischplatte ausschlief, kurzerhand in die nächste Ecke verfrachteten.

Nach der ersten Runde Met berichtete Rainolf, was er bisher über den Mord an Aulus Gemellus herausgefunden hatte. Allerdings verschwieg er, dass der Legionär Laurentius der heimliche Zeuge gewesen war. Zwar vertraute er seinen Freunden, aber er wollte nicht riskieren, dass Laurentius durch eine unbedachte Äußerung von ihnen in Gefahr geriet. Im Rausch wurde ein jeder leicht redselig.

»Diese Schweine«, empörte sich Handar und schlug mit seiner riesigen Faust auf den Tisch, dass die Becher tanzten. Im letzten Moment konnten die anderen ihren Met vor dem Umkippen retten. Handar trafen sechs vorwurfsvolle Blicke.

»Typisch Römer: Sie behaupten, wir wären alle Bürger des Imperiums und hätten die gleichen Rechte, aber wenn es darauf ankommt, machen sie zwischen sich und uns Germanen gewaltige Unterschiede. Dann sind wir nur noch Barbaren, die man bestrafen muss«, erklärte Garawan mit bitterer Stimme.

»Die Selbstherrlichkeit der Römer widert mich einfach an«, stimmte Pradir zu, ein hoch aufgeschossener, dünner Kerl, dem sie wegen seiner langen Arme und Beine den Spitznamen ›Spinne‹ gegeben hatten. »Wenn ein Römer getötet wird, machen sie ein Riesenspektakel, aber wenn ein Germane erstochen im Dreck liegt, treten sie nochmal drauf, um sicher zu sein, dass er auch wirklich tot ist.«

Eifriges Nicken in der Runde gab ihm Recht.

»Vielleicht sollten wir Walraban bei der Gerichtsverhandlung mit Gewalt befreien«, meinte Skjorn. Er bevorzugte bei Problemen radikale Lösungen.

»Man würde dir den Kopf abgeschlagen, noch ehe du deine Nase auf Höhe der Legionäre gebracht hättest«, wies Rainolf den Vorschlag zurück.

Gronagir, der Sohn eines Schreiners, fuchtelte mit beiden Händen in der Luft herum, während er die anderen belehrte: »Mit Gewalt könnt ihr da nichts ausrichten. Wir sollten einen Schamanen beauftragen, den Iudex zu verhexen. Ich kenne da einen, der würde für wenig Geld ...«

Garawan schlug ihm mit leichter Hand vor die Stirn. »Schwachkopf! Du fällst aber auch auf jeden Betrüger rein.«

»Meine Mutter hat er gesund gemacht, als sie letzten Winter Fieber hatte!«, rechtfertigte sich Gronagir empört.

»Blödsinn! Sie hatte eine Erkältung, die geht nach ein paar Tagen immer vorbei. Ihr solltet endlich aufhören, Schamanen und Zauberinnen aufzusuchen. Man könnte meinen, ihr lebt noch in den Urwäldern! Schließlich gibt es in Colonia ausgezeichnete Ärzte.«

»Ha, diese ausländischen Quacksalber wissen noch nicht einmal, wie man mit den Geistern Verbindung aufnimmt«, triumphierte Gronagir.

Die anderen ließen ein einheitliches Stöhnen vernehmen. Die Ärzte, die sich in den letzten Jahrzehnten in Colonia niedergelassen hatten, genossen inzwischen einen hervorragenden Ruf, selbst unter den Ubiern. Die meisten von ihnen stammten entweder aus Griechenland, wo die Heilkunst ihren Ursprung hatte, oder waren zumindest bei Griechen in die Lehre gegangen.

»Gronagir, halt die Klappe!«, sagte Rainolf in ruhigem, aber bestimmtem Ton. »Wir müssen beweisen, dass die beiden Tenkterer Walraban den Dolch gestohlen haben und dass Gaius Pondus den Mord an Aulus Gemellus begangen hat.«

Zustimmendes Gemurmel ertönte, aber leider hatte keiner eine zündende Idee, wie sie das anstellen könnten. Gaius

Pondus war als Lagerpraefect so unangreifbar, als säße er in Rom.

Schließlich erhob sich Rainolf, den Kopf schwer vom Met. Er dankte Garawan und den anderen für ihre Mühen und verabschiedete sich.

Zu Hause verfrachtete Albuin ihn direkt ins Bett. Rainolf schlief sofort ein.

*

Kein Ton war zu hören, außer das leise Rauschen des Flusses. Laurentius lauschte angespannt in die Dunkelheit. Er hockte hinter einem der Fässer vor dem Anlegesteg und beobachtete den Posten auf dem Wachturm, der dreißig Schritte entfernt stand. Der Kamerad dort oben war durch das Licht der Fackel gut sichtbar. In den letzten Minuten hatte der Posten mehrmals gegähnt und gelangweilt auf das Feld vor der Befestigungsmauer gestarrt. Er kam nicht auf die Idee, einen Blick in das Lager zu werfen.

Aus Erfahrung wusste Laurentius, dass um diese nächtliche Stunde die Aufmerksamkeit der Wachen deutlich nachließ und sich Müdigkeit breit machte. Wer auf seinem Posten beim Schlafen erwischt wurde, musste zwar mit drastischen Strafen rechnen, aber vermeiden ließ es sich eben nicht immer.

Endlich wagte Laurentius sich aus seinem Versteck hervor und schlich gebückt zum Ufer. Ihn dürstete es mal wieder nach einer guten Amphore Wein. Die Nachtwache in seinem Schlafsaal war ein alter Kumpel, mit dem er den leckeren Tropfen teilen würde, daher konnte er sich sicher sein, dass seine Abwesenheit nicht entdeckt würde.

Langsam glitt Laurentius in das Wasser. Kalt umspülte es seine Beine bis zu den Knien und er bekam eine Gänsehaut, was allerdings nicht nur an den Temperaturen lag. Jedes Mal wenn er sich in den Rhenus begab, überfiel ihn eine fürchterliche Angst. Wer nicht schwimmen kann, sollte auf dem festen Land bleiben, fuhr es ihm durch den Kopf.

Doch er biss die Zähne zusammen und schob sich weiter in den Fluss. Der Gedanke an den Wein trieb ihn voran.

Plötzlich vernahm er ein leises Platschen hinter sich. Noch ehe er sich umblicken konnte, packten ihn starke Hände und rissen ihn von den Füßen. Laurentius wollte schreien, doch im nächsten Augenblick wurde sein Kopf unter Wasser gedrückt. Es waren mindestens zwei, einer hielt sein Genick umklammert, der andere seine Arme. Sie mussten hinter den breiten Pfosten des Stegs gelauert haben. Und er war ihnen direkt in die Arme gelaufen.

Laurentius presste die Lippen zusammen und versuchte, um sich zu schlagen. Doch den eisenharten Griffen konnte er sich nicht entwinden. Seine Füße und Knie suchten die Angreifer, stießen jedoch nur ins Leere. Was wollen die von mir?, fragte Laurentius sich verzweifelt. Ich habe doch niemandem etwas getan.

Er musste atmen. Sein Körper verlangte nach Luft, aber es war nur Wasser um ihn herum. Voller Verzweiflung spannte er sämtliche Muskeln an. Seine Lungen drohten zu platzen.

Atmen! Er musste atmen! Doch es gab keine Luft. Laurentius öffnete den Mund.

VII. Tag

Jemand rüttelte Rainolf unsanft an der Schulter, dabei war er doch gerade erst eingeschlafen. Schlaftrunken schlug er die Augen auf und erblickte seinen Vater. Verblüfft setzte er sich auf. Sigolf hatte seinen Sohn seit Jahren nicht mehr geweckt, das überließ der Händler Albuin oder Baldwin.

»Was gibt es?«, fragte Rainolf verwirrt.

»Das sollst du mir sagen. Was hast du gestern rausgefunden?«

Rainolf holte tief Luft und begann zu erzählen. Darum bemüht, möglichst kein Detail auszulassen, dauerte es eine Weile, ehe er endete. In Sigolfs Augen glomm ein Funken Hoffnung. »Ich habe gestern hin und her überlegt und bin zu dem Schluss gekommen, dass es Walraban vielleicht doch helfen könnte, wenn du diesen Laurentius dazu überredest, vor Gericht auszusagen. Er ist immerhin römischer Bürger, ja, stammt sogar aus der Nähe von Rom. Sein Wort wird zumindest mehr Gewicht haben als das deinige.«

»Aber Vater«, wandte Rainolf kopfschüttelnd ein, »du hast doch selbst gesagt, dass er nur einfacher Legionär ist. Und er soll seinen Lagerpraefecten als Mörder beschuldigen? Selbst wenn er den Mut dazu hätte, würde der Iudex wohl eher Gaius Pondus glauben als einem alten Trunkenbold.«

»Richtig, das habe ich gesagt. Aber ich habe meine Meinung geändert. Ein einmal ausgestreutes Gerücht hat die unangenehme Angewohnheit, sich in den Köpfen der Menschen festzusetzen und immer weitere Kreise zu ziehen. Gerade in großen Städten können Gerüchte ganze Aufstände entfesseln. Vielleicht wird Gaius Pondus nervös und verrät sich durch irgendetwas. Zumindest aber wird er gezwungen, sich zu den Vorwürfen zu äußern. Wenn ich Walraban einen geschickten Anwalt besorge, hat er so vielleicht eine Chance.«

Rainolf blickte ihn skeptisch an. Es sah Sigolf gar nicht ähnlich, sich verzweifelt an einen Strohhalm zu klammern.

»Kennst du denn einen guten Anwalt?«, fragte Rainolf schließlich.

»Ich habe von einem gehört, der erst vor Kurzem nach Colonia gekommen ist. Sein Name ist Sixtus Mercantius und er soll in Rom einen hervorragenden Ruf als Anwalt genießen.«

»Ein Römer!«, empörte sich Rainolf. »Warum sollte der sich für einen Germanen stark machen?«

»Ich habe bereits Erkundigungen über ihn eingezogen. Er ist an schwierigen Fällen interessiert, dabei ist es ihm egal, wen er vertritt. Wenn wir Glück haben, sieht er auch Walrabans Verteidigung als Herausforderung an.«

»Können wir uns denn einen solchen Anwalt überhaupt leisten?«

Sigolf blickte ein wenig verlegen und kratzte sich am Hinterkopf. »Das ist die Frage. Aber wenn wir Sixtus Mercantius bei der Ehre packen können, ist er vielleicht bereit, den

Fall zu einem geringeren Honorar als üblich zu übernehmen. Vorher müsstest du aber diesen Legionär überreden, als Zeuge auszusagen. Stelle ihm in Aussicht, dass er seinen verhassten Lagerpraefecten in den Kerker schicken kann.«

»Gut, ich werde Laurentius eine Nachricht zukommen lassen und ihm eine Amphore Wein versprechen. Dann wird er bestimmt noch heute Abend hier auftauchen.«

»Die Frage ist, wie du diesen Laurentius benachrichtigen kannst. Gaius Pondus wird sofort Verdacht schöpfen, wenn er erfährt, dass du einen bestimmten Legionär sprechen willst.«

»Da weiß ich schon einen Weg«, verkündete Rainolf nicht ohne eine gewisse Genugtuung.

»Wie willst du das anstellen?«

»Warte es ab!«

Keine halbe Stunde später befand Rainolf sich vor den Toren des Praetoriums. Er bestand darauf, mit Julia zu sprechen. Erst wollte ihn die Wache wieder wegscheuchen, aber heute war er gewappnet. Er hatte die Vollmacht von Silvius Claustrus mitgenommen. Als Rainolf sie dem Wächter unter die Nase hielt, schickte der einen anderen Legionär los, der auch bald zurückkam und Rainolf aufforderte, ihm zu folgen. Sie passierten die Rainolf mittlerweile schon bekannten Räumlichkeiten, bis sie vor einer Tür Halt machten, die er noch nicht gesehen hatte. Der Soldat pochte hart gegen das Holz und im nächsten Moment hörte Rainolf Julias Stimme, die zum Eintreten aufforderte.

Nachdem sich die Tür wieder hinter ihm geschlossen hatte, blieb Rainolf wie angewurzelt stehen und bekam kein Wort heraus. Es wurde langsam zur Gewohnheit, dass er in

Julias Gegenwart zum Trottel wurde. Er stand in ihrem Cubiculum.

Es galt für einen Mann als absolut unziemlich, in die privaten Gemächer einer Frau einzudringen. Auf ihrem erstaunlich großen Bett lagen etliche zerknautschte Kissen und ein Laken aus sündhaft teurem Leinen. Rainolf kannte die Sorte Tuch, es stammte aus den besten Webereien Roms, und vor allem wusste er, wie viel es kostete, da sein Vater ein solches einmal verkauft hatte – allerdings nicht in dieser unglaublichen Größe.

Julia saß auf einem Hocker vor einem Marmortischchen, auf dem ein kleiner Spiegel aus Bronze stand, und kämmte sich die langen Haare. Vor ihr lagen ein Nadelbehälter, ein hübsches Kästchen aus Elfenbein und allerlei Kosmetikartikel, von denen Rainolf nur zum Teil wusste, wozu sie dienten.

Julia musste bei seinem Anblick unwillkürlich grinsen. »Sei gegrüßt, Rainolf. Du darfst ruhig sprechen, du bist doch sonst nicht auf den Mund gefallen.«

Er räusperte sich verlegen und wäre beinahe über einen mannshohen, dreibeinigen Bronzeleuchter gestolpert. Er begann, ihr von den gestrigen Vorfällen zu berichten. Sie hörte aufmerksam zu und warf nur hin und wieder eine kurze Frage ein.

Rainolf erzählte von Gaius Pondus' Bestechungsversuch und dass Orvidus Nuntianus, der Nachfolger des toten Quaestors, wahrscheinlich etwas über den Mord wusste. Schließlich bat er Julia, jemanden ins Lager der Classis Germanica zu schicken.

Julia sah ihn ernst an: »Es ist etwas sehr Unerfreuliches passiert, deshalb habe ich der Wache befohlen, dich hierhin zu führen, wo uns keiner zuhören kann.«

Sie ergriff seine Hände, was ihm einen wohligen Schauer durch den Körper jagte. »Dieser Legionär namens Laurentius ist tot.«

Rainolf starrte sie fassungslos an.

»Er wurde heute Morgen am Ufer des Rhenus nahe dem Kastell gefunden. Offensichtlich ist er in der Nacht, nachdem er reichlich Wein genossen hatte, schwimmen gegangen und dabei ertrunken.«

»Beim Schwimmen ertrunken?«, rief Rainolf. Maßlose Wut stieg in ihm auf.

»Centurio Aurelius Dulcius machte vor einer Stunde Meldung im Praetorium und sagte, dass Laurentius sich schon des Öfteren leichtsinnigerweise weit in den Rhenus gewagt habe. Er muss wohl in einen Strudel geraten sein«, erzählte Julia.

»Der Centurio lügt! Laurentius konnte gar nicht schwimmen und hasste das Wasser.«

Rainolf löste sich von Julia und begann, auf und ab zu laufen. In seinem Kopf arbeitete es rasend schnell.

Sie hatten Laurentius umgebracht, so viel war klar. Einfach im Rhenus ertränkt, damit es wie ein Unfall aussah. Und Centurio Aurelius war auch an der Verschwörung beteiligt, sonst würde er nicht lügen. Von irgendjemandem mussten die Mörder erfahren haben, dass Laurentius sie bei ihrer Tat beobachtet hatte.

Deshalb hatte der arme Laurentius sterben müssen – und damit der einzige Mensch, der vielleicht gegen Gaius Pondus hätte aussagen können. Die Chance, Walrabans Leben zu retten, wurde immer geringer.

»Vielleicht haben wir mit den Nachforschungen am falschen Ende angefangen«, sagte Rainolf schließlich nachdenklich.

Julia blickte ihn verblüfft an. »Wie meinst du das?«

»Bisher haben wir nach den Mördern gesucht. Vielleicht sollten wir aber beim Anfang beginnen. Wir müssen herausfinden, was Aulus Gemellus getan hat, dass man ihn dafür umbrachte.« Er setzte sich vor Julia auf einen Hocker. »Anscheinend laufen alle Spuren in der Verwaltung von Colonia zusammen. Aulus Gemellus war als Quaestor für die Finanzen der Stadt zuständig. Lucius Curilius, wenn er wirklich etwas mit der Sache zu tun hat, ist ein hoher Beamter und geht hier im Praetorium ein und aus. Gaius Pondus ist zwar kein Beamter, sondern Offizier, kommt aber gelegentlich auch hierher.«

Julia schüttelte den Kopf, als könnte sie die Tragweite der Vorfälle nicht begreifen. »Ich bin heilfroh, wenn mein Vater in zwei Tagen wieder in Colonia ist. Er wird sich die Schuldigen vornehmen.«

»Von den beiden Tenkterern abgesehen, sind alle Beteiligten Römer. Wenn es Germanen gewesen wären, hätte ich vermutet, dass sie Aulus Gemellus wegen zu hoher Steuern oder den Bestechungsgeldern, die sie vielleicht an ihn zahlen mussten, getötet hätten. Aber welche Vorteile haben römische Beamte oder Soldaten von seinem Tod? Und wo liegt die Verbindung zu diesen verfluchten Tenkterern?« Rainolf hielt kurz inne. »Was für Aufgaben hatte Aulus Gemellus eigentlich genau?«

»Er sorgte dafür, dass die Steuern eingetrieben wurden, und leitete sie an den Prokurator Carvilius Cancilius weiter – der weilt allerdings zurzeit in Rom. Wie du weißt, untersteht der Prokurator direkt dem Kaiser und nicht dem Statthalter. Diese Regelung hat damals der göttliche Augustus ausgetüftelt. So hat er die Korruption in den Griff bekommen. Früher haben viele Prokonsuln eifrig in die eigene Tasche gewirtschaftet, heute ist das nicht mehr möglich.« Sie lächelte zynisch. »Dafür gibt es jetzt Prokuratoren, die gerne unauffällig in die Staatskasse greifen. Aulus Gemellus oblag übrigens auch die Begleichung der Schulden der Stadt. Dafür ist sich der Prokurator zu fein, er zählt lieber das, was übrig bleibt, um sich in Rom beliebt zu machen.«

»Wofür wird das Geld, das nicht nach Rom geht, verwendet?«

Julia blies die Wangen auf und hob die Schultern, was ihr ein recht lustiges Aussehen verlieh. »Für Verschiedenes«, antwortete sie schließlich. »Um Waren, die von Handwerkern und Händlern an die Verwaltung geliefert werden, zu bezahlen. Oder um Handwerker zu entlohnen, wenn Straßen, öffentliche Gebäude oder die Stadtmauern ausgebessert werden müssen. Alle Gelder für Projekte, die die Magistrate und die Duumviri beschließen und aus Steuergeldern finanziert werden, werden von dem Quaestor verwaltet.«

Rainolf dämmerte plötzlich etwas. »Was war das letzte große Projekt, für das Aulus Gemellus Geld rausrücken musste?«

»Ich habe zwar keinen Einblick in die Verwaltung, aber die Frage kann ich dir trotzdem beantworten: das Aquaeduct. Es muss ausgebessert werden, weil es zu undichten Stellen im Mauerwerk kam, wie du wahrscheinlich gehört hast.«

Sicher hatte er das, es war seit Wochen Stadtgespräch. Colonia mit seinen über zwanzigtausend Einwohnern war von dieser Wasserleitung abhängig. Als jedoch der Wasserfluss zu Beginn des Frühlings auf einmal deutlich abnahm, stellte man fest, dass anscheinend durch den Frost des Winters einige Risse im Aquaeduct entstanden waren. Scharen von Maurern und Steinmetzen reparierten nun die Leitung etliche Kilometer außerhalb der Stadt.

»Gab Aulus Gemellus den Handwerkern das Geld?«, vergewisserte sich Rainolf.

»Glaubst du etwa, dass mein Vater die Zeit hat, sich selbst um solche Lappalien zu kümmern? Natürlich war Aulus Gemellus dafür zuständig.« Sie brach ab und überlegte einen Augenblick, ehe sie fortfuhr: »Mir wurde erzählt, dass der Quaestor durch und durch misstrauisch war und deshalb größere Beträge immer persönlich ablieferte und sich den Empfang schriftlich quittieren ließ.«

»Wer kontrollierte die Einnahmen und Ausgaben von Aulus Gemellus?«

»Der Prokurator am Jahresende.« Langsam verstand Julia, worauf Rainolf hinauswollte. »Du meinst, Aulus Gemellus könnte Steuergelder auf die Seite geschafft haben, die für das Aquaeduct bestimmt waren, und sie sich mit Gaius Pondus und Lucius Curilius geteilt haben?«

»So was in der Richtung.«

Rainolf wusste sogar schon, wer ihm mehr über die Bezahlung der Arbeiter am Aquaeduct erzählen konnte. Sein zukünftiger Schwager Markolf und dessen Vater Einher bearbeiteten schließlich eifrig Steine für den Bau der Wasserleitung.

»Aber warum sollten Gaius Pondus und Lucius Curilius den Quaestor umbringen, wenn er das Geld beschafft hat?«, fragte Julia.

»Vielleicht wollte er nicht mehr mitspielen und drohte, alles auffliegen zu lassen.«

»Aulus Gemellus? Machst du Witze?«, ereiferte sich Julia.

werden sollte. Jede zierte sein Wappen.« Er hielt den ledernen Beutel in die Höhe. »Dieses hier. Es war wie ein Zeichen des Todes. Mein Vater war gerade als junger Priester in den Tempel des Jupiter aufgenommen worden. Er hat all das selbst miterlebt. Die Römer fürchteten Kaiser Caligula mehr als die Feinde an den Landesgrenzen. Schließlich erschlugen ihn seine eigenen Praetorianer, um dem Wahnsinn ein Ende zu bereiten. Danach wurden die Statuen zerschlagen und mit ihnen sein Wappen, damit sein Andenken völlig ausgelöscht würde. Ich erinnere mich jedoch, dass ich als Junge in der Gruft eines Tempels eine solche zerbrochene Statue mit dem Wappen fand. Ich fragte meinen Vater, wer der Mann gewesen sei, und er erzählte mir von der Bestie, die einst auf Roms Kaiserthron saß. Mein Vater ließ die Überreste der Statue von den Tempeldienern entfernen und in den Tiber schmeißen.«

Julia und Rainolf hatten mit offenem Mund dem Bericht des alten Priesters gelauscht. Der blickte die beiden jetzt durchdringend an. »Ich frage euch noch einmal: Woher habt ihr diesen Beutel mit dem Wappen?«

Rainolf antwortete mit einer Gegenfrage: »Gibt es irgendwelche Nachfahren des Caligula?«

Cecilius Augen verengten sich zu schmalen Schlitzen. »Nein, er hatte keine legitimen Kinder. Das war ein Glück, denn ein Sohn hätte den Kaisertitel beanspruchen können, was verständlicherweise niemand in Rom wollte.«

»Keine legitimen Kinder?« Rainolf war die Feinheit in Cecilius Aussage keineswegs entgangen. »Das heißt, es gab uneheliche Kinder?«

Der Priester lächelte zynisch. »Wahrscheinlich dutzende. Caligula hat sich immer genommen, was er haben wollte, selbstverständlich auch Frauen. Ohne Ansehen auf deren gesellschaftliche Stellung: von adligen Ehefrauen bis hin zu Sklavinnen. Wenn sie jedoch schwanger wurden, hat er sie zumeist umbringen lassen, damit ihm kein Sohn später den Thron streitig machen konnte.«

Julia war entsetzt über die Vorstellung. »Das ist ja fürchterlich!«

»Was kann es mit der ›Rache des Caligula‹ auf sich haben?«, fragte Rainolf.

»Junger Mann«, erwiderte der Priester streng. »Du hast mir immer noch nicht meine Frage beantwortet. Und mir scheint, als wisst ihr etwas, was ihr mir erzählen solltet!«

Rainolf zögerte. Er kannte Cecilius schließlich nicht und wollte vermeiden, dass die Informationen in falsche Hände gelangten. Doch ihm war klar, dass ihn der alte Priester ohne eine Antwort nicht gehen lassen würde.

»Vor ein paar Nächten verlor ein Tenkterer diesen Beutel im Haus meines Vaters, als er und einer seiner Stammesbrüder bei uns eindrangen, um uns zu töten. Von der Verhaftung eines Germanen namens Walraban, der den Quaestor Aulus Gemellus erstochen haben soll, hast du sicherlich gehört. Nun, er ist ein Angestellter und Freund meines Vaters. Ich will seine Unschuld beweisen und weiß inzwischen, dass die zwei Tenkterer die Tat begangen haben. Zum Glück misslang der Anschlag auf meine Familie. Jetzt sind beide Tenkterer tot. Doch einer sagte mir, bevor er starb, dass Caligulas Rache uns alle vernichten würde.«

Nun war es an Cecilius, verblüfft zu sein. »Das ist ja unglaublich«, rief er und stand von seinem Stuhl auf. »Ich habe keine Ahnung, was der Tenkterer damit gemeint haben könnte.«

»Vielleicht war dieser Tenkterer genauso verrückt wie Caligula und hat sich für ihn gehalten«, überlegte Julia laut. »Mein Großvater war in den Jahren vor seinem Tod auch sehr seltsam und hat schließlich geglaubt, er sei Plinius.«

»Caligula ist seit über achtzig Jahren tot, wie soll ein Tenkterer noch seinen Namen kennen? Ein Barbar aus den Wäldern Germaniens! Der wüsste höchstwahrscheinlich nicht einmal den Namen unseres jetzigen Kaisers«, widersprach der Priester.

Rainolf schoss der Gedanke durch den Sinn, dass sein Onkel Ansgisl und Cecilius besser nie aneinander geraten sollten. Dann formte sich eine weitere Idee in seinem Kopf. »Nein«, sagte er entschieden. »Der Tenkterer war nicht wahnsinnig. Er glaubte an die Rache des Caligula und ist sogar dafür gestorben.«

Es herrschte Totenstille im Raum. Als wäre der Gott der Unterwelt persönlich erschienen. Cecilius fand als Erster die Sprache wieder. »Was du da erzählst, mein junger Freund, macht für mich nicht viel Sinn. Außer diesem Beutel hast du keinerlei Anhaltspunkte. Und wer weiß, wie lange der irgendwo unentdeckt gelegen hat, bis er in den Besitz des Tenkterers gelangt ist. Vielleicht hat ihn ja ein römischer Soldat zu Zeiten Kaiser Caligulas bei einem Kriegszug in Germanien verloren.«

Rainolf blickte skeptisch auf den Beutel. Die Nähte waren von primitiver Machart, aber das Leder fühlte sich weich und geschmeidig an. Es war ganz bestimmt noch nicht alt. Der junge Ubier verkniff sich aber weitere Bemerkungen, stattdessen stand er auf. »Ich danke dir für deine Hilfe, ehrwürdiger Cecilius.«

Der alte Priester nickte hoheitsvoll.

Die beiden jungen Leute verließen den Tempel. Julia war ungehalten. »Was sollte das eben? Willst du die Sache auf sich beruhen lassen?«

»Nein, natürlich nicht, ich will nach wie vor Walrabans Unschuld beweisen. Aber dein Priester scheint mich nicht ernst zu nehmen.«

»Cecilius ist zufällig einer der ältesten Freunde meines Vaters. Also sei vorsichtig mit deinen Äußerungen«, warnte Julia.

»Er hat gesagt, dass auf dem Beutel das Wappen von Caligula ist. Und auch der Tenkterer hat von Caligula gesprochen. Fällt dir da kein Zusammenhang auf?«, fragte Rainolf sarkastisch. Allmählich ging ihm Julias Besserwisserei auf die Nerven.

»Ach, dann hat wohl Caligulas Geist die Tenkterer und den armen Laurentius getötet?«, fragte sie schnippisch.

Rainolf öffnete den Mund, um zu einer bissigen Bemerkung anzusetzen, schloss ihn dann jedoch wieder.

»Wolltest du noch etwas sagen?«, fragte Julia angriffslustig.

»Ja, wo du gerade Laurentius erwähnt hast. Es gibt noch einen Punkt, der mir zu denken gibt: Woher wusste Gaius Pondus, dass Laurentius ihn bei dem Mord beobachtet hat? Außer uns beiden gab es meines Wissens nur noch zwei Personen, die davon Kenntnis hatten: Die eine ist mein Vater, der jedoch bestimmt nichts mit dem Mord an Laurentius zu tun, und die andere ist Trianides.«

Julia schickte Rainolf einen bitterbösen Blick. »Bist du verrückt? Er ist seit Jahren mein Hauslehrer. Ich schätze ihn sehr.«

»Aber er ist euer Sklave und nicht sehr zufrieden, zumindest habe ich diesen Eindruck gewonnen.«

Sie hob die Arme in einer ungeduldigen Geste und verdrehte die Augen. »Sklaven in privilegierten Positionen jammern immer über ihr Schicksal, in Wirklichkeit wollen sie es aber gar nicht anders.«

»Vielleicht will er freigelassen werden.«

»Und was würde er dann als freier Mann anfangen?«, fragte sie mit spöttischem Gesichtsausdruck. »Sich irgendwo als Hauslehrer anstellen lassen? Nein! Niemand würde ihn nehmen, weil er zu viel Geld verlangen würde. Er müsste alles, was ihm im Moment von seinem Herrn gestellt wird, selbst bezahlen: Essen, Kleider und Miete. Und eine Schule könnte er nicht gründen, weil es davon mittlerweile an jeder Straßenecke eine gibt. Die einzige Möglichkeit, die ihm bliebe, wäre, nach Griechenland zurückzukehren. Aber in ihre Heimat wollen die gebildeten giechischen Lehrer gar nicht wieder zurück, weil sie dort ziemlich schnell versauern würden. Rom ist nun mal das Zentrum der Welt.«

»Aber jetzt sitzt Trianides in Colonia fest«, gab Rainolf zu bedenken.

»Du hast doch keine Ahnung! Er würde nie mein Vertauen missbrauchen«, beharrte Julia.

Typisch Frau, dachte Rainolf. Wenn ihnen die Argumente ausgehen, verfallen sie in Halsstarrigkeit, nur um nicht zugeben zu müssen, dass sie Unrecht haben. »Dann sag mir, woher Gaius Pondus wusste, dass Laurentius ihn bei dem Mord beobachtet hat?«

Julia antwortete nicht, sondern starrte ihn nur an. Beide standen eine kleine Ewigkeit unbeweglich da. Ein betörender Duft nach Lavendel und Jasmin stieg Rainolf in die Nase. Er bewunderte jede einzelne kleine Locke, die ihr über die Stirn fiel, und ihre kirschroten, vollen Lippen und die zierliche

Nase. Schließlich versank er in ihren fast schwarzen Augen, hinter denen ein Feuer zu lodern schien.

»Ein Germane bleibt halt immer ein Barbar!«, fauchte Julia plötzlich.

Das saß. Deutlicher hätte sie ihre Verachtung kaum zum Ausdruck bringen können.

Julias Augen blitzten gefährlich und sie atmete schwer. Ein Vulkan, kurz vor der Explosion. Das war der Moment, in dem Rainolf einen Entschluss fasste. »Es wird Zeit, die Initiative zu ergreifen.«

»Was meinst du?«, fragte Julia irritiert, behielt aber ihren bösen Blick bei.

»Bisher haben wir nur reagiert und sind dabei ins Leere gelaufen. Jetzt werden wir sie zwingen, sich zu zeigen.«

»Was hast du vor? Los, sag schon!«, forderte sie.

Doch Rainolf wandte sich ab und ging, ohne ein weiteres Wort zu sagen. Er fühlte sich in seinem Stolz verletzt. Sollte Julia doch mit ihrem griechischen Genius diskutieren.

Rainolf lief in das Viertel, das sich hinter dem Verwaltungsgebäude befand. Dort wohnten wohlhabende Ubier und auch etliche Römer. Der Informationsaustausch zwischen den beiden Bevölkerungsgruppen funktionierte hier besser als in jedem anderen Viertel Colonias. Man liebte sich zwar nicht unbedingt, aber man respektierte sich gegenseitig.

Das Barbiergeschäft befand sich in einer Straße, die zwar klein war, aber auf der reger Betrieb herrschte. Owar war nicht nur für einen Germanen eine merkwürdige Erscheinung. Er trug die Haare so kurz wie die Römer, aber dazu einen Schnurrbart. Seine Kleidung war auffallend bunt und eng geschnitten. Außerdem fuchtelte er oft mit den Händen in der Luft herum und ging wie eine Frau, wobei er betont mit den Hüften wackelte.

Es war ein offenes Geheimnis, dass er Männer dem weiblichen Geschlecht vorzog. Dennoch war er gerade bei der Frauenwelt sehr beliebt. Als einziger Mann durfte er sogar die Gattinen reicher Römer frisieren, denn bei Owar konnten die Ehemänner sicher sein, dass er sich nicht an ihre Frauen heranmachen würde.

Rainolf betrat den Laden im Erdgeschoss des Hauses. Er war erstaunlich hell, dank der großen Fenster. Owar rasierte gerade einen älteren Römer mit gewaltiger Hakennase, sonst war niemand zu sehen.

»Bitte einen Moment Geduld, ich komme gleich zu dir«, flötete der Barbier in bester Laune.

Rainolf zog sich auf eine Bank neben dem Eingang zurück und beobachtete den Hausherrn bei der Arbeit. Mit raschen, geschickten Bewegungen führte er das Tonsurmesser über Hals und Wangen des Kunden. Dabei plapperte Owar in einem fort. Er war gerade wieder einmal bei seinem Lieblingsthema: Welcher prominente Einwohner Colonias gerade mit wem fremdgegangen war. Rainolf verdrehte die Augen, weil ihn der Tratsch nicht interessierte.

Es dauerte nur wenige Minuten, bis Owar den Römer fertig rasiert hatte.

Dann wandte sich der Barbier an Rainolf und lächelte schleimig. »Nun, junger Mann, was kann ich für dich tun? Einmal rasieren oder auch Haare schneiden?« Der Barbier hielt das Rasiermesser mit nur zwei Fingern und spreizte die übrigen ab. Es sah ziemlich lächerlich aus.

»Nur rasieren«, antwortete Rainolf und ließ sich auf den Hocker fallen.

Es dauerte nicht lange, bis Rainolf das Gespräch geschickt auf den Mord an Aulus Gemellus gelenkt hatte. Der Barbier berichtete fröhlich, was er über den festgenommenen Walraban wusste, ohne zu ahnen, dass Rainolf den Verhafteten kannte.

»Ich habe gehört, dass der Quaestor Dreck am Stecken hatte«, versuchte Rainolf, ihn auszuhorchen.

Der Barbier lachte schrill auf. »Das kann man wohl sagen. Aber mal ehrlich: Welcher römische Beamte ist denn heutzutage noch ehrlich? Und dieser Aulus Gemellus konnte den Hals gar nicht voll genug kriegen. Der hat sich dauernd bestechen lassen.«

»Wirklich?«, tat Rainolf überrascht.

Das stachelte Owars Mitteilungsdrang noch mehr an. »Aber ja. Ich könnte dir Sachen erzählen ...«

»Was denn zum Beispiel?«

»Na ja«, der Barbier senkte die Stimme, als ob sie jemand belauschen könnte, »einer seiner engsten Mitarbeiter ist Stammkunde bei mir. Der hat mir erzählt, dass der Quaestor sich mit mächtigen Männern angelegt habe.«

»Mit wem?«, fragte Rainolf und zappelte vor Aufregung.

»Bitte stillhalten«, mahnte Owar. »Tja, das wollte er mir nicht sagen. Wahrscheinlich befürchtete er, sonst selbst so zu enden wie Aulus Gemellus.«

»Hat er denn noch nicht mal Andeutungen gemacht, wem der Quaestor in die Quere gekommen ist?«

»Nein, leider nicht, das hätte mich auch brennend interessiert.« Owar stieß einen tiefen Seufzer aus.

Rainolf biss sich auf die Lippen. Er war nicht viel schlauer als vorher. Nur gründlich rasiert war er jetzt, aber leider auch drei Asse los. Billig war Owar nicht gerade.

Aber dafür stand Rainolfs Plan nun fest. Heute Nacht würde er einen entscheidenden Schritt weiterkommen.

*

Mit Gewalt zog Julia den Elfenbeinkamm durch ihre üppige Haarpracht. Sie war immer noch wütend und riss sich versehentlich eine Strähne aus. Wieso war dieser Kerl so anmaßend? Warum bildete er sich ein, alles besser zu wissen?

Sie knallte den Kamm auf den Marmortisch und betrachtete sich im Spiegel. Zwischen ihren Augen war wieder diese steile Falte, die sie überhaupt nicht leiden konnte.

Das Schlimme war, dass sie Rainolf fürchterlich gern hatte. Seine offene und ehrliche Art. Und er hatte wunderbare blaue Augen. Er war so ganz anders als die römischen Männer, die Julia kannte. Das Problem war seine Herkunft, wie sie sehr wohl wusste. Einem Germanen würde ihr Vater niemals gestatten, seiner Tochter den Hof zu machen. Gedankenverloren zupfte sie an einigen Locken. Sie würde alles dafür geben, wenn Rainolf jetzt hier wäre und sie sich versöhnen könnten. Aber sollte sie ihren Stolz einfach so überwinden? Immerhin hatte er sie bei seinem Abgang beleidigt.

Hatte er wirklich? Genau genommen hatte sie ihn verletzt, indem sie ihn als Barbaren bezeichnet hatte. Kein Wunder, dass er daraufhin gekränkt war.

Aber sie konnte ihm eine solche Verdächtigung doch nicht durchgehen lassen! Sie war die Tochter des Prokonsuls und musste ihren Lehrer Trianides vor einem Germanen verteidigen. Andererseits musste sie zugeben, dass Rainolfs Äußerung nur das Ergebnis einer logischen Überlegung war. Vier Menschen hatten von Laurentius und seinen Beobachtungen gewusst und drei waren über jeden Verdacht erhaben, den Legionär verraten zu haben. Natürlich konnte sich Laurentius selbst verplappert haben, aber das schien ihr eher unwahrscheinlich, denn der Legionär hatte gewusst, in welche tödliche Gefahr er sich damit begeben hätte.

Unschlüssig blickte Julia in den Spiegel. Konnte Trianides wirklich ein Verräter sein? Sie hatte dem gebildeten Griechen immer vertraut. Er war zwar ein strenger Lehrer, aber ein gerechter und zeitweise sogar humorvoller Mensch.

Wieso hatte sich dieser nagende Zweifel über Trianides wie ein kleiner Dämon in ihre Gedanken geschlichen? Und wie konnte sie Rainolf wiedersehen, ohne ihr Gesicht zu verlieren? Sie wünschte sich nichts sehnlicher, als dass er sie sobald wie möglich in seine Arme schließen würde.

*

Es war typisch für die römischen Beamten, dass sie pünktlich zur zehnten Stunde nach Sonnenaufgang ihre Griffel und die Wachstafeln fallen ließen, um nach Hause zu eilen. Rainolf lungerte wie viele andere junge Männer auf dem Forum herum, behielt aber dabei den Ausgang des städtischen Verwaltungsgebäudes ständig im Auge. Er musste nicht lange warten.

Der frisch gebackene Quaestor war so blass und ohne irgendwelche Auffälligkeiten, dass er gerade deshalb sofort die Aufmerksamkeit von Rainolf auf sich zog. Orvidus Nuntianus trat aus der hohen Doppeltür des Gebäudes, ohne seinen Blick zu erheben. Gemessenen Schrittes ging er über den Platz. Rainolf löste sich von seinem Beobachtungsposten an der Hadriansäule und folgte ihm.

Der neue Quaestor spazierte bis zu einer der Insulae vier Querstraßen weiter. Der Barbierladen von Owar befand sich gleich um die Ecke. Kein Wunder, dass Orvidus Nuntianus dort Stammkunde war.

Im Erdgeschoss der Insula befand sich eine Schreinerei, aus der lautes Sägen klang. Rainolf wartete einige Atemzüge lang und trat dann ebenfalls in den Hauseingang. Die Tür klappte hinter ihm zu und sperrte den Lärm der Straße aus. Zum Glück war kein Hausbewohner oder gar ein Türwächter zu sehen. Rainolf hörte, wie sich eine Etage über ihm ein Schloss knirschend drehte. Mit wenigen Sätzen hastete er die Treppe hoch und sah gerade noch, wie eine Tür zufiel. Nun wusste er, wo der Quaestor wohnte.

Während Rainolf langsam die Stufen wieder hinunterging, kam ihm eine Idee. Er kehrte um und eilte die Treppe in den zweiten Stock hoch. Dort klopfte er an die erste Tür. Es dauerte nicht lange, bis sie sich quietschend öffnete und ihn eine kleine, dafür umso breitere Frau misstrauisch ansah.

Rainolf machte ein ungemein wichtiges Gesicht. »Sei gegrüßt. Ich habe eine dringende Nachricht für Orvidus Nuntianus, der im ersten Stock wohnt. Leider öffnet dort niemand. Wissen Sie, wann er oder seine Frau zurückkehren könnten?«

»Eigentlich jeden Augenblick. Er kommt immer zur gleichen Zeit von der Arbeit zurück. Er ist für die Stadtverwaltung tätig. Eine Frau hat er nicht.«

Rainolf bedankte sich überschwänglich und erklärte, dass er es dann später noch einmal versuchen würde.

Es war schon lange dunkel und der Mond verbarg sich hinter einer Wolkendecke. Die Umstände waren perfekt. Zusammen mit Albuin und Baldwin stand Rainolf gegenüber der Insula und wartete, dass Orvidus Nuntianus herauskam. Rainolfs Plan war einfach: Mithilfe der beiden kräftigen Sklaven wollte er den Quaestor in den nächsten dunklen Winkel zerren und ihn unter Androhung von körperlicher Gewalt zum Sprechen bringen. Orvidus Nuntianus musste etwas über den Mord an Aulus Gemellus wissen.

Das Problem war, dass Rainolf die Gewohnheiten des schmächtigen Mannes nicht kannte. Vielleicht zog der Beamte es ja vor, den ganzen Abend in seiner Wohnung zu bleiben.

Das Warten zog sich in die Länge und seine beiden Begleiter fingen an zu murren, da sie langsam Hunger bekamen. Als Rainolf das Gemecker der zwei zu sehr auf die Nerven ging, drohte er, sie auf dem nächsten Sklavenmarkt gegen einen Taubstummen einzutauschen.

In dem Moment erschien Orvidus Nuntianus auf der Türschwelle. Der Zeitpunkt hätte nicht günstiger sein können, da sich sonst niemand auf der Straße befand. Rainolf und die beiden Sklaven zogen ihre Kapuzen über die Köpfe und schlichen dem Quaestor lautlos hinterher.

Nach wenigen Schritten hatten sie ihn eingeholt. Baldwin warf dem Römer eine Decke über den Kopf und Albuin packte ihn um die Hüfte. Er hob den strampelnden Mann hoch, als wäre er ein Spielzeug. Die Schreie waren durch den Stoff nur gedämpft zu hören. Sie trugen ihn in einen dunklen Seiteneingang. Rainolf riss die Decke weg, hielt Orvidus Nuntianus mit der einen Hand den Mund zu und mit der anderen einen Dolch an die Kehle.

»Wenn du noch einmal schreist, wird es dein letzter Ton gewesen sein«, flüsterte Rainolf.

Schlagartig hörte Orvidus Nuntianus auf zu strampeln. Er sah seinen Angreifer erschrocken an und für einen Moment blitzte in seinen Augen ein Funke des Wiedererkennens auf.

»Wir wollen nur ein paar Auskünfte. Falls du die richtigen Antworten gibst, bist du sofort wieder frei. Wenn du uns aber anlügst, werden die Straßenköter deine sterblichen Überreste zum Frühstück verspeisen.«

Orvidus Nuntianus' Körper entspannte sich deutlich. Er hatte begriffen, dass es keine Räuber waren, die sein Geld wollten.

»Warum wurde Aulus Gemellus umgebracht?«

Rainolf zog vorsichtig die Hand vom Mund des Gefangenen, bereit, sie sofort wieder auf das Gesicht des Quaestors zu pressen, wenn der schreien wollte.

Doch Orvidus Nuntianus machte keinerlei Anstalten dazu. Er wirkte wieder völlig ruhig und antwortete sogar mit einer gewissen Überheblichkeit. »Ihr wollt wissen, was mit Aulus Gemellus los war? Deshalb überfallt ihr nachts einen wehrlosen Mann?«

»Wir stellen hier die Fragen«, mahnte Rainolf und drückte den Dolch etwas fester gegen den Hals des Überrumpelten.

»Schon gut, ich habe verstanden. Mein verehrter, ehemaliger Vorgesetzter wusste seine Stellung zu seinem Vorteil auszunutzen. Er ließ sich sein Wohlwollen oft gut bezahlen. Dabei ist er offensichtlich jemandem zu gierig erschienen.«

»Wem?«

»Das weiß ich leider auch nicht, werter Herr.«

»Du lügst«, erwiderte Rainolf drohend.

»Ich bin nur mit den offiziellen Vorgängen vertraut gewesen, über seine privaten Aktivitäten hat Aulus Gemellus nie gesprochen.«

»Dennoch weißt du mehr, als du zugibst. Jemand versucht, Walraban die Schuld für den Mord in die Schuhe zu schieben. Wer ist dafür verantwortlich?«

»Ich sagte doch bereits, ich weiß es nicht.«

Was Rainolf irritierte, war die Ruhe, mit der Orvidus Nuntianus sprach. Er hatte erwartet, dass der Römer voller Todesangst alles erzählen würde. Doch der Quaestor schien rasch begriffen zu haben, dass er in der besseren Position war: Informationen konnte er nur lebend geben.

»Und ich sagte bereits, dass ich dir nicht glaube. Wir wissen, wer Aulus Gemellus ermordet hat, aber ich will den Namen von dir hören. Leider verstehst du anscheinend nur die Sprache der Gewalt.«

Rainolf nickte Baldwin zu, der daraufhin Orvidus Nuntianus' Hand packte und sie im Gelenk verdrehte. Der Quaestor wollte vor Schmerz schreien. Vorsichtshalber hatte Rainolf ihm jedoch die Hand auf den Mund gepresst. Nach ein paar Sekunden lockerte Baldwin seinen Griff wieder.

»Was wolltest du uns gerade über die Mörder von Aulus Gemellus erzählen?«, fragte Rainolf in freundlichem Ton.

Der schmächtige Mann wimmerte leise. In Rainolf keimte Mitleid auf, aber schon im nächsten Augenblick schalt er sich dafür. Schließlich ging es um das Leben von Walraban und dieser schleimige Beamte verschwieg etwas.

»Ich weiß nur, dass Aulus Gemellus am Abend vor seinem Tod die Verwaltung früh verlassen hat. Er sagte, er habe eine wichtige Verabredung im Praetorium. Aber ich habe keine Ahnung, mit wem er sich getroffen hat. Er ist jedenfalls nicht mehr in die Verwaltung zurückgekehrt. Da bin ich mir sicher, weil ich dort noch einige Abrechnungen erledigen musste und erst bei Einbruch der Dunkelheit nach Hause gegangen bin. Am nächsten Tag habe ich dann erfahren, dass er tot ist. Mehr weiß ich nicht.«

Sicherheitshalber ließ Rainolf Baldwin die Prozedur mit dem Handgelenk wiederholen, doch Orvidus Nuntianus blieb bei seiner Aussage. Der junge Ubier war überzeugt, dass der Römer mehr über die Hintergründe des Mordes wusste, aber offensichtlich war der kleine Mann leidensfähiger, als sein Aussehen vermuten ließ. Rainolf überlegte. Den Druck zu erhöhen hieß, länger in dieser Nische zu verweilen, und das war riskant. Jeden Moment konnte jemand die kleine Gasse entlangkommen. Also beendeten sie die Befragung besser.

Damit Orvidus Nuntianus nicht die Leute zusammenschrie, gab Albuin ihm einen Schlag mit der Faust auf den Hinterkopf. Der Quaestor sackte zusammen wie eine Strohpuppe und es würde sicherlich einige Zeit dauern, bis er wieder zu sich kam.

Die drei verdrückten sich schleunigst. Während sie nach Hause liefen, überlegte Rainolf fieberhaft, wie er herausfinden konnte, mit wem sich Aulus Gemellus im Praetorium getroffen hatte. Die Einzige, die dies möglicherweise in Erfahrung bringen konnte, war Julia. Das bedeutete allerdings, dass er sich bei ihr entschuldigen musste, und das ging ihm gewaltig gegen den Strich. Warum hatte sie ihn nur so von oben herab behandelt?

Sigolf wartete voller Ungeduld. Außerdem hatten sich in der Zwischenzeit auch Garawan und sein üblicher Anhang, bestehend aus Handar, Skjorn, Pradir und Gronagir, in dem Laden eingefunden. Rainolf berichtete, was Orvidus Nuntianus gesagt hatte.

»Viel mehr als zuvor wissen wir nun nicht, aber wir haben einen Stein ins Rollen gebracht«, erklärte Sigolf schließlich.

»Wenn Orvidus Nuntianus weiß, wer hinter den Morden steckt, und davon gehe ich aus, wird er dem Betreffenden umgehend mitteilen, dass er bedroht worden ist«, erklärte Rainolf.

»Und ihr haltet es wirklich für eine gute Idee, den Mörder zu ködern und ihm hier im Haus aufzulauern?«, fragte Albuin skeptisch.

»Wir haben den Plan doch lang und breit erörtert, hast du denn gar nichts verstanden?«, schalt ihn sein Herr.

»Doch«, erwiderte der Sklave kleinlaut, »aber wenn es sich um Gaius Pondus handelt, wird er doch wohl nicht alleine kommen, sondern Helfer mitbringen.«

Sigolf antwortete nicht. Das war genau der Punkt, der ihn die ganze Zeit beschäftigte. Aber nun war es zu spät.

Er beauftragte die Sklaven damit, sämtliche Fenster und Türen zu verriegeln. Dann holte er für sich und Rainolf je ein Kurzschwert, einen Dolch und einen Speer aus seiner Kammer. Vorsichtshalber griff er sich sogar den alten, schweren Schild seines Vaters. Garawan und seine Freunde hatten ebenfalls Schwerter und Dolche mitgebracht. Die beiden Sklaven bekamen schwere Streitäxte. Schweigend hockten schließlich alle im Laden und lauschten auf die Geräusche außerhalb der Mauern. Farhild hatte Sigolf schon vor Stunden zu ihrem Großonkel Ansgisl gebracht, dort würde sie niemand suchen.

Rainolf biss sich nervös auf die Unterlippe. Er hoffte inständig, dass der Plan aufgehen würde.

Die Zeit verrann, doch nichts geschah. Rainolf überlegte einmal mehr, ob sie das Richtige taten. Orvidus Nuntianus

Tatsächlich war es später Nachmittag, als Rainolf endlich das Geschäft verlassen konnte. Mit Albuin und Baldwin neben sich, fühlte er sich beinahe wie eine wichtige Persönlichkeit, die von Leibwächtern beschützt wurde.

Die Straßen waren wie immer belebt, viele Menschen drängten sich zwischen den Häuserreihen. Auf einmal war Rainolf gar nicht mehr so zuversichtlich, dass ihn tagsüber niemand angreifen würde. Wenn ihn jemand im Gedränge plötzlich mit einem Messer attackierte, wäre eine Abwehr so gut wie unmöglich. Unter seinem Hemd trug Rainolf einen Dolch, nach dem er immer wieder unauffällig tastete.

Ein Rinderfuhrwerk kam ihm entgegen und er musste ausweichen. In dem Moment trat jemand von der Seite auf ihn zu und fasste seinen Ärmel. Blitzschnell riss Rainolf den Dolch heraus, wirbelte herum und packte den Mann an der Kehle.

Der alte Bettler bat wimmernd um Gnade, er habe nur ein Almosen haben wollen. Verschämt ließ Rainolf die Waffe sinken und stammelte eine Entschuldigung. Sein schlechtes Gewissen veranlasste ihn, dem Alten gleich zwei Asse zu geben. Der Bettler konnte sein Glück vor lauter Verblüffung zunächst gar nicht fassen. Dann bedankte er sich derartig überschwänglich, dass die Passanten bereits neugierig guckten. Aufmerksamkeit konnte Rainolf jetzt aber gar nicht gebrauchen und er eilte schnell weiter.

Er versicherte sich mit einem kurzen Blick, dass Albuin und Baldwin immer noch hinter ihm waren, und bog in die nächste Seitenstraße ab, in der sich die Werkstatt von Einher befand.

*

Walrabans Bewusstsein befand sich in einem Schwebezustand. Er konnte nicht sagen, ob es Tag oder Nacht war und wie viele Stunden vergangen waren, seit der fette Kerkermeister ihm die Schüssel mit dem trockenen Panis und die Amphore mit dem faulig schmeckenden Wasser gebracht hatte. Dunkelheit umgab ihn und immer wieder vernahm er das Kratzen von Krallen auf dem Steinfußboden.

Plötzlich wurde die Tür aufgerissen und Walraban schreckte hoch. Die breite Gestalt des Kerkermeisters erschien, doch er war nicht allein. Lucius Curilius persönlich betrat den Raum.

»Gefangener Walraban! In zwei Tagen beginnt das Gerichtsverfahren gegen dich. Du bist des Mordes an dem Quaestor Aulus Gemellus angeklagt. Es steht dir zu, einen Anwalt zu nehmen, wenn du das möchtest. Hast du einen?«, fragte der Aedil.

Walraban wusste, dass das Gericht ihn vorher fragen musste. Allerdings konnte der Iudex davon ausgehen, dass ein freigelassener Ubier sich keinen Anwalt leisten konnte. Also mussten sie ihm einen Pflichtverteidiger stellen. Doch das waren durchweg unerfahrene junge Juristen.

»Nein, ich habe keinen«, krächzte Walraban heiser.

»Dann wird dir ein Pflichtverteidiger zugewiesen. Hast du das verstanden?«, fragte der Aedil und sah auf den Gefangenen herunter, dem bereits ein Bart wuchs und dessen Kleidung schmutzig und löcherig war.

Walraban versuchte zu antworten, doch seine Stimme versagte. Der Kerkermeister, der seit der demütigenden Behandlung durch Julia einen Hass auf den Gefangenen verspürte, machte einen Satz auf ihn zu, packte ihn am Hemd und zerrte ihn hoch.

Walraban war geschwächt und konnte nicht so schnell reagieren. Deshalb riss sein dünnes Leinenhemd fast in voller Länge. Im Schein der Fackel kam die Tätowierung auf seiner Brust ans Licht.

»Halt!«, gebot Lucius Curilius dem Kerkermeister und trat verblüfft näher.

Ein aufbäumendes Pferd, das Zeichen der adligen Bataver!, durchfuhr es den Aedilen. Sein Großvater hatte damals unter Vespasian gedient, als der Aufstand dieses Germanenvolks niedergeschlagen wurde, und seinem Enkel von den Tätowierungen erzählt, an denen sie die Adligen erkannt und sie daraufhin hingerichtet hatten.

»Du bist ein Bataver!«, rief der Aedil. »Noch dazu ein Adliger. Dann bist du unseren Truppen damals entkommen.«

Walraban glaubte, dass sein Herzschlag aussetzte. Nach all den Jahren war sein Geheimnis doch entdeckt worden, und das ausgerechnet von einem römischen Beamten. Er ließ sich kraftlos zu Boden sinken. Die letzte Hoffnung erlosch in ihm und er sagte kein Wort mehr.

Selbst die Schläge des Kerkermeisters konnten ihn nicht dazu bewegen. Es hätte keinen Zweck gehabt, dem Aedilen irgendwelche Erklärungen zu geben, er hätte Walraban kein Wort geglaubt.

Schließlich ließen sie ihn blutend am Boden liegen. Die Tür fiel mit einem dumpfen Knall ins Schloss. Erneut umgab den Eingekerkerten Dunkelheit.

*

Die Sonne blinzelte gerade erst durch die Fenster, als Orvidus Nuntianus durch ein Klopfen an der Tür geweckt wurde. Schlaftrunken tappte er durch die Wohnung und fragte verwundert, wer da sei.

»Der Magister schickt mich«, antwortete eine leise Stimme.

Schlagartig fiel jede Müdigkeit von dem Quaestor ab. Er zog den Riegel zurück und öffnete einen Spalt. Vorsichtig lugte er nach draußen. Der ihm vertraute Mann war nicht allein.

Mit einer heftigen Bewegung stieß der Besucher die Tür auf, Orvidus Nuntianus taumelte zurück. Der Begleiter des Mannes legte rasch wieder den Riegel vor.

»Du hast richtig gehandelt, uns sofort von diesem neugierigen Bengel zu berichten«, begann der Mann.

Der schmächtige Römer nickte zustimmend, jedoch war ihm der Besuch nicht geheuer. Er fühlte ein Kribbeln im Genick.

»Wenn er tatsächlich den Namen des Mörders von Aulus Gemellus kennt, ist es höchste Zeit, sich dieses Rainolfs zu entledigen.«

»Ihr habt noch nicht …«, begann Orvidus Nuntianus verwundert, doch der andere schnitt ihm das Wort ab.

»Nein, der Magister befand es nicht für klug, ihn schon letzte Nacht zu töten. Er befürchtete eine Falle.« Der Mann hatte sich, während er sprach, interessiert in der Wohnung umgesehen, doch jetzt trat er auf den Quaestor zu und blieb dicht vor ihm stehen. »Der Ubier wollte, dass du sofort zu uns läufst und von seinem vermeintlichen Wissen berichtest. Doch warum sollte er dir so etwas erzählen, wenn er die Namen wirklich schon wüsste? Es wäre doch viel sinnvoller gewesen, mit dem Wissen zum Aedilen zu gehen. Schließlich ist er dafür zuständig.«

Orvidus Nuntianus merkte, dass ihm der kalte Schweiß

ausbrach. Unauffällig schielte er zur Tür, doch davor hatte sich mit verschränkten Armen der kräftige Begleiter des Mannes postiert.

»Aber um diesen Rainolf brauchst du dir keine Sorgen zu machen. Sein Schicksal wird ihn bald ereilen. Es ist alles vorbereitet.« Der Mann wandte sich wieder von dem nervös blinzelnden Beamten ab und sah interessiert aus dem Fenster. »Hast du dich, als du gestern Abend zu mir kamst, vergewissert, dass dir niemand gefolgt ist?«

»Ja, natürlich«, antwortete Orvidus Nuntianus hastig.

»Wirklich? Kann es nicht doch sein, dass Rainolf oder einer seiner Freunde dich verfolgt haben, ohne dass du es bemerktest?«

»Ich versichere Euch, dass das nicht sein kann.« In die Stimme des Quaestors hatte sich ein leichtes Zittern geschlichen. Die Angst schnürte ihm beinahe die Kehle zu.

»Hat sonst noch irgendjemand von deinem Wissen über Caligulas Rache Kenntnis?«

»Nein, ich habe niemandem auch nur ein Wort erzählt.«

Orvidus Nuntianus begriff erst einen Augenblick zu spät, dass er einen Fehler begangen hatte. Jetzt wusste der Besucher, dass der blasse Beamte keine Rückversicherung besaß. Der sonst so durchtriebene Quaestor hatte sein letztes Faustpfand verspielt. Unwillkürlich machte er einen Schritt rückwärts, weg von dem bedrohlich wirkenden Mann. Doch er stieß gegen den zweiten Besucher, der sich unauffällig hinter ihn geschlichen hatte.

Orvidus Nuntianus warf sich zur Seite, aber der kräftige Begleiter des Mannes packte blitzschnell zu. Mit seinen großen Fäusten hielt er den Quaestor an den dünnen Oberarmen fest.

»Nein, bitte, ich habe nichts verraten«, flehte der Beamte.

»Das will ich hoffen«, antwortete der Mann gelangweilt, während er sein Schwert zog.

Er trat vor Orvidus Nuntianus und blickte ihm forschend ins Gesicht. Der Mann mochte es, wenn er die Panik in den Augen seiner Opfer sehen konnte. Dann stach er mit einem schnellen Ruck zu. Die scharfe Klinge seines Gladius ging glatt durch den Oberkörper des Quaestors hindurch.

Orvidus Nuntianus erstarrte in der Bewegung, mit der er versucht hatte, sich loszureißen. Ein schauriger Schrei ertönte. Zu laut, dachte der Mann, der befürchtete, dass Nachbarn aufmerksam werden könnten. Ohne zu zögern, stieß er erneut zu. Wieder und wieder, bis er sicher war, dass Orvidus Nuntianus nie wieder einen Laut von sich geben würde.

Der Begleiter ließ das leblose, blutüberströmte Bündel los und es schlug mit einem dumpfen Geräusch auf den Steinboden auf. Der Mann suchte sich ein Stück der Toga des Toten, das noch nicht vom Blut besudelt war, um sein Gladius sauber zu wischen. Dann gab er seinem Begleiter einen Wink und sie verließen die Wohnung. Niemand sah sie, als sie die Treppe hinunterliefen und auf die Straße traten. Erst jetzt wich die Anspannung von dem Mann. Der Magister würde zufrieden sein, er hatte den Auftrag schnell und unauffällig ausgeführt. Sie waren Caligulas Rache wieder ein Stück näher gekommen.

*

Der Steinmetzmeister Einher war nicht zu Hause, aber immerhin traf Rainolf dessen Sohn Markolf an. Kleine Partikel wirbelten durch die Werkstatt und kratzten im Rachen.

Farhilds zukünftiger Ehemann war mit Steinstaub bepudert und seine Haare schienen nicht mehr blond, sondern grau zu sein.

Im Hintergrund des Steinmetzbetriebs setzten einige Sklaven eine riesige Drehbank in Rotation und schliffen an einer mannshohen Säule. Markolf bearbeitete gerade mit Hammer und Meißel ein flaches Tischchen aus dunklem Granit.

Sie begrüßten sich herzlich und tauschten einige Belanglosigkeiten aus. Dann erkundigte Rainolf sich nach Einher. Markolf bedauerte, dass sein Vater beim Aquaeduct sei, etwa zwei Stunden von der Stadt entfernt, um Steine zu liefern. »Was wolltest du denn von ihm?«

Rainolf kratzte sich verlegen am Kopf. »Etwas eher Ungewöhnliches: Ich wollte wissen, wer euch für die Arbeit am Aquaeduct bezahlt und ob bei der Bezahlung vielleicht irgendetwas nicht gestimmt hat.«

Markolf lachte auf und schlug Rainolf auf die Schulter. »Willst du etwa auch in das Gewerbe der Steinmetze einsteigen, alter Händler? Aber die Frage kann auch ich dir beantworten: Es war der widerliche Aulus Gemellus, der uns jedes Mal den Lohn gebracht hat. Ja, es war das Schwein, wegen dem Walraban jetzt im Kerker sitzt. Es hat hier niemandem leidgetan, dass der Quaestor tot ist. Wir hoffen alle, dass Walraban bald freikommt.«

Während er redete, schien Markolf zu begreifen, worauf Rainolfs Frage hinauslief, und er bekam große Augen. »Hängt deine Frage etwa mit deiner Suche nach den Mördern von Aulus Gemellus zusammen? Farhild hat mir erzählt, was du treibst.«

»Ja, deshalb ist die Auskunft auch so wichtig. Wie ging die Bezahlung vor sich?«

Der junge Steinmetz überlegte intensiv, als hänge Walrabans Leben von der korrekten Antwort ab. »Er kam immer am Monatsende in unsere Werkstatt, übrigens in Begleitung von diesem kleinen Speichellecker, der jetzt Quaestor ist, und händigte meinem Vater das Geld aus. Die Summe schwankte natürlich, je nachdem wie viel wir für das Aquaeduct hatten arbeiten müssen. Mein Vater zählte dann den Betrag nach und bestätigte dem Quaestor die Richtigkeit. Dann verließen der Dicke und der kleine Wicht die Werkstatt wieder. Das Ganze ohne ein freundliches Wort, ja sogar ohne Gruß.«

»Hat er jemals versucht, euch Geld zu unterschlagen?«

»Nein, der Betrag stimmte immer.« Markolf hatte die ganze Zeit mit einem kleinen Hammer herumgespielt, jetzt ließ er ihn krachend auf einen halb behauenen Stein sausen. »Dafür stimmt aber am Aquaeduct etwas nicht.«

»Was stimmt nicht?«, fragte Rainolf überrascht.

»Die Ausbesserungsarbeiten waren zwar dringend notwendig, aber genau das ist merkwürdig. Das Aquaeduct ist schließlich erst vor wenigen Jahren fertig gestellt worden, also fast nagelneu. Die Risse und Löcher können unmöglich nur durch den letzten Frost entstanden sein.«

»Du meinst, jemand hat die Wasserleitung sabotiert?«

Markolf nickte und wirbelte wieder mit dem Hammer herum. »Einige Beschädigungen sehen sehr danach aus, als hätte jemand die Steine mit Werkzeug herausgebrochen.«

»Vielleicht benötigte jemand die Steine für seinen Hausbau.«

»Glaube ich nicht, es fehlen immer nur ein paar Steine, eigentlich immer gerade so viel, dass das Aquaeduct undicht ist und Wasser herauslaufen kann. Aber das an vielen Stellen, die manchmal einige Kilometer auseinander liegen.«

»Lass mich raten: Immer an solchen Stellen, die schlecht einsehbar sind und weit entfernt von der nächsten Siedlung liegen.«

Markolf musste einen Augenblick darüber nachdenken, aber dann nickte er langsam. »Ja, jetzt, wo du es sagst – das stimmt. Woher wusstest du das?«

Rainolf machte eine wegwerfende Handbewegung. »War nur so eine Ahnung. Noch eines: Haben die Reparaturen viel Geld gekostet?«

Markolf grinste wieder über das ganze verstaubte Gesicht. »Machst du Witze? Allein wir haben an den Ausbesserungsarbeiten so viel verdient, dass ich Farhild und mir bald eine eigene Wohnung kaufen kann. Und ich denke, die anderen Steinmetze und Maurer sind auch mehr als zufrieden.«

Draußen klopfte Rainolf sich erst einmal den Staub von der Kleidung. Im grellen Licht der Sonne tanzten dabei ganze Wolken um ihn herum. Albuin und Baldwin hatten sich vor dem Eingang der Werkstatt postiert und nickten ihm zu. Das sollte wohl bedeuten, dass kein Attentäter zu sehen war.

Zielstrebig marschierten sie nach Hause. Sigolf empfing sie mit einer Leichenbittermiene. In der Hand hielt er eine Wachstafel, wie sie zum schnellen Niederschreiben von Texten benutzt wurde. Er streckte sie Rainolf entgegen.

»Das hat vorhin ein Sklave aus dem Praetorium gebracht. Lies!«, forderte er seinen Sohn auf.

Rainolf überflog die Zeilen und der Inhalt zog ihm den Magen zusammen. Die Nachricht stammte von Julia. Sie teilte ihm mit, dass man auf der Brust von Walraban eine Tätowierung entdeckt habe, die ihn als adligen Bataver auswies. Die Entdeckung hatte im Praetorium sofort die Runde gemacht. Julia warf Rainolf vor, ihr das verschwiegen zu haben. Außerdem sei der Aedil Lucius Curilius nun endgültig davon überzeugt, dass Walraban den Mord aus Rache begangen habe. Ein Bataver, der sein Leben lang seine Herkunft aus Furcht vor den Römern verheimlichen musste, würde die Gelegenheit nutzen, um es den Besatzern heimzuzahlen. Der Aedil sei sich absolut sicher, dass der Iudex Walraban zum Tode verurteilen würde.

Mit einem Fluch schleuderte Rainolf die Wachstafel gegen die Wand. Sollten denn alle seine Bemühungen umsonst gewesen sein? Er ließ sich auf den nächsten Hocker sinken und vergrub das Gesicht in den Händen, den Tränen nahe.

»Rainolf, du hast getan, was du konntest. Mach dir keine Vorwürfe«, versuchte sein Vater, ihn zu beruhigen.

Doch sein Sohn schüttelte unwillig den Kopf. »Das kann doch nicht das Ende sein. Wir haben so viel herausbekommen. Wir müssen Walraban doch retten«, flüsterte er und starrte weiter auf den Boden.

»Wir haben noch eine Chance. Morgen werde ich den Anwalt Sixtus Mercantius aufsuchen und ihm all meine Ersparnisse anbieten, wenn er Walraban vor Gericht verteidigt.«

Rainolf schnellte hoch. »Das hat doch keinen Zweck!«, brüllte er wütend.

Sein Vater, Albuin und Baldwin, aber auch Farhild, die soeben aus der Culina gekommen war, sahen ihn verblüfft an. Es war das erste Mal in seinem Leben, dass Rainolf es wagte, die Stimme derart gegen seinen Vater zu erheben. »Sie klagen Walraban des Mordes an und werden nicht ein Wort davon glauben, dass in Wirklichkeit eine Verschwörung von Römern dahintersteckt«, tobte Rainolf weiter. »Verstehst du das nicht? Sie brauchen einen Schuldigen und Walraban ist der ideale Täter. Ein Bataver, der die Römer hasst und mit dessen Dolch Aulus Gemellus umgebracht worden ist.«

Sigolf war fassungslos. Er hatte noch nie eine so heftige Reaktion von Rainolf erlebt. Albuin und Baldwin standen daneben und starrten vor lauter Verlegenheit Löcher in die Decke. In germanischen Familien galt es als schwer wiegende Beleidigung, das Familienoberhaupt anzuschreien und ihm lautstarke Vorwürfe zu machen.

»Ich muss Julia warnen. Ich werde ihr erklären, warum Walraban seine Herkunft geheim gehalten hat. Julia ist die Einzige, die ihm noch helfen kann. Sie kann ihren Vater beeinflussen.«

Rainolf wollte zur Tür eilen, doch sein Vater vertrat ihm den Weg. »Aber nicht um diese Uhrzeit. Es wird bald dunkel.«

»Das ist mir egal. Wir müssen jetzt handeln, sonst ist es für Walraban zu spät.«

»Du vergisst, dass du dich selbst zur Zielscheibe der Meuchelmörder gemacht hast. Es ist zu gefährlich für dich, nachts draußen herumzulaufen, selbst wenn du Albuin und Baldwin mitnehmen würdest.«

Rainolf machte eine abweisende Geste. »Im Gegenteil: Niemand wird damit rechnen, dass ich mich nachts aus dem Haus wage. Und außerdem kann man mich in der Dunkelheit nicht erkennen.«

»Du gehst nicht!« Nun war es Sigolf, der laut wurde. »Es ist schlimm genug, wenn ich Walraban verliere, aber ich möchte nicht auch noch einen leichtsinnigen Sohn verlieren.«

Sie starrten sich einen Augenblick lang an, dann gab Rainolf nach. »Also gut, aber morgen werde ich gleich als Erstes zum Praetorium gehen«, sagte er entschlossen.

Er wandte sich um und stieg die Treppe hoch, ohne die

anderen eines weiteren Blickes zu würdigen. In seiner Kammer klebte er mit dem Ohr an der Tür, kaum dass er sie geschlossen hatte. Er hörte, wie sein Vater Albuin für die erste Wache einteilte und Baldwin schlafen schickte. Dann verkündete Sigolf, dass er sich ebenfalls ins Bett begeben würde.

Rainolf wartete reglos, bis er sicher sein konnte, dass sein Vater eingeschlafen war. So leise wie möglich öffnete er sein Fenster und kletterte hinaus. Er klammerte sich am Sims fest, dann ließ er sich fallen. Einen Augenblick später befand er sich auf der Straße und tauchte in die Schatten der Häuser ein.

Die Stadt war zu dieser nächtlichen Stunde wie ausgestorben. Rainolf drückte sich eng an den Mauern entlang. Zum Glück versteckte sich der Mond hinter einer Wolkendecke.

Rainolfs Gedanken wanderten zu Julia. Wie würde sie reagieren, wenn er sie um diese Uhrzeit heimlich besuchte? Und vor allem: Wie konnte er sie besänftigen? Sie davon überzeugen, dass er Walrabans Herkunft nur aus Vorsicht verschwiegen hatte?

Irgendwie musste er sich entschuldigen. Allerdings so, dass er sein Gesicht wahren konnte. Rainolf grübelte über die passenden Worte nach, als er einen dunklen Türeingang passierte.

Er wusste nicht genau, was ihn warnte. Es war nur eine Ahnung, ein Gefühl, dass Gefahr drohte. Seine Nackenhaare stellten sich auf, und im letzten Augenblick machte er einen Satz zur Seite. Diese Bewegung rettete ihm das Leben. Der Dolch, der ihn von hinten direkt ins Herz hatte treffen sollen, zerschnitt nur sein Hemd. Noch nicht einmal seine Haut wurde angeritzt.

Er war noch belebt. Leute, die sich auf dem Weg nach Hause, zu einer Taberna oder zu einer Hure befanden. Einige Legionäre standen vor dem Verwaltungsgebäude der Stadt Wache. Doch niemand rannte. Rainolf hatte den Attentäter verloren.

Sein Herz raste und er fühlte, wie der Schweiß seinen Rücken hinablief. Es nützte nichts, mit der Suche fortzufahren, er musste zu Julia. Froh über das Licht der Fackeln und die Anwesenheit von Menschen überquerte Rainolf das Forum. Von hier war es nicht mehr weit über den Cardo bis zum Praetorium. Kurz bevor ihn die Wachen sehen konnten, bog Rainolf jedoch ab, um zur rückwärtigen Mauer zu gelangen, über die er bereits vor einigen Tagen geklettert war. Bei der Erinnerung an seine erste Begegnung mit Julia musste er lächeln. Er hatte sie doch tatsächlich für eine Nymphe gehalten! Wenn er ihr das jemals gestehen sollte, würde sie …

Rainolf blieb wie angewurzelt stehen. Vor ihm in dem diffusen Licht bewegte sich eine schwarze Gestalt. Sie kam ihm entgegen und schien ihn noch nicht gesehen zu haben, denn sie blieb auf der anderen Straßenseite. War es der Attentäter? Rainolf drückte sich in die dunkelste Stelle der Häusermauer und hielt den Atem an.

Der Mann war groß und um seine breiten Schultern wallte ein schwarzer Umhang. Er bewegte sich fast lautlos und trotz der Schwere seines Körpers katzengleich. Rainolf kniff die Augen angestrengt zusammen, es war ihm ein Rätsel, warum er das Gesicht nicht erkennen konnte. Dann begriff Rainolf, dass das Antlitz schwarz wie die Nacht war. Der Mann war niemand anderes als Siazes, der Leibwächter von Quintus Caius Justinus!

Hatte der Nubier ihn eben überfallen? Und warum war er

nicht bei seinem Herrn in Novaesium? Wenn er in die Morde verwickelt war, befand sich Julia in allerhöchster Gefahr. Siazes hatte ungehinderten Zugang zu den privaten Gemächern des Prokonsuls.

Der hünenhafte Mann näherte sich rasch. Verzweifelt blickte Rainolf sich um, doch weit und breit war kein Versteck zu sehen. Er hielt den Atem an. Würde die Dunkelheit ausreichen, ihn zu verbergen?

Siazes ging in drei Schritten Entfernung an Rainolf vorbei, den Blick starr nach vorn gerichtet, und bog schließlich zum Haupteingang des Praetoriums ab. Ein Seufzer der Erleichterung entrang sich dem jungen Ubier. Er löste sich von der Wand und rannte, so schnell er konnte, weiter zur Rückseite des riesigen Gebäudes. Wie von Sinnen sprang er auf die Mauer zu, verschätzte sich in der Dunkelheit und schlug sich das ohnehin schon schmerzende Knie auf. Blut lief über sein Schienbein, doch er bemerkte es nicht einmal. Beim zweiten Versuch erwischte er den Ast und zog sich hoch.

Wenige Augenblicke später landete Rainolf auf dem Rasen und hetzte zur Gartentür. Glücklicherweise hielt man es offensichtlich nicht für nötig, im Peristylium Wachen aufzustellen. Vorsichtig zog er am bronzenen Griff. Noch nicht einmal die Tür war abgeschlossen. Rainolf öffnete sie vorsichtig und lauschte angespannt. Kein Ton war zu hören. Leise trat er ein, huschte durch den angrenzenden Raum und dann den Gang hinunter. Wenn er sich richtig erinnerte, befand sich Julias Gemach hinter der zweiten Tür auf der linken Seite.

Behutsam öffnete Rainolf sie und schlüpfte in den Raum. Es war dunkel, nur wenige Strahlen des Mondes fanden den Weg durch das Fenster. In dem Moment ertönte ein tiefes

Schnauben aus Richtung des Bettes. Verblüfft hielt Rainolf inne, er hatte nicht erwartet, dass Julia derartig schnarchte. Langsam gewöhnten sich seine Augen an die Dunkelheit und er erblickte eine ziemlich dicke, ältere Frau. Er entsann sich, sie schon bei seinem ersten Besuch gesehen zu haben. Sie war Julia und ihm im Gang entgegengekommen. Dort vor ihm lag eine ihrer Sklavinnen.

Es war wohl doch die dritte und nicht die zweite Tür gewesen, die in Julias Raum führte. Hastig verließ Rainolf das Zimmer wieder. Tatsächlich stand er kurz darauf vor dem richtigen Bett. Eine teure Öllampe aus Bronze spendete ein wenig Licht. Julia sah wunderschön aus, wie sie friedlich dalag. Die Haare auf dem Kissen umrahmten ihren Kopf wie die Strahlen die Sonne. Sie atmete ruhig und gleichmäßig, das Gesicht ein wenig nach links geneigt.

Rainolf hätte nicht sagen können, wie lange er stehen blieb und sie einfach nur betrachtete. Merkwürdige Gefühle tobten in ihm. Zum einen traute er sich nicht, sie zu wecken, zum anderen wollte er sie wachrütteln und ihr alles erzählen, was er herausgefunden hatte, und ihr sagen, dass es ihm leid tat, wie er sich verhalten hatte. Er empfand so viel für sie und konnte es nicht in Worte fassen. Nach einer kleinen Ewigkeit gab Rainolf sich einen Ruck und berührte sie leicht an der Schulter. Sie murmelte etwas, was er nicht verstehen konnte. Dann drehte sie den Kopf auf die andere Seite, ohne aufzuwachen. Er versuchte es erneut, diesmal energischer. Ein unwilliger Ton war die Antwort. Schließlich flüsterte er ihren Namen. Diesmal kam die Reaktion prompt: Julia schoss hoch und starrte ihn entgeistert an.

»Rainolf! Wie kommst du hier herein?«, fragte sie lauter, als ihm lieb war.

»Auf dem gleichen Weg wie beim ersten Mal. Ehrlich, über eure Sicherheitsmaßnahmen solltet ihr euch bei Gelegenheit mal ernsthafte Gedanken machen. Aber deshalb bin ich nicht hier. Ich muss dir etwas Wichtiges mitteilen.«

Erst in dem Moment wurde ihr bewusst, dass sie nur ein Schlafgewand aus Seide trug, und sie zog ruckartig das Bettlaken hoch bis unter ihr hübsches Kinn.

»Dieser kleine, widerliche Beamte Orvidus Nuntianus weiß etwas über die Verschwörung.«

»Verschwörung?«, wiederholte Julia.

»Ja, mittlerweile kann ich es nicht mehr anders bezeichnen. Es sind so viele Personen in die beiden Morde verstrickt, dass ich denke, irgendetwas Größeres steckt dahinter. Ich habe mir Orvidus Nuntianus vorgeknöpft und er hat immerhin zugegeben, dass er wusste, dass Aulus Gemellus Dreck am Stecken hatte. Angeblich hat er jedoch keine Ahnung, wer seinen Vorgesetzten umgebracht hat. Allerdings glaube ich nicht, dass er mir alles gesagt hat.« Rainolf hielt kurz inne und fasste sie genau ins Auge. »Wie gut kennst du Siazes?«

Er hatte erwartet, dass sie verblüfft wäre, stattdessen erschien ein eher mitleidiger Ausdruck auf ihrem Gesicht und ihre Mundwinkel zogen sich leicht spöttisch nach oben.

»Du verdächtigst nun doch wohl nicht Siazes, zu deinen Verschwörern zu gehören?«

Rainolf mochte diesen ironischen Unterton in ihrer Stimme überhaupt nicht, bemühte sich aber, ihn zu überhören. »Jemand hat eben versucht, mich umzubringen. Er war groß und in einen dunklen Mantel gehüllt, sodass ich sein Gesicht nicht erkennen konnte. Wie durch ein Wunder habe ich überlebt, aber der Angreifer konnte fliehen. Wenig später habe ich Siazes gesehen, der mit einem dunklen Mantel bekleidet hier ins Praetorium eilte. Wie kommt es überhaupt, dass er nicht bei deinem Vater in Novaesium ist?«

Jetzt hatte er es doch geschafft, sie zu beeindrucken, und empfand dabei eine gewisse Genugtuung.

»Bist du verletzt worden?« Julia griff nach seiner Hand, um sie festzuhalten.

»Nein, mir fehlt nichts«, beruhigte er sie.

»Und was ist das?«, fragte sie und deutete auf sein Knie.

Er sah selbst etwas verwundert auf das Blut, das sein Schienbein hinablief.

»Och, nichts Schlimmes«, winkte er heldenhaft ab.

Sie berührte das Knie leicht mit einem Finger und Rainolf zuckte mit einem unterdrückten Schrei zurück.

»Nichts, was? Warte, ich verbinde die Wunde.«

Nicht mehr darüber nachdenkend, dass sie nur ein dünnes Nachthemd trug, warf sie die Decke beiseite und stand auf. Sie durchquerte den Raum und öffnete eine Truhe, der sie ein langes, schmales Tuch aus Leinen entnahm.

»Setz dich«, forderte sie Rainolf auf. Er gehorchte wortlos. Julia säuberte sein Knie und verband es dann fachgerecht.

Er schaute erstaunt zu und vergaß dabei die Schmerzen. »Ich wusste nicht, dass du dich auf Heilkunde verstehst.«

»Meine Sklavin Lucilia weiß viel darüber. Von ihr habe ich ein wenig gelernt.«

Rainolf erinnerte sich an die dicke Frau nebenan und vermied es wohlweislich zu erwähnen, dass er sie eben noch gesehen hatte.

»Was ist denn nun mit Siazes?«, versuchte er, das Thema wieder in eine andere Richtung zu lenken.

»Vergiss deine Verdächtigungen«, schüttelte Julia ernst

den Kopf. »Siazes ist meinem Vater treu ergeben. Ein Verrat würde für ihn den Verlust seiner Ehre bedeuten, und die ist für ihn das Wichtigste im Leben.«

Rainolf runzelte skeptisch die Stirn.

»Siazes Vater Mubalar war ein Fürst der Nubier«, erklärte Julia ihm geduldig. »Er erhob sich gegen das Römische Imperium. Doch er bezahlte seinen Aufstand mit dem Leben: Er fiel auf dem Schlachtfeld. Als die Legionen dann die Stadt und den Palast stürmten, trafen sie dort auf Siazes, den ältesten Sohn des Fürsten, seine Mutter und seine Geschwister. Die Legionäre wollten sie alle töten, doch mein Vater als der befehlshabende Offizier verschonte ihr Leben. Ja, mehr noch: Er stellte die Familie unter seinen persönlichen Schutz, damit ihnen auch später kein Leid zugefügt werden konnte. Ihn hat es sehr beeindruckt, wie heldenhaft König Mubalar gekämpft hatte, und er empfand Achtung vor ihm. Siazes schwor daraufhin, meinem Vater treu zu dienen und ihn mit seinem Leben zu verteidigen. So folgte er ihm nach Rom und ist seitdem sein persönlicher Leibwächter.«

Rainolf hob abwehrend die Hände, um Julia in ihrem Redefluss zu stoppen. »Das mag ja alles sein, aber wer hat mich dann eben angegriffen?«

»Jedenfalls nicht Siazes«, beharrte sie trotzig.

»Und warum ist Siazes nicht an der Seite deines Vaters in Novaesium?«

Sie zuckte mit den Schultern. »Ich war selbst überrascht, als ich ihn gestern hier traf. Er sagte, mein Vater habe ihn angewiesen, in Colonia zu bleiben. Den Grund dafür wisse er selbst nicht.« Sie machte eine kurze Pause, bevor sie fortfuhr. »Allerdings gebe ich zu, dass ich den Verdacht hege, dass er mir den Grund nicht sagen will oder darf.«

Rainolf fand, dass es an der Zeit war, wieder auf sein eigentliches Anliegen zu sprechen zu kommen. »Mein Vater will Walraban einen Anwalt stellen. Einen Römer namens Sixtus Mercantius.«

Julia blickte ihren Besucher überrascht an. »Den kenne ich. Als er vor einigen Monaten in Colonia eintraf, hat ihn mein Vater zum Essen ins Praetorium eingeladen, um ihn gebührend zu ehren. Du musst wissen, dass Sixtus Mercantius in Rom ein bekannter Rechtsgelehrter ist und er diese Tätigkeit auch hier für eine Weile ausüben will. Seine Absicht ist es, eine Schule für Anwälte in Colonia zu etablieren. Schließlich soll das römische Recht überall im Imperium angewandt werden. Das Problem ist nur ...«, sie zögerte, »dass gute Anwälte auch sehr teuer sind. Kann sich dein Vater einen so bedeutenden Anwalt überhaupt leisten?«

»Ich weiß es nicht, da ich keine Ahnung habe, wie hoch das Honorar ist, das Sixtus Mercantius normalerweise verlangt.« Rainolf überschlug rasch im Kopf die Einnahmen der vergangenen Monate. »Das Geschäft lief dieses Jahr eigentlich ganz gut. Vielleicht reicht es ja.«

Jetzt sah ihn Julia fast mitleidig an. »Ein erfolgreicher und angesehener Anwalt, der in Rom nur die reichsten Leute vertritt, verlangt einige hundert Sesterzen für eine Verteidigung.«

Rainolfs Unterkiefer klappte nach unten. »Einige hundert Sesterzen?«

»Wenn sich die Verhandlung über ein paar Tage erstreckt, kann es auch wesentlich mehr werden«, erklärte sie.

Rainolf verließ jegliche Zuversicht. »Das werden wir uns nicht leisten können«, flüsterte er.

»Wieso hast du mir eigentlich nicht gesagt, dass Walraban ein Bataver ist?«

»Weil ich es selbst nicht gewusst habe.«

Wieder traf ihn ihr spöttischer Blick. Sie ahnte vermutlich, dass sie ihn damit maßlos ärgerte.

»Nicht gewusst?« Sie dehnte die Worte übertrieben. »Ich denke, er ist so etwas wie ein väterlicher Freund für dich?«

»Er hielt es für klüger, niemandem von seiner Herkunft zu erzählen, nicht einmal mir. Du siehst ja, dass die Römer es ihm sofort vorwerfen«, entgegnete er.

Sie wurde für einen Augenblick nachdenklich. »Da hast du natürlich Recht«, gestand Julia schließlich.

Rainolf holte tief Luft. »Vielleicht könntest du bei deinem Vater, sobald er zurück ist, ein gutes Wort für Walraban einlegen.«

»Du weißt, dass er deinen Freund nicht freilassen kann, zu viel spricht für seine Schuld.«

»Ja, aber bei der Gerichtsverhandlung könnte es Walraban vor einem Todesurteil retten, wenn sich der Prokonsul für ihn einsetzt.«

»Ich werde sehen, was ich tun kann«, versprach Julia.

Plötzlich erhob sie sich, selbstsicher und voller Grazie. »Du bist lange genug hier gewesen, Rainolf. Ich muss dich jetzt bitten zu gehen. Um deiner eigenen Sicherheit willen werde ich dich noch bis zum Peristylium begleiten.«

Julia warf sich einen roten Umhang über und sie schlichen leise bis zu dem Baum, über den Rainolf den Rückzug antreten wollte. Er drehte sich noch einmal um.

»Ich danke dir, dass du mir zugehört hast. Und …«, er geriet wieder einmal ins Stocken, als er ihr direkt in die Augen sah, »und es tut mir leid, dass ich dich verärgert habe.«

Sie ergriff seine Hände und sie starrten sich schweigend an. Dann zog sie ihn zu sich und küsste ihn. Rainolf konnte danach nicht sagen, wie lange es gedauert hatte, für ihn waren Zeit und Raum außer Kraft gesetzt.

Für den Rückweg brauchte er eine Ewigkeit, da er übervorsichtig in jeden Winkel und jeden Hauseingang spähte. Doch er gelangte ohne Zwischenfälle bis nach Hause und kletterte rasch zu seinem Fenster hoch. Der Verband von Julia behinderte ihn zwar ein wenig, aber wenigstens hatte das Knie aufgehört zu bluten. Erschöpft sank er ins Bett und schlief mit dem Gedanken an seine wunderschöne Römerin ein.

kenne Walraban sehr gut und sehr lange. Er war einst mein Sklave, bevor ich ihm die Freiheit schenkte. Er blieb bei mir im Geschäft und ich möchte sagen, dass wir Freunde sind. Eines weiß ich ganz genau: Er ist ein Mann von Ehre. Wenn er sagt, er hat den Mord nicht begangen, dann ist es die Wahrheit.«

Sixtus Mercantius hatte sich bequem zurückgelehnt und sah ihn aufmunternd an.

»Mein Sohn Rainolf hat einige Nachforschungen angestellt und ist auf eine Verschwörung gestoßen, an der wahrscheinlich einige«, Sigolf zögerte kurz, »hohe römische Beamte beteiligt sind.«

Er war unsicher, wie der Römer auf eine solche Nachricht reagieren würde. Sixtus Mercantius lächelte nur und wartete, dass Sigolf weitersprach.

»Es sieht so aus, als hätten zwei Tenkterer Walraban den Dolch in einer Taberna gestohlen und dann den Quaestor vor die Stadttore gelockt, um ihn mit Walrabans Dolch umzubringen. Allerdings waren sie nicht allein. Es hat den Anschein, als wären ...« Sigolf konnte es einfach nicht über die Lippen bringen. Er saß hier und wollte einem Römer erzählen, dass ein römischer Offizier und vielleicht sogar ein römischer Aedil den Mord begangen hatten. Der Anwalt würde ihn rausschmeißen und seine Landsleute warnen.

»... als wäre der Lagerpraefect der Classis Germanica Gaius Pondus und möglicherweise sogar der Aedil Lucius Curilius beteiligt«, führte Sixtus Mercantius den Satz zu Ende.

Sigolf starrte den Anwalt fassungslos an. Der Römer schien sich köstlich zu amüsieren, jedenfalls reichte sein Lächeln von einem Ohr bis zum anderen. Dann legte er seine Hand beruhigend auf den Unterarm seines Besuchers.

»Fasse dich, ich habe die Geschichte heute schon einmal gehört. Allerdings nicht, wie ich eben sagte, von einem Vögelchen, sondern von einer reizenden jungen Dame. Julia, die Tochter unseres wackeren Prokonsuls, hat mich bereits in aller Frühe aufgesucht, um mich als Anwalt für Walraban zu gewinnen.«

Sigolf brachte immer noch kein Wort heraus.

Der Römer erhob sich und schritt vor der Bank auf und ab. »Du musst wissen, dass ich schrecklich viel zu tun habe. Es sind nicht nur Gerichtsverhandlungen, die meine Anwesenheit erfordern, sondern auch die Schule. Viele fleißige, junge Leute erwarten mich dort jeden Tag, damit ich sie in die Geheimnisse der Rechtslehre einweihe.« Er schüttelte bekümmert den Kopf. »Aber andererseits gibt es in meinem Alter nur noch wenige Herausforderungen. Und so ein Fall wie dieser, der scheinbar aussichtslos für den Angeklagten ist, reizt mich über alle Maßen. Außerdem«, der Römer zwinkerte seinem Besucher zu, »wer kann einer charmanten Dame schon einen Wunsch abschlagen? Deshalb werde ich das Mandat annehmen.«

Ein schelmisches Lächeln huschte über sein Gesicht, während Sigolf seine Freude kaum zügeln konnte. Dann erhob der alte Römer warnend den Zeigefinger. »Ich verspreche, mein Bestes zu geben. Wunder kann allerdings auch ich nicht vollbringen. Es wird sehr, sehr schwierig werden, das Gericht von der Unschuld Walrabans zu überzeugen. Die Beweise sprechen eindeutig gegen ihn.«

»Ich danke dir«, stammelte der Ubier endlich.

»Du brauchst mir nicht zu danken. Wie gesagt, der Fall reizt mich. Mal sehen, wen ich alles aufscheuchen kann.« Er rieb sich vergnügt die Hände.

»Es gibt allerdings noch eine Sache zu klären«, bemerkte Sigolf kleinlaut.

»Die wäre?«, fragte der Anwalt und zog die Augenbrauen hoch.

»Das Honorar. Ich bin nur ein einfacher Händler und verfüge nicht über allzu viel Geld. Das, was ich habe, möchte ich dir gern geben, um Walraban zu retten. Ich weiß aber nicht, ob das reicht.«

Sixtus Mercantius winkte ab. »Da mach dir mal keine Sorgen. Mein Honorar wird sehr bescheiden ausfallen, da mich, wie gesagt, der Fall interessiert.«

Sigolf stand kurz davor, dem Anwalt um den Hals zu fallen, im letzten Moment beherrschte er sich jedoch.

*

Rainolf grollte im Laden vor sich hin. Er empfand es als unerträglich, hier festzusitzen. Morgen sollte der Prozess gegen Walraban beginnen und er war handlungsunfähig.

Zu seinem Erstaunen kehrte sein Vater schon bald wieder zurück. Sigolfs Laune war bestens. Er erzählte seiner Familie haarklein von der Begegnung mit dem berühmten Rechtsanwalt und verkündete, dass Sixtus Mercantius die Verteidigung von Walraban übernehmen werde.

Rainolf konnte die Euphorie seines Vaters nicht ganz teilen. Als ob ein römischer Anwalt ernsthaft für die Freilassung eines Germanen, den man des Mordes an einem Quaestor verdächtigte, kämpfen würde.

Doch die Nachricht, dass sich Julia für Walraban stark gemacht hatte, erfüllte Rainolf mit großen Glücksgefühlen. Sie vertraute ihm wieder. Und sie glaubte an Walrabans Unschuld, sonst hätte sie wohl kaum bei Sixtus Mercantius ihren Einfluss geltend gemacht.

»Der Prozess ist auf morgen früh zur dritten Stunde nach Sonnenaufgang in der Basilika angesetzt«, berichtete Sigolf. »Sixtus Mercantius erzählte mir, dass der Praetor Publius Grachus als Iudex die Verhandlung führen wird. Er soll sehr erfahren und klug sein, was hoffentlich für Walraban von Vorteil ist. Leider gibt es auch eine schlechte Nachricht: Der Ankläger ist Petronius Sepulcius. Ein harter Gegner, sagt Sixtus Mercantius.«

Rainolf nickte geistesabwesend. Er musste sich bei Julia bedanken. Außerdem war das ein guter Vorwand, um sie wieder zu sehen.

Er bedrängte seinen Vater, dass er die Tochter des Prokonsuls aufsuchen und ihr im Namen der gesamten Familie Dank für ihre Hilfe überbringen müsse. Nicht einmal Sigolf fiel ein Einwand ein. Er gestattete seinem Sohn, in Begleitung von Baldwin zu ihr zu gehen.

Also trat Rainolf einmal mehr den Weg zum Praetorium an. Vor dem Eingangstor standen wie üblich Wachen und Rainolf wollte erneut die Vollmacht des Silvius Claustrus zücken.

Doch diesmal reagierten sie anders als sonst. Einer der Legionäre erklärte, Rainolf würde schon erwartet. Verblüfft folgte er dem Soldaten in das Gebäude, während Baldwin draußen warten musste. Den Ubier beschlich ein ungutes Gefühl. Erwartet zu werden bedeutete bei den Römern meist, Ärger zu bekommen.

Der Legionär nahm den Weg zum großen Audienzraum. Dort saß bereits Quintus Caius Justinus persönlich. Der Prokonsul war am Morgen wieder in Colonia eingetroffen.

Neben ihm standen Silvius Claustrus und einige andere wichtig aussehende Römer, die Rainolf nicht kannte.

Alle sahen ihn ernst bis vorwurfsvoll an. Das Gesicht von Quintus Caius Justinus war eine steinerne Maske, in seinen Augen war keine Güte mehr zu erkennen.

»Rainolf, Sohn des Sigolfs«, ergriff der Prokonsul das Wort. »Mir ist zu Ohren gekommen, dass du dich des Öfteren mit meiner Tochter getroffen hast.«

Daher weht also der Wind, dachte Rainolf. Es ziemte sich natürlich überhaupt nicht für eine Patrizierin, sich mit dem Sohn eines ordinären Händlers zu treffen, schon gar nicht, wenn er auch noch Germane war. Und noch weniger, wenn es sich bei der Patrizierin um die Tochter eines Prokonsuls handelte.

Rainolf war klar, dass Quintus Caius Justinus keinen Spaß verstand, wenn es um Julia ging. Der junge Ubier schluckte und wusste nicht, was er antworten sollte.

»Ich bin zutiefst über diesen Vertrauensbruch erzürnt«, wetterte der Prokonsul. »Ich habe dir wohlwollend zugehört und, soweit es mein Amt zuließ, bei der Suche nach den ominösen Tenkterern geholfen. Und wie dankst du mir? Du belästigst Julia und setzt ihr Flausen in den Kopf. Ja, mehr noch: Du bringt sie in Gefahr, indem du sie ohne Leibwache vor die Stadt führst, wo sie zum Glück mein treuer Siazes gefunden hat. Ab sofort will ich dich nicht mehr hier im Praetorium sehen. Ich verbiete dir den Umgang mit Julia. Und jetzt: Geh mir aus den Augen.«

Wie vom Donner gerührt, starrte Rainolf die versammelten, böse blickenden Römer an. Er erlebte die Szene, als stünde er neben sich und würde sich selbst beobachten. Zwei Legionäre traten neben ihn und ließen keinen Zweifel daran aufkommen, dass sie ihn liebend gerne mit Gewalt mitschleifen würden. Sie eskortierten ihn nach draußen und wenig später fand sich Rainolf im Gewühl des Forums wieder.

Jetzt ist alles aus, dachte Rainolf. Nicht nur dass er Julia nie wieder sehen würde, die Chancen für Walrabans Freispruch waren auf null gesunken. Und er trug dafür die Verantwortung. Der Prokonsul würde nun sicherlich den Iudex bedrängen, den Freund des unverschämten jungen Germanen schuldig zu sprechen.

Dabei konnte Rainolf noch von Glück reden, dass Quintus Caius Justinus offensichtlich nichts von seinem nächtlichen Besuch in Julias Cubiculum wusste, sonst hätte er ihn wahrscheinlich sofort köpfen lassen.

Doch Rainolf bereute nichts. Trotzig reckte er seinen Kopf empor. Er liebte Julia. Ja, er musste es sich eingestehen: Er hatte sich in die glutäugige, kluge und temperamentvolle junge Römerin verliebt. Ohne sie wollte er nicht mehr sein.

Ziellos irrte er durch die Straßen. Baldwin trottete wie ein Hund hinter ihm her. Der Sklave versuchte, herauszubekommen, was passiert war, doch Rainolf schwieg. Irgendwann gelangten sie wieder zum Laden. Rainolf wollte niemanden sehen und sprechen, sondern gleich sein Zimmer aufsuchen.

Aber kaum hatten sie das Haus betreten, kam ihnen Sigolf entgegen. »Rainolf, da bist du ja endlich!«, rief er freudestrahlend. »Darf ich vorstellen: Sixtus Mercantius, der beste Anwalt der Welt.«

Ein kleines, weißhaariges Männlein blickte Rainolf freundlich an. »Es freut mich sehr, dich kennen zu lernen, Rainolf.

Ich habe schon viel von dir gehört. Julia, die Tochter unseres verehrten Prokonsuls, hat mir von dir erzählt.«

Sixtus Mercantius konnte nicht ahnen, wie sehr Rainolf die Erwähnung von Julias Namen schmerzte.

»Du hast schon eine Menge über die wahren Hintergründe des Mordes an Aulus Gemellus herausgefunden. Deshalb habe ich noch ein paar Fragen an dich. Du musst wissen, dass eine Verteidigung unter den gegebenen Umständen sehr schwer sein wird. Deshalb muss ich alles über den Mord wissen. Wirst du mir dabei helfen?«

Rainolfs Herz drohte zu zerspringen, aber die Ehre gebot es ihm, sich zu beherrschen. Um Walrabans willen musste er sich zusammenreißen. »Natürlich«, antwortete er matt.

Sigolf führte den Anwalt ins Triclinium, das manchmal für wichtige Geschäftsgespräche benutzt wurde. Er schickte Farhild los, damit sie Wein, Brot und Früchte für den Gast holte. Außerdem werde der Laden bis zum Nachmittag geschlossen bleiben, verkündete er. Man merkte ihm an, dass er nervös war.

Nachdem Farhild einen erlesenen Wein aus Kampanien aufgetischt und dem Anwalt ein großes Glas eingegossen hatte, verbannte Sigolf die beiden Sklaven nach draußen und verschloss die Tür des Raums sorgfältig. Es gab bekanntlich keine größeren Klatschmäuler als Sklaven. Und eine unbedachte Äußerung reichte schon, um Walrabans Verteidigung vor Gericht zu gefährden.

Sixtus Mercantius bedachte Rainolf mit einem gütigen Lächeln.

»So, mein Freund, jetzt erzähle am besten der Reihe nach, was sich zugetragen hat. Beginne einfach mit dem Tag, an dem Aulus Gemellus hier im Laden war. Versuch bitte, dich genau zu erinnern und nichts auszulassen, jede Kleinigkeit kann wichtig sein.«

Rainolf begann die ganze Geschichte vorzutragen. Er war bemüht, den Hergang so exakt wie möglich wiederzugeben, wurde aber des Öfteren von Sixtus Mercantius unterbrochen. Der Anwalt bohrte an vielen Stellen nach, fragte nach genauen Wortlauten und wie Rainolf bestimmte Vorfälle bewertete. Der kleine, unscheinbare Mann verfügte über einen brillanten Geist und zog messerscharfe Schlüsse. Rainolf war beeindruckt.

Die Unterhaltung dauerte über eine Stunde. Dann lehnte sich der Anwalt zurück und blickte nachdenklich an die Decke. Sigolf und Rainolf wagten es nicht, ihn in seinen Gedanken zu stören. Stattdessen nahm Farhild erneut die Amphore mit dem Wein und schenkte dem Gast nach. Der Wein war nicht, wie bei den Römern üblich, mit Wasser verdünnt, sodass er schnell zu Kopf stieg. Doch Sixtus Mercantius machte das offensichtlich nicht zu schaffen, er trank auch das zweite Glas zügig leer. Rainolf kam die Zeit endlos vor, bis der Anwalt endlich wieder das Wort ergriff.

»Wir werden unsere Strategie darauf aufbauen, dass die Beweise gegen Walraban äußerst dürftig sind. Dass es einen Streit zwischen ihm und Aulus Gemellus gab, hat nichts zu bedeuten. Der Quaestor hatte sich mit vielen Leuten überworfen. Er war kein angenehmer Mensch. Damit ist jeder, der je mit ihm gestritten hat, ein Mordverdächtiger. Diese Logik wird auch dem Gericht einleuchten. Am besten wäre es natürlich, wenn wir einen Zeugen hätten, der Walraban gesehen hat, während er mit den beiden Tenkterern würfelte. Das wäre zumindest ein Indiz, dass sie den Dolch gestohlen haben könnten. Ein weiteres Problem ist, dass Walraban kein Alibi für die Nacht des Mordes vorweisen kann. Leider hat ihn niemand getroffen, als er von der Taberna nach Hause ging.«

»Ich könnte doch sagen, dass ich Walraban zufällig in der Taberna getroffen habe und mit ihm nach Hause gegangen bin«, schlug Sigolf vor.

Der Anwalt hob warnend den Zeigefinger. »Nein. Keine falsche Zeugenaussage. Petronius Sepulcius würde dich bei einer Befragung in der Luft zerreißen. Unterschätze ihn nicht, er ist ein erfahrener Ankläger und du würdest dich schneller in Widersprüche verwickeln, als eine Münze zu Boden fällt. Damit würdest du Walraban keinen Dienst erweisen, sondern nur unsere Verteidigung unglaubwürdig machen.«

Verlegen ließ sich Sigolf wieder gegen die Lehne seines Stuhls sinken.

»Nachdem wir dem Gericht klar gemacht haben, dass die Anklage nur auf dem gestohlenen Dolch beruht, werden wir die Informationen präsentieren, die du, Rainolf, herausgefunden hast.«

Erneut trat ein Moment der Stille ein.

»Ich werde auf jeden Fall auch den Aedilen Lucius Curilius in den Zeugenstand rufen, um ihn über seinen Stand der Ermittlungen zu befragen. Vielleicht ergibt sich daraus ja noch ein interessanter Aspekt.«

»Was ist mit Gaius Pondus?«, drängelte Rainolf. »Er war doch an den Morden beteiligt.«

»Nein«, Sixtus Mercantius schüttelte bestimmt den Kopf. »Solange wir nicht einen stichhaltigen Beweis für seine Beteiligung an den Morden haben, wird Gaius Pondus mit keinem Wort erwähnt. Erst wenn die Lage völlig aussichtslos ist, werden wir ihn als Trumpf aus dem Ärmel zaubern.

Aber seid euch im Klaren, dass es ein sehr gefährliches Spiel ist, einem hohen Offizier einen Mord vorzuwerfen.«

Rainolf hatte natürlich seinen Ausflug und den Mordanschlag von letzter Nacht nicht erwähnt, um seinen Vater nicht zu erzürnen. Doch Sixtus Mercantius verfügte über eine scharfe Beobachtungsgabe, ihm entging der verstohlene Blick des jungen Ubiers in Sigolfs Richtung nicht.

»Wolltest du noch etwas sagen?«, fragte er sofort.

Rainolf schreckte hoch und kam sich ertappt vor. »Ich dachte über den Mord an Laurentius nach«, versuchte er, sich herauszureden. »Den hat Gaius Pondus doch offensichtlich auch auf dem Gewissen.«

Der Anwalt sah ihn durchdringend an, beließ es aber dabei. Langsam fasste der junge Ubier Vertrauen zu den Fähigkeiten des kleinen Römers. Sixtus Mercantius hatte seinen guten Ruf nicht zufällig erworben.

Er fuhr mit seinen Ausführungen fort: »Da der einzige Zeuge, der Gaius Pondus belasten könnte, tot ist, können wir dem Lagerpraefecten lediglich den Bestechungsversuch gegenüber Rainolf vorwerfen. Für hundert Sesterzen solltest du deine Nachforschungen einstellen. Aber diese Tat wird er leugnen und dann steht dein Wort gegen seines. Es ist nicht schwer zu erraten, wem der Iudex eher glauben wird.«

Rainolf wagte kaum zu fragen, konnte seine Zunge jedoch nicht im Zaum halten: »Sollten wir denn dem Gericht nicht sagen, dass die Tenkterer zusammen mit Gaius Pondus den Mord begangen haben?«

»Hast du einen Zeugen oder einen Beweis dafür?«

»Nein«, gestand er kleinlaut. »Aber sie waren in der Mordnacht in der Stadt. Das kann der Wirt vom *Schwarzen Stier* bestätigen.«

»Glaubst du, dass diese Aussage den Iudex beeindrucken wird?«

Rainolf schüttelte den Kopf.

»Es würde nur Sinn machen, wenn die Tenkterer selbst vor Gericht stünden und befragt werden könnten. Da sie aber tot sind, wäre es vergeblich, auf ihnen eine Verteidigung aufzubauen«, mischte sich zum ersten Mal Farhild in das Gespräch ein und errötete leicht, als ihr Vater sie missbilligend anguckte.

Doch der Anwalt nickte anerkennend. »Ihr habt eine bemerkenswert scharfsinnige Tochter«, lobte er Farhild, deren Gesichtsfarbe noch röter wurde. »Sie hat völlig Recht. Deshalb bitte ich euch, vor Gericht nur das Nötigste zu sagen. Wenn ihr von der Anklage befragt werdet, antwortet am besten nur mit Ja oder Nein. Lasst euch auf keine Diskussionen oder Ausschweifungen ein«, schärfte der Römer Sigolf und Rainolf ein. »Das Reden überlasst ihr vollkommen mir.« Dabei sah er den jungen Ubier streng an.

Rainolf wagte nicht, etwas zu erwidern.

Eine Stunde später verließ Sixtus Mercantius das Haus, nicht ohne allen Anwesenden eingebläut zu haben, mit niemandem über ihre Unterhaltung zu reden.

Nachdem Sigolf die Tür hinter dem Besucher geschlossen hatte, seufzte er erleichtert: »Jetzt bin ich zuversichtlich, dass Walraban freigesprochen wird. Ich gebe zu, dass ich bereits die Hoffnung aufgegeben hatte. Aber mithilfe von Sixtus Mercantius wird die Gerechtigkeit siegen.«

»Natürlich, Vater«, gab Rainolf knapp zurück und versuchte zu lächeln. Er würde erst an Walrabans Rettung glauben, wenn der Iudex den Freispruch verkündete.

»Dann werden wir das Geschäft jetzt wieder öffnen. Bis

zum Prozess morgen können wir nichts mehr für Walraban tun.«

Rainolf fragte sich zum wiederholten Mal, warum ausgerechnet ihnen das alles passierte. Doch er fand keine Antwort.

*

Der Prokonsul saß noch spät in der Nacht vor einem Marmortisch, auf dem einige Wachstafeln und Pergamentrollen verstreut lagen. Schon seit geraumer Zeit starrte er geistesabwesend auf einen Punkt an der gegenüberliegenden Wand und hielt dabei eine Gänsefeder in der Hand, mit der er eine Nachricht an Kaiser Hadrian verfassen wollte.

Eine innere Unruhe, die er sich selbst nicht erklären konnte, hatte Quintus Caius Justinus erfasst. Seit ihm vor einigen Tagen merkwürdige Vorgänge bei den Tenkterern gemeldet worden waren, spürte er, dass Unheil drohte. Die Meldung stammte von einem germanischen Spion, der gegen Gold dem Römischen Imperium stets die neuesten Nachrichten aus dem Freien Germanien lieferte. Falgar, einer der Stammesoberhäupter der Tenkterer, würde große Horden um sich scharen. Angeblich wären es bereits tausend Krieger, die nördlich von Colonia auf der rechten Seite des Rhenus, etwa eine halbe Tagesreise von Novaesium entfernt, lagerten.

Das allein wäre nichts Ungewöhnliches gewesen. Wenn die Tenkterer eine Stammesfeierlichkeit oder einen Thing abhielten, konnten durchaus so viele Menschen zusammenkommen. Das Besorgniserregende war, dass zurzeit keine solchen Anlässe geplant waren. Der Spion – ein fahrender

Händler, der dem Stamme der Sugambrer angehörte – hatte sich bislang immer als absolut zuverlässig erwiesen. Leider hatte er den Grund für die Versammlung nicht erfahren können. Falgar hatte nur den wichtigsten Stammesführern verraten, um was es ging – und die schwiegen eisern.

Sollte es sich tatsächlich um Vorbereitungen auf einen Krieg handeln? Quintus Caius Justinus konnte und wollte das nicht glauben. Seit Jahrzehnten hatte es keine Zwischenfälle mehr mit den Tenkterern gegeben. Man respektierte gegenseitig den Rhenus als Grenze und es war sogar zu einem florierenden Handel zwischen ihnen und Germania Inferior gekommen. Wieso sollte Falgar das plötzlich aufs Spiel setzen?

Mit einem ärgerlichen Brummen warf der Prokonsul die Feder hin. Er wusste nicht, was er dem Kaiser melden sollte. Einen möglichen Krieg gegen Rom? Einen bevorstehenden Überfall auf eine Stadt in Germania Inferior, deren Reichtümer die Barbaren lockten? Beabsichtigten die Tenkterer, einen anderen Germanenstamm anzugreifen? Vielleicht berieten sie sich aber auch nur und würden sich bald wieder in ihre Dörfer zurückziehen.

Die Reise nach Novaesium hatte dem Prokonsul auch keine neuen Erkenntnisse gebracht. Er und der Befehlshaber der I. Legion, mit dem er sich beraten hatte, hatten schließlich beschlossen, fünf Kohorten am Rhenus in Stellung zu bringen. Die andere Hälfte des Lagers würde sich in Alarmbereitschaft halten.

Schlimme Träume hatten Quintus Caius Justinus während der letzten Nächte gequält. Auch seine Auguren konnten sie nicht genau deuten, doch alles wies auf drohendes Unheil hin, auch seine Familie sollte davon betroffen sein. Deshalb hatte er Siazes befohlen, in Colonia zu bleiben und Julia im Auge zu behalten.

Und nun mischte sich seine Tochter nicht nur in diesen unerfreulichen Mordfall an Aulus Gemellus ein, sondern schien auch noch sehr viel für diesen jungen Ubier übrig zu haben.

Zwar war Rainolf dem Prokonsul sympathisch und die Geschichte von einem Komplott gegen den festgenommenen Walraban war auch nicht gänzlich unwahrscheinlich, aber jetzt war es mit seiner Geduld vorbei.

Ein berittener Kurier befand sich mit der Nachricht vom Mord an dem Quaestor Aulus Gemellus und der Festnahme eines Germanen bereits auf dem Weg nach Rom. Dort würde man nichts anderes als eine schnelle Verurteilung und Vollstreckung erwarten. Das Römische Imperium musste demonstrieren, mit welch unnachgiebiger Härte es gegen Aufrührer vorging.

Er musste unbedingt mit Julia reden, beschloss der Prokonsul. Er hatte ihr zwar schon mitgeteilt, dass er keinen Kontakt mehr zwischen ihr und Rainolf wünsche, aber er kannte seine Tochter gut genug, um zu wissen, wie störrisch sie sein konnte.

Quintus Caius Justinus hatten schon lange entschieden, mit wem er Julia in Rom verloben würde: mit dem Sohn eines einflussreichen Patriziers, dem eine steile Karriere in der Armee bevorstand, so er denn die ersten Kriegszüge überleben würde. Der Junge war zwar keine sonderlich einnehmende Erscheinung, darüber war sich der Prokonsul sehr wohl im Klaren, aber er konnte im Interesse seiner Familie keine Rücksicht auf Äußerlichkeiten nehmen. Allerdings fürchtete der Prokonsul jetzt schon den Tag, an dem er Julia von den Verlobungsplänen würde berichten müssen: Er konnte sich den Wutanfall seiner Tochter lebhaft vorstellen.

Wenn Rainolf ein Römer gewesen wäre, hätte sein Entschluss durchaus noch einmal ins Wanken geraten können, musste sich Quintus Caius Justinus eingestehen. Aber es fehlten dem Ubier nun mal die grundlegenden Voraussetzungen. Wenigstens ein römischer Beamter mit einem hohen Einkommen hätte Rainolf sein müssen, um die Familienehre der Justinus' zu wahren.

Unwillig schüttelte er den Kopf. Momentan hatte er wirklich Wichtigeres zu tun, als über so etwas Absurdes nachzudenken. Morgen würde der Prozess gegen Walraban beginnen und der Prokonsul hatte bereits mit dem Praetor Publius Grachus, der als Iudex die Verhandlung leiten würde, gesprochen. Publius Grachus teilte die Auffassung des Prokonsuls und sah einer raschen Verurteilung des angeklagten Batavers entgegen. Die einzige Überraschung war, dass Sixtus Mercantius die Verteidigung von Walraban übernehmen wollte. Dem alten Fuchs traute nicht nur Quintus Caius Justinus, sondern auch der Iudex viel zu. Der Anwalt war für seine brillanten Ideen und glänzenden Plädoyers bekannt.

Publius Grachus schien sich sogar auf eine harte Auseinandersetzung zwischen Anklage und Verteidigung zu freuen. Quintus Caius Justinus konnte sich des Eindrucks nicht erwehren, dass der Praetor den Prozess als eine Art intellektuelles Gladiatorenspiel ansah.

Mit einem Seufzer ergriff der Prokonsul erneut die Feder und schrieb, dass ihm Bewegungen bei den Tenkterern gemeldet worden seien. Er halte sie jedoch für unbedenklich, da sonst nichts auf einen Bruch des Friedens hindeute. Allerdings sei die I. Legion in Novaesium vorsorglich in Alarmbereitschaft versetzt worden.

Er unterschrieb das Pergament, rollte es zusammen und versiegelte es mit Wachs. Dann rief er nach einem Sklaven, der die Nachricht sofort einem Boten übergeben sollte. Die amtliche Post, noch dazu an den Kaiser persönlich, wurde stets so schnell wie möglich transportiert, dank eines berittenen Kurierdiensts, der alle paar Stunden an extra dafür eingerichteten Stationen die Pferde wechselte. Quintus Caius Justinus ging davon aus, dass Kaiser Hadrian das Pergament in spätestens zehn Tagen in den Händen halten würde.

X. Tag

Auf dem Weg zur Gerichtsverhandlung war Rainolf so nervös, dass er sich fast übergeben hätte. Er wollte sich jedoch vor seinem Vater und den beiden Sklaven, die sie begleiteten, keine Blöße geben und bemühte sich um Haltung. Albuin und Baldwin hatten darum gebeten, mitkommen zu dürfen. Wohl weniger, weil sie um die Sicherheit ihres Herrn besorgt waren, wie sie vorgaben, sondern mehr aus Neugier auf den Prozess.

Farhild hatten sie erneut zu Onkel Ansgisl gebracht, da Frauen das Beiwohnen eines Prozesses nicht gestattet war. Farhild war überhaupt nicht begeistert gewesen. Ihr schauderte bei der Vorstellung, sich den ganzen Tag das Lamentieren ihres Onkels anhören zu müssen.

Die Männer hatten ihre besten Kleidungsstücke angelegt, um vor Gericht einen guten Eindruck zu machen. Sigolf trug seine blaue Leinenjacke und eine graue Hose. Rainolf hatte seine Sachen danach ausgesucht, welche am wenigsten oft geflickt worden waren.

Je näher sie der Basilika kamen, desto voller wurden die Straßen. Der Prozess war das Ereignis des Tages und alle waren gespannt, wie er ausgehen würde. Wer Sigolf und

Rainolf erkannte, rief ihnen entweder aufmunternde Worte zu oder blickte sofort weg. Es beruhigte Rainolf etwas, dass die meisten zu ihnen und zu Walraban zu halten schienen.

Vor den Toren der Basilika war die Menschenmenge schier undurchdringlich. Das hohe, mit Statuen von Justitia und diversen anderen Gottheiten verzierte Gebäude war erst vor einigen Jahren fertig gestellt und voller Stolz vom Prokonsul eingeweiht worden. Colonia verfügte damit über ein Gerichtsgebäude, das dem Vorbild in Rom ebenbürtig war.

Auf einen Wink Sigolfs schoben sich Albuin und Baldwin wie zwei Stiere durch die Menschenmenge, Sigolf und sein Sohn folgten dicht auf. Vor dem Eingang hatten einige Legionäre alle Hände voll zu tun, die Leute am Zutritt zu hindern, da das Gebäude schon völlig überfüllt war. Nachdem Sigolf den Soldaten klar gemacht hatte, dass er und Rainolf Zeugen der Verteidigung waren, ließen sie die vier jedoch passieren.

Rainolf hatte aus Neugier bereits einige Gerichtsverhandlungen in der Basilika mitverfolgt, aber heute kam ihm die Szene verändert vor. Am Kopfende des riesigen Raums befand sich ein breites Podest, fast wie die Bühne im Amphitheater, das durch schwer bewaffnete Legionäre, die einen Ring bildeten, gesichert wurde. Offensichtlich befürchteten die Römer Ausschreitungen. Auf dem kurulischen Stuhl in der Mitte würde der Iudex Platz nehmen. Daneben befanden sich Sitzplätze für die Equites, die als Geschworene fungierten.

Dezent an der Seite des Podiums hockte Lucius Curilius. Als Praefect hatte er die Ermittlungen geleitet und wartete nun auf gespannt auf das Gerichtsverfahren. Zwei Tische mit Stühlen, an denen der Ankläger und der Verteidiger

Platz nehmen konnten, standen dem Iudex und den Equites gegenüber. Dahinter reihten sich einige dutzend Bänke für die Zuschauer. Jedoch drängten sich mittlerweile fast dreimal so viele Menschen in der Basilika, als eigentlich Sitzplätze vorhanden waren.

Doch außerhalb des Protokolls standen noch einige weitere Stühle auf der Bühne. Auf dem prunkvollsten saß kein Geringerer als Quintus Caius Justinus höchstpersönlich. Er unterhielt sich leise mit seinem Stellvertreter Silvius Claustrus, der schräg hinter ihm saß. Beide hatten sich in ihre besten Togen gehüllt. Die des Prokonsuls trug den obligatorischen purpurnen Saum als Zeichen seines hohen Amtes.

Während Albuin und Baldwin versuchten, weiter nach vorn zu gelangen, erspähte Rainolf hinter einer Säule das Raubvogelgesicht von Gaius Pondus. Wut keimte in dem jungen Ubier auf. Der wahre Mörder besaß die Frechheit, hier aufzutauchen, um der Verurteilung des Mannes beizuwohnen, der für ihn die Tat büßen sollte. Rainolf ballte die Fäuste und hätte sich am liebsten auf den Lagerpraefecten gestürzt.

Sigolf bemerkte den Blick und packte seinen Sohn an der Schulter. »Mach keine Dummheiten, Rainolf. Das hat keinen Zweck«, ermahnte er ihn scharf.

Rainolf atmete tief durch und ließ sich von seinem Vater weiterziehen. Durch das Gewühl vor ihm erhaschte Rainolf einen Blick auf Sixtus Mercantius, der sich bereits mit zwei Assistenten am Tisch der Verteidigung befand. Der Anwalt gab Sigolf einen Wink und die vier kämpften sich bis zu ihm vor.

Sixtus Mercantius begrüßte Sigolf und Rainolf per Handschlag und wies ihnen zwei Plätze zu, die sich direkt hinter ihm befanden. Er hatte sie von zweien seiner Schüler freihalten lassen. Der Anwalt strahlte Zuversicht aus. Wahrscheinlich gehörte das zu seinem Auftritt, um seinen Mandanten zu beruhigen und um das Gericht zu beeindrucken.

Rainolf ließ seinen Blick durch die Basilika schweifen. Viele Freunde und Bekannte seiner Familie hatten sich eingefunden. Zu seiner Überraschung erkannte er in einer der letzten Reihen Agilad. Warum hatte er sich nicht von seinen Sklaven den Weg nach vorn freimachen lassen? Diese Zurückhaltung passte so gar nicht zu Agilads Art. Er sah angestrengt zum Podium und es schien Rainolf, als würde er dort jemanden fixieren.

Auf der anderen Seite des Raumes hatte sich inzwischen Petronius Sepulcius, der Ankläger, eingefunden. Der Römer war kräftig gebaut, sein Brustkorb wölbte sich unter der Toga. Dunkle Locken umrahmten sein Gesicht und die Haare wuchsen sogar auf Unterarmen und Handrücken so dicht, dass es fast so aussah, als trüge er einen Pelz. Der Blick des Anklägers traf zufällig auf Rainolf, aus den Augen des Römers sprach die blanke Humorlosigkeit. Rainolf wurde schlagartig klar, was für ein gnadenloser Mann Walrabans Tod fordern würde.

Der junge Ubier rutschte unruhig auf seinem Platz hin und her und konnte den Beginn des Prozesses kaum erwarten. Aber es dauerte noch eine ganze Weile, bis die Gerichtswachen für Ruhe gesorgt hatten und der Iudex eintrat. Der Praetor Publius Grachus ging gemessenen Schrittes zu seinem Stuhl, gefolgt von zwei Liktoren. Er war sich seiner Wichtigkeit bewusst und machte absichtlich eine riesige Schau daraus. Sein Gesicht war von jahrelanger Völlerei feist geworden und anstelle eines Halses schwabbelte dort ein

Doppelkinn. Schwere Tränensäcke wulsten unter kleinen Äuglein. Als er sein Gewicht endlich auf den Stuhl gewuchtet hatte, verstummte das Volk vollends und blickte ihn erwartungsvoll an.

Im nächsten Moment quietschte eine Tür, die zu einem kleinen Raum im Seitentrakt der Basilika führte, und vier bewaffnete Legionäre brachten Walraban herein. Der Gefangene sah erbärmlich aus. Seine Kleider waren schmutzig und teilweise zerrissen, seine Haare struppig. Ausgemergelt wirkte er auf Rainolf – sein Freund hatte etliche Kilo verloren.

Walraban musste vor dem Iudex stehen bleiben. Seine Handgelenke waren zusammengebunden. Trotzdem versuchte er, seine Würde zu bewahren, und sah Publius Grachus mit erhobenem Haupt ins Gesicht.

Der Iudex gab dem Augur, der sich in einigen Schritten Entfernung bereitgehalten hatte, einen Wink. Mit viel Brimborium und Gemurmel von Zaubersprüchen gab der Wahrsager schließlich bekannt, dass der Flug der Schwalben und das Auftauchen eines Adlers über der Stadt zeigen würden, dass die Götter der Gerichtsverhandlung wohlgesonnen seien.

Die Römer würden wahrscheinlich nicht einmal auf die Latrine gehen, ohne vorher die Götter nach ihrem Einverständnis zu fragen, dachte Rainolf verächtlich. Es war für sie undenkbar, eine Gerichtsverhandlung ohne den göttlichen Segen abzuhalten. Standen die Zeichen schlecht, wurde der Prozess um etliche Tage verschoben. Auf diese Weise konnten sich manche Gerichtsverhandlungen um Wochen in die Länge ziehen.

Die Auguren lebten jedenfalls nicht schlecht von ihren angeblichen Weissagungen und Orakeln – meistens erzählten sie den Leuten einfach das, was diese hören wollten.

Rainolf zumindest hatte noch nie einen Adler über Colonia kreisen sehen und er lebte seit seiner Geburt hier.

Publius Grachus war zufrieden und eröffnete die Verhandlung mit dem Vorbringen der Anklage: Der Bataver Walraban sei des Mordes an dem Quaestor Aulus Gemellus verdächtigt. Sofort erhob sich lautstarkes Gemurmel unter den Zuhörern.

»Ruhe!«, rief Publius Grachus, der Störungen hasste.

Der Ausruf tat erstaunliche Wirkung, im nächsten Augenblick herrschte wieder Stille, denn alle waren begierig zu hören, was der Ankläger vortragen würde. Der Iudex erteilte Petronius Sepulcius das Wort. Dieser versuchte, die Dramatik zu steigern, indem er so tat, als müsse er noch ein Pergament zu Ende lesen. Dann erhob er sich und trat wortlos drei Schritte auf Walraban zu. Petronius Sepulcius erhob den Arm, zeigte demonstrativ auf den Angeklagten und blickte in die Gesichter der Zuschauer.

»Ein fürchterliches Verbrechen ist begangen worden. Der Quaestor Aulus Gemellus ist tot. Ein gesetzestreuer Diener des Römischen Imperiums ist feige erstochen worden. Ja, mehr noch: Er ist abgeschlachtet worden, man hat ihm die Eingeweide herausgerissen. Nicht einmal ein tollwütiger Hund verdient ein solches Ende. Wie sehr muss der aufrichtige Beamte, der stets auf Recht und Ordnung geachtet hat, gelitten, welche Qualen erduldet haben? Sein Leben lang hat er dem Staat gedient, hat sich um das Wohl seiner Mitmenschen und die korrekten Finanzen der Stadt und des Römischen Imperiums gekümmert. Stets war er bemüht, sein Amt gewissenhaft und redlich auszufüllen«, tönte Petronius Sepulcius.

»Auszunützen wäre der treffendere Ausdruck«, flüsterte Rainolf seinem Vater zu. So viel Verlogenheit und Heuchelei waren ihm zuwider. Doch er wusste, dass es Petronius Sepulcius nur darauf ankam, den Angeklagten in einem möglichst schlechten Licht erscheinen zu lassen. Selbst wenn er dazu ein bekanntermaßen habgieriges und unsymphatisches Ekel wie Aulus Gemellus in den Himmel loben musste. Es war wohl niemand im Saal anwesend, der die Lobpreisungen des Anklägers über den Toten ernst nahm, dafür beeindruckte die brutale Darstellung des Mordes umso mehr, und das war entscheidend für das bevorstehende Urteil.

»Aulus Gemellus hat keine Gelegenheit mehr, Gerechtigkeit zu fordern«, fuhr Petronius Sepulcius fort. »Aber wir können es.« Dabei breitete er die Arme aus, als wolle er das Publikum umarmen. »Wir, die rechtschaffenen Bürger dieser Stadt, haben die Pflicht, den gewissenlosen Mörder der härtesten Strafe zuzuführen.«

Sein Blick wanderte zu Walraban, der mit ausdruckslosem Gesicht vor dem Iudex stand. Der Bataver sah den Ankläger nicht einmal an.

»Dank des schnellen und entschlossenen Handelns unseres wackeren Aedilen Lucius Curilius konnte der Täter rasch festgenommen werden. Es ist ein Mann, der seit Jahren unter uns lebt, sich von unserem Wohlwollen und unserer Güte ernährt hat, in dessen Brust jedoch nur Hass und Rache wühlten. Er täuschte uns alle über seine Herkunft und gab vor, als Ubier geboren worden zu sein.« Petronius Sepulcius wirbelte um seine Achse. »In Wirklichkeit ist er ein Bataver«, spie er Walraban ins Gesicht.

Empörtes Gemurmel erhob sich.

Doch der Ankläger ließ weiter seinen mächtigen Bass ertönen. »Er hat uns alle hintergangen und nur darauf gewartet, einen von uns zu töten. Bereits seine Vorfahren haben sich gegen das Römische Imperium erhoben und friedfertige Bürger abgeschlachtet, bis unsere tapferen Legionen dem blutrünstigen Treiben Einhalt geboten und die Bataver glorreich besiegt haben.«

Auf korrekte Wiedergabe historischer Fakten legt Petronius Sepulcius offensichtlich keinen Wert, ärgerte sich Rainolf. Aber der Ankläger verstand es sehr geschickt, den Zuschauern Walraban als Feind zu präsentieren.

»Er trägt das Zeichen eines adeligen Batavers auf der Brust. Um sich dem gerechten Zugriff des Römischen Staates zu entziehen, schlich er sich in unsere Stadt ein und gab sich als harmloser Freigelassener aus, feige verbarg er seine wahren Absichten. Als der Quaestor Aulus Gemellus, nichts Böses ahnend, den Laden betrat, in dem der Freigelassene Walraban arbeitete, um Wein zu kaufen, verweigerte der Angeklagte ihm dies. Aulus Gemellus war zu Recht empört, doch er wurde auch noch beleidigt. Schon zu diesem Zeitpunkt plante der Angeklagte, den römischen Quaestor, sein personifiziertes Feindbild, bestialisch zu ermorden. Er verfolgte ihn nachts bis zum Ufer des Rhenus und brachte ihn dort kaltblütig um. Walraban hat das Schändlichste aller Verbrechen begangen: einen heimtückischen Mord an einem Unschuldigen.«

Petronius Sepulcius baute sich vor dem Iudex und den Geschworenen auf und rief inbrünstig: »Deshalb fordere ich für den Angeklagten den Tod am Kreuz. Vielen Dank an dich, ehrenwerter Praetor Publius Grachus.«

Der Ankläger zupfte kurz seine weiße Toga mit den blauen Verzierungen zurecht und schritt dann zurück zu seinem Tisch. Publius Grachus wirkte, als sei er plötzlich aus dem Schlaf erwacht, und räusperte sich, wobei seine Hängebacken leicht wabbelten. »Das Wort hat nun der Verteidiger Sixtus Mercantius.«

Der Anwalt erhob sich freundlich lächelnd. Sixtus Mercantius hatte während der gesamten Rede des Anklägers versonnen vor sich hin geblickt. Doch Rainolf war sich absolut sicher, dass der Advokat jedes Wort in seinem Gedächtnis gespeichert hatte.

»Ich danke dem Ankläger für seine interessanten und unterhaltsamen Ausführungen«, begann Sixtus Mercantius. »Und ich muss ihm Recht geben.«

Für einen Moment gefroren Rainolf die Gesichtszüge und er registrierte, dass sich die Fingernägel seines Vaters in die Holzbank krallten. Sixtus Mercantius hatte sie hintergangen und verraten, dachte Rainolf panisch. Das würde Walrabans sicheres Ende bedeuten.

»Es war tatsächlich ein äußerst scheußliches Verbrechen.« Sixtus Mercantius schüttelte missbilligend den Kopf. »Mit einem Messer die Gedärme herausgeschnitten zu bekommen ist sicherlich sehr qualvoll. Man stelle sich die Szene vor: Der Quaestor geht am Ufer entlang, vielleicht um die herrliche Nacht zu genießen, vielleicht wollte er sich aber auch mit jemandem treffen«, er flocht diesen Gedanken ganz beiläufig ein, als sei er ihm gerade gekommen, »und wird plötzlich angegriffen. Jemand stürzt auf ihn zu und bohrt ihm einen Dolch in den Bauch. Es gibt kein Entrinnen. Immer wieder sticht der Mörder zu, bis sein Opfer sterbend in den Fluten des Rhenus liegt. Schließlich, um seinen Triumph vollkommen zu machen, rammt er Aulus Gemellus noch die Waffe in die Brust und lässt sie stecken. Dann flieht er unerkannt im Schutze der Dunkelheit.« Er ließ seine Worte eine Weile auf die Zuhörer wirken, die atemlos lauschten.

Endlich hob der Anwalt den Zeigefinger. »Doch war es wirklich so, wie es der verehrte Ankläger darstellt?«

Rainolf atmete erleichtert auf. Dem Gegner zunächst Recht zu geben, war nur eine rhetorische Finte gewesen.

Sixtus Mercantius begann vor dem Publikum auf und ab zu schreiten, eine Hand auf dem Rücken, mit der anderen kleine Gesten vollführend. »Hat der angeklagte Walraban wirklich den, ach so harmlosen, Quaestor verfolgt und nur auf eine Gelegenheit gewartet, ihn niederzustechen? Es gibt nicht einen Zeugen für diese dreiste Unterstellung. Und niemand weiß, was Aulus Gemellus wirklich mitten in der Nacht vor den Toren der Stadt gesucht hat. Niemand hat gesehen, wie Walraban die Stadt verlassen hat. Niemand hat ihn am Rhenus gesehen. Niemand hat ihn beim erneuten Betreten der Stadt gesehen. Und es gibt erst recht niemanden, der gesehen hat, wie er mit einem Dolch auf Aulus Gemellus eingestochen hat. Alles, was die Anklage vorgetragen hat, ist pure Spekulation.« Der Anwalt warf Petronius Sepulcius einen fast schon mitleidigen Blick zu. »Das Einzige, was der Ankläger vorweisen kann, ist der Dolch, der fraglos Walraban gehört. Aber hat er den Besitz etwa geleugnet, um den Verdacht von sich zu lenken? Nein, er hat ohne zu zögern zugegeben, dass es sich um seinen Dolch handelt, da er ein reines Gewissen hat. Dieser Dolch«, Sixtus Mercantius eilte bei diesen Worten zum Tisch des Iudex, auf dem das Beweisstück lag, und nahm die Waffe, um sie dem Publikum zu zeigen, »wurde Walraban in der fraglichen Nacht gestohlen. Zwei Tenkterer überredeten ihn in der Taberna *Schwarzer Stier* zum Würfeln und Trinken. Dafür gibt es einen Zeugen: Der Wirt kann bestätigen, dass zwei Tenkterer sein Haus besucht haben.«

Sixtus Mercantius erwähnte vorsichtshalber nicht, dass der Wirt sich zwar an die Tenkterer, nicht aber an Walraban erinnern konnte. Der Anwalt bewegte sich auf dünnem Eis. Doch er sprach gleich weiter, sodass der Iudex nicht auf die Idee kam, den Zeugen aufzurufen. »Die beiden stahlen Walraban den Dolch, nachdem sie ihn betrunken gemacht hatten. Als der Angeklagte genug hatte, verließ er die Taberna und ging direkt nach Hause. Ich betone: direkt! Er verließ nicht die Stadt und ging schon gar nicht zum Rhenus. Hingegen taten das offensichtlich die beiden Tenkterer, die dort Aulus Gemellus heimtückisch ermordeten. Welche Motive sie dafür hatten, entzieht sich unserer Kenntnis. Und was den angeblich so rechtschaffenen Quaestor betrifft: Er war nicht der harmlose Beamte, wie die Anklage ihn beschreibt.«

Der Anwalt wandte sich zur Seite und sah zu Lucius Curilius. »Aedil, kannst du bestätigen, dass der Quaestor Aulus Gemellus erst letztes Jahr von dir bei der Annahme von Bestechungsgeldern erwischt worden ist?«

Lucius Curilius war völlig überrumpelt. Hunderte von Augenpaaren richteten sich auf ihn. Es dauerte einige Sekunden, ehe er sich gefasst hatte und antwortete.

»Das ist richtig. Er hatte ein Bestechungsgeld von einem Bauunternehmer angenommen. Beide sind dafür mit einer Geldbuße belegt worden und Aulus Gemellus hat die Summe, mit der er bestochen worden ist, der Staatskasse geben müssen.«

Unglaublich, staunte Rainolf. Wie hatte Sixtus Mercantius das nur herausgefunden? Der Anwalt schien über gute Kontakte in der Stadtverwaltung zu verfügen und hatte es geschafft, dem Leumund von Aulus Gemellus zu schaden.

Wieder erhob sich lautes Stimmengewirr im Publikum.

Jetzt wurde es dem Iudex zu viel. »Ruhe! Wenn nicht endlich Ruhe herrscht, werde ich das Verfahren unter Ausschluss der Öffentlichkeit fortsetzen.«

Dennoch dauerte es eine Weile, ehe Sixtus Mercantius weitersprechen konnte. »Der Quaestor war, wie ich eben schon sagte, durchaus kein untadeliger Beamter. Es entspricht auch nicht der Wahrheit, dass Aulus Gemellus den Wein im Laden des Händlers Sigolf, in dem Walraban arbeitet, kaufen wollte. Er verlangte ihn dreist als Geschenk. Dafür stellte er in Aussicht, dass er vielleicht zukünftig bei ihm einkaufen würde. Der Besitzer des Ladens war nicht zugegen und ohne dessen Einverständnis konnte Walraban selbstverständlich keinen Wein verschenken. Deshalb lehnte er ab.« Der Anwalt suchte erneut den Kontakt zum Publikum. »Wer würde eine solch dreiste Forderung schon akzeptieren? Doch was tat Aulus Gemellus? Er beschimpfte Walraban und schlug ihm sogar ins Gesicht. Selbst da beherrschte sich der Angeklagte und erhob nicht seinerseits die Hand gegen den Beamten. Der tragische Zufall wollte es, dass Aulus Gemellus in der gleichen Nacht ermordet wurde. Aber doch wohl kaum von einem solch friedliebenden Mann, der sich noch nicht einmal wehrte, als der Quaestor ihn angriff.«

Er holte tief Luft und fuhr dann in ruhigerem Ton fort: »Ja, ich weiß: Die Anklage wirft dem Freigelassenen Walraban Heimtücke vor. Er sei Bataver und habe stets Rachegedanken. In der Tat war Walrabans Vater ein batavischer Adliger, der nach dem Aufstand auf der anderen Seite des Rhenus Zuflucht gefunden hatte. Doch welche Schuld daran trifft den Angeklagten? Er war noch nicht einmal geboren, als seine Familie fliehen musste. Können wir ihn denn für die Taten seiner Eltern verantwortlich machen?

Er ist nach dem Tod seines Vaters als Kind in die Sklaverei gekommen. Es war sein Glück, dass der Händler Sigolf ihn eines Tages kaufte. Hier in Colonia lebte und arbeitete Walraban hart, und als er nach vielen Jahren freigelassen wurde, ist er aus Dankbarkeit bei seinem einstigen Herrn geblieben. Walraban hat sich nie etwas zu Schulden kommen lassen. Jeder kennt ihn als freundlichen und hilfsbereiten Mann, dem Hass oder Gewalttätigkeit fremd sind. Nie wäre es ihm in den Sinn gekommen, den Quaestor zu töten. Jemand hat sich den Zwischenfall in dem Laden zu Nutze gemacht, um Walraban als Mörder hinzustellen.«

Wieder erfolgte eine Drehung des Anwalts, der nun den Iudex mit seinem Blick fixierte. Es war fast wie in einem Theaterstück. Sixtus Mercantius verstand sein Handwerk.

»Verehrter Praetor: Mein Mandant ist unschuldig und muss dementsprechend freigesprochen werden.«

Für einen Moment herrschte absolute Stille im Saal, dann brach Tumult los. Jeder redete lautstark mit seinem Nachbarn oder rief in den Saal hinein. Auch wenn alle Anwesenden als Einwohner Colonias das römische Bürgerrecht besaßen, stand hier die Partei der Germanen gegen die der Römer. Das Gerichtsverfahren war eine Demonstration römischer Macht.

Publius Grachus versuchte mit hochrotem Gesicht, der Lage Herr zu werden. Erst nachdem er drohte, die Legionäre einzusetzen, beruhigte sich das Volk. Der dicke Iudex atmete mehrmals tief durch. »Ich würde nun gerne den Aedilen Lucius Curilius befragen.«

Der Genannte sprang pflichtbewusst auf und marschierte zackig auf das Podium. Nachdem er gehorsam gegrüßt hatte, blickte er erwartungsvoll Publius Grachus an.

»Lucius Curilius, du hast den Angeklagten festgenommen. Könntest du uns bitte schildern, wie es dazu kam?«, forderte der Iudex ihn auf.

Dieser räusperte sich, bevor er anfing zu sprechen. »Ich erhielt vor acht Tagen morgens die Nachricht, dass ein toter Mann am Ufer des Rhenus liege. Ich begab mich sofort dorthin und fand die Leiche des Aulus Gemellus. Er war, wie wir bereits gehört haben, erstochen worden. Der Dolch steckte noch in seinem Körper. Einer der umstehenden Bürger erkannte den Dolch als den des hier angeklagten Walrabans wieder. Ich eilte zum Laden des Händlers Sigolf, wo Walraban arbeitete. Dort traf ich den Angeklagten auch an. Er leugnete nicht, dass es sich um seinen Dolch handelte, konnte jedoch keine Angaben zu der vergangenen Nacht machen. Er behauptete, in der Taberna *Schwarzer Stier* gewesen zu sein und sich danach an nichts mehr erinnern zu können. Ich habe ihn festgenommen und ihn in den Kerker gebracht.«

»Danke, Aedil. Hat jemand Fragen an ihn?«

Der Iudex blickte zum Ankläger hinüber, doch Sixtus Mercantius meldete sich zu Wort. »Ja, ehrenwerter Praetor, ich hätte eine.«

Publius Grachus machte eine einladende Handbewegung.

Der Anwalt erhob sich und trat vor. »Lucius Curilius, bekleidest du dein Amt bei der Praefectus Urbani schon lange?«

»Seit drei Jahren«, antwortete der Gefragte irritiert.

Die Miene des Anwalts hellte sich auf. »Dann kannst du wohl mit Recht behaupten, über Erfahrung in deinem Amt zu verfügen?«

»Ich denke schon«, antwortete der Aedil vorsichtig.

»Wie viele Morde hast du bereits untersucht?«

Lucius Curilius hob in einer hilflosen Geste die Schultern. »Ich kann es nicht genau sagen.«

»Die ungefähre Zahl würde mir schon reichen«, ermunterte ihn Sixtus Mercantius.

»Nun, es werden schon über hundert gewesen sein. Es gab da letztes Jahr einen Bandenkrieg in der Stadt, bei dem …«

Der alte Mann schnitt ihm freundlich, aber bestimmt das Wort ab. »Über hundert, also. Darunter gab es doch sicherlich viele, bei denen die Opfer mit Dolchen oder Schwertern umgebracht worden sind?«

Jetzt fühlte sich der Aedil wieder auf sicherem Boden. Er nickte eifrig. »Ja, die meisten sogar.«

»Und bei wie vielen Opfern steckte noch die Waffe im Körper?«

Rainolf hätte schwören können, ein kurzes Blitzen in den Augen des kleinen Anwalts gesehen zu haben.

Lucius Curilius stockte kurz. »Bei keinem«, sagte er schließlich.

In gespielter Überraschung zog Sixtus Mercantius die Augenbrauen hoch. »Bei keinem?«, wiederholte er fragend. »Das heißt also, dass es keineswegs üblich ist, die Waffe am Ort des Verbrechens zurückzulassen.«

»Nein, denn die Waffen werden von den Besitzern schließlich noch gebraucht. Niemand würde freiwillig seinen Dolch weggeben.«

»Hat es dich denn nicht verwundert, den Dolch im Leib des Toten vorzufinden?«

Der Aedil trat verlegen auf das andere Bein und senkte den Blick. »Doch, ein wenig«, gestand er mit gedämpfter Stimme.

»Und welche Schlüsse hast du daraus gezogen?«

Der Aedil rang nach Worten. Er war sich klar, dass der Anwalt ihn bei einem Fehler erwischt hatte, denn er hatte sich keine weiteren Gedanken über den Dolch gemacht.

Sixtus Mercantius erlöste ihn aus seinem Dilemma. »Könnte es sein, dass der Mörder ihn absichtlich am Tatort zurückgelassen hat? Könnte es sein, dass er damit beabsichtigte, die Spur auf jemand anderen zu lenken?«

Erleichtert stimmte Lucius Curilius zu. »Ja, gut möglich.«

»Der wahre Mörder wollte also offensichtlich von sich ablenken und hat den gestohlenen Dolch genutzt, um Aulus Gemellus damit umzubringen. Anschließend ließ er ihn in der Leiche stecken, damit jeder glauben sollte, dass der Besitzer Walraban den Mord verübt hat.«

Wieder ging ein Aufschrei durch die Menge. Viele sprangen von ihren Plätzen auf.

»Ich habe keine weiteren Fragen mehr«, gab Sixtus Mercantius bekannt, auch wenn ihn niemand mehr beachtete. Er begab sich inmitten des Lärms wieder zu seinem Stuhl, von wo aus er scheinbar völlig gelassen und freundlich den Iudex anblickte.

Lucius Curilius stand immer noch auf dem Podium und sah aus, als hätte ihn ein kalter Regenguss erwischt. Dann ging ein Ruck durch den Aedilen und er schritt so rasch wie möglich zu seinem Platz am Rande des Saales. Das Geschrei um ihn herum schien er gar nicht wahrzunehmen. Dafür empörte es Publius Grachus umso mehr. Die Situation drohte zu eskalieren, da viele Leute sich aufgebracht dem Podium näherten. Der Iudex schrie, er werde den Saal räumen lassen.

Die Wachen gingen in Kampfbereitschaft und Walraban wurde vorsichtshalber wieder in das Seitenzimmer geführt. Sixtus Mercantius und seine Assistenten hatten sich hinter die Linie der Soldaten in Sicherheit gebracht, ebenso wie Petronius Sepulcius. Die Bank, auf der Rainolf saß, erhielt plötzlich einen mächtigen Stoß. Er wurde nach vorn geschleudert, sodass er sich unsanft auf dem Tisch der Verteidigung wiederfand.

In dem Moment berührte sein Ellbogen einen kalten Gegenstand. Es war Walrabans Dolch, den der Anwalt nicht auf den Tisch des Iudex zurückgelegt hatte. Ohne nachzudenken, griff Rainolf danach und versteckte ihn in seinem Hemd. Niemand bemerkte es in dem Durcheinander.

Warum er das tat, wusste er selbst nicht zu sagen. Es schien Rainolf, als könnte er den Verdacht von Walraban fortwischen, wenn er den Dolch verschwinden ließ. Ohne die Waffe würde Walraban nicht vor Gericht stehen.

Der Hauptmann der Wachen brüllte Befehle und die Soldaten rückten langsam vor. Sigolf und Rainolf mussten mit der Masse zurückweichen, um nicht von den vorgehaltenen Lanzen aufgespießt zu werden. Im Gleichschritt drängten die Römer den Mob aus der Basilika und schlossen die Tore. Wie durch ein Wunder kam niemand zu Schaden.

Draußen wurde eifrig weiter debattiert. Der Lärm war ohrenbetäubend. Die Mehrheit verlangte die Freilassung Walrabans, während einige wenige – meistens gebürtige Römer – seinen Tod forderten. Unschlüssig standen Sigolf, Rainolf und die beiden Sklaven auf dem Forum.

Plötzlich tauchte Agilad neben Rainolf auf. »Sie müssen Walraban einfach freisprechen. Er kann von Glück reden, einen so tüchtigen Anwalt zu haben«, verkündete Agilad inbrünstig.

Rainolf blickte ihn misstrauisch an. Er hatte noch Agilads skeptische Worte im Ohr, ob Walraban den Mord nicht doch begangen hätte. Aber nun machte er einen ehrlich erregten Eindruck auf Rainolf, also pflichtete er seinem Freund bei. »Ja, Sixtus Mercantius war großartig. Ich hoffe nur, dass der Aufruhr den Iudex nicht gegen Walraban beeinflusst.«

Agilad schnaubte verächtlich. »Diese Römer sind doch alle parteiisch. Sieh sie dir doch an: Sie haben Angst, dass noch einer von ihnen umgebracht werden könnte.«

Der zornige Ausbruch wunderte Rainolf. Sonst waren Agilad die römischen Besatzer immer ziemlich egal gewesen, solange er seinen Spaß hatte. Außerdem verdiente ja sein Vater Udalas an den Römern nicht schlecht.

»Es freut mich, dich hier zu sehen«, versuchte Rainolf, das Gespräch in eine andere Richtung zu lenken.

»Das ist doch selbstverständlich, dass ich einen alten Freund nicht im Stich lasse.«

Rainolf war sich unsicher, ob er damit ihn oder Walraban meinte. »Ich danke dir für deine Unterstützung.«

»Keine Ursache. Wir Germanen dürfen uns von den Römern nicht alles gefallen lassen. Sie wissen nicht, wer die Morde begangen hat, aber wollen uns dafür büßen lassen.«

»Das denke ich auch.« Rainolf fragte sich, ob Agilad heute schon zu reichlich dem Mulsum zugesprochen hatte. Allerdings sprach dessen Ernsthaftigkeit dagegen.

»Ich muss jetzt weiter, aber ich hoffe, wir sehen uns bald, Rainolf«, verabschiedete Agilad sich und verschwand rasch in der Menge.

Rainolf starrte ihm gedankenverloren nach. In dem Augenblick trat ein Sprecher des Gerichts auf die Balustrade im ersten Stock. Er musste mehrmals lauthals um Ruhe bitten, ehe man ihn verstehen konnte. Er verkündete, dass der Praetor Publius Grachus die Verhandlung auf morgen vertagt habe. Nur noch wenige, ausgesuchte Zuhörer seien dabei zugelassen.

Ein Aufschrei der Empörung ging durch die Menge. Doch der Sprecher war bereits von der Balustrade verschwunden und die Rufe gingen ins Leere. Rainolf hoffte inständig, dass sie morgen wieder Einlass fanden. Immerhin wurden sie möglicherweise als Zeugen benannt.

Sigolf, der ein paar Schritte entfernt mit einigen Bekannten diskutiert hatte, winkte seinen Sohn und die beiden Sklaven heran. Es war Zeit, nach Hause zu gehen, hier konnten sie nichts mehr ausrichten.

In dem Augenblick öffneten sich die Tore der Basilika und ein Trupp Legionäre marschierte im Gleichschritt heraus. Angeführt wurden sie von Lucius Curilius, der anscheinend seine Selbstsicherheit wiedererlangt hatte und sehr entschlossen wirkte. Der Trupp kam direkt auf Sigolf und Rainolf zu. Den jungen Ubier beschlich ein mulmiges Gefühl. Die Menge beobachtete die römischen Soldaten misstrauisch.

Unmittelbar vor Rainolf ließ der Aedil die Kohorte anhalten. »Rainolf, Sohn des Sigolfs! Im Namen des Senats und Volkes von Rom verhafte ich dich wegen des Mordes an einem römischen Bürger.«

Wie vom Donner gerührt, starrte Rainolf den Aedilen an. Er konnte nicht glauben, was er gerade gehört hatte.

Als Erster erlangte Sigolf seine Fassung wieder. »Wer wagt es, meinen Sohn eines solchen Verbrechens zu beschuldigen?«, rief er aufgebracht.

»Der Befehl kommt vom Prokonsul Quintus Caius Justinus persönlich. Er hat soeben Meldungen erhalten, die deinen Sohn als Mörder überführen.«

»Mord an wem?«

»An dem Quaestor Orvidus Nuntianus. Er ist gestern Abend tot in seiner Wohnung gefunden worden.«

Es durchfuhr Rainolf siedend heiß.

»Das ist ausgeschlossen! Mein Sohn ist kein Mörder«, brüllte Sigolf außer sich vor Wut und Angst.

Doch Lucius Curilius blieb davon unbeeindruckt. »Ein Zeuge hat gesehen, wie dein Sohn aus der Wohnung des Quaestors kam. Außerdem hat er Orvidus Nuntianus schon einmal vor drei Tagen überfallen und bedroht«, erklärte der Aedil ruhig, ehe er befahl: »Festnehmen!«

Zwei Legionäre traten vor und banden Rainolf mit Lederriemen die Hände auf dem Rücken zusammen. Der junge Ubier begriff, dass jemand eine raffinierte Intrige gegen ihn eingefädelt hatte. Für ein paar Sesterzen fand sich in Colonia immer jemand, der alles bezeugen würde, was man von ihm hören wollte. Auch dass er Rainolf mit einem blutigen Schwert in der Hand aus der Wohnung hatte kommen sehen.

Albuin und Baldwin mussten Sigolf festhalten, weil er sich auf den Aedilen stürzen wollte. Die Umstehenden, die den Dialog atemlos verfolgt hatten, begannen zu murren und vereinzelt waren Schmähungen gegen die Römer zu hören. Die Stimmung wurde immer bedrohlicher. Deshalb verlor Lucius Curilius keine Zeit.

Die Römer nahmen Rainolf in ihre Mitte und marschierten durch die Menschenmenge über den Cardo Maximus Richtung Kerker. Eine nie gekannte Verzweiflung wallte in Rainolf auf, dennoch versuchte er, äußerlich gefasst zu wirken.

Der Trupp erreichte gerade die nächste Kreuzung, als plötzlich der Legionär an Rainolfs rechter Seite von einem faustgroßen Stein am Kopf getroffen wurde. Der Römer sank besinnungslos zu Boden. Bevor die übrigen Legionäre begriffen, was geschah, stürzten sich einige Männer auf sie. Es war Garawan mit seinen Freunden.

Als hätte der Mob nur auf ein Signal gewartet, brach er nun wie eine Flutwelle über die Legionäre herein. Wut- und Schmerzensschreie hallten durch die Luft. Rainolf vernahm das Klirren von Metallklingen. Kommandos wurden gebrüllt. Ohne lange zu überlegen, schmiss Rainolf sich gegen den ihm am nächsten stehenden Soldaten und rempelte ihn um. Dann rannte er, wie nie zuvor in seinem Leben. Schultern stießen ihn an, etwas Hartes traf ihn am Schienbein, doch er spürte nichts davon. Er hörte die Leute schreien, sah sich aber nicht um. Er erwartete, jeden Moment eine Lanze in den Rücken zu bekommen.

Eine Stimme hinter ihm rief, dass er stehen bleiben solle, doch Rainolf rannte immer weiter. Im Takt seiner rasenden Schritte hämmerten die Worte durch seinen Kopf: Lauf! Nicht anhalten, es geht um dein Leben!

Erst als Rainolf fast die Stadtmauer erreicht hatte, wurde ihm bewusst, dass er die Stimme hinter sich kannte. Es war die Garawans. Keuchend hielt Rainolf inne. Garawan bekam ebenfalls kaum noch Luft. Sein Gesicht hatte fast die rote Farbe seiner Haare angenommen. Er trat hinter Rainolf und zog einen kleinen Dolch aus seinem Hosenbund, mit dem er die Fesseln durchtrennte.

Rainolf rieb sich die schmerzenden Handgelenke und blickte sich gleichzeitig nach möglichen Verfolgern um. Doch es war niemand zu entdecken, der ein Interesse an ihm haben könnte. Auf der Straße herrschte normaler Betrieb. Die Leute gingen geschäftig ihrer Wege und beachteten die beiden nicht.

»Danke«, stieß Rainolf endlich hervor. »Ihr habt mir das Leben gerettet!«

»War uns ein Vergnügen. Eine Prügelei mit den Römern erlebt man nicht alle Tage«, grinste Garawan.

»Ohne euch würde ich jetzt im Kerker sitzen.« Erneut sah sich Rainolf misstrauisch um. »Ich kann hier nicht bleiben. Die Römer werden die ganze Stadt nach mir absuchen.«

Garawan winkte ab. »Die sind erst einmal eine Weile beschäftigt. Du hast genug Zeit, dich in ein sicheres Versteck zu begeben.«

»Kennst du eins?«, fragte Rainolf hoffnungsvoll.

Garawan schüttelte bedauernd den Kopf. »Nur außerhalb der Stadt, aber die Wachen werden bereits alarmiert sein und niemanden hinauslassen.«

»Zu mir nach Hause kann ich nicht«, stellte Rainolf fest. »Dort werden die Römer als Erstes suchen.« Er fuhr sich durch die Haare und versuchte, einen klaren Kopf zu bekommen. »Es muss ein Ort sein, auf den die Römer nicht kommen ...«

»Wem können wir vertrauen?«, fragte Garawan. »Vielleicht einem Verwandten von dir?«

»Nein, die werden die Römer alle der Reihe nach aufsuchen.«

Garawan kratzte sich nachdenklich hinter dem Ohr.

»Agilad«, entfuhr es Rainolf. »Er hat doch eine kleine Wohnung in der Nähe des Forums. Die Römer werden nicht auf die Idee kommen, die Wohnung des Sohnes eines der reichsten Männer der Stadt, der ihnen freundschaftlich verbunden ist, zu durchsuchen.«

Garawan nickte anerkennend. »Klingt einleuchtend. Lass uns zu ihm gehen.«

Agilads Wohnung befand sich in einem der besseren Häuser, einen Block vom Forum entfernt. Er benutzte sie nur unregelmäßig, hauptsächlich dann, wenn er eine neue weibliche Eroberung gemacht hatte und sein Vater es nicht mitbekommen sollte. Im Erdgeschoss befand sich ein Obst- und Gemüsegeschäft, direkt daneben lag der schmale Eingang.

Rainolf und Garawan musterten unauffällig die Umgebung, ehe sie das Haus betraten und die Treppe nach oben stiegen. Es gab zwei Wohnungen im ersten Stock, die ein kleines Atrium trennte. Die Räumlichkeiten gingen nach vorn zur Straße hinaus, was es Rainolf ermöglichen würde, alles, was vor dem Haus passierte, beobachten zu können.

Die beiden Freunde klopften an die Holztür und warteten.

Es erfolgte keine Reaktion.

Auch auf ein erneutes Klopfen öffnete niemand die Tür.

»Hätte mich auch gewundert, wenn er zu Hause gewesen wäre«, meinte Garawan.

Einem plötzlichen Impuls nachgebend, drückte Rainolf auf die bronzene Klinke. Die Tür schwang nach innen auf.

»Typisch Agilad«, bemerkte Rainolf. »Er macht sich keine Gedanken, dass jemand einbrechen könnte.«

»Natürlich nicht. Wenn ihm etwas geklaut wird, kauft er es sich halt neu.«

Sie traten ein und schlossen die Tür rasch wieder. Es war eine Weile her, seit Rainolf das letzte Mal hier gewesen war, aber es schien sich nichts verändert zu haben. Sie standen in einem großen Raum mit einem Tisch, ein paar Stühlen, zwei Truhen und einem kleinen Kohlebecken, mit dem im Winter geheizt wurde. Diesem Raum schloss sich das Cubiculum an, in dem ein großes, gemauertes Bett stand: Agilads Spielwiese. Die Wohnung verfügte über eine eigene Toilette, was einen erheblichen Luxus darstellte.

Rainolf postierte sich neben dem Fenster und spähte hinaus. »Kein Verfolger zu sehen«, stellte er fest.

»Und was nun?«

Etwas ratlos hob Rainolf die Schultern. »Ich werde erst einmal hier bleiben müssen.«

»Dann werde ich mich mal umsehen, was von der Massenschlägerei übrig geblieben ist. Vielleicht kann ich auch etwas über den Tod von Orvidus Nuntianus in Erfahrung bringen.«

Garawan sprang auf und ging zur Tür.

»Einen Moment noch«, rief Rainolf. »Zu keinem ein Wort, wo ich bin. Hörst du? Niemand darf es erfahren, auch meine Familie nicht.«

»Selbstredend. Ich komme später wieder. Bis dann!« Mit einem kurzen Wink schlüpfte Garawan leise aus der Tür.

Rainolf fühlte sich wie in einem Albtraum. Heute Morgen hatte er noch gehofft, Walraban käme dank der Hilfe von Sixtus Mercantius frei, und jetzt musste er sogar um sein eigenes Leben bangen. Die Lage war schlimmer denn je.

Unruhig lief Rainolf im Zimmer auf und ab, immer darauf bedacht, sich nicht am Fenster zu zeigen. Einmal hörte er jemanden die Treppe heraufkommen und stellte sich angriffsbereit hinter die Tür. Doch die Schritte gingen vorbei und kurz darauf wurde quietschend die Nachbartür geöffnet. Erleichtert atmete Rainolf auf.

Die Stunden verstrichen quälend langsam. Endlich vernahm er wieder Schritte und diesmal hielten sie vor seiner Tür. Knirschend öffnete sie sich. Rainolf hielt den Atem an. Im schwächer werdenden Licht der Abendsonne erkannte er Agilad.

»Erschrick nicht«, sagte Rainolf leise.

Doch genau das geschah. Sein Freund wirbelte herum und starrte ihn verblüfft an. »Rainolf! Was machst du hier?«, rief er.

Statt einer Antwort schloss Rainolf die Tür und bedeutete Agilad, leise zu sprechen.

»Ich habe nicht gewusst, wo ich mich verstecken sollte. Du hast sicherlich gehört, dass die Römer mich suchen.«

»Selbstverständlich, das ist nach der Massenschlägerei vor der Basilika Stadtgespräch. Die Legionäre laufen wie die aufgescheuchten Hühner durch die Stadt.« Agilad stockte kurz und zog die Augenbrauen zusammen. »Ist das wahr, dass du Orvidus Nuntianus getötet hast?«

Rainolf verdrehte genervt die Augen. »Klar, und Aulus Gemellus gleich dazu«, antwortete er. »Natürlich nicht. Jemand will mir den Mord anhängen.«

»Wer?«

»Derselbe, der schon Aulus Gemellus getötet hat.«

»Ich denke, das waren zwei Tenkterer?«

»Nein, in Wirklichkeit war es Gaius Pondus, der Lagerpraefect.«

Agilad war sprachlos.

»Ich weiß, es klingt unglaublich, aber es ist die Wahrheit. Ich bin auf der Suche nach Beweisen, und genau deshalb will Gaius Pondus mich aus dem Weg räumen.«

»Wieso hast du das nicht vor Gericht erzählt?«

»Wer hätte mir denn eine solche Anschuldigung geglaubt?«

Agilad nickte verständnisvoll. »Was ist mit deinem Vater? Hätte er dich nicht außerhalb der Stadt verstecken können?«

»Meine ganze Familie schwebt selbst in Lebensgefahr. Mein Vater hat deshalb Farhild bereits heute Morgen bei meinem Onkel Ansgisl untergebracht, dort wird sie keiner finden.«

»Das klingt sehr besorgniserregend.«

»Ja, aber du könntest mir helfen. Du, als Sohn von Udalas, kannst dir Zutritt zum Praetorium verschaffen. Geh zu Julia, der Tochter des Prokonsuls, und sag ihr, dass man mich zum Sündenbock machen will. Sie weiß über die Geschichte Bescheid und kann ihrem Vater sagen, dass Gaius Pondus hinter den Morden steckt.« Rainolf sah seinen Freund durchdringend an. »Ich will nicht für etwas sterben, für das ich nicht verantwortlich bin. Dieser Albtraum muss endlich ein Ende haben.«

Agilad war nervös geworden. Seine Finger öffneten und schlossen sich wieder zur Faust und seine Pupillen zuckten unruhig durch den Raum.

»Natürlich werde ich dir helfen«, antwortete er schließlich. »Du bleibst am besten weiter in meiner Wohnung, hier wird dich niemand vermuten. Mach außer mir niemandem die Tür auf.«

Rainolf trat auf ihn zu, zögerte kurz, dann umarmte er seinen Freund. »Ich danke dir. Auf dich ist Verlass!«

Agilad versteifte sich, ihm war die Berührung offensichtlich unangenehm. Rainolf ließ ihn deshalb rasch wieder los.

»Ich werde sobald wie möglich wiederkommen«, sagte Agilad und zog die Tür hinter sich zu.

Hoffnung keimte in Rainolf auf. Julia würde ihn retten.

Bei dem Gedanken, dass er vor Kurzem noch Agilad gezürnt hatte, schämte er sich zutiefst. Ohne seinen Freund wäre er verloren.

*

Der Schein der Fackel tanzte geisterhaft über das Gesicht des Magisters. Gaius Pondus war erst vor wenigen Augenblicken in dem unterirdischen Gewölbe eingetroffen.

Wie es die Art des Magisters war, kam er ohne Umschweife zur Sache. »Wir müssen Rainolf sofort eliminieren.«

»Nur zu gerne«, antwortete Gaius Pondus. »Aber er ist verschwunden. Wahrscheinlich hat er die Stadt schon verlassen. Ich glaube nicht, dass er uns nochmal in die Quere kommen wird.«

Der Magister hob warnend den Zeigefinger. »Rainolf hat es geschafft, uns zu entkommen, und er hat bereits einen Teil unseres Plans aufgedeckt. Begreif endlich, dass der Bursche gefährlich ist.«

»Er ist nur ein dummer Junge. Wer wird dem schon glauben?«, gab Gaius Pondus verächtlich zurück.

Der Magister wurde jetzt laut. »Unterschätze nie einen Gegner! Willst du, dass er öffentlich, womöglich gar vor Gericht, erzählt, was er weiß?«

Gaius Pondus schluckte trocken und schüttelte nur steif den Kopf.

»Er hat mehr als einmal bewiesen, dass er nicht dumm ist«, fuhr der Magister fort. »Die Falle, die er uns mit dem Überfall auf Orvidus Nuntianus stellen wollte, war raffiniert. Du hast es nur der Information unseres Spions zu verdanken, dass du nicht hineingetappt bist.«

Gaius Pondus' Gesichtsausdruck war deutlich anzusehen, dass er nicht gern daran erinnert wurde.

»Wenn wir ihn nicht schnappen können, muss er halt zu uns kommen«, erklärte der Magister, nun wieder ruhiger.

Der Lagerpraefect zog die Augenbrauen zusammen. »Wie willst du das anstellen?«

Der Magister lachte leise. »Wir holen uns etwas, was er unbedingt wiederhaben will.«

»Und was soll das sein?«

»Überleg genau: An was hängt dieser Rainolf am meisten?«

Zähneknirschend musste Gaius Pondus eingestehen, dass er keine Ahnung hatte, wovon der Magister sprach. Erst als dieser ihm erklärte, wie der Plan aussah, hellte sich seine Miene auf. Er würde seine Rache an Rainolf bekommen.

*

Es machte Rainolf wütend, tatenlos herumsitzen zu müssen. Immer wieder trat er vorsichtig ans Fenster und spähte hinaus, doch nichts geschah. Die Zeit verrann zäh.

Sein Magen knurrte. Erst jetzt fiel Rainolf auf, dass er seit dem Morgen nichts mehr gegessen hatte. Suchend blickte er sich um. Es gab zwar eine offene Feuerstelle, aber keine Culina. An der gegenüberliegenden Wand stand ein reich verzierter Holzschrank. Eine teure Anschaffung. Rainolf öffnete ihn, in der Hoffnung, dass sich dort vielleicht etwas Essbares befand. Auf den Regalen lagen jedoch nur ein paar Hemden und Hosen. Darüber standen einige Becher und auf dem obersten Brett kleine Schalen. Da sie sich über Kopfhöhe befanden, konnte Rainolf nicht hineinsehen. Er tastete mit der Hand nach den Gefäßen, dabei fiel etwas aus einer Schale heraus und landete mit einem leisen Klirren auf dem Boden.

Verblüfft bückte sich Rainolf danach. Es war ein Lederbeutel, der durch den Sturz aufgegangen war. Goldstücke glänzten im Inneren. Rainolf nahm den Beutel hoch und erstarrte in der Bewegung, doch nicht wegen der Münzen. Auf dem Beutel befand sich eine Zeichnung: ein Adler mit einem Speer in den Krallen. Es war das gleiche Wappen wie das auf dem Lederbeutel, den die beiden Tenkterer bei ihrem Mordversuch im Haus seines Vaters verloren hatten.

Fassungslos blickte Rainolf auf die Zeichnung. Agilad – er gehörte zu den Verschwörern!

Auf einmal passte alles zusammen: dass die Meuchelmörder so schnell gewusst hatten, dass Rainolf ihnen auf der Spur war. Dass sie gewusst hatten, wo er wohnte. Er selbst hatte Agilad auch noch alle Neuigkeiten berichtet. Agilad, sein ältester Freund! Rainolf wollte es nicht glauben, aber er hielt den Beweis in Händen.

Und jetzt bist du in seiner Wohnung und wartest auf seine Rückkehr, durchfuhr es ihn.

*

Centurio Vinius Arcus sah von dem Tisch hoch, auf dem er sein Gladius polierte. Seit heute Morgen der Mob vor der Basilika mit Gewalt vertrieben worden war, herrschte höchste Alarmbereitschaft bei der Stadtwache. Es war durchaus möglich, dass erneut Unruhen aufflammen würden. Insgeheim hoffte der Centurio das sogar. Er hatte die Germanen nie leiden können, für ihn waren sie immer noch hinterhältige Barbaren. Ein Aufstand würde ihm die willkommene Gelegenheit bieten, seine Wut auszulassen.

Vinius Arcus kniff die Augen zu einem schmalen Spalt zusammen. Ein junger Germane näherte sich ihm, den die Wachen am Tor der Kaserne eingelassen hatten.

Der Germane grüßte in fließendem Latein. »Ave, Centurio! Ich bin Agilad, Sohn des Udalas. Ich komme, weil ich eine wichtige Nachricht für dich habe.«

Der Offizier erhob sich misstrauisch. »Und die wäre?«

»Ihr sucht nach Rainolf, dem Mörder des Quaestors Orvidus Nuntianus.«

»Weißt du etwa, wo er ist?«

Agilad nickte ernst. »Ja, in meiner Wohnung. Er kam zu mir, um sich zu verstecken. Ich gab vor, noch einige Besorgungen machen zu müssen, bin aber, wie du siehst, sofort hierher geeilt. Ich will keinen Mörder decken. Er muss seiner gerechten Strafe zugeführt werden.«

Der Centurio bekam die letzten Worte schon gar nicht mehr mit, sondern brüllte nach den Legionären, die im nächsten Moment aus ihren Räumen gestürzt kamen. Innerhalb von wenigen Sekunden hatten sich die Soldaten im Hof versammelt. Vinius Arcus rief ein paar knappe Kommandos und eine Zweierkolonne formierte sich zum Abmarsch. Dann winkte er Agilad herbei und legte ihm seine dicht behaarte Hand auf die Schulter.

»So, mein Freund, jetzt führe uns zu dem Mörder«, forderte der Centurio ihn grinsend auf, sich einer Belobigung und eines Sonderbonus gewiss.

Es bereitete Agilad kein Vergnügen, Rainolf zu verraten. Innerlich fühlte er sich zutiefst zerrissen. Aber es blieb ihm keine andere Wahl. Der Magister hatte angeordnet, dass Rainolf sterben musste, und zwar so rasch wie möglich. Zu viel stand auf dem Spiel, als dass jetzt, kurz vor dem Ziel, noch alles durch Rainolf zunichte gemacht werden durfte.

Agilad lief mit verbissener Miene neben dem Centurio her. Das Klirren der Rüstungen hallte wie Donnerschläge in seinen Ohren. Es klang für den Ubier wie eine Anklage. Schon war das Haus, in dem sich seine Wohnung befand, in Sichtweite. Schweißperlen standen auf seiner Stirn. Agilad deutete mit dem ausgestreckten Zeigefinger nach vorn. »Dort ist es. Im ersten Stock liegt die Wohnung.« Er blieb abrupt stehen. »Ich ziehe es vor, hier zu bleiben.«

»Besser so«, knurrte der Centurio. »Zivilisten stehen sowieso nur im Weg.«

Mit freudiger Erregung zog Vinius Arcus sein Gladius. Dieser Ubier hatte es nicht verdient, vor ein Gericht gestellt zu werden. Der Mörder eines Römers durfte keine Gnade erwarten. Vinius Arcus würde heute keine Gefangenen machen.

Agilad wartete, bis die Legionäre das Haus erreicht hatten, ehe er sich umdrehte und zu laufen begann. Er hatte noch eine wichtige Nachricht zu überbringen. Den Magister würde es brennend interessieren, was Agilad ihm zu erzählen hatte.

*

Farhild hatte sich bereits für die Nacht zurechtgemacht. Sie haderte damit, dass ihr Vater sie zu ihrem Großonkel Ansgisl gebracht hatte. Es war unendlich langweilig hier, nicht einmal zum Brunnen durfte sie gehen, wo ihre Freundinnen jeden Tag die Wäsche reinigten. Ihr Vater hatte Ansgisl eingeschärft, dass sie das Haus nicht verlassen durfte. Die Wohnung lag hinter der Schuhwerkstatt, die er betrieb.

Farhild saß auf der Kante eines alten, durchgelegenen Betts und kämmte sich ihre langen, blonden Haare. Ihr Großonkel hatte sich schon vor Stunden in seine Kammer zurückgezogen. Er war der Meinung, dass ein Germane bei Sonnenuntergang zu Bett gehen und sich bei Sonnenaufgang erheben sollte. So hätten es auch seine Vorfahren gehalten.

Farhild nervten diese Sprüche. Ansgisl war nicht nur der verbohrteste, sondern auch der langweiligste Mensch, den sie kannte. Und ausgerechnet hier hatte ihr Vater sie eingesperrt.

Als sie das Knarren der Holzbohlen hörte, dachte sie im ersten Moment, dass ihr Großonkel wieder aufgestanden sei. Sie verharrte, doch nun herrschte wieder Stille. Nach einigen Sekunden fuhr sie mit dem Kämmen fort. Da vernahm sie erneut deutlich das Geräusch eines Fußes, der auf den Holzfußboden gesetzt wurde. Ansgisl würde sich nie die Mühe machen, durch seine eigenen Räume zu schleichen. Es war jemand Fremdes im Haus!

Farhild schoss vom Bett hoch. Sie griff sich ihr Kleid und warf es hastig über. Panisch blickte sie sich nach einer Waffe um. Doch in der kleinen Kammer befand sich nichts, was sie auch nur ansatzweise zur Verteidigung hätte einsetzen können. Durch das Fenster konnte sie nicht fliehen, es war viel zu klein. Also blieb nur die Tür. Vorsichtig öffnete Farhild sie und lauschte angespannt in die Dunkelheit. Sie spürte geradezu die Anwesenheit eines anderen Menschen.

Sie musste hier raus. Ohne weiter zu überlegen, rannte sie los, nur weg von hier. Als sie die Werkstatt erreichte, nahm sie aus den Augenwinkeln eine Bewegung wahr. Sie wollte noch ausweichen, doch es war zu spät. Kräftige Hände packten Farhilds Arme. Sie wurde von den Füßen gerissen und wie eine Puppe hochgehoben. Eine raue Hand legte sich auf ihren Mund, damit sie nicht schrie.

Ein zweiter Mann kam hinzu und bewegte sich fast lautlos auf die Wohnung Ansgisls zu. Farhild strampelte, um loszukommen, doch es war vergeblich.

Wenig später kehrte der Mann zurück, mit einem Messer in der Hand. »Erledigt. Der redet nicht mehr.«

Sie hatten Ansgisl umgebracht! Warum nur? Der alte Mann hatte ihnen doch überhaupt nichts getan. Und was hatten sie mit ihr vor?

Farhild sah das Gesicht des Mörders, doch es war ihr völlig unbekannt. Sie wusste nur eines: Der Mann sprach akzentfrei Latein. Er war ein Römer!

*

Rainolf blickte immer noch fassungslos auf den Lederbeutel mit dem Wappen des Caligula, als er das Getöse auf der Straße hörte. Es war das typische Scheppern von metallenen Rüstungen. Die Römer kamen! Mit zwei Sprüngen war er am Fenster. Unten sah Rainolf einen Centurio mit einem Trupp Legionäre auf die Tür zuschreiten.

Rainolf spurtete in Panik zur Wohnungstür und riss sie auf. Doch im Treppenhaus ertönten schon laute Befehle. Sie hatten ihm den Weg zur Straße abgeschnitten. Gehetzt sah sich Rainolf um. Es gab keinen anderen Ausgang. Plötzlich erkannte er seine letzte Chance. Sie war gering, aber sie existierte.

Wie ein Besessener rannte Rainolf auf dem schmalen Gang um das Atrium herum und klopfte an die Nachbartür. Rainolf vernahm bereits deutlich die Stimme des Centurio. Er musste jeden Augenblick am Treppenabsatz auftauchen. Er klopfte erneut, diesmal heftiger und das Herz schlug ihm bis zum Hals. Die Tür öffnete sich und ein älterer Mann mit abstehenden Ohren und Halbglatze stand vor Rainolf. Fragend musterte er den Besucher.

»Onkel!«, rief Rainolf mit gespielter Freude aus.

Der Mann blickte ihn völlig entgeistert an.

»Erinnerst du dich nicht an mich? Ich bin es, dein Neffe!«, sagte Rainolf und drückte sich schnell an ihm vorbei. Im Vorbeigehen schloss er die Tür.

»Mein Neffe?«, brachte der Mann schließlich hervor. »Aber ich habe keinen Neffen.«

»Aber Onkelchen, du wirst doch auf deine alten Tage nicht vergesslich werden.«

Rainolf behielt den belustigten Tonfall bei und bewegte sich dabei zügig auf das Fenster zu. Er redete ohne Pause, um den Mann nicht zu Verstand kommen zu lassen. Vorsichtig spähte er hinaus. Auf der Rückseite des Hauses waren keine Römer zu sehen, aber der Abstand zum Pflaster erschien ihm größer, als er gehofft hatte. Doch es blieb ihm keine andere Wahl.

»Du bist nicht mein Onkel? Sollte ich mich derartig getäuscht haben?« Er öffnete das Fenster und stieg auf den Sims. »Dann bitte ich, meinen Irrtum zu entschuldigen. Ich bin sofort weg.«

Rainolf stieß sich ab und landete hart auf dem Kopfsteinpflaster. Der Aufprall erschütterte seinen gesamten Körper und er verharrte einen Moment lang reglos. Alles in Ordnung, machte er sich selbst Mut. Es war nichts gebrochen. Er rappelte sich bereits wieder hoch, als das Gesicht des Wohnungsinhabers über ihm im Fenster auftauchte. Entgeistert starrte er dem fliehenden jungen Mann hinterher und begriff überhaupt nichts. Gleich darauf wurde Rainolfs Gestalt von der Dunkelheit verschluckt.

Erst als wenige Momente später erneut gegen seine Tür gepocht wurde und eine barsche Stimme auf Latein ihn zum Aufmachen aufforderte, dämmerte dem Mann etwas. Er öffnete und wurde im selben Augenblick harsch von einem

Centurio zur Seite geschoben. Ohne Erklärung betraten zehn weitere Legionäre die Wohnung und begannen, alles zu durchsuchen. Als sie nicht fanden, was sie erwartet hatten, wandte sich der Centurio an ihn. »Hast du einem jungen Ubier namens Rainolf Unterschlupf gewährt?«, herrschte er den alten Mann an.

Der ältere Ubier wollte schon von dem seltsamen jungen Mann berichten, der aus dem Fenster gesprungen war, als ihn eine innere Stimme warnte. »Nein«, erklärte er entschieden. »Hier war niemand.«

Der Mann rechnete sich aus, dass die Römer ihn verantwortlich machen würden, wenn der Gesuchte entkam und sie mit leeren Händen vor den Aedilen treten mussten. Er hielt es für das Klügste, alles zu leugnen.

Der Centurio sah ihn durchdringend an. Dann bellte er einen Befehl und die Legionäre verließen zügig die Wohnung.

Der Mann drückte die Tür zu und lehnte sich zitternd dagegen.

*

Rainolf hielt sich hinter einer großen Säule, auf der das Standbild Kaiser Hadrians stolz ein Schwert in den sternklaren Nachthimmel reckte, versteckt. Auf diesem Platz lungerten tagsüber die Bettler herum, doch jetzt war die Gegend fast menschenleer. Von einem Wäscheberg am Brunnen, wo die Frauen die Kleidung wuschen, hatte Rainolf einen alten Umhang genommen und ihn über den Kopf gezogen. Er hoffte, dass man ihn mit dem schwarzen Überwurf in der Dunkelheit kaum noch sehen konnte.

Seit über zwei Stunden harrte er nun schon aus – genügend Zeit zum Nachdenken. Jetzt ergab Agilads Verhalten einen Sinn: seine ungewöhnlichen Besuche bei Rainolf, die Einladung zur Feier im Haus seines Vaters und die neugierigen Fragen. Er hatte Rainolf ausspioniert und alles an Gaius Pondus weitergegeben. Vor Empörung spürte Rainolf einen Kloß im Hals. Wie hatte sein alter Freund aus Kindertagen bloß zum Verräter werden können?

Rainolf zog den Umhang fester um sich. Die Villa Udalas' lag nur einen Steinwurf entfernt und wurde vom Schein dutzender Öllampen hell erleuchtet. Rainolf konnte sich noch genau entsinnen, wie er vor Monaten das letzte Mal mit dem reichen Geldverleiher persönlich gesprochen hatte. Er war laut und herzlich zu ihm gewesen und hatte sich über irgendein gerade abgeschlossenes Geschäft gefreut. Sein rundes Gesicht schwabbelte jedes Mal, wenn er lachte. Obwohl Agilad anwesend gewesen war, hatte Udalas seinen Sohn keines Blickes gewürdigt. Rainolf wusste, wie sehr Agilad es hasste, wenn sein Vater ihn mit Missachtung strafte.

Udalas traute Agilad nichts zu, schon gar nicht, dass er seine Bank übernehmen und erfolgreich führen könnte. Alle Bemühungen Agilads, seinen Vater vom Gegenteil zu überzeugen, wurden von Udalas grundsätzlich als dilettantisch verurteilt. Wenigstens in der Beziehung tat Agilad Rainolf leid.

Durch die lange Warterei begannen Rainolfs Knochen zu schmerzen. Er versuchte, seine Haltung immer wieder zu variieren, um die Muskeln zu lockern, durfte dabei jedoch nicht von der Villa aus gesehen werden. Nachdem der Hausmeister das Tor verschlossen hatte, tat sich stundenlang nichts mehr. Wenn Passanten vorbeikamen, gab Rainolf vor, interessiert den Sternenhimmel über ihm zu beobachten. Niemand stellte einem Fragen, wenn man angestrengt nach oben starrte.

Er ertappte sich mehrmals dabei, langsam einzudösen, und versuchte krampfhaft, wach zu bleiben. Rainolf bohrte sich die Fingernägel ins Fleisch und riss die Augen weit auf. Es half nichts, er hatte in den letzten Nächten einfach zu wenig Schlaf bekommen.

Ein leises Knarren schreckte ihn hoch. Er blickte vorsichtig um die Säule. Eine in dunkle Kleider gehüllte Gestalt schlüpfte aus der Tür von Udalas' Villa und schloss sie so geräuschlos wie möglich. Auch wenn der Schein der Öllampen vor dem Haus nur schwach war, erkannte Rainolf ohne Zweifel Agilad. Er hatte richtig vermutet. Agilad machte sich auf den Weg, um sich mit dem wahren Mörder zu treffen. Rainolf war mächtig gespannt, wohin er ihn führen würde.

*

Lucilia musste warten, bis es völlig dunkel war. Sie stand ungeduldig hinter einer der Säulen des Innenhofs. Als Sklavin war es ihr nicht erlaubt, eine Beziehung zu einem Soldaten der Wachmannschaft zu haben. Aber sie hatte es schon immer geschickt verstanden, Verbote zu umgehen. Ihre Herrin Julia, die sie bereits seit ihrer frühesten Kindheit als Dienerin begleitete, wusste das. Schließlich hatte die Tochter des Prokonsuls viel von der gewichtigen Sklavin aus Latium gelernt. Ihre Aufmüpfigkeit war nicht zuletzt auch ein Verdienst ihrer Leibsklavin.

Lucilia beobachtete das Quartier des wachhabenden Offiziers. Sobald dort eine Öllampe entzündet würde, konnte sie sich hervorwagen. Das war das vereinbarte Zeichen des Optios der Wachmannschaft, mit dem sie eine Affäre hatte, dass er allein war und sie zu einem Schäferstündchen kommen konnte. Heute wartete sie ungewöhnlich lange. Immer noch herrschte Dunkelheit im Wachquartier.

Sie wollte schon vorsichtig über den Platz schleichen, um ihren Optio zu suchen, als sich ein Torflügel des Haupteingangs öffnete. Zwei Männer in Umhängen traten auf den Innenhof. Sie trugen keine Uniformen, dennoch erkannte Lucilia an ihren abgehackten Bewegungen, dass es Soldaten sein mussten. Viel mehr interessierte sie jedoch das Bündel, welches einer der beiden Männer über der Schulter trug. Es handelte sich ohne Zweifel um eine Frau, der ein Sack über den Kopf gezogen worden war. Ihre Hände waren zusammengebunden.

Lucilia drückte sich dicht an die Säule, um nicht entdeckt zu werden. Die Männer gingen nur wenige Schritte entfernt an ihr vorbei. Den vorderen kannte sie: Gaius Pondus, der Lagerpraefect der Classis Germanica. Sie hatte ihn schon einige Male im Praetorium gesehen. Was trieb er hier um diese Zeit? Der andere Mann war ihr unbekannt, aber jetzt konnte sie die gefangene Frau näher in Augenschein nehmen: Sie trug die Kleidung der Ubier und unter dem Sack lugten blonde, lange Haare hervor. Der Statur nach zu urteilen, war sie noch recht jung.

Egal, was die beiden nächtlichen Besucher auch vorhatten, hier ging etwas nicht mit rechten Dingen zu, so viel war Lucilia sofort klar. Offizielle Gefangene wurden nicht in Säcke gesteckt und ins Praetorium getragen. Die Frau war entführt worden und die Aktion sollte verheimlicht werden. Lucilia vermutete, dass sich Gaius Pondus und sein Kumpan an ihr vergehen wollten. Unter den Sklaven im Praetorium, für die es nichts Wichtigeres als den Klatsch gab, galt der Lagerpraefect als brutal, angeblich hatte er schon Legionäre totgeprügelt.

Lucilia spähte den dreien hinterher. Dann vernahm sie ein leises Klopfen. Fast im gleichen Moment wurde das Tor zum Kerker geöffnet. Ein Mann mit einer Fackel trat heraus. Lucilia konnte den Kerkermeister deutlich erkennen.

»Ist sie das?«, fragte der dicke Wärter.

»Wer sonst?«, knurrte Gaius Pondus.

»Und was passiert mit ihr, wenn Rainolf nicht kommt?«

»Er wird kommen, schließlich ist sie seine Schwester. Und sie wird das gleiche Schicksal wie ihn ereilen!«, herrschte der Lagerpraefect ihn an.

Dann schloss sich die Tür hinter den Männern. Lucilia schlich vorsichtig über den Hof bis zum Eingang des Kerkers und lauschte angestrengt. Doch die Stimmen waren nicht mehr zu hören. Was wurde hier gespielt?

*

Farhild bekam kaum noch Luft. Panik stieg in ihr auf, sie könnte ersticken. Die zwei Männer hatten sie gefesselt, geknebelt und ihr einen Sack über den Kopf gezogen. Dann hatte der kräftige Mann, der Farhild die ganze Zeit festgehalten hatte, sie sich einfach über die Schulter geworfen und war losmarschiert. Die junge Ubierin flehte die Götter an, dass sich jemand ihren Entführern in den Weg stellen würde. Doch niemand hielt sie auf.

Als Farhild zwei leise Stimmen vernahm, die miteinander sprachen, fing sie an zu strampeln und zu schreien. Durch den Knebel wurde es allerdings nur ein unartikuliertes Grunzen. Als Reaktion bekam sie einen Schlag auf den Kopf, der ihr kurzzeitig die Sinne raubte.

Das Nächste, was Farhild bewusst verspürte, war ein schmerzhafter Aufprall. Ihre Entführer hatten sie einfach auf den harten Steinboden geworfen. Eine Tür schlug zu. Jemand zog den Sack von ihrem Kopf. Das Licht der Öllampen an den Wänden blendete sie zunächst, doch dann erkannte sie den Mann von vorhin wieder. Er war groß, hager und hatte eine Hakennase. Unter seinem Mantel trug er die Tunika der römischen Soldaten, wenn auch ohne Schutzpanzer.

Er nahm ihr den Knebel ab. Seine kalten Augen starrten sie durchdringend an. »Du bist also die Schwester von diesem Rainolf.«

Sie blickte ihn verblüfft an. Dann nahm sie allen Mut zusammen. »Was wollt ihr von mir?«

Ein wölfisches Grinsen erschien auf dem Gesicht. »Von dir? Gar nichts! Aber von deinem Bruder.«

Farhild begriff, dass sie entführt worden war, um Rainolf in eine Falle zu locken. Und der Blick des Römers sagte ihr, dass sie nicht vorhatten, ihren Bruder oder sie am Leben zu lassen.

»Lasst Rainolf in Ruhe, ihr Schweine!«, schrie sie los. Die Fesseln schnitten ihr in Hand- und Fußgelenke. »Ihr seid so feige, dass ihr euch sogar einen schwachen, alten Mann nur im Schlaf zu töten getraut.« Sie spuckte dem Römer zwischen die Augen.

Der andere Mann packte Farhild erneut, um sie auf den Boden zu zwingen.

Fassungslos starrte Gaius Pondus auf die tobende Germanin. So viel Mut hätte er nicht erwartet. Er konnte es nicht ertragen, wenn Frauen sich ihm gegenüber nicht unterwürfig zeigten. Der Römer schlug dem Mädchen mit der Faust ins Gesicht.

Farhilds Kopf flog herum und für einen Moment sah sie Sterne flimmern. Doch die junge Frau war so in Rage, dass sie die Schmerzen gar nicht spürte. »Du Schwein brauchst sogar einen zweiten Mann, um mich zu schlagen. Du bist ein elender Schlappschwanz!«

Noch nie hatte es eine Frau gewagt, ihn so zu beleidigen. Gaius Pondus' Augen verengten sich zu schmalen Schlitzen. Selbst Centurio Aurelius Dulcius, der seinen Lagerpraefecten schon lange kannte, fühlte Angst in sich aufsteigen. Gaius Pondus hatte schon Leute aus geringerem Anlass totgeprügelt.

»Schneide ihre Fesseln durch«, zischte der Lagerpraefect dem Centurio zu und knirschte dabei mit den Zähnen.

Überrascht blickte Aurelius Dulcius seinen Vorgesetzten an. »Aber …«

»Tu, was ich dir sage!«, brüllte Gaius Pondus.

Der Centurio gehorchte und schnitt das Seil um ihre Handgelenke durch. Selbst Farhild war so verblüfft, dass sie für einen Moment ihre Wut vergaß.

»Geh zum Tor des Praetoriums«, befahl der Lagerpraefect, »und warte dort auf mich. Es läuft alles weiter nach Plan. Ich brauche hier nur noch etwas Zeit.«

Aurelius Dulcius ließ Farhild los. Im nächsten Augenblick stürzte sich die junge Ubierin auf Gaius Pondus und schlug mit den Fäusten auf den Lagerpraefecten ein. Der machte einen Schritt nach hinten und ließ eine rechte Gerade krachend gegen ihren Schädel sausen. Farhild fiel rückwärts und blieb auf dem Boden liegen.

»Was ist?«, herrschte er Aurelius Dulcius an. »Führe den Befehl aus!«

Der Centurio hatte unschlüssig daneben gestanden, ob er eingreifen sollte, um die Germanin zurückzuhalten. Er salutierte kurz, verließ dann hastig die Zelle und zog die schwere Holztür zu. Draußen wartete der dicke Gefängniswärter und stieg nervös von einem Fuß auf den anderen.

»Du hast nichts gesehen und gehört!«, mahnte Aurelius Dulcius drohend. »Der Lagerpraefect kommt gleich nach. Los jetzt!«

Die beiden Männer begaben sich auf den Weg nach oben. Der Gefängniswärter bezog erneut seinen Posten neben dem Eingang und Aurelius Dulcius überquerte den Hof des Praetoriums. Der Centurio sah sich misstrauisch um, doch es war zu der späten Stunde niemand mehr unterwegs. Vorsichtig zog er das Tor auf. Die Köpfe der beiden Wachen draußen flogen herum. Als sie Aurelius Dulcius erkannten, entspannten sie sich. Ohne ein Wort zu sagen, zog der Centurio zwei kleine Beutel hervor und drückte jedem der beiden Legionäre einen in die Hand. Dann deutete er mit dem Daumen über seine Schulter. Einer der beiden Wachen verließ daraufhin leise seinen Posten und begab sich in den Schlafsaal der Legionäre. Er war den Handel nur allzu gerne eingegangen: zehn Sesterzen und dafür auch noch früher zum Schlafen kommen. Außerdem hatte der Centurio ihm versichert, dass ihm keine Strafe seitens seiner Vorgesetzten drohe. Sein Kamerad musste weiter mit Aurelius Dulcius Wache schieben, bekam aber die gleiche Summe. Beide interessierte nicht, was der Centurio vorhatte.

*

Lucilia hatte sich im letzten Moment hinter die Statue des Kaisers Hadrian geflüchtet, als der Kerkermeister zusammen mit dem Centurio aus der Tür trat. Ihr Herz pochte bis zum Hals und sie hoffte inständig, dass die beiden sie nicht gesehen hatten. Sie hörte Schritte, die sich über den Hof entfernten. Vorsichtig blickte sie um die Ecke des Sockels.

Der Soldat ging in Richtung des Eingangstors, während der dicke Kerkermeister vor der Tür Stellung bezog. Lucilia fluchte lautlos – sie saß fest! Solange der fette Kerl dort stand, konnte sie nicht ungesehen verschwinden.

Wenige Augenblicke später knarrte das Tor und ein Legionär erschien. Er ging gemächlich über den Innenhof und verschwand. Vom Sehen kannte sie den Mann und wusste, dass er zu den Wachen gehörte. Wieso verließ er seinen Posten? Was war hier nur im Gange?

*

Agilad war auf der Hut. Er blickte sich ständig suchend um. Rainolf folgte ihm in einiger Entfernung, die Kapuze des schwarzen Umhangs tief über den Kopf gezogen. Er versuchte, jede Deckung auszunutzen. Doch die Verfolgung dauerte nicht lange. Agilad strebte zügig auf das Praetorium zu.

Rainolf war verblüfft. Er hatte damit gerechnet, dass Agilad zum Haus von Lucius Curilius gehen oder sogar Gaius Pondus im Lager aufsuchen würde.

Agilad näherte sich dem mächtigen, zweiteiligen Eingangstor des Praetoriums. Zwei Wachen standen davor, die Lanzen neben sich auf den Boden aufgesetzt. Rainolf fragte sich, was Agilad ihnen erzählen wollte, damit sie ihn mitten in der Nacht einließen. Doch Agilad sprach kein Wort. Die Wachen blickten ihn nur an, dann öffnete einer der beiden das Tor. Rainolf klappte der Unterkiefer herunter. Im nächsten Augenblick schloss sich der massive Holzflügel wieder, und Agilad war verschwunden.

Alles umsonst, dachte Rainolf verärgert. Er schlich so dicht wie möglich an das Praetorium heran. Im Schatten der Mauer näherte er sich den Wachen bis auf dreißig Schritte, ohne dass sie ihn entdeckten. Er drückte sich in einen Erker, direkt unter einer Statue der Fortuna. Die Göttin des Glücks schien ihm hold zu sein, denn in diesem Augenblick wandte einer der beiden Soldaten den Kopf und das Mondlicht fiel direkt auf sein Gesicht. Rainolf stockte der Atem: Es war Centurio Aurelius Dulcius.

Wie konnte ein Centurio der Classis Germanica plötzlich bei der Stadtwache sein, die direkt dem Prokonsul unterstellt war? Völlig verwirrt starrte Rainolf auf den Soldaten.

Dann dämmerte es ihm langsam: Die Verschwörer hatten Aurelius Dulcius hier postiert, um Agilad ohne Aufsehen einlassen zu können. Wie sie das geschafft hatten, konnte Rainolf nur vermuten, wahrscheinlich aber durch Bestechung. Das aber konnte nur bedeuten, dass etwas Fürchterliches passieren würde. Und zwar im Praetorium. Rainolf musste hinein.

Unendlich vorsichtig zog er sich aus dem Blickfeld der Wachen zurück. Er war darauf gefasst, dass Aurelius Dulcius jeden Moment in seine Richtung sehen würde. Schweißgebadet erreichte Rainolf schließlich das Ende des Gebäudes.

So schnell ihn seine Beine trugen, rannte er zur Rückseite des Praetoriums. Er bog um die Ecke und stoppte aus vollem Lauf. Ein Soldat patrouillierte gemächlich an der Mauer entlang. Glücklicherweise wandte er ihm gerade den Rücken zu. Blitzartig sprang der Ubier zurück hinter einen Vorsprung. Keuchend überlegte er: Die Wache war kein Zufall. Gaius Pondus hatte sich nach allen Seiten abgesichert.

Wie sollte Rainolf nun in das Praetorium kommen? Irgendwie musste er hineingelangen.

Ein Gedanke durchzuckte ihn. Er machte kehrt und rannte durch die dunklen Straßen. Wenige Minuten später stand er vor dem mächtigen Eingangstor des Marstempels. Wie ein Wahnsinniger hämmerte er gegen die Tür. Zumindest der Priester, der über die Flamme zu Ehren des Mars wachte, musste anwesend sein. Sie durfte nie verlöschen, um nicht den Zorn des Kriegsgottes zu erregen.

Es kam Rainolf wie eine Ewigkeit vor, bis sich das Tor mit einem schauerlichen Knarren öffnete. Ein missmutig dreinblickender junger Priester, etwa in seinem Alter, schnauzte den Ubier an: »Was fällt dir ein, mitten in der Nacht so einen Lärm zu machen?«

»Ich muss Cecilius Sevonius sprechen!«

»Um diese Zeit? Hast du völlig den Verstand verloren? Der Hohepriester schläft!«

»Aber es geht um Leben und Tod! Ich muss ihn sprechen.«

»Komm morgen wieder. Verschwinde!«

Mit einer verächtlichen Geste knallte der Priester ihm das Tor vor der Nase zu. In Rainolf kochte die Wut hoch. Was bildete sich der Grünschnabel eigentlich ein? Gerade die Priesterweihe erhalten und schon hielt er sich für einen Halbgott!

Wie ein Berserker hämmerte Rainolf gegen das Metall. Es klang fast, als würden Glocken geläutet. Der junge Priester öffnete erneut. »Hörst du schlecht? Du sollst abhauen!«

»Wenn du Cecilius Sevonius nicht auf der Stelle holst, werde ich dafür sorgen, dass du für den Rest deines Lebens nur noch die Latrinen im Tempel putzen darfst«, herrschte Rainolf ihn an.

Sein Auftritt verfehlte seine Wirkung nicht. Der Priester machte einen Schritt rückwärts und nickte tonlos. Er ließ Rainolf ein und gebot ihm, vor dem Altar zu warten. Dann eilte er davon, um Cecilius Sevonius zu holen.

Endlose Minuten verstrichen und Rainolf trat ruhelos von einem Fuß auf den anderen. Die große Statue des Mars starrte von der anderen Seite des Altars auf ihn herab. Fast bildete sich Rainolf ein, dass der Gott ihn vorwurfsvoll ansah, weil er seine Ruhe störte.

Endlich erschien der junge Priester wieder, im Schlepptau den verschlafenen Cecilius Sevonius. Dessen grauen Haare waren zerzaust und er hatte sich nur schnell eine Toga übergeworfen. »Was gibt es so Dringendes, dass du mich aus dem Schlaf reißt?«

Rainolf wollte ihm hastig alles erklären, dann fiel sein Blick auf den jungen Priester, der ihn neugierig anstarrte. Cecilius Sevonius verstand und scheuchte den Jungen mit einer gebieterischen Handbewegung weg. Mit enttäuschter Miene trat der Novize den Rückzug an.

»Heute Nacht soll der Prokonsul ermordet werden und der Attentäter ist schon im Praetorium. Ich muss dort hinein und Quintus Caius Justinus warnen.«

»Dann solltest du sofort zur Wache am Tor gehen und sie alarmieren.«

»Das kann ich nicht, weil dort einer der Verschwörer steht. Sie würden mich töten. Außerdem wären sie dann gewarnt.«

»Verschwörer?«, fragte Cecilius Sevonius ungläubig.

Rainolf hatte den Eindruck, dass ihm die Zeit zwischen den Fingern zerrann. »Hoher Priester Cecilius! Ich weiß, dass es einen geheimen Gang gibt, der vom Tempel ins Praetorium führt. Du musst ihn mir zeigen, sonst ist das Leben von Quintus Caius Justinus verwirkt!«

Erstaunen spiegelte sich auf Cecilius Sevonius' Gesicht wider. »Woher weißt du von dem Gang?«

»Das spielt doch jetzt keine Rolle! Bitte, du musst mir den Gang zeigen!«

Cecilius Sevonius starrte eine kleine Ewigkeit den jungen Ubier an. Schließlich gab sich der Hohepriester einen Ruck. »Folge mir!«, forderte er den Besucher auf.

Rainolf atmete erleichtert auf. Cecilius Sevonius nahm eine Fackel von der Wand und durchquerte den Tempel. Am gegenüberliegenden Ende führte ein winziger Durchlass zur Krypta, wo verstorbene Priester beigesetzt wurden. Rainolf erschauerte bei dem Gedanken, gleich zwischen einen Haufen Toter zu geraten.

Beide zogen die Köpfe ein, um nicht anzustoßen, und stiegen die enge Treppe hinab. Es roch modrig und wurde deutlich kühler. Im gespenstischen Schein der Fackel waren einige kleine Statuen von Dämonen in den Wandnischen zu erkennen. Sie grinsten mit entblößten Fangzähnen oder streckten die Zunge heraus. Statt Finger hatten sie Krallen, die nach Rainolf zu greifen schienen. Unwillkürlich drängte er sich eng hinter Cecilius Sevonius und trat ihm fast in die Fersen.

Unten blieb Cecilius Sevonius nach wenigen Schritten stehen und hob die Fackel. Mitten im Raum befand sich ein roh behauener Stein mit einer flachen Oberseite. Als sich

Rainolfs Augen an das diffuse Licht gewöhnt hatten, erkannte er viele kleine Öffnungen in den Wänden. Von dort starrten ihn aus schwarzen Augenhöhlen Totenköpfe an. Rainolf hätte beinahe laut aufgeschrien.

»Das ist die Ruhestätte unserer verstorbenen Priester«, sagte Cecilius Sevonius mit feierlicher Stimme.

Er stellte sich mit erhobenen Armen vor den Steinklotz. »Und hier werden die Toten für die Bestattungszeremonie aufgebahrt. Verzeiht, dass ich eure Ruhe störe.« Der Hohepriester verbeugte sich und murmelte einige rituelle Formeln, die Rainolf nicht verstand.

Endlich löste sich der Priester aus seiner andächtigen Haltung und trat an das hintere Ende der Kammer. Dort befand sich eine hüfthohe Nische mit einer Art steinernem Regal, auf dem ein Dutzend Totenköpfe drapiert waren. Cecilius Sevonius nahm eine erloschene Fackel aus einem eisernen Ring an der Wand, entzündete sie an seiner und gab sie Rainolf.

Dann griff der alte Priester zwischen die verblichenen Knochen und zog an einem verborgenen Riegel. Ein leises Geräusch ertönte. Nun ließ sich das Regal wie eine Tür öffnen. Ein finsteres Loch gähnte vor ihnen.

»Folge diesem Gang. An seinem Ende wendest du dich nach rechts. Nach genau einhundert Schritten beginnt links ein anderer, schmaler Gang. An dessen Ende ist eine Tür wie diese. Du musst den Hebel nach unten drücken, dann kannst du sie öffnen.«

Rainolf blickte Cecilius Sevonius entsetzt an. »Du kommst nicht mit?«

Der Priester schüttelte bestimmt den Kopf. »Ich wäre dir nicht von Nutzen. Ich habe ein Gelübde abgelegt, nie eine

Waffe in die Hand zu nehmen. Außerdem ist der Gang zum Teil so schmal, dass man kriechen muss. In meinem Alter fühle ich mich nicht mehr dazu in der Lage. Aber ich werde alle Priester wecken und sie zum Eingang des Praetoriums führen. Dort werden wir uns versteckt halten. Wenn im Morgengrauen die Wachablösung stattgefunden hat und der Verschwörer nicht mehr am Tor steht, werden wir uns Einlass verschaffen.«

Er drückte Rainolf die Fackel in die Hand und trat zur Seite. Der junge Ubier starrte in die Schwärze. Das Loch kam ihm vor wie ein Maul, das ihn verschlingen wollte. Ein eiskalter Schauer jagte ihm über den Rücken. Er wollte etwas sagen, doch seine Kehle war wie ausgetrocknet. Cecilius Sevonius machte eine auffordernde Kopfbewegung und Rainolf tat einen Schritt in die Öffnung.

»Viel Glück«, wünschte ihm der Hohepriester. »Das Schicksal des Prokonsuls liegt in deiner Hand.«

Im nächsten Moment schloss sich die Tür hinter Rainolf. Sein Herz schlug bis zum Hals. Er musste sich zusammenreißen, um nicht wild schreiend gegen die Tür zu hämmern, dass Cecilius Sevonius ihn wieder herauslassen solle.

Zögernd ging er durch die Finsternis. Der Gang war niedrig und die Luft stickig. Nach wenigen Schritten glaubte er, ein leises Plätschern zu vernehmen. Je weiter er kam, desto deutlicher wurde das Geräusch. Schließlich hatte er das Ende des Gangs erreicht. Vor ihm floss eine stinkende Brühe. Er befand sich in der Cloaca Maxima, dem großen Abwasserkanal, der unter der Stadt verlief.

Das hatte Rainolf nicht erwartet. Anstatt einen eigenen Gang zu graben, hatte sich der Baumeister, der den Tunnel zwischen Tempel und Praetorium geplant hatte, einfach der bereits vorhandenen Cloaca bedient. Es half nichts, Rainolf musste dort hinein. Er sprang und stand bis zu den Knien in dem ekligen Fluss. Getreu den Anweisungen des Priesters wandte er sich nach rechts. Das Gehen im Wasser erwies sich als mühsam und der Gestank war überwältigend. Rainolf versuchte, sich allein auf das Zählen der Schritte zu konzentrieren.

Plötzlich starrten ihn zwei Augen an. Rainolf stolperte vor Schreck und hätte beinahe das Gleichgewicht verloren. Dann erkannte er, dass es kein böser Dämon war, dessen Augen im Schein der Fackel funkelten, sondern eine Ratte. Quiekend schwamm sie davon.

Kurz darauf hatte Rainolf den hundertsten Schritt getan und fand tatsächlich zu seiner Linken einen Gang. Er war wie eine Röhre und so niedrig, dass man kriechen musste. Rainolf ging auf die Knie und hoffte, dass sich die Ratte nicht ausgerechnet in diesen Gang geflüchtet hatte. Dann krabbelte er mit der Fackel zwischen den Zähnen los.

Es kam ihm endlos vor, doch schließlich erreichte er das Ende. Eine massive Tür versperrte ihm den Weg. Der Hebel aus Stein befand sich an der Seite, wie Cecilius Sevonius es gesagt hatte. Erleichtert, endlich aus der engen Röhre herauskommen zu können, zog Rainolf daran. Doch nichts tat sich, der Hebel ließ sich nicht bewegen.

Rainolf legte die Fackel beiseite, packte mit beiden Händen zu und zerrte mit aller Gewalt, doch es nutzte nichts, der Griff saß fest. Schließlich hielt er erschöpft inne. Es hatte keinen Sinn, er konnte die Tür nicht öffnen.

*

Endlich drehte der dicke Kerkermeister sich um und verschwand durch die Tür. Als der Innenhof wieder verlassen vor ihr lag, drückt sich Lucilia von der Säule ab und lief los. Sie war fest entschlossen, Gaius Pondus einen Strich durch die Rechnung machen. Sie war selbst als Mädchen Opfer eines gewalttätigen Mannes geworden und hatte viele weitere Übergriffe von Männern auf wehrlose Frauen erlebt.

Außer Atem gelangte sie zum Schlafzimmer Julias. Sie hielt sich erst gar nicht mit Klopfen auf, sondern trat sofort ein. Ihre Herrin hatte gerade zu Bett gehen wollen.

»Du musst schnell kommen. Ich habe eben beobachtet, wie Gaius Pondus und ein Soldat eine junge Ubierin in den Kerker geschleppt haben. Sie müssen die Frau entführt haben, denn sie war gefesselt und ihr Kopf steckte in einem Sack.«

»Wer ist sie?«

Lucilia ergriff Julias Hand. »Sie sagten, es sei die Schwester Rainolfs.«

Die Tochter des Prokonsuls fuhr entsetzt hoch. Sie hatten Farhild entführt, um Rainolf in die Finger zu bekommen! Und Julia war sofort klar, dass Gaius Pondus keines der Geschwister am Leben lassen würde. Sie befahl ihrer Sklavin: »Lauf zu Siazes. Er soll sofort zu mir kommen.«

»Aber Julia«, wandte Lucilia ein, »solltest du nicht besser deinen Vater verständigen?«

»Nein, er hat mir streng verboten, mich noch einmal mit Rainolf zu treffen und weiter Nachforschungen über den Mord an dem Quaestor anzustellen. Wenn er erfährt, dass ich es doch getan habe, wird es eine Menge Ärger geben – nicht nur für mich, sondern auch für Rainolf. Deshalb müssen wir uns an Siazes wenden. Er wird nichts verraten, wenn ich ihn darum bitte. Und er wird uns helfen, in den Kerker zu Farhild zu kommen. Lauf schon los!«

Ohne ein weiteres Wort drehte sich Lucilia um und rannte, so schnell es ihr Gewicht zuließ. Die Kammer von Siazes befand sich nur wenige Gänge weiter. Lucilia hämmerte laut gegen die Tür. Es dauerte nur Sekunden, bis Siazes öffnete und mit gezücktem Schwert vor ihr stand.

»Was willst du?«, fragte er verblüfft. Er hatte bereits geschlafen und trug deshalb nur eine Hose. Unter anderen Umständen hätte Lucilia den Anblick seines nackten Oberkörpers sicherlich genossen, aber jetzt übermittelte sie nur hastig die Bitte Julias.

Siazes warf sich rasch ein Hemd über, zog sich Lederstiefel an und folgte der Sklavin zum Schlafzimmer ihrer Herrin.

Julia erklärte dem Nubier kurz, was vorgefallen war. »Wir müssen in den Kerker und Farhild dort herausholen«, beendete sie ihre Ausführungen.

Siazes zögerte. »Ich muss deinen Vater unterrichten. Er hat das zu entscheiden.«

Julia trat auf ihn zu und legte ihre Hand auf seinen Unterarm. »Bitte nicht, Siazes, mir zuliebe. Ich werde morgen mit meinem Vater reden und ihm alles erzählen. Aber jetzt drängt die Zeit.«

Sie sah ihn flehend an. Lucilia war beeindruckt von der Vorstellung. Julia hat viel von mir gelernt, stellte sie zufrieden fest. Selbst einen Dickschädel wie Siazes konnte ihr Schützling um den Finger wickeln.

»Na gut, kommt! Wir werden diese Ubierin aus dem Kerker holen«, erklärte Siazes entschlossen.

*

Ruhig bleiben, befahl Rainolf sich selbst, Panik nützt dir jetzt nichts. Angestrengt überlegte er, wie er die festsitzende Tür öffnen könnte. Die Kälte kroch ihm langsam in die Glieder und die Dunkelheit des Ganges verursachte ihm ein Gruseln. Zum Glück war die Fackel lang genug, sodass sie noch für einige Zeit Licht spenden würde. Rainolf durchfuhr ein Gedankenblitz: die Fackel!

Er nahm sie vom Boden auf und steckte sie quer hinter den Steinhebel. Die Hitze des Feuers brannte in seinem Gesicht, doch er biss die Zähne zusammen und zog wieder mit aller Kraft. Ein Knirschen ertönte und der Hebel bewegte sich langsam nach unten.

Rainolf stieß gegen die Tür und sie schwenkte nach vorn. In dem Raum dahinter herrschte absolute Dunkelheit. Er hielt den Atem an und lauschte angestrengt, doch nichts war zu hören. Vorsichtig kroch er durch die Öffnung und leuchtete mit der Fackel um sich. Erst jetzt fiel ihm ein, dass er vergessen hatte, Cecilius Sevonius zu fragen, wo der Geheimgang im Praetorium endete. Der Raum war völlig leer und nur wenige Schritte im Durchmesser groß. Auf der gegenüberliegenden Seite erkannte Rainolf eine Treppe, er eilte nach oben. Oben angekommen, hatte er die Wahl zwischen drei Gängen.

Na, großartig, dachte Rainolf, das kann ja Stunden dauern, hier herauszufinden.

Er entschied sich für den Weg nach rechts und ging, stets auf Geräusche lauschend, weiter. Wenig später entdeckte er einen schwachen Lichtschein. Rainolf löschte umgehend seine Fackel und legte sie vorsichtig auf den Boden. Leise schlich er auf das Licht zu und lugte am Ende des Gangs um die Ecke.

Eine fast heruntergebrannte Fackel steckte an der Wand, doch niemand schien sich hier aufzuhalten. Eine Treppe führte nach oben. Die Luft wurde langsam frischer. Rainolf lief weiter und gelangte schließlich in einen Raum, dessen Wände mit Gemälden verziert waren. Auf einem verfolgte ein Satyr einige spärlich bekleidete Frauen. Rainolf hatte dieses Bild bereits vor einigen Tagen angestarrt, natürlich nicht wegen des Satyrs. Aber wenigstens wusste er nun, dass er hier bereits einmal gewesen war.

Er schöpfte Hoffnung, sich bald wieder orientieren zu können und den Prokonsul zu finden. Rainolf wusste, dass er bei dieser Aktion sein Leben riskierte. Es konnte durchaus sein, dass Quintus Caius Justinus sofort die Wachen rief und ihn als Eindringling töten ließ. Vielleicht würde der Römer auch selbst zum Schwert greifen und ihn erschlagen. Genau genommen war das sogar die wahrscheinlichste Reaktion. Wie konnte er dem Prokonsul rasch begreiflich machen, dass ihm von ganz anderer Seite Gefahr drohte?

Rainolf hetzte weiter einige Gänge entlang und musste bald feststellen, dass er schon wieder keine Ahnung hatte, wo er sich befand. Dieses Gebäude war das reinste Labyrinth. Verzweifelt blickte der junge Ubier sich um, als ihn ein leises Quietschen fast zu Tode erschreckte. Nur drei Schritte von ihm entfernt öffnete sich eine Tür. Rainolf erstarrte in der Bewegung. Den silberhaarigen Mann erkannte er sofort: Silvius Claustrus.

Der Vize-Prokonsul sah ihn mindestens ebenso verblüfft an. Silvius Claustrus' blaue Augen weiteten sich vor Erstaunen. In der Hand hielt er eine flackernde Öllampe, die einen absurd großen Schatten von ihm an die Wand warf.

»Rainolf!«, entfuhr es ihm endlich. »Was machst du hier?«

Sein Erscheinen kam dem Ubier wie eine Fügung der Götter vor. Rainolf hob beide Hände, um zu zeigen, dass er keine Waffen trug.

»Hab keine Angst, ich tue dir nichts. Ich habe nichts mit den Mord an Orvidus Nuntianus zu tun. Aber ich weiß jetzt, wer die Schuldigen sind.«

Die Worte sprudelten nur so aus Rainolf heraus und hastig erzählte er dem Vize-Prokonsul, was er herausgefunden hatte und dass Agilad durch Aurelius Dulcius Zugang zum Praetorium bekommen hatte. »Er trifft sich hier irgendwo mit Gaius Pondus«, schloss er atemlos.

Silvius Claustrus hatte aufmerksam zugehört. »Das sind in der Tat sehr bedenkliche Nachrichten. Wer weiß sonst noch Bescheid?«

»Niemand, ich hatte noch keine Zeit, irgendjemandem davon zu erzählen.«

Der Römer nickte verständnisvoll. »Komm, wir gehen sofort zum Prokonsul, um ihn zu warnen.«

Rainolf war überrascht, er hatte von dem Vize-Prokonsul eine andere Reaktion erwartet. »Sollten wir nicht die Wache alarmieren, dass Verräter im Praetorium sind?«, wandte er unsicher ein.

Doch Silvius Claustrus schüttelte bestimmt den Kopf. »Nein, wir wissen nicht, wo sie sind. Wenn wir jetzt Alarm schlagen, sind sie gewarnt und können fliehen.«

Das leuchtete Rainolf ein und er folgte dem Vize-Prokonsul, sich dabei seines Umhang entledigend, unter dem es ihm inzwischen unerträglich warm geworden war. Die beiden Männer bogen zweimal ab, dann standen sie vor einer aufwändig verzierten Tür. Silvius Claustrus hob bereits die Hand, um zu klopfen, als ein leises Geräusch nach draußen drang. Es war ein metallisches Schleifen, wie es erklang, wenn eine Klinge aus der Scheide gezogen wurde.

Rainolf handelte instinktiv und warf sich gegen die Tür, die nur angelehnt war. Im nächsten Augenblick befand er sich im Schlafgemach des Prokonsuls. Eine große Öllampe, die auf einem bronzenen Dreifuß stand, beleuchtete die unheimliche Szene. Neben dem Bett stand Agilad, sein Schwert in der Hand, und starrte Rainolf geschockt an. Durch den plötzlichen Lärm fuhr Quintus Caius Justinus aus dem Schlaf hoch.

Rainolf wusste nicht, wer von allen vieren am verwirrtesten war.

Agilad fasste sich am schnellsten und drückte dem Prokonsul die Schwertspitze an die Brust. »Einen Laut und du bist tot«, warnte er Quintus Caius Justinus.

Dabei sah der Eindringling gehetzt zu Rainolf und Silvius Claustrus hinüber, als sei er unentschlossen, was er nun tun sollte. Fast hatte Rainolf den Eindruck, als erwartete er von ihnen eine Antwort.

Rainolf schob sich behutsam ein paar Schritte weiter in den Raum. Wie oft hatte er dieses Gesicht schon gesehen? Er kannte Agilad fast sein ganzes Leben lang. Jetzt waren dessen Züge auf das Äußerste angespannt, Schweiß perlte ihm über die Stirn und sein Atem kam keuchend.

»Agilad, tu das nicht. Du erreichst damit gar nichts, nur deinen eigenen Tod«, redete Rainolf auf ihn ein.

»Nein«, fauchte Agilad. »Du hast doch keine Ahnung, alles wird sich ändern. Die verdammten Römer haben uns alles genommen«, dabei blickte er hasserfüllt auf den Prokonsul. »Jetzt werden wir uns zurückholen, was uns gehört. Die Zeit der Unterdrückung ist vorbei.«

Rainolf schüttelte den Kopf. »Leg das Schwert weg, noch ist es nicht zu spät. Wenn du dich ergibst, wird man bestimmt Milde walten lassen.«

Er hoffte auf ein zustimmendes Wort seitens des Prokonsuls, doch der schwieg und sah Agilad mit steinernem Ausdruck an. Quintus Caius Justinus wollte sich offensichtlich keine Blöße geben und stolz erhobenen Hauptes in den Tod gehen.

»Nein! Ich habe einen Schwur geleistet«, sagte Agilad.

Rainolf starrte ihn fassungslos an. Ein Schwur war für einen Germanen eine heilige Handlung. Wer einen Schwur brach, galt als absolut ehrlos und stand in der sozialen Rangordnung noch unter einem Sklaven.

Die Situation war schier ausweglos – Rainolf dachte fieberhaft nach, wie er Agilad von seiner Tat abhalten konnte.

Plötzlich lachte Agilad auf. »Immer noch der alte, treue und so naive Rainolf. Wo lebst du eigentlich? Die Römer sind ein Haufen dekadenter, größenwahnsinniger Schweine. Sie sind fett und träge geworden. Jetzt beginnt unser Zeitalter, das der Germanen. Wir werden ein neues Reich auf den Ruinen des Römischen Imperiums errichten. Wir werden sie einfach überrennen. Colonia wird erst der Anfang sein. Wenn wir hier die Herrschaft übernommen haben, ist die Provinz Germania in unserer Hand und dann werden uns tausende Krieger aus allen Stämmen Germaniens folgen.«

Agilads Blick hatte einen irren Ausdruck angenommen. Rainolf beschloss, ihn erst mal am Reden zu halten, um Zeit zu gewinnen. »Du warst der Kontaktmann zu den beiden Tenkterern, nicht wahr?«

»Das hast du also auch herausbekommen. Ja, das war ich. Als du sie in der Herberge von Leugast aufgestöbert hast, sind sie geflohen wie die Hühner. Und wohin, diese Dummköpfe? Zu mir, in meine Wohnung!« Als könne er es immer noch nicht fassen, schüttelte Agilad angewidert den Kopf. »Wenn sie jemand bei mir gesehen hätte, wäre alles aufgeflogen. Wenigstens waren sie so schlau, Leugast zu bestechen. Er sollte zum alten Hünengrab im Wald kommen, um seine Belohnung abzuholen.«

»Ich nehme an, die Belohnung bestand aus einem Stück Metall zwischen die Rippen und einem kühlen Grab?«

Agilad zog verärgert die Augenbrauen zusammen. »Nichts durfte unseren Plan gefährden. Leugast war schwach. Wenn ihn die Legionäre zum Verhör in den Kerker gebracht hätten, hätte er meinen Namen verraten.«

»Also habt ihr ihn umgebracht.«

»Immerhin habe ich dein Leben verschont«, fuhr Agilad Rainolf an.

»Dann warst du es also, der mich im Wald niedergeschlagen hat?«

»Ja. Ich erreichte in dem Moment die Herberge, als Leugast sie verließ. Ich sah, wie du ihm nachschlichst. Du warst so sehr mit der Verfolgung beschäftigt, dass du mich nicht bemerktest. Um dich abzuschütteln, habe ich dich nur ins Reich der Träume geschickt. Du kannst mir dankbar sein, jeden anderen hätte ich getötet.«

Rainolf schluckte trocken. Widerstrebende Gefühle tobten in ihm. »Aber du hast deine Handlanger in unser Haus geschickt, damit sie nicht nur mich, sondern gleich meine ganze Familie auslöschen!«

»Nein! Das war nicht meine Idee. Ich habe erst von dir erfahren, dass die beiden Tenkterer versucht haben, euch umzubringen.«

»Und wer hat mich vorgestern Nacht angegriffen und versucht, das, was du im Wald nicht fertig gebracht hast, zu vollenden?«, wollte Rainolf wissen.

»Centurio Aurelius Dulcius ist ein hervorragender Soldat, als Meuchelmörder taugt er allerdings nicht viel«, erklärte Agilad. »Er hat versagt. Heute hat er die Gelegenheit, es wieder gutzumachen.«

Rainolf biss sich auf die Zunge. Er hatte Siazes also zu Unrecht verdächtigt.

»Es war deine Idee, die beiden Tenkterer in der Gladiatorenschule zu verstecken. Dort waren sie sicher, weil jedem der Zutritt verwehrt wird. Aber du hast hineingekonnt, weil dein Vater selbst einige Gladiatoren besitzt. Keiner hätte dich daran gehindert, das Eigentum deines Vaters aufzusuchen. So konntest du den Tenkterern Botschaften zukommen lassen.«

Agilad sah Rainolf böse an. »Dein Gerede nervt mich. Es hat keinen Zweck, mich aufhalten zu wollen. Wir werden siegen.«

Sein Gesicht wirkte merkwürdig starr. Rainolf erkannte es kaum wieder.

»Hast du denn nichts verstanden von dem, was du in den vielen Schriften unserer Schulzeit gelesen hast? Dass nur der Frieden uns Freiheit und Wohlstand bringen kann?«, fragte er verzweifelt.

»Du bist derjenige, der nichts begreift!«, schrie Agilad wütend. »Die Schriften lehren, dass nur die großen Kriegsherren Erfolg hatten: Alexander, Caesar, Augustus. Die Pax Romana ist eine Lüge. Es hat nie Frieden gegeben. Romulus hat seinen Bruder Remus erschlagen, um Rom zu gründen. Seitdem herrscht die Gewalt. Immer wurden Kriege geführt, alte Reiche zerstört und neue gegründet. Nur ein mutiger Feldherr kann uns Germanen die Freiheit bringen.«

»Und dieser Feldherr soll Gaius Pondus sein?«, fragte Rainolf ironisch.

Agilads Blick drückte Verständnislosigkeit aus, dann kehrte das dämonische Grinsen in sein Gesicht zurück. »Wohl kaum. Es macht aber keinen Unterschied, ob du die Wahrheit erkennst oder nicht. Du kannst uns nicht aufhalten.«

Aus den Augenwinkeln heraus registrierte Rainolf, dass sich Silvius Claustrus langsam an der Wand entlangschob. Agilad konzentrierte sich ganz auf Rainolf und bemerkte es nicht. Nun stand der Vize-Prokonsul auf gleicher Höhe wie Agilad und zog unvermittelt einen verborgenen Dolch aus seiner Tunika.

Rainolf war versucht zu schreien, um Agilad zu warnen. Er wollte seinen Freund aus Kindheitstagen nicht einfach sterben lassen. Sein Mund öffnete sich, doch kein Ton kam heraus.

Schon hatte Silvius Claustrus mit einer raschen Bewegung ausgeholt, machte einen Satz nach vorn und stieß Agilad den Dolch in den Rücken. Agilad riss ungläubig die Augen auf. Ein ersticktes Gurgeln entrang sich seiner Kehle, dann lief ein dünnes, rotes Rinnsal über seine Lippen. Er sackte auf die Knie, klirrend fiel das Schwert aus seiner Hand. Mit einer allerletzten Kraftanstrengung wandte er sein Gesicht zu Rainolf.

»Warum?«, hauchte er kraftlos.

Dann brach sein Blick und er fiel vornüber. Die Waffe steckte noch in seinem Rücken. Ein roter Fleck breitete sich um die Klinge aus.

Erleichtert löste sich Quintus Caius Justinus aus seiner

Erstarrung und atmete auf. »Du hast mir das Leben gerettet, Silvius. Ich danke dir.« Der Prokonsul sprang aus dem Bett.

»Ihr solltet ihm nicht zu früh dankbar sein, Prokonsul«, sagte Rainolf langsam und behielt Silvius Claustrus fest im Blick.

Quintus Caius Justinus sah den jungen Ubier verblüfft an. »Aber der Attentäter ist tot«, entgegnete er irritiert.

»Nein, der wahre Attentäter, der euch nach dem Leben trachtet, steht dort.«

Rainolf zeigte mit dem Finger auf den Vize-Prokonsul. Mit einem Aufschrei griff sich Silvius Claustrus Agilads Schwert und wollte sich damit auf Quintus Caius Justinus stürzen, der völlig wehrlos vor ihm stand.

Geistesgegenwärtig schleuderte Rainolf seinen Umhang, den er immer noch in der Hand hielt, nach dem Angreifer. Silvius Claustrus verhedderte sich in dem Stoff und stolperte. Im Fallen riss er mit dem Schwert die Öllampe um. Sie wurde auf das Bett geschleudert, doch die Flamme erlosch nicht. Das Öl lief aus und fing auf dem Laken Feuer.

»Lauf!«, schrie Rainolf den Prokonsul an.

Quintus Caius Justinus reagierte sofort und rannte an seinem Stellvertreter vorbei zur Tür.

Doch noch auf den Knien, schwang Silvius Claustrus das Schwert in einem raschen Halbkreis nach oben und schnitt dem Prokonsul in den Oberarm. Blut schoss aus der Wunde. Der Verletzte stöhnte laut auf und eilte weiter. Im nächsten Moment hatte sich Silvius Claustrus aufgerappelt und stürmte hinter den beiden Fliehenden her.

*

Farhild schmeckte Blut in ihrem Mund und ihr Kopf dröhnte von dem Schlag.

»Du hast eine ganz schön große Klappe, Mädchen«, hörte sie den widerlichen Mann sagen, während sie versuchte, sich aufzusetzen. »Aber die werde ich dir schon stopfen.«

Sie vernahm ein leises Klirren und blickte zu ihm hinüber. Der Römer löste den Gürtel seiner Tunika und warf ihn samt dem daran hängenden Gladius zur Seite. Farhild begriff sofort: Er wollte sie vergewaltigen und anschließend töten.

Mit einem Satz war er bei ihr, packte sie an den Haaren und zerrte sie hoch. Sie stieß einen Schrei aus.

»Jetzt bist du nicht mehr so mutig, was«, höhnte er und grinste diabolisch.

Sie kniff schmerzverzerrt die Augen zu. Sein stinkender Atem wehte über ihr Gesicht.

Gaius Pondus genoss die Situation und spürte Erregung in sich aufsteigen. Dieser Barbarin würde er zeigen, was es hieß, sich mit ihm anzulegen. Er würde seinen Spaß mit ihr haben, bevor sie starb.

Mit einem Knurren stieß er sie zurück und sie landete unsanft auf dem Boden. Gaius Pondus setzte gleich nach, warf sich auf die junge Frau und zerriss ihr Kleid. Farhild schrie und wehrte sich verzweifelt, doch ein weiterer Schlag nahm ihr fast das Bewusstsein.

»Du Miststück! Kein Weib darf sich mir widersetzen. Das wirst auch du lernen!«

Der Lagerpraefect zog Farhilds Rocksaum hoch. Dann erhob er sich halb, um sich von seiner Hose zu befreien. Doch Farhilds Kampfeswille war ungebrochen. Sie erkannte ihre Chance und zögerte keine Sekunde. Mit aller Kraft trat sie genau zwischen seine Beine.

Der Mann kippte stöhnend zur Seite und hielt sich den Schritt mit beiden Händen. Die Angst verlieh Farhild Kräfte, von denen sie nicht gewusst hatte, dass sie sie besaß. Blitzschnell kam sie wieder auf die Füße. Zwei Schritte entfernt lag das Gladius des Römers. Gaius Pondus war immer noch unfähig aufzustehen, als er sah, wie das Mädchen nach der Waffe griff.

»Nein!«, stammelte er mit aufgerissenen Augen.

Doch es war zu spät. Mit wilder Entschlossenheit stach Farhild ihm die Klinge in den Brustkorb. »Das ist für meinen Onkel«, keuchte sie.

Gaius Pondus stieß einen markerschütternden Schrei aus, der in einem heiseren Gurgeln verebbte.

Farhild wich zurück. Sie empfand kein Mitleid, konnte aber kaum fassen, dass sie den Römer besiegt hatte. Schließlich sank sie schluchzend auf den kalten Steinboden und verdeckte ihre Augen mit den blutigen Händen.

Sekunden später flog die Tür zur Zelle auf. Ein riesiger schwarzer Mann stürzte mit erhobenem Schwert in den Raum.

Die Entschlossenheit in seinem Gesicht wich maßloser Verblüffung, als er die Szene begriff: Der Lagerpraefect Gaius Pondus lag mit heruntergelassener Hose und einem Gladius in der Brust auf dem Boden und eine junge Germanin in einem zerrissenen Kleid kniete weinend daneben.

Farhild sah erschrocken zu Siazes hoch. Sein Anblick flößte ihr Angst ein. Doch im nächsten Moment wurde der Mann von einer zierlichen Frau zur Seite geschoben.

Julia ahnte sofort, was sich in der Zelle für ein Drama abgespielt haben musste, und legte ihren Umhang um die weinende Ubierin. Tröstend nahm sie Farhild in die Arme.

Siazes stand verlegen daneben und war sich noch nie in seinem Leben so überflüssig vorgekommen.

*

Quintus Caius Justinus hetzte durch den Gang und Rainolf folgte ihm, ohne zu wissen, wohin der Weg führte. Ein Blick über die Schulter bestätigte dem Ubier, dass Silvius Claustrus nur zehn Schritte hinter ihnen war.

Sie gelangten in eine Halle. Es gab zwei Möglichkeiten, sie wieder zu verlassen: Über eine Treppe oder durch einen weiteren Gang. Doch der Prokonsul stoppte so abrupt, dass Rainolf fast auf ihn geprallt wäre. Vor ihnen stand Centurio Aurelius Dulcius mit gezücktem Gladius. Sie saßen in der Falle.

Rainolf wirbelte um seine Achse und stellte sich kampfbereit Silvius Claustrus entgegen, während sich Quintus Caius Justinus dem Centurio zuwandte.

Der Prokonsul presste seine rechte Hand auf den Oberarm, aus dem immer mehr Blut quoll. Rainolf machte sich keine Illusionen: Sie waren unbewaffnet und hatten nicht die geringste Chance.

»Verräter!«, zischte der Prokonsul seinem Stellvertreter zu. »Du hast dich mit den Feinden verbündet und willst Colonia ausliefern.«

Ein höhnisches Lachen ertönte als Antwort.

»Nein«, mischte sich Rainolf ein, behielt dabei aber Silvius Claustrus genau im Auge. »Er treibt ein doppeltes Spiel, sonst hätte er Agilad nicht getötet.«

»Du bist ein bemerkenswert kluger junger Mann«, sagte Silvius Claustrus in beinahe wohlwollendem Tonfall.

»Du hast nie vorgehabt, Colonia den Tenkterern zu übergeben«, erklärte Rainolf, als gälte es, ein philosophisches Problem zu erörtern. »Das ist auch illusorisch. Selbst wenn die Classis Germanica und die Stadtwache die Tenkterer nicht an der Einnahme hindern würden, stünden innerhalb kürzester Zeit die Legionen aus dem Castrum Bonna, Novaesium, Colonia Ulpia Traiana und noch etliche mehr vor den Toren Colonias. Denen würdet ihr nicht standhalten können. Du hast die Tenkterer für deinen Plan, selbst Prokonsul zu werden, gebraucht. Du hast ihnen weisgemacht, du wolltest ein neues Reich gründen.«

»Das ist doch verrückt! Wie soll das gehen?«, fragte Quintus Caius Justinus verwirrt.

»Ihm war jedes Mittel recht«, antwortete der junge Ubier. »Walraban musste als Sündenbock für den Mord an Aulus Gemellus herhalten und ich sollte für den Mord an Orvidus Nuntianus veranwortlich gemacht werden. Aber die entscheidende Schlüsselfigur war Agilad. Als Sohn eines angesehenen Einwohners Colonias war er häufig im Praetorium. Also wäre es plausibel zu behaupten, dass er sich unter einem Vorwand nachts Eintritt verschafft hätte, um den Prokonsul heimtückisch zu ermorden. So hättest du es doch nach Rom gemeldet, nicht wahr, Silvius?«

Quintus Caius Justinus starrte seinen Stellvertreter ungläubig an. Rainolf kam sich vor wie eine Maus, die sich, mit dem Rücken zur Wand, der Katze zum letzten Kampf stellte. Aber wenn er schon sterben musste, wollte er wenigstens die volle Wahrheit wissen.

»Ich nehme an, du hast noch aus der Zeit, als du für Rom offiziell Verhandlungen mit den germanischen Fürsten führtest, gute Kontakte zu den Tenkterern?«, fragte Rainolf.

»Falgar war ganz begeistert von der Aussicht, endlich das reiche Colonia erobern zu können«, bestätigte Silvius Claustrus.

»Und er wartet nun auf seine zwei Boten, um losschlagen zu können. Aber die beiden werden nicht kommen. Du hattest nie vorgehabt, die Boten am Leben zu lassen. Du musstest für deinen Plan ein Szenario der Bedrohung durch feindliche Germanen schaffen, um Rom gegenüber behaupten zu können, dass die Stadt in größter Gefahr war. Agilad hättest du als Verräter und Anhänger der Tenkterer hingestellt, der Quintus Caius Justinus im Schlaf ermordete. Du, als Vize-Prokonsul, hättest sofort die Befehlsgewalt übernommen und die Stadt vor den Tenkterern erfolgreich beschützt. Kaiser Hadrian hätte gar nicht anders gekonnt, als dich für deine heroische Tat zum Prokonsul von Germania Inferior zu ernennen.«

»Mein Kompliment, deine Schlussfolgerungen sind ausgezeichnet. Sollte Falgar übrigens des Wartens überdrüssig werden und sich entschließen, den Rhenus auch ohne mein Zeichen zu überqueren, wird ihn die Classis Germanica mit einem Speerhagel empfangen, sobald er auch nur einen Fuß ins Wasser setzt.«

»Du hast abgewartet, bis Marcus Dulcius Tivonius, der Befehlshaber der Classis Germanica, sich mit einem Teil der Flotte für eine Weile nicht in Colonia befinden würde. Während der Zeit hat dein Mitverschwörer Gaius Pondus das Kommando über die restliche Classis Germanica in Colonia. Was hast du ihm übrigens als Belohnung versprochen?«

»Gaius Pondus wird von mir, sobald ich Prokonsul bin, für seine hervorragenden Verdienste zum Tribunus militum ernannt.«

»Ich nehme an, er hat die Classis Germanica schon in Alarmbereitschaft versetzt, um sofort auszurücken, sobald die Nachricht vom schrecklichen Mord am Prokonsul bekannt wird.«

»So ist es. Ach, übrigens wird der tapfere Centurio Aurelius Dulcius den Posten des neuen Lagerpraefecten erhalten.«

Er wies mit einer huldvollen Handbewegung zu dem kräftigen Soldaten hinüber. Aurelius Dulcius ließ locker sein Schwert aus dem Handgelenk kreisen, bereit anzugreifen, sobald er den Befehl dazu bekam.

»Es hat dich jedoch viel Geld gekostet, die Tenkterer und deine Mitverschwörer zu bestechen«, überlegte Rainolf. »Selbst Falgar würde nicht einfach so Colonia angreifen. Er muss schon eine sehr hohe Summe bekommen haben, damit er das Wagnis eingeht, den Rhenus zu überschreiten. Dein eigenes, eher bescheidenes Vermögen reicht für so ein Komplott nicht aus. Deshalb hast du Aulus Gemellus gebraucht. Der Quaestor hat Steuergelder, die für die teure Reparatur des Aquaeducts vorgesehen waren, unterschlagen.«

Rainolf wagte es, seinen Blick für einen Moment von Silvius Claustrus abzuwenden und Aurelius Dulcius anzusehen. »War es für einen Centurio nicht ziemlich unwürdig, nachts immer wieder heimlich Löcher in das Aquaeduct zu reißen?«

Aurelius Dulcius funkelte ihn für diese Bemerkung böse an.

»Doch dann wurde Aulus Gemellus plötzlich zum Risiko«, fuhr Rainolf fort. »Ich vermute, er wollte mehr Geld haben. Was für einen Betrag hat er denn von dir verlangt?«

Silvius Claustrus ließ sich immer noch nicht aus der Ruhe bringen. »Aulus Gemellus war ein Schwein, aber nützlich. Er wollte nach seiner Amtszeit so schnell wie möglich wieder nach Rom. Er hasste Germanien. Um in Rom ein sorgenfreies Leben führen zu können, bot ich ihm fünfhundert Aurei. Das war mehr, als er während seiner ganzen Laufbahn als Quaestor in Colonia hätte verdienen können. Doch auf einmal verlangte er das Doppelte, ansonsten wollte er den Plan auffliegen lassen. Das war sehr dumm von ihm.« Die letzten Worte sprach er mit Nachdruck aus. Silvius Claustrus ließ die Maske fallen und sein Gesicht bekam zum ersten Mal einen gefährlichen Ausdruck.

»Du hast Aulus Gemellus ermordet?«, fragte Quintus Caius Justinus fassungslos.

Doch sein Stellvertreter ging nicht auf die Bemerkung ein.

Rainolf ergriff erneut das Wort. »Du konntest Aulus Gemellus nicht mehr trauen, also musste er sterben. Aber ein von Unbekannten getöteter Quaestor hätte eine ausführliche Untersuchung nach sich gezogen. Dann wären seine Unterschlagungen sicher ans Licht gekommen. Es muss dir wie ein Wink Fortunas vorgekommen sein, als du von Agilad erfuhrst, dass Aulus Gemellus sich in dem Laden eines Händlers mit einem Freigelassenen handgreiflich gestritten hatte. Ein unbedeutender Germane, der aus Rache für eine erlittene Demütigung einen römischen Quaestor umbringt – wer würde daran zweifeln?« Rainolf hielt kurz inne und wiegte den Kopf, als würde er überlegen. »Nun, fast niemand«, meinte er schließlich und erlaubte sich ein süffisantes Grinsen.

Silvius Claustrus ließ ein verächtliches Schnaufen hören.

»Die beiden Tenkterer bekamen einen Sonderauftrag von dir. Du wusstest von Agilad, dass Walraban einen auffälligen Dolch besaß. Die Tenkterer sollten die Waffe stehlen und hefteten sich an Walrabans Fersen. Er machte es ihnen einfach, indem er in eine Taberna einkehrte. Sie sorgten dafür, dass er sich betrank, und stahlen ihm dann unauffällig den Dolch, den sie sofort zu dir brachten. Dann hast du Aulus Gemellus unter dem Vorwand, ihm das geforderte Geld übergeben zu wollen, auf der Wiese am Rhenus mit Walrabans Dolch getötet.«

Rainolf dachte mit Schaudern an die entstellte Leiche. Welche Abgründe steckten in Silvius Claustrus, dass er den Quaestor so bestialisch zugerichtet hatte?

»Dass die beiden Tenkterer nach dem missglückten Attentat auf meine Familie verschwinden mussten, verstehe ich«, redete Rainolf weiter. »Aber warum habt ihr die Leiche des Tenkterers mit der Narbe offen am Waldrand liegen lassen?«

»Agilad meinte, dass es dich von weiteren Schnüffeleien abhalten würde, wenn du wüsstest, dass beide Tenkterer tot sind. Ich war skeptisch, aber es war den Versuch wert.«

»Sehr klug war es natürlich, den Aedilen Lucius Curilius gegen mich aufzubringen.«

Silvius Claustrus schien den Vortrag zu genießen und nickte Rainolf auffordernd zu.

»Lucius Curilius hast du erzählt, dass ich ihn beim Prokonsul als unfähig hingestellt hätte, um meinen Freund Walraban freizubekommen. Dann hast du Gaius Pondus angewiesen, Lucius Curilius auf dem Weg zu Agilads Feier abzupassen und den Anschein entstehen zu lassen, als hätte der Aedil den Lagerpraefecten absichtlich mitgebracht. Das ganze Schauspiel war nur für mich inszeniert. Ich sollte glauben, dass der Aedil hinter den Morden stecke.«

Silvius Claustrus war eindeutig zufrieden mit sich und amüsierte sich fast schon über Rainolfs Erläuterungen.

»Dann tauchte dummerweise ein Zeuge auf, der deinen Plan noch gefährden konnte: Der Legionär Laurentius hatte beobachtet, wie ihr die Leiche in das Boot getragen habt. Von wem hast du erfahren, dass Laurentius mir sein Wissen anvertraut hat?«

»Sieh an, mein junger Freund ist doch nicht allwissend«, spottete Silvius Claustrus. »Dabei liegt es doch auf der Hand. Du warst selbst dabei, als ich nicht nur dich und Julia, sondern auch Trianides aufforderte, mich über alle Neuigkeiten auf dem Laufenden zu halten. Ein Sklave hält sich natürlich an Befehle.«

Rainolf blickte überrascht. Der Vize-Prokonsul begriff sofort, was der Ubier dachte. »Nein, Trianides hatte keine Ahnung von meinem Plan. Ich passte ihn einfach jeden Tag im Praetorium ab und tat so, als würde ich ihm jedes Mal rein zufällig über den Weg laufen. Dabei fragte ich immer ganz beiläufig, ob es etwas Neues über den Mordfall gebe. Er dachte sich nichts Schlimmes dabei, mir von Laurentius zu erzählen. Es gibt keine besseren Quellen als Sklaven.«

»Und Gaius Pondus hat den armen Laurentius noch in der gleichen Nacht im Rhenus ersäuft. Es war nur äußerst dumm, danach zu behaupten, Laurentius wäre beim Schwimmen ertrunken, denn er hasste das Wasser und konnte überhaupt nicht schwimmen.«

Silvius Claustrus ignorierte die Bemerkung.

»Entscheidend für deinen Plan war, dass ein Germane und kein Römer den Mord am Prokonsul begehen müsste, andernfalls würde man in Rom Verdacht schöpfen«, kehrte Rainolf wieder zum Thema zurück. »Agilad war für diese Rolle wie geschaffen. Du hast sofort begriffen, dass er unter der Ablehnung seines Vaters litt und für umstürzlerische

Pläne nur allzu empfänglich war. Deine Erzählungen von einem germanischen Reich, das die Römer hinwegfegen würde, erfüllten ihn mit Euphorie. Endlich konnte er seinem Vater beweisen, wozu er fähig war. Dass er von dir nur als williges Werkzeug ausgenutzt wurde, hat er bis zum Schluss nicht begriffen.« Rainolf stand immer noch der verzweifelte Gesichtsausdruck seines sterbenden Freundes vor Augen.

»Wie bist du darauf gekommen, dass ich ihn beauftragt habe?«, wollte nun Silvius Claustrus wissen.

»Agilads fragender Blick, als du und ich vorhin das Schlafgemach des Prokonsuls betraten. Agilad war über deine Anwesenheit viel irritierter als über meine. Und da wurde mir schlagartig klar, dass du ihn zu diesem Mord angestiftet hattest. Aber es war nicht ausgemacht, dass du dabei anwesend sein solltest. Irgendwie hat Agilad aber schnell begriffen, dass er auf keinen Fall verraten sollte, dass du hinter dem Attentat stecktest. Wahrscheinlich nahm er an, dass du nur auf eine günstige Gelegenheit warten würdest, mich zu töten. Als ich vorhin auf dem Gang überraschend vor dir aufgetaucht bin, hast du kurzerhand deinen Plan geändert. Ich weiß nicht, wann du vorhattest, Agilad zu töten, aber du erkanntest eine ideale Gelegenheit, ihn gleich aus dem Weg zu räumen. Wahrscheinlich ist es dir plötzlich als Krönung deines Plans vorgekommen, den Prokonsul auch noch eigenhändig mit Agilads Schwert zu töten. Jeder würde glauben, dass der Germane den Mord begangen hätte und du ihn dabei ertappt und in gerechter Wut getötet hättest. Meinen Tod als Strafe für einen Mittäter darzustellen ist eine Kleinigkeit, schließlich glaubt ja sowieso schon jeder, dass ich Orvidus Nuntianus umgebracht habe.«

»Du hättest eine große Karriere als Weissager vor dir gehabt, wenn du nicht so neugierig wärst. Aber wo du schon deinen eigenen Tod voraussiehst, sollst du auch Recht behalten. Doch zunächst wird dich, Quintus Caius Justinus, dein Schicksal ereilen.« Silvius Claustrus wandte sich dem Prokonsul zu.

Quintus Caius Justinus' Gesicht zeigte keine Angst, sondern war völlig gefasst, als er sprach: »Mein Traum hat sich also bewahrheitet. Vor einigen Nächten erschien mir eine Bestie mit einem Schlangenkopf, die mich und Julia verschlingen wollte. Ich nahm es als böses Omen der Götter und ließ deshalb Siazes bei meiner Tochter zurück, während ich in Novaesium weilte. Die Bestie warst also niemand anderes als du, Silvius. Aber wieso? Wieso tust du das alles? Du hast es in deiner Laufbahn doch weit gebracht und verfügst über genug Geld, um dir ein angenehmes Leben zu sichern.«

Die Kiefer von Silvius Claustrus mahlten rhythmisch, doch er sprach kein Wort.

»Weil er alle Patrizier hasst, denn er ist selbst ein halber Germane«, beantwortete Rainolf schließlich die Frage.

Das Gesicht des Mörders wurde zu einer bösartigen Grimasse. »Wie hast du das herausbekommen, du kleine, miese Ratte?«

»Deine Augen haben dich verraten. So sehr du dir auch Mühe gibst, wie ein Römer auszusehen, deine blaue Augenfarbe kannst du nicht verbergen. Deine Mutter war Germanin, vermutlich eine Sklavin deines Vaters in Rom, habe ich Recht? Nur so ist es zu erklären, dass Falgar dir das Märchen von einem neuen germanischen Imperium geglaubt hat. Du hast dich ihm gegenüber als Halbgermane zu erkennen gegeben.«

Silvius Claustrus antwortete immer noch nicht. Nur sein Atem ging deutlich schwerer, als hätte er eine große Last zu stemmen.

»Aber deine Herkunft ist noch viel brisanter«, fuhr Rainolf fort. »Dein Großvater war kein anderer als Kaiser Caligula, der Schlächter! Auch wenn niemand etwas von deiner wahren Abstammung ahnt, hat dich die römische Gesellschaft immer spüren lassen, dass du der Bastard eines Patriziers bist. Eine Karriere in Rom war dir versperrt und du musstest in die Provinz gehen. Hier konntest du deine Talente als geschickter Diplomat unter Beweis stellen und hast es bis zum Vize-Prokonsul in Germania Inferior gebracht. Doch es nagt an deiner Seele, dass du als Sohn einer Sklavin nie ein noch höheres Amt wirst bekleiden können. Und dass, obwohl du doch der Enkel eines Kaisers bist. Dein Hass auf die Patrizier wurde immer größer. Deshalb ersannst du einen genialen Plan, wie du sie dazu bringen kannst, dich zum Prokonsul von Germania Inferior zu ernennen. Nach Ablauf deiner Dienstzeit als Prokonsul in Colonia stehen dir in Rom alle hohen Ämter offen. Dann kannst du deine Intrigen in der Hauptstadt weiterspinnen, die dich vielleicht sogar auf den Thron des Kaisers bringen. Das ist es doch, wovon du träumst, Silvius, nicht wahr? Du willst im Namen von Caligula Rache nehmen und sein Erbe antreten.« Rainolf war selbst überrascht, wie deutlich er jetzt alle Zusammenhänge vor sich sah. Gleichzeitig drangen ihm immer lauter werdende Geräusche in sein Bewusstsein, die er sich nicht erklären konnte.

Silvius war blass vor Wut geworden und ein Zittern durchlief seinen Körper. »Ja, ich bin der Enkel des Caligula. Mein Vater hat es mir auf seinem Sterbebett anvertraut. Er selbst war der Sohn einer Patrizierin, die von Caligula geschwängert worden war. Niemand außer ihr wusste davon. Meinem Vater wurde, trotz seiner zweifelhaften Herkunft, ein Leben in Reichtum und Ehre zuteil. Aber ich war nur der Sohn einer unbedeutenden germanischen Sklavin. Mein Vater hielt es sein Leben lang vor anderen geheim, dass ich sein Fleisch und Blut war. Niemals hätte ich es in Rom zu etwas bringen können. Deshalb musste ich in die Provinz. Was lag da näher, als mich nach Germania Inferior zu begeben, dem Geburtsort meines Großvaters? Auch er wurde in Rom verkannt und gehasst. Aber ich werde Caligula wieder zu Ehre verhelfen. Sein Name wurde nach seinem Tod in den Schmutz getreten, doch das wird vorbei sein, sobald ich in Rom die Herrschaft übernehme. Alle werden vor mir ihr Haupt beugen oder es wird ihnen abgeschlagen. Sie werden vor der Rache des Caligula erzittern. Hier kennen mich meine Gefolgsleute als ›Magister‹, doch in Rom werden alle dem ›Imperator‹ huldigen. Aber du, Rainolf, wirst deine Frechheiten und dein Wissen mit ins Grab nehmen.«

Plötzlich ertönte ein ohrenbetäubender Schrei und im nächsten Moment wurde Centurio Aurelius Dulcius von einer schwarzen Lawine umgerissen. Das Schwert flog aus seiner Hand. Siazes war wie aus dem Nichts aufgetaucht.

Doch der kräftige Centurio war ein erfahrener Kämpfer und wehrte sich heftig gegen den riesigen Nubier. Eng umschlungen rollten die beiden über den Boden.

Silvius Claustrus brauchte einen Moment, um zu begreifen, was da vor sich ging. Dann stürzte er, mit dem Schwert voran, auf Rainolf zu, der zwischen ihm und dem Prokonsul stand. Der Ubier wich aus, wirbelte herum und stürmte zur Treppe. Es war der einzige Fluchtweg. Geistesgegenwärtig tat Quintus Caius Justinus das Gleiche und erreichte im selben Moment wie Rainolf die erste Stufe. Silvius Claustrus setzte ihnen sofort nach.

Auf einmal schlugen Flammen in die Halle. Verblüfft schauten der Ubier und der Prokonsul zurück. Auch Silvius Claustrus war irritiert stehen geblieben. Innerhalb von Sekunden breitete sich das Feuer aus.

Rainolf fiel die brennende Öllampe aus dem Schlafgemach ein, die auf dem Bett gelandet war. Das Holz im Mauerwerk und die vielen teuren Stoffe, die zur Dekoration an den Wänden hingen, hatten den Flammen reichlich Nahrung gegeben. Beißender Rauch erfüllte nun die Halle und verdeckte bald die beiden immer noch ringenden Männer auf dem Boden.

Mit einem irren Schrei wandte sich der Vize-Prokonsul wieder um und stürmte die Treppe weiter hoch. Sein Ziel, das bereits zum Greifen nah gewesen war, drohte auf einmal in unerreichbare Ferne zu rücken. Seine ganze, über Jahre aufgestaute Wut explodierte in einem Augenblick. Rainolf sah es in seinen Augen: Silvius Claustrus wollte nur noch morden, sein Schwert in ihre Leiber bohren, so wie er es schon bei Aulus Gemellus getan hatte.

Rainolf und der Prokonsul hasteten ebenfalls weiter die Treppen hoch. Allerdings wurde Quintus Caius Justinus immer langsamer. Der junge Ubier sah, wie der Prokonsul sich an die Wunde an seinem Arm fasste, und begriff erst jetzt, wie viel Blut Julias Vater bereits verloren haben musste. Die gesamte linke Seite seiner Tunika war rot gefärbt.

Sie gelangten in einen weitläufigen Raum, dessen Blick auf den Platz vor dem Praetorium ging. Nur eine Tür führte von hier fort. Rainolf packte den taumelnden Prokonsul um die

Hüften und zog ihn, so schnell er konnte, voran. Doch als Rainolf die Holztür aufriss, schlug ihnen auch von dort schwarzer Rauch entgegen. Der Ubier hustete heftig und stieß die Tür mit dem Fuß wieder zu. Sie saßen erneut in der Falle.

In diesem Augenblick erreichte Silvius Claustrus die obere Etage. Mit einem bösen Grinsen näherte er sich langsam den beiden Männern, das Schwert lauernd vorgestreckt.

Schritt für Schritt wichen der Ubier und der Prokonsul zurück bis zu den Fenstern, wohl wissend, dass es keinen Zweck hatte hinauszuspringen, denn sie befanden sich im fünften Stock.

Rainolf löste sich von Quintus Caius Justinus und stellte sich schützend vor ihn. Der Prokonsul sackte langsam an der Wand zusammen, seine Kräfte schwanden zusehends.

Silvius Claustrus ließ ein heiseres Lachen ertönen. »Ihr habt verloren«, triumphierte er. »Der Tod ist euch sicher, Caligulas Rache wird euch ereilen. Mein Plan wird sich erfüllen, die Flammen vernichten alle Spuren. Niemand wird je erfahren, was heute Nacht passiert ist.«

»Du bist wahnsinnig! Wie willst du dem Feuer entkommen?«, entgegnete Rainolf.

In dem Gesicht des Vize-Prokonsuls flackerte Unsicherheit auf. Gehetzt blickte er zurück zur Treppe, über die Rauchschwaden empordrangen. Es würde nur noch kurze Zeit dauern, bis die Flammen auch diesen Raum erreicht hatten.

»Ich werde der nächste Kaiser. Caligula wird auferstehen und niemand kann das verhindern! Ihr werdet jetzt sterben!«

Rainolf machte einen Schritt rückwärts und stieß dabei gegen die Wand. In dem Moment spürte er etwas Hartes in seinem Rücken – er trug immer noch Walrabans Dolch bei sich, den er bei der Gerichtsverhandlung heimlich entwendet hatte. Seine Hand zuckte unter das Hemd in den Hosenbund. Rainolf fühlte das kalte Metall.

Silvius Claustrus stand nur noch wenige Schritte von ihm entfernt. Keuchend und lauernd wie ein Raubtier. Plötzlich schwang er das Schwert nach oben, stieß einen fürchterlichen Laut aus und stürzte sich auf sein Opfer. Rainolf riss den Dolch hervor, holte mit einer kurzen Bewegung aus und schleuderte das Messer auf den Vize-Prokonsul. Die Waffe schoss lautlos durch die Luft. Rainolf sah den Römer auf sich zustürmen, das Gesicht zu einer Grimasse verzerrt und das Schwert zum tödlichen Hieb erhoben.

Dann bohrte sich Walrabans Dolch zwischen die Rippen des Römers, direkt ins Herz. Silvius Claustrus blickte erstaunt auf die Waffe in seiner Brust. Sein Schwert fiel scheppernd auf den harten Steinboden. Langsam, unendlich langsam schien er zu begreifen. Er packte den Dolch am Griff, doch er hatte nicht mehr genügend Kraft, ihn herauszuziehen. Die Beine knickten ihm unter dem Körper weg. Auf dem Boden kniend sah er Rainolf flehentlich an. Silvius Claustrus' Mund öffnete sich, aber statt eines Tons schwappte ein Blutschwall heraus. Schließlich schlug er mit dem Gesicht auf, doch das spürte er bereits nicht mehr. Silvius Claustrus war tot und mit ihm starb Caligulas Rache.

Wie aus einem Albtraum schreckte Rainolf hoch. Rauch biss ihm in die Augen und er musste husten. Nun erst wurde er gewahr, dass Quintus Caius Justinus hinter ihm auf dem Boden lag und nur noch flach atmete. Der Prokonsul durfte nicht sterben, nicht nachdem er gerade dem Enkel Caligulas entkommen war.

Rainolf brüllte Quintus Caius Justinus an und schlug ihm mit der flachen Hand ins Gesicht, um ihn bei Bewusstsein zu halten. »Wir müssen hier raus!«

Mit Mühe gelang es Rainolf, den Römer auf die Beine zu stellen. Er zog den Prokonsul zum Fenster und stieß es mit einem Fußtritt auf. Einen Sprung würden sie nicht überleben, aber direkt unter dem Fenster verlief längs des Gebäudes ein Sims. Auf ihm standen einige Statuen, die aus steinernen Gesichtern über die Menschen vor dem Praetorium hinwegstarrten.

Natürlich war das Feuer längst entdeckt worden. Inzwischen befanden sich hunderte von Menschen auf dem Platz. Sie bildeten Ketten, die permanent Eimer mit Wasser vom Rhenus beförderten, um den Brand zu löschen. Nicht nur die Männer der Feuerwehr, sondern auch viele Freiwillige beteiligten sich am Kampf gegen das Feuer.

Rainolf überlegte fieberhaft, doch es blieb ihnen keine andere Wahl. Er stieg auf das Sims. Es war gerade breit genug, dass ein Erwachsener darauf laufen konnte. Vorsichtig zog er Quintus Caius Justinus mit hinaus. Rainolf musste aufpassen, dass er dabei nicht selbst das Gleichgewicht verlor. Endlich stand der Prokonsul neben ihm. Er stöhnte und Rainolf merkte, dass Quintus Caius Justinus kurz davor war, das Bewusstsein zu verlieren. Wenn der Prokonsul jetzt taumelte, würde er sie beide in die Tiefe reißen.

Verzweifelt drückte Rainolf ihn gegen die Steinwand. »Bleib wach!«, schrie er.

Unter ihnen hatte die Feuerwehr Leitern angelegt, die jedoch nur bis zum zweiten Stock reichten. Die Männer hievten unermüdlich die Wassereimer hoch, doch der Kampf gegen die Flammen schien aussichtslos.

Auch Rainolfs Kräfte ließen nun langsam nach. Lange würde er Quintus Caius Justinus nicht mehr halten können. In dem Moment entdeckte der Ubier eine riesige, schwarze Gestalt, die sich einen Weg durch die Menge bahnte: Siazes. Er musste Aurelius Dulcius besiegt haben und dem Feuer entkommen sein. Der Nubier hatte Rainolf im gleichen Augenblick erspäht.

Siazes pflückte von der nächststehenden Leiter einen Feuerwehrmann wie einen Apfel herunter und begann hochzuklettern. Die anderen Helfer, die die Eimer weiterreichten, mussten um ihr Gleichgewicht bangen, als Siazes an ihnen vorbeihangelte. Auch im zweiten Stock, wo die Leiter endete, gab es ein Fenstersims, das der Nubier nun betrat. Zu Rainolfs Überraschung griff Siazes dann in die Mauer und kletterte weiter. Wie eine Katze ging der Hüne die Wand hoch. Die Lücken zwischen den Mauersteinen waren gerade breit genug, dass der Nubier mit seinen großen Händen und Füßen Halt finden konnte.

Es dauerte nur kurze Zeit, bis er neben Rainolf und dem Prokonsul stand. Siazes schenkte dem Ubier einen dankbaren Blick, dann hob er Quintus Caius Justinus hoch wie ein Kind und legte ihn sich über die Schulter. Anschließend setzte er einen Fuß in den Mauerspalt unter dem Sims und begann mit dem Abstieg. Es kam Rainolf völlig unwirklich vor: Trotz des zusätzlichen Gewichts stürzte der Nubier an der senkrechten Wand nicht ab.

Siazes hielt einen kurzen Moment inne und blickte zu ihm hoch. »Komm!«, forderte er Rainolf auf.

Der hat gut reden, dachte der Ubier verzweifelt. Siazes hatte offensichtlich eine Eidechse in der näheren Verwandtschaft, doch so etwas konnte Rainolf nicht vorweisen.

Inzwischen war die Menschenmenge auf die drei Männer aufmerksam geworden. Die Leute deuteten auf sie und vergaßen fast, die Eimer weiterzureichen. Laute Rufe hallten zu ihnen hoch und Rainolf hätte schwören können, plötzlich Julias Stimme zu vernehmen, wie sie seinen Namen rief.

Neben ihm zerbarst krachend und splitternd die Scheibe des Fensters und die Flammen leckten heraus, als wollten sie ihn packen. Es half nichts, er musste da hinunter.

Rainolf ging in die Knie und drehte sich um. Mit einem Fuß tastete er nach einem Halt. Es dauerte eine schier endlos lange Zeit, bis er eine Lücke im Mauerwerk gefunden hatte und sich traute, sein gesamtes Gewicht darauf zu verlagern. Langsam stieg Rainolf hinab. Tritt für Tritt und Griff für Griff. Teilweise gab es nur winzige Spalten, in die Rainolfs Finger kaum hineinpassten. Schweiß lief ihm in die Augen und seine Muskeln zitterten vor Anstrengung. Plötzlich überkam ihn Panik, es nicht zu schaffen. Er klammerte sich an die Mauer.

Rainolfs Atem ging hektisch. Er drückte sein Gesicht dicht an die Wand, als wollte er sich festkleben. Endlich überwand er seine Angst und suchte mit dem linken Fuß eine Lücke, die ihn tragen würde. Da rutschte sein anderer Fuß ab. Die Menge schrie auf. Rainolf hing nur noch an den Fingerspitzen, die Beine baumelten in der Luft. Seine Fingernägel waren längst abgebrochen und bluteten, doch er spürte es nicht. Er war vor Todesangst wie gelähmt. Langsam rutschten seine Finger über die Kante der Mauersteine. Rainolf verließen die Kräfte. Gleich würde er in die Tiefe stürzen.

In dem Moment spürte er eine Berührung an seinem Bein. Ungläubig spähte Rainolf nach unten. Ein Feuerwehrmann stand auf dem oberen Ende einer Leiter und streckte seinen Arm nach ihm aus.

»Warum lässt du dich nicht einfach fallen?«, rief er hoch.

Rainolfs Füße befanden sich nur eine Hand breit oberhalb des Simses im zweiten Stock. Erleichtert ließ er sich fallen und krabbelte auf allen vieren zu der Leiter, immer noch an allen Gliedmaßen zitternd.

Auf dem Erdboden angekommen, versagten seine Beine ihren Dienst. Er blieb erschöpft auf dem Rücken liegen. Um ihn rannten, riefen und gestikulierten Leute, aber es war ihm egal.

Plötzlich stand Julia vor ihm und fiel ihm im nächsten Augenblick um den Hals. Sie weinte. Ganze Sturzbäche liefen über ihre hübschen Wangen. Sie sagte etwas, doch Rainolf verstand kein Wort. Er legte seine Arme um sie und hielt sie fest. Er wollte nie wieder aufstehen.

XI. Tag

Rainolf schlug die Augen auf und blickte in das Gesicht des Dionysos, den Gott des Weins. Das steinerne Antlitz an der Decke schien ihn anzulächeln. Rainolf hatte nicht die leiseste Ahnung, wo er sich befand. Das Einzige, was er wusste, war, dass er diesen Raum noch nie gesehen hatte. Es dauerte eine Weile, ehe die Erinnerung an die gestrige Nacht zurückkehrte. Er wollte aufstehen, doch stechende Schmerzen zuckten durch seinen Körper. Vorsichtig ließ er sich wieder auf das Bett sinken.

»Er ist wach!«

Im nächsten Moment erschien Julia in seinem Blickfeld, gefolgt von Sigolf.

»Junge, was machst du für Sachen!«, schalt er laut, doch Rainolf sah, wie Tränen in die Augen seines Vaters traten.

Sigolf wandte sich rasch ab und tat so, als hätte er einen Hustenanfall. Julia hingegen strahlte Rainolf an. »Ich bin so stolz auf dich. Du hast meinem Vater das Leben gerettet und den Verräter Silvius Claustrus besiegt.«

Rainolf schüttelte den Kopf, musste jedoch feststellen, dass diese Bewegung eine ganz schlechte Idee gewesen war. Es tat ungeheuer weh.

»Brüderchen, dich kann man wirklich nicht allein lassen«, sagte eine vertraute Stimme.

Auch Farhild trat neben sein Bett. Ihr rechtes Auge und der Wangenknochen waren blaurot und geschwollen, aber sie lächelte.

»Was ist denn mit dir passiert?«, fragte er entsetzt.

Sie winkte ab. »Nicht so schlimm. Erkläre ich dir später.«

»Wie geht es dem Prokonsul?«, wollte Rainolf wissen.

»Es ging ihm schon mal besser, aber die Ärzte meinen, er wird in ein paar Tagen wieder auf den Beinen sein. Der Blutverlust hat ihn sehr geschwächt. Doch konnte er uns bereits berichten, was vorgefallen ist. Auch du hast viel Glück gehabt.« Julia hob vorsichtig seine Hand, die, wie Rainolf erst jetzt feststellte, dick verbunden war. »Abgesehen von einigen Schürfwunden an Armen und Beinen sowie ein paar versengten Haaren bist du den Flammen und Silvius Claustrus unversehrt entkommen.«

»Konnten sich alle aus dem Praetorium retten?«, fragte er mühsam.

»Ja, wir haben uns alle rechtzeitig in Sicherheit bringen können. Das Feuer ist, Jupiter sei Dank, früh genug entdeckt worden, sodass nur Teile des Gebäudes abgebrannt sind. Der Rest steht noch und ist sogar bewohnbar, wie du siehst.«

Sein fragender Blick ließ Julia hinzufügen: »Du befindest dich in unserem Triclinium, das wir vorübergehend als Krankenzimmer für dich benutzen.«

In dem Moment trat Sigolf wieder zu ihnen. »Rainolf, ich bin der stolzeste Vater in ganz Colonia. Dein Mut und deine große Tat werden noch in vielen Generationen gerühmt werden«, setzte Sigolf zu einer Lobrede an, doch sein Sohn unterbrach ihn.

»Lass gut sein, Vater. Wenn die zukünftigen Generationen erfahren, dass ich mir vor Angst fast in die Hosen gemacht habe, werden sie sich über mich totlachen.«

Verblüfft klappte Sigolfs Kinnlade herunter. Julia und Farhild hingegen bekamen einen Lachanfall.

»Es freut mich, dass du deinen Sinn für Humor nicht verloren hast«, brachte die junge Römerin schließlich hervor.

»Was ist mit Gaius Pondus?«, erkundigte sich Rainolf.

Über Julias Gesicht huschte ein Ausdruck tiefster Genugtuung und sie blickte Farhild auffordernd an.

»Er lebt nicht mehr«, erklärte Farhild mit fester Stimme, obwohl es ihr nicht leicht fiel, darüber zu sprechen. »Ich habe ihn mit seinem eigenen Schwert getötet. Er hat Onkel Ansgisl ermordet und dann wollte er auch mich umbringen. Vorher hat er noch versucht, mich zu vergewaltigen. Das ist ihm nicht gut bekommen.«

Die Nachricht über den Tod seines Onkels entsetzte Rainolf zutiefst.

Julia schaltete sich wieder ein. »Ich glaube, alle Legionäre im Kastell sind glücklich darüber, dass Gaius Pondus nicht mehr da ist. Er war als brutal und gnadenlos gefürchtet. In zwei Tagen kehrt der Legatus Legionis Marcus Dulcius Tivonius zurück. Er wird in der Classis Germanica gründlich aufräumen, um herauszufinden, wer noch von der Verschwörung gewusst hat. Die Betreffenden werden mit dem Tod bestraft. Mindestens zwei unserer eigenen Torwachen hier im Praetorium waren bestochen. Sie sitzen bereits im Kerker. Centurio Aurelius Dulcius hat den Kampf mit Siazes nicht überlebt. Seine sterblichen Überreste sind im Feuer verbrannt.«

Die Schrecken der letzten Nacht traten Rainolf wieder vor

Augen. Er sah die Flammen und die Fratze von Silvius Claustrus, aus der der Wahnsinn sprach. Und Siazes, der mit dem Centurio auf Leben und Tod kämpfte.

»Wie konnte Siazes dem Feuer entkommen?«, fragte Rainolf.

»Durch ein Fenster im Erdgeschoss. Doch um es zu erreichen, musste er durch die Flammen springen. Er hat dabei einige Verbrennungen an den Beinen davongetragen. Aber die Ärzte sagen, dass die Wunden bald verheilt sein werden.«

Rainolfs Respekt vor dem Nubier wuchs ins Unermessliche. Er wäre mit verbrannten Beinen bestimmt nicht mehr die Mauer hochgeklettert. Dann fiel dem Ubier noch eine wichtige Frage ein: »Ist Falgar auf Colonia vorgerückt?«

»Nein, unsere Späher haben berichtet, dass er unschlüssig östlich von Novaesium verharrt. Vorsichtshalber hat mein Vater die Classis Germanica und die XX. Legion aus Bonna am Ufer vor Colonia in Stellung gehen lassen, aber es ist unwahrscheinlich, dass die Tenkterer uns angreifen. Ohne Nachricht von dem Verräter Silvius Claustrus wird Falgar es nicht wagen, gegen eine befestigte Stadt vorzurücken.«

Damit waren Rainolfs größte Sorgen ausgeräumt, bis auf eine: »Wo ist eigentlich Walraban?«

Statt einer Antwort verschwand Julia im Nebenraum. Wenige Augenblicke später trat sie wieder ein, gefolgt von Walraban, der eine elegante weiße Tunika trug. So etwas hatte er noch nie angehabt und Rainolf musste bei dem ungewohnten Anblick grinsen.

»Ich habe immer gewusst, dass in dir was Besonderes steckt, Kleiner«, stellte sich Walraban lachend vor das Bett. »Als mich die Wachen heute Morgen aus dem Kerker holten, dachte ich, sie würden mich zur Hinrichtung führen.

Stattdessen kam dieser riesige Nubier und sagte, dass ich frei sei. Dann erschien die schönste Dame von ganz Colonia«, dabei verbeugte er sich leicht vor Julia, »und schickte mich in ein Bad, wo mich eine Stunde lang ein paar hübsche Sklavinnen abschrubbten und mir die Haare schnitten. Ehrlich, daran könnte ich mich gewöhnen.«

Hinter der Versammlung um Rainolfs Bett tauchte ein alter, weißhaariger Mann mit einem strengen Gesichtsausdruck auf. Es handelte sich um den griechischen Leibarzt von Quintus Caius Justinus, wie Julia erklärte.

»Es reicht jetzt. Der Patient braucht Ruhe. Gönnt ihm noch ein paar Stunden Schlaf, umso eher ist er wieder auf den Beinen«, verscheuchte der Arzt die Anwesenden.

Als Rainolf das nächste Mal erwachte, saß Julia wieder an seinem Bett, diesmal aber allein. »Wie fühlst du dich?«

»Besser, viel besser«, antwortete Rainolf und spürte ihre warme Hand auf seinem Gesicht.

»Der Arzt sagte, dass du aufstehen und ein paar Schritte gehen darfst, wenn du dich stark genug fühlst.«

Rainolf nickte, allein schon, um bei Julia Eindruck zu schinden. Er schwang die Beine aus dem Bett und stellte erst in dem Moment fest, dass auch er eine Tunika trug. Seine eigenen Kleider hatten wohl die letzte Nacht nicht überstanden. Als er sich in die Senkrechte begab, erfasste ihn ein Schwindel und Julia griff schnell nach seiner Hand. Rainolf lächelte verlegen, doch sie legte wie selbstverständlich ihren Arm um seine Hüfte und führte ihn aus dem Raum. Mit jedem Schritt wurden Rainolfs Bewegungen sicherer. Sie spazierten an duftenden Blumenbeeten vorbei. Der Frühling hatte nun mit aller Macht Einzug gehalten. Rainolf vernahm das Zwitschern der Vögel in den Bäumen. Selten hatte er die Natur so bewusst wahrgenommen wie in diesem Moment.

Schließlich brach Julia das Schweigen: »War es schwer für dich, als du feststellen musstest, dass dein Freund Agilad ein Verräter war?«

Schlagartig trat ihm wieder das Bild des blutüberströmten Agilad vor Augen. »Ja, aber so seltsam es auch klingen mag: Ich hasse ihn deshalb nicht. Er tut mir bloß leid. Er wollte sein Leben lang die Anerkennung seines Vaters und hat sie nie bekommen. Agilad war schließlich so verzweifelt, dass er sogar bereit war, den Prokonsul zu töten, nur um Udalas zu beeindrucken.«

Sie schwiegen wieder eine Weile und gingen den mit Kieseln bedeckten Pfad entlang.

»Du hattest also Angst, als Silvius Claustrus mit dem Schwert auf dich losging«, stellte Julia plötzlich fest.

Rainolf nickte und es jagte ihm wieder ein kalter Schauer über den Rücken, als er an den irren Blick des vor Wut schäumenden Vize-Prokonsuls dachte.

»Natürlich, und zwar reichlich. Fortuna muss ihre schützende Hand über mich gehalten haben, dass ich noch lebe.«

»Das ist gut«, sagte sie bestimmt.

Rainolf sah sie irritiert an und sie erklärte: »Ich bin der Meinung, dass nur Menschen wirklich mutig sind, die ihre Angst überwinden können. Menschen, die nie Angst haben, sind einfach dumm. Es fehlt ihnen an Fantasie, sich vorzustellen, was passieren könnte. Ich bin froh, einen Menschen zu lieben, der weiß, was Angst ist.«

Sie blieb stehen und zog seinen Kopf zu sich herunter. Rainolfs Erinnerungen, Schmerzen und Ängste verflogen schlagartig, als sie ihn küsste.

Ein dezentes Räuspern ließ sie auseinander fahren. Lucilia stand wenige Schritte entfernt und konnte ein Lächeln nicht verbergen. »Verzeih, Julia, aber dein Vater schickt nach euch beiden.«

Der Prokonsul lag in einem breiten Bett, über dem sich ein purpurner Baldachin spannte, und sah sehr blass aus. Seine Wangen waren eingefallen, doch die Augen funkelten bereits wieder. Seinen Arm zierte ein weißer Verband. Der Geruch von duftenden Ölen durchströmte den Raum. Eine Schar Ärzte und Sklaven hielt sich in gebührendem Abstand vom Bett entfernt und flüsterte leise miteinander.

Neben dem Prokonsul stand mit verschränkten Armen Siazes. Er wirkte wie ein Kettenhund, der bereit war, jeden zu zerfetzen, der seinem Herrn zu nahe trat. Doch als er Rainolf gewahr wurde, lächelte er freundlich.

Man hatte Quintus Caius Justinus einige Kissen in den Rücken gestopft, damit er seine Besucher in einer halbwegs aufrechten Position empfangen konnte.

»Rainolf, tritt näher«, winkte er ihn mit einer schwachen Bewegung seines gesunden Arms zu sich. Er streckte die Hand aus und Rainolf ergriff sie zögerlich.

»Ich habe dir viel zu verdanken«, begann der Prokonsul in feierlichem Tonfall. »Du hast nicht nur die Morde an zwei Quaestoren, einem Legionär und einem Tenkterer aufgeklärt und einen Unschuldigen vor der Hinrichtung bewahrt, sondern auch eine Verschwörung aufgedeckt und mein Leben gerettet.«

Rainolf wurde rot und bekam keinen Ton heraus.

»Es tut mir leid, dir nicht geglaubt und dir sogar den Umgang mit meiner Tochter verboten zu haben.«

Rainolf sah unsicher zu Julia hinüber, die ihn stolz anlächelte. War sie denn nie in Verlegenheit zu bringen?

»Es ist mir unerklärlich, wie ich mich derartig in Silvius Claustrus täuschen konnte. Bis gestern hätte ich seine Loyalität nicht in Zweifel gezogen. Als ich Prokonsul von Germania Inferior wurde, lebte er bereits seit einigen Jahren in Colonia und verfügte über beste Kenntnisse des Landes und gute Kontakte zu den Völkern jenseits des Rhenus. Sein Rat hatte sich immer als wertvoll erwiesen und er war mir stets eine große Hilfe.« Er schüttelte den Kopf. »Wie sehr muss der Hass ihn zerfressen haben, dass er mich umbringen und die Macht an sich reißen wollte.«

»Er war sehr klug, und das hat ihn so gefährlich gemacht. Er wusste, dass er Geduld haben musste, bis der richtige Tag gekommen war, um seinen Plan umzusetzen«, meinte Rainolf.

Quintus Caius Justinus hielt immer noch die Hand des Ubiers fest und sah ihn wohlwollend an. »Ich habe lange nachgedacht, wie ich dich angemessen entlohnen kann.«

Rainolf wollte erklären, dass er kein Geld haben wollte. Schließlich hatte er es letztendlich nur einer glücklichen Fügung des Schicksals zu verdanken, dass die Sache glimpflich ausgegangen war.

Doch der Prokonsul hob den Zeigefinger und gebot Rainolf zu schweigen. »Es gibt eine Möglichkeit, die nicht nur dir, sondern auch dem Römischen Imperium zugute kommt.«

Rainolf war völlig verwirrt.

Ein schelmisches Lächeln huschte über das Gesicht des Prokonsuls. »Rainolf, Sohn des Sigolfs, ich ernenne dich hiermit, Kraft meines Amtes als Prokonsul der Provinz Germania Inferior, zum Aedilen von Colonia Claudia Ara Agrippinensium. Fortan wirst du die Verbrechen in dieser

Stadt aufklären. Bei einem angemessenen Gehalt, versteht sich.«

Rainolf war sprachlos. Fast schon verzweifelt wandte er sich zu Julia. Sie strahlte ihn an wie die Sonne.

»Aber ich … ich«, stotterte er hilflos.

»Augenblick!«, rief in diesem Moment Julia und trat energisch an das Bett ihres Vaters. »Hast du nicht etwas vergessen?«

Sie sah Quintus Caius Justinus streng an und hatte eine Augenbraue hochgezogen. Rainolf fragte sich, wer hier eigentlich das Familienoberhaupt war.

»Oh, richtig«, beeilte sich der Prokonsul daraufhin zu sagen. »Natürlich hast du ab sofort nicht nur die Genehmigung, sondern es ist auch mein ausdrücklicher Wunsch, dass du Julia so oft siehst, wie es euch gefällt.«

Kaum hatte er es ausgesprochen, wirbelte Julia mit einem kurzen Freudenschrei zu Rainolf herum und umarmte ihn stürmisch. Ihn durchfuhr zwar ein heftiger Schmerz, weil sie auf seine frischen Wunden drückte, aber er ignorierte ihn und schloss seine Arme um sie.

Glossar

Aedil: Beamter, der ursprünglich die Aufsicht über die Tempel hatte. Später war er auch für die Polizeigewalt, die Bau- und Marktaufsicht und die Festspiele zuständig.

Aquaeduct: Römische Wasserleitung, die manchmal hundert Kilometer und länger war, um die großen Städte versorgen zu können. Ihre Konstruktion war aufwändig, ein minimales Gefälle brachte das Wasser zum Fließen.

As: Währungseinheit des Römischen Reiches. Vier Asse entsprachen einem Sesterz.

Atrium: Überdachter Hof. Über dem Atrium befand sich eine Dachöffnung (compluvium), durch die Licht und Luft hereinkamen. Im Boden gab es eine Vertiefung (impluvium), in der sich Regenwasser sammelte.

Augur: Römischer Wahrsager, der als Beamter vor wichtigen Anlässen Zeichen deutete.

Augusta Treverorum: Trier.

Augustus: Eigentlich Octavian, Neffe von Julius Cäsar. Kaiser von 40 v. Chr. bis 14 n. Chr.

Aureus: Römische Goldmünze, unter Kaiser Augustus eingeführt. Ein Aureus entsprach fünfundzwanzig Denaren, bzw. einhundert Sesterzen.

Auxiliares: Hilfstruppen, bestehend aus Soldaten fremder Völker. Sie unterstützten die römische Armee und stellten den Großteil der Reiterei. Die Auxiliares waren nicht in Legionen, sondern in Kohorten und Alae (Reiterei) eingeteilt.

Basilika: Römisches Gerichtsgebäude.

Bonna: Bonn.

Cella: Keller.

Centurio: Befehlshaber einer Zenturie, die aus einhundert Mann bestand, entspricht etwa dem Rang eines Hauptmanns.

Classis Germanica: Die römische Rheinflotte mit Hauptlager in Colonia Claudia Ara Agrippinensium. Das Lager lag im heutigen Stadtteil Marienburg. Rund eintausend Mann Schiffsbesatzung und Marineinfanteristen waren auf einem Areal von etwa sechs bis sieben Hektar relativ komfortabel untergebracht. Ursprünglich zum Transport der Truppen und logistischen Unterstützung während der Germanienfeldzüge angelegt, übernahm die Classis Germanica später die Sicherung der Grenze (Rhenus) und auch die Versorgung der Lager und Städte mit Baumaterial.

Colonia Claudia Ara Agrippinensium (C. C. A. A.): Lateinischer Name des heutigen Kölns. Auf Drängen seiner Frau Agrippina verlieh Kaiser Claudius C. C. A. A. die Stadtrechte um 50 n. Chr. ›Colonia‹ bedeutet Kolonie römischen Rechts, ›Claudia‹ weist auf Kaiser Claudius hin, der die Stadtrechte verlieh, ›Ara‹ steht für einen zentralen Altar und ›Agrippinensium‹ ist der Hinweis auf Kaiserin Agrippina, die in Köln geboren wurde.

Colonia Ulpia Traiana: Xanten.

Cubiculum: Schlafzimmer.

Culina: Küche.

Decurio: Stadtrat. Ein Decurio zählte zu den reichsten Bürgern der Stadt und wurde auf Lebenszeit ernannt. Man musste ein Mindestvermögen von einhunderttausend Sesterzen und Landbesitz haben, um Stadtrat werden zu können, wobei das Amt in den großen Familien der Stadt erblich war. Ursprünglich wurde mit ›decurio‹ ein Reiteroffizier, der etwa dreißig Reiter befehligte, bezeichnet. Auch er musste jedoch über Vermögen verfügen, da ein Pferd nicht billig war.

Denar: Römische Münze. Ein Denar entsprach vier Sesterzen.

Donar: Germanischer Gott des Donners, auch Thor genannt.

Duumviri: Bürgermeister der Stadt. An der Spitze des Magistrats standen zwei Bürgermeister, die als Repräsentanten der Stadt auch deren Geschäfte besorgten.

Equites: Reiche römische Bürger, die sich ein Pferd für den Kriegseinsatz leisten konnten. In späteren Zeiten des Römischen Reichs galt Equites als Titel, die wenigsten Träger nahmen noch an Kriegszügen teil. Sie hatten wichtige Funktionen zu erfüllen, wie etwa als Geschworene bei Gericht über Angeklagte zu urteilen.

Feuerwehr: Rom verfügte über eine ausgezeichnete Feuerwehr. Weil es immer wieder zu verheerenden Großbränden gekommen war, ließ der Senat eine Brandbekämpfung einrichten. Später übernahmen auch viele Städte in den Provinzen diese Einrichtung.

Freies Germanien: Das Gebiet östlich des Rheins wurde mehrmals erfolglos von römischen Eroberungsversuchen heimgesucht. Das Freie Germanien reichte vom Rhein bis in das heutige Polen hinein und von Dänemark bis an die Alpen. Es handelte sich aber nie um einen eigenen Staat, sondern um lose Ansammlungen diverser Stämme, die sich häufig untereinander bekriegten und sich daher auch nie als eine Nation verstanden.

Freigelassener: Sklaven konnten von ihren Herren – Bürgern des Römischen Reiches – die Freiheit geschenkt bekommen. Damit erhielten sie zwar nicht automatisch das Bürgerrecht, galten jedoch auch nicht mehr als rechtlose Sklaven, die von ihrem Herrn sogar getötet werden durften.

Germanen: Die Bedeutung des Begriffs ›Germanen‹ ist bis heute umstritten. Als Erster erwähnte der griechische Historiker Poseidonis 80 v. Chr. die ›Germanoi‹, rund dreißig Jahre später beschrieb Julius Cäsar in seinem Buch über den gallischen Krieg die ›Germani‹. Lange Zeit war die Übersetzung mit ›Speerträger‹ populär, doch die Historiker halten noch etliche andere Bedeutungen wie ›gesamtes Volk‹, die ›Grimmigen‹ oder nach dem lateinischen ›germanus‹, die Verwandten, die Wahren für möglich.

Germania Inferior: Provinz des Römischen Imperiums. Sie reichte von der Nordsee bis etwa zur Mosel und über das Gebiet des heutigen Belgien und der Niederlande. Die Grenze zum Freien Germanien bildete der Rhein.

Germania Superior: Provinz des Römischen Imperiums. Sie erstreckte sich etwa von der Mosel im Norden bis an die Alpen. Der ab 85 n. Chr. erbaute Limes begann nördlich des heutigen Koblenz und verlief nördlich des Mains, knickte dann vor dem heutigen Frankfurt nach Süden ab, parallel zum Neckar bis zum heutigen Schwäbisch Gmünd. Von hier verlief der Limes rund fünfzig Kilometer nördlich der Donau bis fast nach Castra Regina, dem heutigen Regensburg.

Gladius: Römisches Kurzschwert mit zweischneidiger Klinge, Standardwaffe der römischen Armee bis ins 3. Jh. n. Chr.

Hades: In der römischen Mythologie die Unterwelt.

Hadrian: Römischer Kaiser von 117 bis 138 n. Chr.

Hellas: Griechenland.

Insel vor Colonia: Durch die Insel im Rhein entstand ein Seitenarm, der einen natürlichen Hafen bildete. Die Insel lag etwa dort, wo sich heute die Altstadt von Köln befindet. Bis zum Mittelalter versandete der Seitenarm zusehends und wurde schließlich ganz zugeschüttet.

Insula: Mehrstöckiges Haus mit vielen Wohnungen, antike Mietskaserne.

Iudex: Richter.

Jupiter, Juno und Minerva-Tempel: Die obersten Götter der römischen Mythologie. Sie entsprechen dem griechischen Göttervater Zeus, seiner Gemahlin Hera und seiner Tochter Pallas Athene, der Göttin der Weisheit. An der Stelle des römischen Tempels des Jupiters, der Juno und Minerva in Colonia Claudia Ara Agrippinensium steht heute die Kirche St. Maria im Kapitol.

Kohorte: Die Kohorte bildete die taktische Grundeinheit der Legion und bestand aus 480 Mann, die auf sechs Zenturien aufgeteilt waren.

Legatus Legionis: Oberster Kommandeur einer Legion.

Legion: Eine Legion (ca. 5.200 Mann) war in zehn Kohorten bzw. in sechzig Zenturien gegliedert. Zwei Zenturien bildeten ein Manipel. Dazu kamen noch verschiedene Handwerker, Schriftführer, Ingenieure und Zeltbauer.

Liktor: Wächter eines Würdenträgers.

Magister: Meister.

Magister Navis: Kapitän.

Magistrat: Städtisches Amt. Die männlichen, volljährigen Bürger der Stadt wählten jährlich aus den einhundert Decurionen die Magistrate. Es waren unbezahlte Ehrenämter, sodass sie nur von Reichen besetzt wurden, die aufgrund ihres Vermögens nicht für ihren Lebensunterhalt arbeiten mussten und Wohltaten für die Stadt aus eigener Tasche finanzieren konnten.

Menhire: Große Steinblöcke, die auf Kultstätten der Germanen und Kelten errichtet wurden.

Met: Vorläufer des Biers im Altertum. Met wurde aus Getreidemalz von Gerste, Roggen, Hafer oder Weizen gewonnen und mit Honig und Gewürzen versetzt.

Mogontiacum: Mainz.

Mulsum: Wein-Honig-Mischung.

Novaesium: Neuss.

Nubia: Römische Provinz in Afrika, südlich von Ägypten.

Oceanus germanicus: Nordsee.

Oneraria: Lastschiff, bis zu dreißig Meter lang, es konnte etwa 110 Tonnen Ladung aufnehmen.

Optio: Rang eines Hauptmanns.

Palla: Umhang der Frauen, den sie außerhalb des Hauses trugen.

Panis candidus: Weißbrot.

Panis plebeius: Schwarzbrot, das eines der wichtigsten Nahrungsmittel der armen Bevölkerungsschicht darstellte.

Pax Romana: Der römische Friede sollte allen eroberten Reichen Sicherheit und Wohlstand bringen. In erster Linie profitierte davon natürlich die Hauptstadt.

Peristylium: Ein offener Garten, der von Säulen umgeben war.

Praefect: ›Vorgesetzter‹ oder ›Anführer‹ oder ›Statthalter‹. Es gab verschiedene Ämter mit diesem Titel.

Praefectus castrorum: Lagerpraefect, dritter Befehlshaber einer Legion nach den beiden Tribunus militum. Oft ein ehemaliger Primus pilus.

Praefectus urbani: Die römische Polizei, für die Aufklärung von Verbrechen zuständig.

Praetor: Der Praetor stand in seiner Machtbefugnis unmittelbar unter dem Prokonsul. Er war zuständig für die Rechtsprechung.

Praetorium: Residenz des Statthalters. Ursprünglich wurde der Begriff für das Hauptquartier des Heerführers im Krieg benutzt. Das Praetorium in C. C. A. A. lag an der rheinseitigen Stadtmauer und ist heute noch unter dem Rathaus zu besichtigen.

Primus pilus: Höchster Dienstgrad eines Centurio, auf ein Jahr beschränkt.

Principal: Beamter.

Prokonsul: Statthalter einer Provinz und oberster Heerführer. Er verfügte über absolute Macht und war nur dem Kaiser gegenüber verantwortlich.

Quaestor: Ein gewählter Beamter. Er verwaltete die Finanzen einer Region oder einer Stadt und war zuständig für die Auszahlung öffentlicher Gelder sowie die Einnahmen von Steuern. Normalerweise ein Jahr im Amt.

Rhenus: Lateinischer Name für den Rhein.

Satyr: Fabelwesen aus der griechischen Mythologie, halb Mensch, halb Pferd.

Sesterz: Römische Münze. Ein Sesterz entsprach vier Assen.

Statera: Waage.

Taberna: Gasthaus.

Tenkterer: Germanischer Volksstamm, dessen Siedlungsgebiet im 2. Jh. n. Chr. einen großen Teil des heutigen Bergischen Lands bis zum Rhein umfasste.

Therme: römisches Badehaus mit Schwimmbad, Sauna, Massage und Sportmöglichkeiten. Für die Römer war es ein beliebter Freizeittreffpunkt.

Thing: Germanische Ratsversammlung.

Toga: Gewand, das aus einem großen, rechteckigen Tuch bestand, welches locker um den Körper geschlungen wurde. Adlige trugen sie in Weiß; je nach Rang und Amt waren die Togen aufwändig mit bestimmten farbigen Säumen und Stickereien versehen.

Tribunus militum: Entspricht etwa dem Rang eines Oberst.

Triclinium: Esszimmer.

Tunika: Langes Hemd ohne Ärmel, das bis auf die Oberschenkel reichte.

Usipeten: Germanischer Volksstamm, dessen Siedlungsgebiet im 2. Jh. n. Chr. etwa vom Bergischen Land bis in das heutige Ruhrgebiet reichte.

Vestibulum: Vorhalle, hinter der sich die Haustür befand.

Villae rusticae: Gutshöfe.

Vitis: Aus dem Holz des Weinstocks gefertigter Stock des Centurio. Er war nicht nur Rangabzeichen, sondern diente auch zur Bestrafung.

Wodan: Oberster Gott der Germanen, später auch Odin genannt.

Krimis von Horst Bieber

Eckhoffs Fall

255 Seiten, ISBN 3-89425-229-4

Ein Mann unter Mordverdacht – Ingenieur Peter Eckhoff gerät in Panik und taucht unter. Mit Gelegenheitsjobs schlägt er sich durch, immer auf der Hut, nicht mit der Polizei in Berührung zu kommen. Dann findet seine Flucht ein überraschendes Ende ...

»Horst Biebers Krimi liest sich wie eine Reportage, ohne viel Sentiment, klar, sachlich, kühl.« Hamburger Abendblatt

Der Abstauber

262 Seiten, ISBN 3-89425-260-X

»Ein tiefschwarzes Vergnügen für alle Noir-Fans! 260 Seiten voller Verbrechen bis hin zu Mord – und nicht mal die Andeutung von so etwas wie Polizei.« Stadtmagazin Mönchengladbach

»... ein spannendes Katz- und Mausspiel, das mit einem unerwarteten Finale endet.« Gig

Das graue Loch

307 Seiten, ISBN 3-89425-269-3

»Die Geschichte mit ihrem nicht unoriginellen Plot liest sich sehr gut, es wirkt nichts konstruiert.« Buchprofile

Beas Beute

263 Seiten, ISBN 3-89425-279-0

»Ein herrlich verzwickter und doch natürlicher Detektiv-Krimi aus unserem deutschen Alltagsleben.« buechervielfrass.de

Soko Feuer

285 Seiten, ISBN 3-89425-291-X

»Ein spannender Polit-Thriller, witzig und durchaus real.« Saarbrücker Zeitung

Anna verschwindet

238 Seiten, ISBN 3-89425-309-6

Die 16-jährige Anna Laysen ist verschwunden. Die Mutter ist verzweifelt, sagt aber nichts. Der angebliche Vater kann nichts mehr sagen, denn er ist tot. Die Nachbarn lügen, dass sich die Balken biegen.

grafit

Krimis von Felix Thijssen

»Felix Thijssen ist ein guter Erzähler, er nimmt sich Zeit für seine Figuren und für die Motivationen der Bösen wie der Guten; nichts gerät ihm aus den Fugen und nichts gibt er zu früh preis. Dafür hat man ihm völlig zu Recht den holländischen Krimipreis gegeben.« Heilbronner Stimme

»Thijssen bietet dem Krimi-Leser eine beachtliche Menge: Volumen ohne Leerlauf, eine distanzierte Liebeserklärung an seine niederländische Heimat, das Flair weiterer europäischer Landschaften und Spannung, die sich nicht an der Anzahl der Leichen misst.« Rheinische Post

»Max Winter und CyberNel sind ein tolles Gespann, und was die beiden herausbekommen, ist verdammt spannend.« WDR

Cleopatra
Max Winters erster Fall
Aus dem Niederländischen von Stefanie Schäfer

Isabelle
Max Winters zweiter Fall
Aus dem Niederländischen von Stefanie Schäfer

Tiffany
Max Winters dritter Fall
Aus dem Niederländischen von Stefanie Schäfer

Ingrid
Max Winters vierter Fall
Aus dem Niederländischen von Stefanie Schäfer

Caroline
Max Winters fünfter Fall
Aus dem Niederländischen von Stefanie Schäfer

Charlotte
Max Winters sechster Fall
Aus dem Niederländischen von Stefanie Schäfer

Rosa
Max Winters siebter Fall
Aus dem Niederländischen von Stefanie Schäfer

Rebecca
Max Winters achter Fall
Aus dem Niederländischen von Stefanie Schäfer

grafit

Tatort Köln

Christoph Güsken
Mörder haben keine Flügel
ISBN 3-89425-211-1
Angie Pütz, ein unter dem Namen ›Beathoven‹ bekannter Kölner Jazzpianist, zieht das Unglück magisch an.

Christoph Güsken
Spiel's nicht noch mal, Henk
ISBN 3-89425-215-4
Wer steckt hinter den Bombendrohungen gegen das Edel-Restaurant ›Der goldene Löffel‹?

Andreas Izquierdo
Jede Menge Seife
ISBN 3-8425-072-0
Mörderisches Treiben einer Daily-Soap-Produktion in den Colonia-Studios und in der Eifel

Hartwig Liedtke
Tod auf Rezept
ISBN 3-89425-032-1
»Liedtke kennt das Milieu. Was er erzählt, klingt zwar haarsträubend, aber wahr.« Sächsische Zeitung

Hartwig Liedtke
Scharfe Schnitte
ISBN 3-89425-077-1
Kölner Klinik-Alltag in den Zeiten des Rotstifts

Ursula Steck
Alles im Fluss
ISBN 3-89425-219-7
Ein Junge treibt im Rhein – direkt vor den Augen der Kölner Taxifahrerin Toni Walter

Ursula Steck
Feuerzeichen
ISBN 3-89425-240-5
Häuser der Firma ›Gutenberg-Immobilien‹ brennen – wer zündelt am Eigentum des Luxussanierers?